LOVE
DEATH

3
艾蜜莉的精靈百科
完結

艾蜜莉的失落傳說

流浪精靈王回歸，故事終於迎來完美結局？

Emily Wilde's Compendium of Lost Tales

HEATHER FAWCETT 海瑟·佛賽特——著
康學慧——譯

野人

一九一〇年十二月二十九日——續

我和溫德爾之間若有什麼永遠無法解決的歧異，絕對是企圖將一隻貓拖進精靈界這件事。儘管那隻貓本來就是**精靈貓**；儘管我們只是要把牠帶回原來居住的世界，但過程實在令人頭痛不已。我和溫德爾探查希臘岩石海岸的路途中已經弄丟奧嘉兩次了，因爲牠動不動就跑去追老鼠或海鷗，此刻當我們千辛萬苦終於來到溫德爾尋覓的門前，牠又不見了。

「真該給那隻臭貓拴上牽繩才對。」我說，主要只是想抒發心中的怨念。我強烈懷疑，要是我膽敢拿著任何有一點點類似束縛的東西接近奧嘉，牠鐵定會騎到我頭上，而且我的臉很可能會付出慘痛代價。

影子像平常一樣跟在我身邊，鼻子埋在海岸芬芳的青草中，忙著東嗅西嗅。奧嘉動不動就拋下溫德爾，但影子絕不會拋下我。狗才是最適合人類的夥伴，貓根本是任性這個詞的化身。

溫德爾沒有回答。打從第一眼看到那扇門，他便整個人定住，一動也不動的模樣簡直像故事書中的泥金插圖，只有斗篷下襬隨著鹹鹹海風飄動，垂落眼睛的金髮也隨風飛舞。

我碰一下他的手臂，他恢復正常，轉頭對我笑。

「小艾，」他說，「牠是**貓**。影子永遠會聽你的話，奧嘉永遠不會聽。別忘了，這就是牠的天性。」

「牠的天性就是不懷好意、不堪信任。」我說。可想而知，我話剛說完那隻貓就出現了，彷彿是為了嘲笑我們兩個而特地現身，一身黑毛以奇異的方式搖曳，有如關在貓型玻璃裡的煙霧，映襯出一雙晶瑩金眸。影子坐在我的腳邊，一臉提防地看著牠，然後開始以慣用方式示好，用鼻子輕推奧嘉。黑貓拱起背脊哈氣。

「放棄吧，親愛的。」我對影子說，但可憐的大狗只是呆呆看著我。在影子的世界裡，人和其他動物通常只有兩種反應：寵溺疼愛，不然就是畏懼牠巨大的體格敬而遠之。每次奧嘉對牠哈氣，影子似乎總認定只是誤會，隨著次數增加，這個解釋愈來愈說不通，但在牠看來，被誤會的機率依然遠大於被討厭。

溫德爾又回頭注視那道門——我猜大概是為了細細品味這一刻。之前我還在想他說不定會發表一下感言——畢竟他花了整整十年的光陰尋找這道門，如今就在眼前，安放在小山坡上，宛如聖誕禮物上的蝴蝶結。

我用腳輕點一塊岩石，感覺相當自滿。說到底，我只花了短短幾個月就找到這道門了，不是嗎？去年十一月在寒光島，我初次得知溫德爾在尋找回國的門，直到回到劍橋之後，今年三月我才開始認真研究這個問題。雖然中間在奧地利經歷一些曲折，然而此刻我們終於來到這裡。

我好幾次差點說出帶刺的自誇，但還是放棄了，因為這樣會顯得我沒有雅量。最後我只是簡單說了一句：「這道門和聖列索的一模一樣。」

確實，我們眼前這扇門的形狀與風格都非常類似——完美融入希臘鄉間景色，木板上畫著淺色鵝卵石與日曬乾枯的植物。左手邊的一小塊岩石地面延伸進畫中，起風時，畫中的二維野花與真花同步搖曳。在我這個凡人的眼中，最不可思議的是門把，一塊四方玻璃鎖住蕩漾的青藍海水。我在學術生涯中見識過許多精靈之門，這種樞紐絕對是最奇特的一類[1]。

雖然我預期能在這裡找到，但精靈之門眞的很難掌握，因此我的自滿當中摻雜著一絲僥倖。

我轉身察看四周，舉起手放在眼睛上方遮陽。我希望盡量避免被人看見我們突然消失，以免狀況變得太複雜——萬一好心的搜救人員跟著我和溫德爾跑進精靈界就不好了。旁邊有一小片滿是鹽痕的白扁柏樹林，再過去則是一連串有如淺色逗號的海灣，擁抱著碧藍到刺眼的大海。遠處可以看到幾個有兩條腿的小點移動——除此之外沒有其他人。這處鄉間只有我們和風，再無其他。

「**他們**要怎麼過去？」我問，盡可能掩飾不安。

「噢——一點也不難。」溫德爾心不在焉地說。他伸出手，動作難得流露躊躇，接著轉動門把。

溫德爾握著我的手，我們一起穿門而過。我其實不需要他幫忙，精靈之門雖然不可思議，但我以前遇過幾次，即使沒有精靈扶持也能順利進出，不過我知道這並非他牽手的理由。他的手微微顫抖。我與他十指交扣，緊緊握住。

門內的小房子沒有人在，感謝老天——屋主是冬精靈，現在想必在鄉間漫遊，暢享屬於他的季節和其中的各種歡樂，溫德爾說過這種精靈通常會這麼做。地板清掃過，洗碗槽裡的餐具也收拾好了，整體看起來十分整潔，像是出遠門之前特別清理過。我刻意讓視線迴避壁爐架上精靈製作的恐怖「手工藝品」。

奧嘉與影子緊跟在後，影子進來之前先好奇地嗅了一下門，但基本上牠的態度就像走進我在劍橋的辦公室大門一樣，看不出有什麼特別的反應。溫德爾任由門自己關上，我們注視著內側排成一列的六個門把。

我想問他們把的事——更正確地說，我想進一步調查，因為其中兩個我不知道通往哪裡，我很想查明——但我知道現在不合適。他的手指掠過通往希臘伯羅奔尼薩的門把——此時排在最上方——下一個則是通往奧地利的阿爾卑斯山區。這個門把插著一把大鑰匙，看起來是骨頭做的。門上鎖了。

溫德爾轉動鑰匙開鎖——我想像位在阿爾卑斯山腰的那道門發出微光之後重新顯現——然後拔出鑰匙放在桌上。他在裝飾著花草圖案的門把前短暫徘徊，然後回到覆蓋青苔的那個，不知為何，這個門把此時位於中央。十月時，我和雅瑞艾德妮曾路過冬精靈的家，當時這個門把位在最下方。溫德爾推開門。

有光。

時間是上午，十分明亮，我的眼前色彩繽紛。主要是綠色，但也有青苔與石頭上地衣的黃，森林邊緣長著一叢叢藍紫風鈴花，陽光金黃，天空碧藍。門外是丘陵上的一小塊空地，再過去則是宛如高牆的樹木，樹枝隨風搖曳，彷彿向我們頷首打招呼。不久前才下過雨，空氣依然飽含草木的清新氣息——一如我上次來時那般。

1 我針對這個題目寫了一篇論文投稿《大英樹靈學期刊》，可惜現在還卡在同儕審查這一關。這種連結多個地點的精靈之門，許多學者似乎依然不願接受其存在，我可能需要蒐集更多證據以推翻種種質疑，也或許該說服其他學者親自前往奧地利驗證我的發現。

我想踏出門外，但溫德爾按住我的手制止。他的視線跟隨著奧嘉，黑貓先是嗅嗅空氣，然後緩步走向外面的空地。牠的耳朵警覺豎立，但很快就全身放鬆，坐下啃咬草莖。

「我還以爲我繼母會派人看守這道門，」溫德爾低聲說，「前提是她還活著。」

「她也可能派人封住這道門，」我附和，「但她應該不知道我和雅瑞艾德妮是如何逃出去的，除非有泛精靈看到之後向她稟報。」

溫德爾點頭，但他依然站在門口猶豫不決。在冬精靈陰暗的家中，他顯得臉色蒼白，而且異常年輕；我覺得此刻的他很像站在舞臺布幕後的兒童，上臺的時候到了，他卻因爲緊張而裹足不前。

我走到陽光下，冬精靈的家潮濕寒冷，相較之下外面舒適多了。我全身微微戰慄，分不清是因爲恐懼還是興奮。我在學術生涯中讀過太多關於這個地方的黑暗悲慘故事——更別說還有我上次來到這裡的經歷，當時的記憶已變得模糊，但總是帶著夢魘氛圍——因此我對溫德爾的王國充滿畏懼，恐怕永遠無法擺脫。

我嬉戲地拉了一下他的手。他看著我，臉色依然蒼白，但我的表情似乎讓他安定下來，他允許我將他拉出門外。

他走了幾步之後突然蹲下，一手摀著臉。奧嘉來到他身邊，警戒地面對森林。影子看了奧嘉一眼，那樣的眼神我只能以嘉許形容。

我大步走上丘陵頂端，一方面是爲了給他一點時間，另一方面也是爲了確認有沒有危險。丘陵不高，無法鳥瞰整座森林，但我能看到遠處湖泊熟悉的波光，湖上細雨宛若銀紗。丘陵頂端有許多飽經風霜的立石，我靠在其中一塊上面——同時我聽見一陣匆忙驚慌的竄逃聲響，也瞥見一雙小腳縮回立石下，彷彿剛才還有人在那裡曬太陽暖腳。

好吧，那個泛精靈知道我們在這裡了。反正無從避免。

我轉身往回走，原本以為溫德爾會因為藍風鈴與森林而陷入狂喜——說不定就連潛伏在空地邊緣的恐怖玩意兒都會使他激動不已，就是那種樹使這個王國獲得「樹木有眼之地」這個稱號。但他並沒有——他擦乾眼淚，現在單手支著下巴凝視我，露出我很熟悉的神祕表情，我還沒學會如何解讀，很可能永遠也學不會。我將之歸類於他的精靈表情。

「怎麼了？」我問。

他站起來，抖落斗篷上的露水。「你露出了那種表情。」

他的心思竟然和我一模一樣，我不由得煩躁地對他板起臉。「哪種？」

「在某方面以聰明才智壓制我的表情。」

「哦？」我想聳肩卻又停住。我的雅量恐怕所剩無幾了。「難道不是嗎？」

他大笑一聲，笑聲清澈明亮，我還沒意識到發生了什麼事，已經整個人被他抱起來離地旋轉，森林的綠意與幽暗迴旋飛掠。

「我親愛的艾蜜莉。」他在我耳邊呢喃。

「好啦、好啦，可以了。」我說，但並沒有掙脫。我的得意心情又回來了，現在還多了一種溫情的滿足。看到他如此開心的模樣令我感到愉悅。

我們身後的門開了，空地突然變得喧譁。侍衛伴隨一陣振翅聲響率先出現，由拉茲卡登領隊。一來到陽光普照的翠綠丘陵，他們立刻甩開偽裝，從淺色貓頭鷹變成最難以想像的噩夢級怪物——整體上可以說依然是貓頭鷹，但羽毛變得參差不齊，身體筋肉發達，眼睛蒙著一層白翳。他們沒有鳥類的腳，然而胸腹下方卻有宛如巨大蜘蛛腿的六條下肢。

拉茲卡登降落在溫德爾的肩頭——一邊放不下那麼多腿，所以他跨在兩邊肩膀上——以意外細膩的動作整理好醜惡的下肢，我立即迅速遠離溫德爾。溫德爾像平常一樣不以為意，撫摸拉茲卡登的喙，輕聲對精靈怪物說話。拉茲卡登再次起飛，和其他侍衛一起待在樹上。

接著出現的是山怪，在各種泛精靈組成的這支軍隊中，山怪是最不嚇人的一群，他們背著背包，裡面的工具發出碰撞聲響。第一眼看到溫德爾的王國，他們便開始喜孜孜地低聲交談，其中一個還衝上一座樹墩踏了幾下，彷彿在測試是否適合用作建材。其他山怪則似乎在察看一堆石頭。

樹形羊仙並未在空地多做停留，而是立刻躲進森林陰暗處，他們飼養的瘋狂獵犬緊跟在後，讓我鬆了一口氣。這個世界上有許多醜惡的精靈，但我認為在這方面沒有誰能勝過樹形羊仙，他們扭曲的角上滿是疙瘩，五官突出如腫瘤。

最後則是狐矮人，他們有如從門中湧出的紅棕色溪流，狐尾興奮甩動。自告奮勇伴隨我們前來的狐矮人數量似乎有數十之多，他們總是跑來跑去，所以很難確定精準數量。

「**終於**，」雪鈴衝到隊伍最前方高聲歡呼，「冒險開始了！這次絕對會比上一次更刺激，因為這次只有**一個**笨手笨腳的凡人。」他在我的腳邊坐下，姿態充滿占有感，接著開始洗臉，中間不時停下來對膽敢接近的同類咆哮。我依然難以分辨不同的狐矮人，但雪鈴很容易辨識，因為他總是在誇耀自己，不停吹噓在我的上一次冒險中他的功勞有多大。

溫德爾回頭看向樹叢，臉上的肅穆轉為喜悅。

「小艾，我們去奪回王國吧？」他說。

這句話勾起一陣戰慄。他使用的是精靈語，我之前當然聽他說過，但他此時的態度讓我不安，如此輕易地拋棄凡人語言，有如換季時拋開不合適的斗篷。我的手不自覺伸向影子，大狗頂了一下我的掌心，讓我安心許多。

「那就出發吧。」我以同樣的語言回答。

我們在丘陵腳下找到十月時我和雅瑞艾德妮走的那條小徑。我早已做好心理準備，這條路可能已經消失了——既然精靈之門總是隨心所欲地出現又消失，精靈之路當然很可能也同樣任性——但那條路還在，只是比我印象中更偏北一點。

我看看右方，心中猶疑。「走這邊？」

溫德爾順著我的視線看過去。「不必，走這些舊路太花時間。城堡相當遙遠，我不想浪費時間。」

他大步走進枝葉糾纏的濃密灌木叢中，舉起一隻手做出類似驅趕的動作。緊接著——一條小徑在他腳下展開，前方幾步範圍之內自動清出路面，樹木、雜草、石頭紛紛讓路，就像海浪後退離開海岸一樣自然。

「溫德爾。」我難以置信。

他已經轉身看向我，並且順著他變出來的小徑往回走。我仔細觀察，想知道會不會他一走回來路就消失，但這種狀況並沒有發生，至少沒有像出現時那麼迅速；邊緣似乎變得不那麼明確，草木悄悄回到結實的泥土路面上。

他握住我的雙手，眼神散發溫暖，以及不只一點的調皮。「我們確實沒什麼時間觀光——不過還是讓我帶你盡量多看看吧。你說好不好？」

當然，他只是在戲弄我——他很清楚我會怎麼回答。前路危機四伏，我對自己所做的決定感到不安，不確定冒險來這裡、待在他身邊是否真的沒問題——但在這一瞬間，一切猶疑全都消失了，換上一種更熟悉的感覺，讓我的心興奮躍動。

科學求知慾。

「快帶路吧。」我說，挽起他送上的臂彎。

小徑變寬，讓我們能夠舒適前行。影子緊跟在我身邊，奧嘉不時跑進森林又跑出來，有時出現在我們前方、有時在後方，偶爾口中還會叼著不斷掙扎的小動物。泛精靈部隊跟在後面，有如一列醜惡的火車。我沒有看到侍衛，但既然溫德爾一副怡然自得的模樣，我猜侍衛大概躲在樹冠上觀察，就像我第一次來的時候那樣，差別在於他們這次不會企圖殺害任何人——但願如此。雪鈴躲在隊伍之中，溫德爾在我身旁時，他通常都不敢靠近。我相信他像阿玻一樣對溫德爾有種本能的敬畏，但雪鈴表現的方式更令人不安。我不只一次聽到他和同類討論溫德爾奪回王國的過程會流多少血，不知道會不會有剩下的能讓狐矮人享用，他們也很好奇滋味如何。

我們一邊走，溫德爾一邊說個不停，不時也會停下腳步指著某處要我看——他對於這個領域的植物所知極廣，我只能猜測應該是與生俱來的，很難想像他以其他方式獲取知識。我拿出筆記本時，他對著我燦爛一笑——我原本打算來精靈界的第一天主要用來觀察，不急於蒐集資料，然而每當我舉起鉛筆，他就一臉開心，於是我還是做了很多紀錄。雖然近在眼前的考驗讓我有點難以專注，但我還是很熱中，完全不需要假裝。我提出了很多問題，但他的回答不見得有幫助，而且往往感覺十分荒謬。我在這裡舉幾個例子。

✦
✦
✦

「樹木有眼之地」的地理環境

主要由森林與石南荒原構成，也有幾處沼澤地帶，國境東方有一片山區。這片山脈一般稱爲藍鉤山。境內有三座湖：最大的名叫碩湖；城堡旁邊那座則是銀百合湖；南方還有一座低地湖，位於遭到巫頭鹿占領的黑暗地帶，我們大概不會冒險跑去那裡。

我請溫德爾幫忙繪製國境地圖，結果證實毫無意義，不過這也難怪。眾所皆知，精靈界的空間有如夢境，一座山星期二還在這裡，星期三就可能決定移動去更好的地方。談話當中，溫德爾幾次告訴我，三座湖與那片山脈都會在定點出沒。藍鉤山曾經完全環繞王國，現在偶爾還是會變長；低地湖很愛使性子，有時會和銀百合湖交換位置。

精靈蝸牛

上次造訪的時候，我和這些怪異居民的相遇不太愉快——我的雙手與膝蓋依然記得壓碎蝸牛殼的感受，耳朵也沒有忘記牠們發出的小小痛苦哀嚎——我想多了解這種蝸牛。但溫德爾只是哆嗦一下，勸我不要與牠們爲敵。精靈蝸牛顯然具備基礎智能，將自尊看得比什麼都重，因此牠們會將生命大部分的時間用在復仇使命上。牠們的報復或許來得慢，但最後一定會達成。

恐怖的樹

我不想寫那種樹的事。但若是遇到害怕的東西就逃避，還能算是研究精靈的學者嗎？

不行，我沒辦法寫。

可是我一定要寫。老天，這篇日誌也太多塗改修正了。還是速戰速決吧。

溫德爾的王國之所以有那種稱號，來自於一種叫做「注目橡」的樹，精靈愛用委婉詞彙，這就是典型的範例。這種樹四散生長於森林中，但往往埋伏在暗處，我猜想是因為這樣比較容易嚇到人，讓人噩夢不止。倘若每棵樹只有一雙眼睛，或許還可以容忍，但一棵樹往往有數百甚至數千隻眼睛，因爲每片葉子都有一隻，它們會因爲氣憤而眯起、因爲驚訝而瞪大，有的眼瞼低垂、有的充滿血絲，彷彿每隻眼睛都有各自獨特的人格。有人經過時，所有葉眼都會轉動注視，發出濕潤的唰唰聲響。

可想而知，溫德爾以超然的態度看待這種怪物。「小艾，你應該在精靈界看過更可怕的東西吧？」他說。「不要主動招惹那些樹就沒什麼好怕的。不要給它們動怒的理由。」

「要怎麼做才能避免讓樹木動怒？」

他扳著手指一一細數。「不要侮辱它們，不要拔樹葉，不要把樹劈開確認裡面有沒有藏著更合你心意的精靈王。」

我無意回應他酸溜溜的譏諷。「就這樣？」

他尋思片刻。「秋天那幾個月走路的時候要小心。」老天。

✦✦✦

一路走來，我很難不察覺溫德爾開出的路遠比我和雅瑞艾德妮之前走的那條美觀宜人。我們經過陽光明媚的林間空地、開滿藍風鈴的原野，幾處長滿山桑子的沼澤地映著開闊天空，其中往往矗立著驚人的巨大立石。樹頂上銀球閃耀，尺寸類似地球儀，輕盈如空氣，有時會隨風從一棵樹飄往另一棵。溫德爾告訴我，銀球其實是一種精靈石，裡面盛裝的魔法能提供旅人便利。不過他告誡我不要打破，因爲有些被暴格動過手腳，可能不太可靠。

小徑前方出現碩湖一望無際的美景時，我問：「你是不是刻意帶我避開國境中比較黑暗的部分？你知道的，我之前來過。我知道這個國家不是只有陽光普照的草原與無害的考古遺址，所以你不必像緊張的追求者一樣，刻意拿出最好的表現。」

他錯愕地笑了一下，看來我的猜測八九不離十。「我當然希望能讓你留下好印象，這能怪我嗎？更何況，那些黑暗的樹叢住著危險的暴格和野獸。我猜他們可能會臣服於我，但我寧可不要冒險，到了城堡之後會發生很多不愉快的事，現在能免則免。」

一路上他不停恣意使用魔法，我從來沒有看過他如此揮霍，就像貴族從馬車上灑錢賞賜平民一樣。他按住樹幹，讓樹木加快生長或綻放花朵；遇到色彩不夠繽紛的草原，他就變出一堆藍風鈴；有一次他甚至命令一座崎嶇的小山讓路，這樣我們就不必辛苦爬山了。我看著他，腦中過濾著許多理論。

經過一片有小溪流過的陽光草原時，我們停下來休息一個小時，在溪邊用點心——當然是他的主意。溫德爾敲敲一塊立石，兩個矮小棕精靈便匆忙跑出來，手中的銀托盤堆滿司康，還隱約冒著熱氣。他們將托盤放在溪邊的岩石上，對溫德爾鞠躬之後又匆匆跑回立石後面，全程不發一語。

我呆站著注視棕精靈消失之處片刻，然後重新振作起來。

這個不算什麼，在這個國度還會遭遇更奇怪的事，我嚴厲地自我督促。

我在溫德爾身邊坐下，他召來一顆銀色精靈石，在岩石上敲開，碎片變成了閃閃發光的茶具組。他拿起杯子盛裝溪水，稍微搖晃一下，水立刻變成茶，不但熱氣騰騰還散發蜂蜜與野花的芬芳。

又是魔法，我想著，默默在心中記下。

「城堡還有多遠？」我詢問，喝了一口茶——不用說，當然非常美味，香甜又不失鮮味。

「我們要穿過那兩座陵墓嗎？」

「希望不需要。」他一手隨意放在溪流中晃動，滿足的模樣有如曬著太陽的貓。自從穿過精靈之門，他的俊美多了一種更空靈的感覺——是我的想像力作祟嗎？他的頭髮有如火光照耀下的深色金絲。「大部分的陵墓裡都有村落，」他接著說，「而村落會有領主。」

我點頭。我們事先商量過，最好不要讓目前城堡裡的掌權者發現我們來了，也要避免貴族得知之後加以利用。

「希望能在天黑之前抵達。」他說，一邊剝下一塊司康。「我們必須經過碩湖，我相信一路會遇上很多危險。除此之外……」

我等著他說下去，但他只是攤開雙手，不像我這麼了解他的人應該會覺得充滿神祕魅力。他繼續說完：「遇到就知道了。」

我注視他片刻，思索著這句話的意義。

「你不知道這裡是哪裡。」我毫不掩飾難以置信的語氣。

「大概知道啦，大概。」他似乎無法理解我的驚慌。「以前我根本沒必要跑來這種遠得要命的荒郊野外。當然啦，我小時候也不是沒有離開過城堡。很多貴族熱愛懸池，明霧河在那裡流下一道深谷，形成一連串晶瑩剔透的水池，非常適合游泳。還有野木森林和那裡的泥沼，我也去過僅限王族和獲邀賓客進入的獵場，那裡有異常巨大的野豬和品種最稀有的鹿，那種鹿的角是純銀……」

他繼續滔滔不絕描述游泳池和獵場。等到他終於停下來換氣的時候，我盡可能保持語氣平和。「溫德爾，我們來這裡的目的是征服你的王國。要是你連該死的**王座**在哪裡都不知道，恐怕會很困難。隨你怎麼說，總之快點回答我的問題：我們是不是迷路了？」

「噢，小艾，」他的語氣滿是寵溺，「你太愛操心了——別忘記，這裡是我的王國，不是見鬼的冰雪宮廷，也不是高山上的荒原。沒有，我們沒有迷路，不是你所想那種狀況。我知道城堡在哪裡——**我們**在哪裡很重要嗎？」

說完這句荒謬又令人火大的話之後，他又跑去敲那塊立石，這次是為了討果醬配司康。

✦
✦
✦

說不定會有人以為我和溫德爾有勇無謀，就這麼莽撞地殺進學界紀錄中最險惡的精靈領域，但我保證絕非如此。

十月底的一個夜晚，我們坐在溫德爾的公寓壁爐邊討論。那時我們剛從奧地利回到劍橋一、兩週。「我們必須預先想好各種可能。」

他原本在埋首讀書——八成是什麼愚蠢的羅曼史，他很少閱讀，偶爾拿起書來，品味也往往令人質疑——這時抬起頭來。「嗯？」

「我們要研究一下回到你的王國之後必須面對哪些敵人，」我說，「假使你的繼母死了，誰會取代她坐上王位？誰有足夠的聲望與勢力，能夠贏得貴族效忠？你繼母不是有個同母異父的兄長——泰朗爵爺，他有可能自立為王嗎？」

「泰朗？」溫德爾抬起下巴思索。「印象中他並非特別熱愛權力，不過也不無可能。小艾，我之前說過，我對他了解不多，他對我也一樣。我舅舅非常古老，在他眼中我八成只是個傻孩子，不值得他留意。」

我感到一絲煩躁。「那還有誰？你父王有手足嗎？」

「噢……一個弟弟，也可能是兩個。」他想了一下。「兩個才對。他早就處死他們了，那時候距離我出生還有很長一段時間。」

「我的老天。」我嘀咕。我一直都知道溫德爾的宮廷有如毒蛇窩，但我開始懷疑那些故事不但沒有誇大，還把狀況描寫得太美好。

「還有誰？」我催促。「親戚？寵臣？好友？」

「我父王只有一個眞正的朋友，就是我母后。」溫德爾的視線飄向爐火。「他總是這麼說。他們在各方面都非常和諧，觀點與愛好也很相似。差別在於我母后有夜精靈的血統，但不知情的人會以為我父王也是那種管家小精靈的後代。我猜想他之所以不顧禁忌娶她，部分也是因爲這一點。在我父王的家中，所有東西都必須乾淨無瑕。他和我母后會一起縫紉、織布，結合兩人的魔法編織出前所未見的帝王服飾……不只衣物，他們也編織出連最凶猛的獵物都能捕捉的獵網，而他們織出的旗幟是如此精美耀眼，據說即使在交戰最激烈的時候，敵軍也會忍不住一直看。」他凝望火焰。「母后過世之後，我再也沒看過他和誰親近。我大姊和他關係不錯，但她也不在了。」

他脫離回憶，伸手拿起茶杯。儘管遭到放逐這件事令溫德爾痛苦不已，但我一直以爲他並未因爲家人慘遭殺害而受到影響，並將之歸因於他的精靈天性。這樣想比較不可怕，但這件事**本身**還是很可怕。精靈與凡人打從本質上不一樣，有時候我依然很難將這個事實套用在溫德爾身上。我等著他說下去，但他沒有繼續。

「你說過你繼母有子女，」我追問，「她希望自己的骨肉坐上王位。」

「對——但要先等她坐夠了。」他淡淡地說道。「她和我父王生了一個女兒，她母親決定殺害她父親和所有異母兄姊的時候，她還很小。」他揉揉前額。「她叫黛拉，現在應該也還很小——很難想像貴族會認眞看待她。不知道。我確信**一定有**很多精靈覬覦我的王位。但我對政治的了解實在太少。」

我忍不住搖頭。「你父王想必以某種方式教過你政治的事吧？看著他治國，你應該**多少**學到了一點。」

「小艾……」溫德爾闔上書，表情流露苦澀。「我遭到放逐的時候才十九歲。在精靈眼中，那個年紀根本還是嬰兒，至少在智慧這方面跟嬰兒差不多。我們就該參加一場又一場的狂歡會和舞會，製造各式各樣的麻煩讓父母善後，長輩對我們的期望頂多只有這樣。」他嘆息。「而我又比一般青年更熱中於派對狂歡，我父王對我的政治能力評價低到不能再低。此外，我有五位兄姊，所以我的繼位排名很後面，即使我國熱愛暗殺，也不會有誰料想到我有朝一日可能繼承王位。」

我安靜片刻，充分體認到他所說的這番話有多沉重。「那麼……你對於治國全然沒有概念。」

「誰會懂？」他牽起我的手，表情突然從彆扭變成真摯。「我們一起學。」

「噢，老天。」我無力地說道。

他端詳著我。「有那麼嚴重嗎？你對精靈王國的了解已經遠勝過任何凡人了。」

「只是故事。」我虛弱地說，抽回他握住的手。「我知道的都只是**故事**。」

他看了我一眼，似乎感到不解。「還需要別的嗎？至今你已經動搖了一個王國的根本、找到通往遙遠異境的門、推翻一位女王，不是嗎？只要掌握到正確的故事，你便無所不能。」

儘管他對我信心滿滿，但我實在無法從中得到什麼慰藉。我一直都很清楚，溫德爾年輕的時候玩得很兇，但我以為他**多少**學過宮廷政治、學過如何運用權力。現在我終於明白實情了——他根本不知道怎麼當國王，即使他準備奪回王座，依然認為這件事沒什麼大不了，甚至完全沒想到過。難怪有些樹靈學者認為所有精靈都是瘋子。

「我是**學者**，」我說，「我只會觀察和記錄。我不會——永遠不會有誰將我視為王后。」

「是嗎？」他重新翻開書。「算他們傻。不然我也可以仿效父王的做法，派拉茲卡登去挖出敵人的眼睛和腸子。」

我無法分辨他是不是在說笑，因此沒心情繼續討論此事。可以說我們就此放下這個話題。

✦ ✦ ✦

但我還是一直在思考這件事。

行走的過程中我持續思索，感受者沉重的背包來回晃動。我帶了四本書——其中兩本是從劍橋樹靈學圖書館特藏室走私出來的[2]，雖然良心不安，但我也沒辦法，當人身在時間會任意變換流速的世界，實在很難遵守圖書館的借閱期限——主題都是精靈王國的政治，但人類對這方面的了解實在有限。長久以來，學界一直認定精靈君主主要是以武力統治，而相較於其他宮廷精靈，貴族更擅長魔法，然而，近代學者致力於挑戰這樣的觀點，認為精靈君主也具備謀劃策略與其他傳統領導統御的能力[3]。確實，溫德爾的繼母以混血之身登上王位，更足以證明新派的理論。

2 《愛爾蘭諸王：精靈國王與王后故事集，前基督教時代至當代》，約翰．莫菲著，一七七二年出版；《鏡王：蘇格蘭最古老精靈貴族之推測性傳記》，道格拉斯．崔利凡著，一八一〇年出版。

我還沒有跟溫德爾談過這件事，因爲目前我的計畫還只是未成形的想法，但我已經開始歸納書中的精靈治國原則。不用說，在我之前沒有其他樹靈學者能夠從統治者的角度**親身見證**精靈宮廷的統治方式，因此沒有人比我更適合撰寫以精靈政治爲主題的書籍。

光是想到這一點就讓我滿心期待。萬一我還來不及爲學術爭論做出貢獻，便遭到溫德爾的繼母處死，那麼我會非常失望。

我和溫德爾穿過森林時，一路都能聽見窸窸窣窣的低語。我有種被許多雙眼睛打量的感覺，但沒有精靈出來見我們，無論宮廷精靈或泛精靈都不敢現身。

「要是能得知最近的消息就好了。」我說。接下來即將面對怎樣的狀況，我們幾乎一無所知，這眞的讓人很煩惱。之前我去找過阿坡，因爲有太多來自不同領域的精靈造訪，他聽過各種傳聞，所以是打聽消息的絕佳人選。但他只知道在我對女王下毒之後，溫德爾的王國陷入混亂局勢。根據阿坡的說法，流浪精靈通常會避開政局不穩的領域。

溫德爾看看四周。「不然問她好了？」

「誰？」

溫德爾只是一直注視一根樹枝。「不用躲了，我不會傷害你。」

我等了又等，但森林裡沒有傳出回答，也沒有動靜。溫德爾發出惱火的抱怨聲，從樹枝上摘下一個精靈——我從頭到尾都沒有看到她。她身上穿著苔蘚織成的斗篷，戴著兜帽蹲踞，感覺像是枝幹上突起的彎，只是森林景色中一個毫不重要的變化。

那個棕精靈驚慌地尖叫一聲，然後恢復一動也不動的狀態。她的身高不超過一英尺，圓潤可愛的臉龐被苔蘚遮住一半，這種類型的精靈眼睛都是全黑的，她也不例外。

「陛下！」棕精靈細細的聲音呼喊。「我沒有看見您！請饒命！」溫德爾一放下她，她立刻跪倒在他腳邊，臉貼著地，含糊又迅速地說著我聽不清楚的話——大概還是在求饒，只是現在經常出現苔蘚這個詞，她好像正在製造或修補苔蘚，似乎要做為禮物獻給溫德爾。我很難理解其中的邏輯。

「請站起來，」溫德爾說，「目前我還不是陛下，你不需要……噢，真煩。」

他厭煩的語氣似乎比話語更能穿透棕精靈的慌亂。小傢伙站了起來，全身顫抖。

「我們不會傷害你。」我重複道，但她只是一臉慘兮兮地看著我，讓我心中湧起一股憐憫。

溫德爾將斗篷撥到一邊，在棕精靈面前蹲下。「好了，」他說，「快點回答我的問題，你就可以快點回你的苔蘚窩。我的國家發生了什麼事？」

棕精靈又開始含糊地高速說話，同時不停扭絞雙手，不時比劃繁複手勢。儘管我的精靈語十分流利，但依然聽不太懂她的話，她說話含糊不清，而且使用的方言似乎夾雜大量的愛爾蘭語。溫德爾聆聽片刻之後，舉起一手示意她打住。

他站起來，轉向我說：「沒什麼特別有幫助的消息。最近經常有精靈騎馬跑來跑去，這

3 相關範例請見安娜．奎羅茲探討葡萄牙馬德拉島上兩個精靈王國的文章，其中一個王國在當地精靈傳說中一直被描寫為灰暗悲慘的國度，由貪得無厭的國王統治；另一個王國的國王與王后則實行諸多善政，包括固定公開裁決爭議、經常綁架人類音樂家編寫讚頌王室統治的歌謠。後者領土面積較大，還會舉辦學界所知最神奇的各種狂歡會，而這通常是精靈領域繁榮興盛的特徵。

些小傢伙的家都被踩壞了，害他們很煩惱。到處都在打仗，大量魔法亂飛，像她這樣的棕精靈非常恐慌。有些乾脆拋棄家園逃進山區。」他的表情流露眞誠的難過。「但他們不知道究竟是怎麼回事，也不知道有哪些勢力參與，他們只知道生活被搞得非常慘。眞是太亂來了！」

他抬起手撥了撥頭髮。「最一開始是我繼母惹的禍——她決定要征服鄰國擴大領土，可想而知鄰國當然很不高興，於是經常派突襲部隊來騷擾我們的臣民。你上次來過之後狀況又更惡化了。」

「女王還活著嗎？」我問那個棕精靈。

又是一陣比手畫腳加上濃重方言。這次就連溫德爾都一臉疑惑。

「活著？」他說。「但不只這樣而已——她說我繼母逃跑了。不過小傢伙用了一個奇怪的詞，一般用來描述落葉腐敗之後化做森林土壤的一部分。」

我們對看一眼，看得出我們有相同的想法：肯定不是好事。「還有別的嗎？」我問。

「附近有個戰場——小傢伙說可以帶我們去看。說不定會有什麼發現。」

「好。」我說，然後我們便出發，棕精靈走在前面帶路，綠色身影的動作有如漣漪起伏。

十二月三十日

好的！從上次的紀錄到這次之間發生了很多必須寫下來的事，而且每件事都讓我不知該做何感想。自從和溫德爾待在一起之後，我已經很熟悉這種感覺了。

戰場是一塊濕地，旁邊有一片沼澤，應該是碩湖旁生出來的一部分。小火星四處飄散——都是戰爭中使用魔法之後留下的殘餘，看起來非常像鬼火[4]。還有其他難以解釋的元素，最怪的莫過於一道爬滿長春藤的階梯，並不通往任何地方；還有一隻巨型狐狸在變成樹的過程中被凍住，我頂多只能這樣形容。一棵注目橡被整整齊齊劈成兩半，乾淨俐落地一刀切開，可惜那棵樹並未因此死去。偶爾會出現一種呼嘯聲響，似乎源自地底。整體而言，我並未親眼目睹在戰爭最激烈時所使用的魔法，而我對此感到十分**慶幸**。

4 這很可能是最容易遭到誤認的精靈種族。就連經驗豐富的樹靈學者也會弄錯，將自然現象、螢火蟲或其他類型的精靈活動誤認為鬼火。世界各地的古老森林都有鬼火精靈出沒，這種群居型精靈只在夜晚出現，身高不到兩英寸，一雙類似飛蛾的翅膀占了大部分，比小小的身體大很多。過去曾經認為這種精靈會自體發光，但蘇菲亞·華格納一八二三至二四年間於比利時所做的田野調查發現，實際上，每個鬼火精靈都帶著一盞玻璃提燈，裡面點著小小的火，華格納推論應該是用作溝通工具（布蘭登·歐瑞根的研究支持這個理論，他在一九〇六年出版的書籍《火玻璃》中試圖解碼這種以燈光發送訊號的語言）。許多故事都描述人類被飄動火光吸引而迷途荒野，一般多歸咎於鬼火精靈，但其實通常是暴格在搞鬼，因為鬼火精靈極度怕生，一旦察覺有人類在觀察，他們通常會立刻熄滅燈光並且躲進距離最近的樹洞中。

戰場上沒有屍體，也沒有傷患。唯一的動靜只有風吹動森林邊緣生長的蕨類。許多理論企圖解釋精靈死後肉體的變化，學者也確實蒐集到不少泛精靈的遺體——其中有一些就收藏在劍橋樹靈學與族裔民俗博物館——但他們從來沒有發現過宮廷精靈的遺體。研究精靈喪葬的學者圈中最主流的理論主張宮廷精靈的遺體會隨著時間逐漸消失，然而此理論不符合故事的描述。或許是出於我本身的軟弱，我始終避免詢問溫德爾這件事。

「最慘烈的戰鬥發生在那片山丘再過去的地方。」溫德爾說。

「你過去吧。」我觀察影子，牠正埋頭喝著溪水。過去一個小時牠一直落後，使得我們不得不放慢腳步。「我留下來陪牠。休息一下應該能讓牠舒服一點。」

「可憐的狗狗。」溫德爾彎腰揉揉影子的耳朵。「等我奪回王位，一定會指派一群僕人專門照顧牠。我會命令他們在每個房間都生火，然後在壁爐邊放上牠專用的絲絨狗窩，我所有敵人的骨頭都留給牠啃。」

「前面一半很好，但後面那一半我受不了。」我說。

當然，溫德爾只是一笑置之，隨即出發走向山丘。我的存在性恐慌短暫發作了一下，突然質疑起帶我走到這一步的所有經歷，然後再將這份焦慮埋藏在更務實的思慮之下，我每次都這麼做。倘若有一天我失控發狂，一邊扯頭髮一邊尖叫著衝進樹林，當然只會是溫德爾害的，不然還會是誰？

我找出緩和關節炎的藥膏爲影子按摩腳踝。牠滿足地閉上眼睛，翻身側躺曬著太陽，但我並未因此安心。影子年紀大了，不適合走這麼遠，牠比較喜歡趴在火邊打瞌睡。

「你還好嗎，親愛的？」我輕聲說，揉揉大狗的耳朵。

影子叫了一聲，搖動尾巴拍打草地。

我們的小小軍隊沒有一起來到空地上，他們潛伏在森林暗處——我不確定這樣是否能減少我的恐懼，但至少我不用看著他們。當然，雪鈴是特例，他跳到我的腿上，一臉期待地看著我。我謹慎地搔搔他的耳朵後方——對他而言應該是種享受，但對我而言並非如此，因爲狐精往往會毫無預警感到厭膩，突然轉頭咬我的手指。

「我知道去城堡最好的路。」雪鈴甩著尾巴抱怨。「照**我的**指示走比較快。」

「你去跟國王陛下說吧。」我知道他絕對不敢眞的去說，只是單純想自誇而已。

「今天你的毛好亮喔。」我稱讚他，因爲我不想繼續聽他抱怨。這招果然有效，雪鈴立刻坐起身，然後跳到地上在一片陽光下理毛，以便展現他的外表。

我花了半個小時左右寫完日誌，心中感到很滿足。正當我打開背包想找一本書時，泰朗爵爺突然大步走來。

「你在這裡啊。」他的語氣如此隨意，彷彿我們剛才還待在一起喝茶，而我暫時離開了一下。

我小聲驚呼，慌張地站起來，任由日誌和筆落在草地上，接著後退拉開距離。他停下腳步沉著地打量我，一派冷靜自持的模樣，但他手中握著一把巨大的劍，劍身染上深色的濕潤痕跡，身上摻雜銀線的長袍同樣血跡斑斑，潔白臉龐也濺著血。一看就知道，他在這場林中戰役扮演了重要角色。

我與他截然不同，完全無法冷靜。泰朗爵爺的身材並不特別高大——宮廷精靈通常比人類高一點——但他的存在本身便氣勢十足，儘管我不想看向他，卻很難轉開視線。有時在眨眼的瞬間，我會在眼瞼後方瞥見宛如樹枝般乾枯的怪物，全身鋪滿濕潤反光的苔蘚，有如破損的華服。上次見到他時，我覺得他很像寒光島的精靈王，差別在於當我注視隱族之王的雙眼，看到的是高地冰河與積雪荒原；而當我注視泰朗爵爺的雙眼時，看到的是古老森林中心難以穿透的黑暗。

「我——很抱歉，爵爺。」我結結巴巴地說，匆忙行個屈膝禮。「我沒想到您會大駕光臨……」

「這些都不重要。」他撥開落在眉毛上的深色頭髮。「我們好久不見的親愛王子這次沒有陪你來？還是說你又來偷貓？他只有那一隻，你也知道。」

他的眼神流露笑意，但並不表示友善——差得遠。他端詳我的眼神如此尖利，使我感受到一種本質上的殘酷，只是他克制住了，至於原因，我無法理解。

我不知道該怎麼回答才能讓他滿意，只好跟隨直覺。「一隻貓對我而言已經很足夠，謝謝。這次我是來搶奪王位的。」

他露出笑容，我因為鬆了一口氣而雙腿發軟。

「是嗎？」他說。「呵，有何不可？這個國家的王位上已經出現過混血精靈和管家，既然我們已經淪落到如此不倫不類的境況了，來個人類王后也不會更糟。」

這句話讓我安心多了。多少安心**一點**，因為他像大部分的宮廷精靈一樣傲慢自大。

「既然你認為前幾任統治者都不夠高貴，何不乾脆自己坐上王位？」我知道這個問題太放肆，但許多宮廷精靈就是喜歡人類大膽莽撞，就像人們看到幼貓齜牙咧嘴反而覺得可愛。

他嗤笑一聲。「因為我愛惜性命。我成功保住這條命好幾個世紀——這個宮廷根本是狼窟，覬覦權力的人都沒有我長命。」

這個回答實在太出乎意料，讓我一時語塞。「非常明智。」我說。

那種惡毒的笑意又回來了。「謝謝——我極度重視凡人的意見，尤其是不知天高地厚，一再闖進兇險精靈領域的小丫頭的。」

「說話不必帶刺。」我不滿地說。「你大概不知道，但我已經三十一歲了。」現在我冷靜多了，因為我覺得他應該無意傷害我，這並非出於道德，而是因為——我察覺到——我提供了足夠的娛樂，讓他願意克制。

「懷德教授，我們也有能力獲取智慧，」他說，「至少我們之中的一部分啦。好了，利亞什王子在哪裡？」

這個問題令我震驚無比，我也不知道自己是如何保持表面上的冷靜。我當然知道溫德爾有另一個名字，但我從來不曾要求他告訴我——大概是因為我內心有一部分希望他只是溫德爾。溫德爾也告訴過我，精靈很少以名字稱呼彼此，即使眞名縮短而成的暱稱沒有魔力[5]，他們也很少用。從溫德爾不清不楚的解釋中，我推測出精靈之間以名字相稱就像人類對不熟的

5 被真名害慘的精靈當中，最知名的例子絕對是《格林童話》中的偷嬰侏儒怪「龍波史迪爾斯金」，但還有其他類似的故事，包括〈老艾冉濃達倫〉（挪威）與〈蘭米波格斯〉（英國）。學者遇到宮廷精靈的機會太少，而泛精靈被問真名都會生氣，因此學界對於精靈真名的魔力了解極少，也無法確認得知精靈全名是否就能奴役他們。雖有少數泛精靈願意告訴學者自己的名字，但也只會說出一部分，有時是姓，有時是名，有的則是給兒時小名，例如路易斯·哈特蘭的土丘靈好友「肉垂」。

人直呼名字一樣失禮，通常他們會使用「叔父」、「織匠」、「女爵」之類的稱呼取代。這是精靈禮儀中很有意思的範例，毫無疑問是緣自他們避免說出眞名的習慣，如果要以這個題目來寫研究論文，我至少可以想到四種不同的切入角度。

我只停頓片刻，立刻回答：「我要是知道，早就告訴你了。雖說難得有機會和滿身血跡的強大精靈交談使我激動不已，但我並未因此忘乎所以。」

「只要你呼喚，他就會過來。」泰朗的語氣幾乎算得上溫和。

我端詳著他——我也不知道自己以爲能看出些什麼，感覺就像企圖解讀神的動機。我深吸一口氣，大喊：「溫德爾！」

一瞬間我覺得自己好傻。只有非常短暫的瞬間，因爲在我吸完下一口氣之前，溫德爾已經從一棵樹中走出來了。

眞希望我能說自己早已習慣他的這種行爲，但老實說，我一直很難接受，我必須極力自制，才能避免像小孩一樣尖叫。他這麼做之所以讓我感到如此深刻的不適，部分是因爲他的態度太過自然。假如他出現之前先冒出一陣煙，或是地面先震動一下，又或是**任何**預告他即將使用魔法的跡象，或許我的感受就不會這麼糟，但他就那樣從樹裡走出來，像是走進一扇門那樣自然。

他看向我又看向泰朗，表情沒有一絲驚訝，只有滿滿敵意。他拿著一把劍，我猜應該是在戰場上撿來的。「舅舅，你在這裡做什麼？」

「和她說話，孩子。」泰朗爵爺說道。「我看起來像在做什麼？」

「你**看起來**像拿著劍逼近我的未婚妻。」

「溫德爾。」我突然警覺起來，因爲他的表情浮現出我之前看過的特徵，一種狂暴的冷靜。我堅決相信，除非絕對必要，否則最好避免與泰朗爵爺爲敵，也要避免與他的朋友爲敵，萬一溫德爾暴怒砍下泰朗的頭，他的朋友絕對會很不高興。

但泰朗爵爺只是隨手用劍點點地面，上下打量溫德爾。「你太敏感了！」他說。「看來你祖母的性格跳過了一代。你父親晚年雖然嗜血濫殺，但他的脾氣並不像你祖母。當然啦，你母親生氣的時候八成會洗衣服發洩，她那一族都是那種樣子。不過比起掃把，你更喜歡劍，對吧？眞是了無新意。」

「溫德爾，他幫助過我。」我急忙說道。「他幫助過**我們**。當初全是靠他幫忙，我才能夠進入城堡。多虧有他，我才能及時救活你。」

溫德爾困惑地看了我一眼，似乎不明白這兩件事有什麼關係。

「確實如此，不是嗎？」泰朗說。「不過其實都是卡倫的主意，因爲我妹妹太愛發動戰爭，所以卡倫一直都很討厭她。王子，雖然你還太年輕，但他寧願讓你坐上王位。他相信王位回歸先王血脈能爲國家帶來安定。」他雙手一攤。「我呢，根本不想碰政治，然而，身爲一直很愛惜性命的存在，我也認爲他的論點沒錯，更何況，我原本就幾乎事事順著卡倫的意，他要怎樣都沒問題，無論我是否認爲合理。不過呢，唉！有個小問題，我曾經對你父王發過誓。」他露出懊惱的表情，但似乎特別算計過，盡可能顯得不眞誠。「要知道，先王對他的長子沒什麼好感——也就是你的大哥，王子——那個孩子十分粗野愚蠢，也不擅長使用魔法。因此先王要我發誓，絕不會允許實力不如他的傢伙登上王位。我認爲他希望我能幫忙殺死他的長子，這樣他的第二個孩子——你的大姊——就可以成爲第一順位繼承者。當我選擇冷眼旁觀，任由我妹妹一路殺上王位，先王想必很驚訝。不過話說回來，我並沒有違背誓言，對吧？她以自己的方式證明了她的能力勝過丈夫。」

他喟嘆一聲。我有種明確的感覺，他其實樂在其中，表現出的惆悵都只是假象，背後暗藏著某種殘忍的樂趣。「現在我們來到了關鍵時刻，王子——你知道的，除非你證實自己的實力勝過你父王，否則我不能讓你離開。萬一就這樣讓你回到城堡贏得王位，等於我沒有遵守誓言。」

聽完這番荒誕的言論，溫德爾連眼睛都沒有眨一下。他似乎深陷思緒之中，頭微微歪向一邊。他轉身看向我，眼神流露權衡，但我不懂他的用意。現在我明白當時他看的不是我，而是我的斗篷。

「我們應該——」我試圖開口。我也不知道自己原本打算說什麼——可能眞的想給建議，也可能只是企圖拖延，讓我們有更多時間設法從這個新出現的危機中脫身。但怎樣都無所謂了，因爲在瞬息之間，原本悠閒倚著劍的泰朗爵爺已經舉劍朝溫德爾的胸口刺去。

溫德爾罵了一句，急忙往旁邊閃開。就連我也驚恐後退，儘管我離劍身很遠——泰朗的動作迅速又剛猛，超乎我以往見過的任何力量。溫德爾落在一叢蕨類上，消失在綠意之中，感覺有如跳入深池——下一瞬間，那叢蕨類已被泰朗的劍斬首。

「你父王無法打敗我，」泰朗說，因爲溫德爾沒有重新現身，於是他轉身觀察濕地，「在我交手過的對象當中，他的劍術是最強的，然而每次我們比劍，最後都是我贏。所以啦，王子——只要你能讓我的劍脫手一次，就算你過關，證明你的能力勝過你父王。」

「溫德爾，這太荒謬了。」我高喊。影子緊跟在我身邊，喉嚨發出低吼。我站穩腳步，努力想找出溫德爾可能在哪裡。「我們一定可以設法以協商解決這件事。」

「恐怕不行。」溫德爾從小溪對岸的一棵樹中出現。他謹慎地觀察泰朗爵爺，這個舉動讓我動彈不得，因爲以往溫德爾手握利劍時，總會流露滿滿自信。「若是他違背誓言，會有生命危險。」

泰朗爵爺點頭。「我說過了——我很愛惜性命。」

「噢，老天……」我不禁哽咽，不敢相信我們好不容易才來到這裡，一切卻即將止步於此。我一定遺漏了什麼，一定有某種辦法——

泰朗再次出擊，但這次溫德爾做好了準備。雙劍交鋒，速度快到只能看到一片銀光，劍刃反射陽光使得一道道刺眼強光閃過草地。眼前掠過黑點，但我強迫自己注視——雖然看了也沒什麼用。他們的動作實在太快，我完全跟不上，感覺就好像觀察陽光在起伏海浪上灑落的粼粼波光，並且企圖繪製出位置圖。他們分開時，溫德爾站在小溪對岸，泰朗隔著溪流注視他。

「你……」泰朗爵爺頓了頓。他看起來並不感到驚訝，我懷疑他可能已經無法感受到這種情緒了——但他的眼神增添了一種新的興味。「感覺就像和你父王交手。」

「我比劍從來沒有輸過。」溫德爾說道，口氣幾乎像是無意間脫口而出。

「我也一樣。」泰朗說。「我猜想就是因爲這樣，你祖父，也就是老國王，才會任命我擔任將軍。他的母親也這麼做。你父王也打算任命我——但我受夠了戰爭。」

此刻他的語氣沒有惡意也沒有取樂，只有一種深不見底的平靜，一瞬間我彷彿能夠在他的聲音中聽見無盡光陰的迴響。溫德爾不確定以凡人的計算方式而言他父王統治了多久，只知道並非數年，而是數百年。在他之前，泰朗爵爺竟然還目睹過兩代統治者的興亡？

「溫德爾……」我再次試圖制止他，恐懼重重壓著我的胸口。

這次泰朗爵爺也沒有讓我說完。他越過小溪，靴子踏出的水花還沒落下，便已將溫德爾逼得不斷後退。溫德爾以令人難以置信的優雅動作格擋、閃躲，卻節節退敗。他一踉蹌，泰朗爵爺便抓住他分神的機會進攻，但溫德爾在倏忽間突破他的防備，朝泰朗的側腰揮劍。

泰朗大笑起來。他後退一步，一手按住肋骨，接著舉起手，只見掌心染血。「不愧是先生的兒子。」他的語氣第一次流露溫情。

溫德爾呼吸急促，頭髮變得亂七八糟。我以前也看過他打鬥，但從來沒有打到這種程度——表面上他依然是溫德爾的模樣，卻似乎甩掉了一部分的人類僞裝。老實說，眞的很嚇人。一時間，我內心最本能的部分再也不想知道誰會贏，只想**遠離**這兩個恐怖的非人生物。

可是這樣還不夠。溫德爾顯然精疲力盡，需要休息一下，而泰朗爵爺不打算給他機會。

他再次與溫德爾交鋒，力道之大，我還以爲劍刃會碎裂。溫德爾勉強接住這一招，然後跳向身後的樹，泰朗爵爺瞬間舉劍——

將那棵樹劈成兩半。

他的動作輕鬆到彷彿只是隨手一揮。前一刻樹還以完整之身站在那裡，下一刻便晃動著樹幹往前倒。泰朗爵爺不慌不忙讓到一旁，再度觀察起樹林，那棵樹在他身後轟然落地。許多只有我手掌大小的精靈從樹枝上衝出來，哭喊奔逃，身後拖著裝衣物的小包袱，看起來像小小的鼓。

溫德爾在泰朗爵爺的左方出現，劍同時揮出，泰朗被迫退向溪流。但時間非常短暫。我有種可怕的感覺，這場比武的性質改變了，泰朗爵爺已經瓦解了溫德爾內在的力量，只是因爲還不想結束而拖延。

很快我的猜測便得到證實，泰朗爵爺的劍穿透溫德爾的防禦，雖然只割破了斗篷邊緣，但確實讓溫德爾失去了平衡。泰朗的劍驟然揮向溫德爾的頭。

我放聲尖叫。然而劍還沒有落下，一團黑霧一閃而過，彷彿從地洞衝出的暗影。奧嘉纏住泰朗的腳，讓他在一陣搖晃之後跪倒。他的劍從溫德爾的肩膀旁邊劃過，沒有造成任何傷害。

「這是怎麼回事？」泰朗質問道。令我錯愕的是，緊接著他又以帶著寵溺的語氣說：「忘恩負義？王子，你不在的時候都是我在餵這傢伙。我一直都很喜歡貓。不過牠似乎不喜歡我了。」

「奧嘉比我更討厭我的敵人，」溫德爾喘著氣說，「從今以後，牠會用上餘生所有時間想方設法弄死你。」

我原以爲泰朗爵爺會不以爲意地聳肩，但他並沒有這麼做。事實上，他的表情相當煩惱。他緊接著搖搖頭。

「那就這樣吧。」他說，他們再次刀劍相向。我一時誤以爲溫德爾已經恢復體力了，因爲他打鬥的動作像平常一樣矯捷——不過很快我就看見一道光從草地上飛過，並驚覺那是溫德爾的劍反射著日光飛旋。

溫德爾蹣跚後退。泰朗爵爺的表情短暫流露失望，但很快就消失了，換上一種難以理解的古老神情。他再次舉起劍——

我狂奔起來，對著溫德爾大叫，天知道我到底說了什麼——好像跟誓言有關，他們對打時我一直在搜尋記憶，想找出解套的方法。我想出三、四種可能，其中成功機率最高的方法來自一個愛爾蘭傳說，主角是一位鄉下烘焙師，他向精靈王許下誓言，以交換永遠柔軟的麵包[6]。

溫德爾忽然高聲說：「小艾，你的斗篷！」

那一刻，我的頭腦宛如利劍，受恐懼磨礪而飛速運轉，連自己都沒有察覺。我瞬間明白溫德爾要做什麼，以及背後的原因。泰朗爵爺所說的話在我腦中重新排列組合，可以對應十幾個故事的模式，我從中看到一扇門——解套的辦法。

我急忙脫下斗篷拋向溫德爾。他單手接住，舉起斗篷擋在自己和泰朗之間，彷彿那是一面盾牌。

在我眼中這個動作簡直可笑，但泰朗的感受似乎不同，他後退一步，眉頭糾結。溫德爾甩了一下斗篷，動作就像抖開地毯。斗篷下襬散開，有如不停起伏的滾滾黑影覆蓋草地。

泰朗爵爺顯得有些畏縮。「你做了什麼？這該不會是……」

「沒錯。」溫德爾說。他依然氣喘吁吁，但已經不是剛才那副隨時會力竭倒地的模樣。「夜幕境的一部分，我縫進下襬了。也可以視作一道窗口。對付精靈沒有比這個更好的招數了吧？」

「這種事應該不可能辦到才對。」泰朗爵爺說，這很可能是唯一一次我們有同感。他的視線沒有放在溫德爾身上，而是注視斗篷，每當斗篷在風中擺動，他便瑟縮一下。

溫德爾聳肩。「你說我的實力必須勝過父王，但你立誓的時候並沒有確切指定是哪方面。

確實，我繼母的劍術不可能勝過她丈夫——她的強項是用腦。我呢，則是在縫紉方面技藝更出色。你肯定看過我父王縫製或修改的衣物，而我確信你看過的都絕對比不上這件斗篷。」

泰朗爵爺沉默不語。現在不難解讀他的表情——他的眼神充滿眞正的恐懼，溫德爾以前跟我說過夜幕境的事，也說過那是所有精靈都畏懼的領域[7]。

溫德爾用一根樹枝撐著身體站起來，表情流露痛楚。我走過去用一手摟住他。泰朗爵爺說不定會爲了殺溫德爾而決定先把**我**砍成兩半，但此刻我完全不在乎，因爲我發現他流血了——他的雙臂與側腰至少有十多道小傷口。

「當然了，他說得沒錯。」我對泰朗爵爺說。「精靈誓言有很多漏洞可鑽，但你的那個似乎更是可以隨意解讀。」

「對、對。」泰朗爵爺急忙將劍收進鞘中。「我滿意了。你可以……把那東西收起來了。」

我倒是不太樂意把**那東西**收起來——我一直都知道溫德爾在我的斗篷上施了無數魔法，但並不知道竟然有一扇通往地獄異境的窗口縫在上面。不過溫德爾一臉滿足，彷彿泰朗爵爺大肆讚美了他的手藝。儘管我一想到自己擁有這種駭人衣物便感到恐懼，心中依然有一絲得意，最終還是允許溫德爾爲我穿上。下襬波動收攏，最後變回平凡的斗篷——然而做工精美

6 〈大笑烤爐〉，請見J．P．吉倫著作《維京時代愛爾蘭精靈傳說選集》第八版（一九〇八年）。

7 窮盡所有方法搜尋之後，我最後的結論是：現存的學術文獻中，沒有任何一篇提及「夜幕境」這個只有精靈君主才能開啟的神祕領域。我相信我是唯一得知此領域存在的學者，至少是唯一得知之後還活著的。

無比。

「你在開打前先跟我要斗篷不就沒事了。」我指出。突然鬆了一口氣讓我感到頭暈，也有種想要歇斯底里狂笑的衝動，但我不希望在泰朗爵爺面前出醜。

「我以爲能贏嘛。」溫德爾說。他似乎沒有因爲打輸而洩氣，反而顯得樂呵呵。「更何況，我一直很想和舅舅比一場，據說他是我國劍術最高強的大師。我已經很久沒有那麼開心了。」

「他差點砍掉你的頭！」我怒斥。

「對啦，**除了**那部分，小艾。」他耐性十足地說。

泰朗爵爺撿起溫德爾的劍交還給他，劍柄朝前。溫德爾收下時一臉遺憾。

「希望有機會再比一場。」他說。

「老天。」我嘀咕。

「當然不必拚個**你死我活**啦。」

「如你所願，國王陛下。」泰朗說。他說出「國王」這個詞的表情很難看，彷彿帶著一股酸臭。「看來我國又要重回管家的統治了。」

「休息一下，喝杯茶吧？」溫德爾說。他們大步回到溪邊，一路聊著茶的話題，彷彿完全忘記剛才還企圖殺死對方。

但奧嘉可沒有這種好風度。等到泰朗爵爺以高雅的動作坐在一塊平頂岩石上，牠便無聲無息地從後方竄出，抓了他的腳踝一把。

泰朗爵爺罵了一句，拉起褲腳察看，只見一道鮮紅傷痕顯現。「看來我們的友誼告終了。」他說，語氣滿是遺憾。「雖然說我們的感情從來就不深——我記得只有兩次恩准我摸牠。仔細想想，除了你之外，我沒聽說過還有誰能夠和精靈貓產生這樣的關係。」

溫德爾擺擺手。「我家小艾養了一隻狗靈。」

泰朗爵爺端詳我，然後又看看我身邊的影子，眼神多了一種之前沒有的興味。「區區凡人？」

「難道說我身為凡人的這件事真的讓你如此震驚，以致於動不動就要提起？」我惱火地說，因為我像奧嘉一樣，還不打算原諒他。「你丈夫應該覺得很煩吧？」

泰朗爵爺大笑起來。我感覺得出來，他殘酷的性情並沒有消滅，只是被他收起來了，就像把劍收進劍鞘那樣。

我清楚意識到這個場面有多荒謬，但還是從背包拿出了之前沒吃完的司康，以及精靈石變出的茶杯——第三個茶杯自動出現。我將一塊司康交給泰朗爵爺。

「謝謝。」他說。「看起來很美味。」

溫德爾拿起茶杯盛裝溪水，然後遞給泰朗爵爺。這次我非常仔細觀察，但依然無法確切看出溪水變成茶的瞬間。感覺像是有一片影子落在上面，然後就變成熱騰騰的茶。

泰朗爵爺嗅了一下茶香，露出讚賞的表情。「哈！就是這種茶。以前每逢豐收市集，你父王早上一定會命人準備這種茶。」

所有人都拿到茶之後，溫德爾說：「快告訴我，杜鵑草原變成什麼樣子了？」

眞不敢相信，有那麼多大事要煩惱的當下，他問的第一件事竟然是花的情況。我張嘴正要指出這點，但他碰碰我的手說：「小艾，這件事很重要。」

「你也知道我親愛的妹妹有多討厭那個地方，」泰朗爵爺說道，「她命令園丁放任那裡荒廢。後來呢——很可惜，被巫頭鹿占據了。」

「又多了一件要處理的事。」溫德爾嘆息道。

「這到底是什麼意思？」我問。

溫德爾一臉歉疚。「巫頭鹿占據的土地都會成爲——不友善之地。往往會變得野蠻。」

我努力想像野蠻的杜鵑花是什麼樣子。泰朗爵爺說：「閒聊夠了吧，陛下——請滿足我的好奇心，這些年我們聽到很多關於你的謠傳。傳言有的說你受雇於凡人的學校，擔任平凡的勞工，但也有傳言說你去北方惡整冬之地的一位國王。」

「噢，那件事啊。」溫德爾開始滔滔不絕描述我們在寒光島的冒險，其中絕大部分都在生動描述白雪與低溫。泰朗爵爺似乎對冰河特別感興趣，提出不少問題。我努力壓抑煩躁，終於等到談話的空檔。

「爵爺，我們過來之前，你原本在和誰交戰？」我問。我使用了宮廷精靈專屬的敬稱，但並非**最崇敬**的那種，因爲只有棕精靈之類的泛精靈才會如此使用。即使泰朗爵爺感到不滿，我也不太在乎。這個詞無法直譯，但是在精靈語中與音樂家同屬於一個詞根，這個有趣特點也是許多學術辯論的主題。

「噢，一群入侵的敵軍，來自……」他用了一個我沒聽過的詞，大致可以翻譯爲「渡鴉隱匿之地」。

「那是被我繼母征討的領域，」溫德爾解釋道，「學者稱之爲蘭之森，很討厭的地方——到處都是可恨的山。」他露出若有所思的表情。「不知道我能不能命令境內的山離開？反正我們有很多丘陵，這樣不就夠了嗎？」

泰朗爵爺聳肩，看得出來毫不關心這件事。「總之，戰爭一開始是爲了打退侵略者。但後來女王的士兵也跳進來搗亂——她的私人衛隊會效忠到底，至死方休，總之很會惹麻煩。昨晚他們在城堡花園舉辦了一場演出，找來十幾個歌手和吹笛手，唱了一堆令人厭煩的民謠，什麼不忠是腐敗的種子、叛徒必死之類的。他們鬧了一整晚，害我睡不好。於是我改爲與渡鴉隱匿之地聯手，殺光那些愛說教的傢伙。」他停頓一下，似乎正思索著什麼。「不知道那些入侵的軍隊後來去哪了？」

「老天！」溫德爾驚呼。「吹笛手和吟遊詩人，他們就不能請一、兩個豎琴手嗎？」

「就是說啊，不能期待戰士階級有好品味。」泰朗說。

「現在是誰占據王位？」我搶話發問，聽他們交談讓我覺得像在變化莫測的急流中游泳。

泰朗爵爺啜飲一小口茶。「昨天是先王的一個大臣。前天女王的衛隊首領企圖自命爲攝政王，代替缺席的女王打理國政，幸好他還來不及逼我們聽民謠就被殺了。今天呢——噢，天曉得。」

「我繼母在哪裡？」溫德爾問。

泰朗爵爺兩手一攤。「我猜應該死了。我最後一次見到她的時候，她就差不多快死了。毒素導致她的健康急速惡化——親愛的，你給的劑量太大方了一點。」他對我微微一笑，但我看不出善意。「她在還剩一口氣的時候命令衛兵偷偷將她送往別處——我猜應該是爲了爲難你，陛下。倘若能確實證明她已經死去，你登基的過程會比較順利，但像現在這樣，那些效忠女王的人馬就有理由繼續效忠。」

這番話讓溫德爾稍微有點洩氣，但很快他就聳聳肩。「看來只能跟他們打了。」

「你一定會贏，」泰朗爵爺說道，「這點我毫不懷疑。不過呢，角逐王位的傢伙實在太多，一個一個打很耗費時間，也很煩人。許多女王的親信和我想法相同，認為你太年輕，不足以擔當治國重任，先王的議事大臣也一樣。其他貴族討厭你的理由和討厭你母親一樣——他們不願意受泛精靈的後裔統治，特別是夜精靈。這樣違反自然。」

「事實上——」我邊說邊在腦中翻閱故事，一一加以整理，就像整頓放在書桌上的紙本，「最值得擔憂的狀況是敵人**不肯**和你打。在你面前他們會滿臉笑容、殷勤恭敬、奉承諂媚，卻在背後雇用殺手行刺或下毒。畢竟這個國家的宮廷就是以此聞名。」

溫德爾悶聲怨嘆，一手抓梳過頭髮。隨後他似乎察覺我的語氣另有言外之意，改而注視我的臉，接著露出笑容。「小艾，你想到好主意了，對吧？拜託說有。」

「我認為，」我緩緩說道，「你必須讓朝臣怕你，必須做到他們再也不敢忤逆你的程度。」

「呵，當然啦，大家都怕小鬼頭。」泰朗爵爺說。「更別說這孩子可是惡名昭彰，聽說每次最後離開派對的都是他。現在他不但回來了，還帶著一個邋遢的小個子學者！他的敵人會怕得發抖喔。」

溫德爾的視線沒有從我身上離開。「怎麼做？」

「你在斗篷上動的手腳讓我想到一個好點子。」我有股衝動想撫平皺巴巴的裙子，但我拚命忍住。

泰朗爵爺的蔑笑消失了。「陛下，你該不會想把我們全扔去夜幕境吧？如此一來你就沒有朝臣了，至少饒了我——我是站在你這邊的。」

「眞的？」我沒好氣地說。「爵爺，請見諒，但你似乎不太樂見溫德爾重回王位。」

「噢，親愛的，」泰朗爵爺說，「我們之間好像有誤會。確實，我認爲我姪兒會是很糟糕的國王，還不如找個園丁坐上王位，說不定更能勝任。但我根本不在乎誰當國王。我會站在你這邊，是因爲這樣能讓卡倫開心。」

我一個字也不相信。「就這麼簡單？」

他揚起微笑。「當然就這麼簡單，生命中還有更重要的事嗎？」

溫德爾點頭。「我很高興宮廷中有另一個凡人。說眞的，我應該會邀請更多凡人加入。小艾，說不定大臣應該要有一半是凡人。你說呢？」

「你說得好像是發自內心的善意，」我冷笑一聲，「但其實只是因爲你覺得凡人比精靈更容易臣服於你的魅力。」

他一臉被逗樂的表情。「啊，這點你就錯了——我更喜歡難以被魅力打動的人。」

泰朗爵爺喝完茶之後站起來，小心地將杯子放在岩石上。「我先走了。可想而知，大家都算準你遲早會出現，因此女王的衛兵已經埋伏在城堡周圍的幾個地點了。我至少可以先解決掉他們。然後你就能堂而皇之重回宮廷，用你的縫紉工具嚇死我們，陛下。」

我瞪向泰朗，他一派無辜地揚起眉毛。「不行嗎？不然用他珍藏的掃帚？」我的表情惹來他一陣大笑，他揚長而去，進入森林。

「走得好。」我嘀咕。我轉過身，發現溫德爾正衷情地對我微笑。

「舅舅願意站在我們這邊眞是太幸運了，」他說，「他有時會被稱爲**亙古者**，因爲他很可能是全國活最久的一個，大家都對他十分敬畏。」

「他很氣人。」

「他的看法沒錯。」溫德爾毫不在意地說。「要讓我的朝臣感到恐懼並不容易，我們太習慣怪物了。而且他們從來不覺得我有什麼可怕。」

「你的魔力愈來愈強，」我直截了當地說，「我一直在觀察。你從來沒有如此恣意地使用過魔法，卻完全沒有顯露疲態。」

「我……」溫德爾愣住。一時間，他的表情就像在精靈之門前猶豫時那樣，有些迷茫。

「我沒察覺。」

「我認爲這是好兆頭。」我說。也是令人不安的徵兆，但我沒有說出口。我都陪他來到精靈界了，總不能在這時候失去勇氣，躲在角落瑟瑟發抖吧？我推開焦慮，坐直一些，接著說下去：「很多古老故事都暗示領域會認出正統的主人。希望你的朝臣做好準備，我們要以非正統的方式展示力量。」

十二月三十一日

我們於日暮時分抵達城堡。

先前在森林裡多逗留了一天——一部分是因爲溫德爾需要時間工作，另一部分則是爲了影子，我和溫德爾都覺得有必要好好寵溺牠。溫德爾找到另一塊住著殷勤棕精靈的立石，這次衝出來的棕精靈送來一盤狗餅乾。影子一口氣吃光光，然後躺在一片苔蘚上熟睡。早上醒來時，牠的腳步變得非常輕快，我已經好幾年沒有看到牠狀況這麼好了。

我們由東側走向城堡，而不是十月時我走的那條花園道路。這條環湖道路寬敞優美，平時貴族都會乘坐馬車從這條路入宮，王室外出打仗或狩獵之後若是想要場面盛大地回宮，也都會選這條路。

換言之，這條路是最佳選擇。

那天我向溫德爾說明想法之後，他立刻大笑起來。「怎麼了？」我看著他擦掉笑出來的眼淚。「有這麼荒謬嗎？」

「不是這樣，小艾。」他牽起我的手。「我絕對想不到這麼妙的招數，而且這比揮劍闖進去和所有精靈打鬥輕鬆多了。」

「可是你沒有帶上針。」我說。

「當然有，我怎麼可能不帶？」他彈彈手指，一名侍衛便降落在他的肩上，我嚇得猛然後退，心臟怦怦跳。侍衛背著一個皮革小包，裡面裝著一組銀質縫紉針，那是一年前拉芬斯維克村長歐黛送給溫德爾的禮物。

他忙碌的時候我也沒閒著，但我能做的貢獻相當有限。很少有學者知道破力咒的咒文，而我知道兩種，其中一種很適合在這時候派上用場——雖然這種咒文的功效實在可笑。

我走進森林的邊緣地帶，開始誦唸破力咒。起初什麼都沒有發生。我記得上一次使用這種魔法時同樣也要等待一段時間，那次是在冬季積雪的寒光島，囚禁隱族之王的白樹旁邊。

不久後某種物體從森林暗處飛過來，打中我的前額。

我蹣跚後退，主要是因爲受驚而不是疼痛。站穩腳步後，我撿起落在一堆長春藤上的鈕釦。

這顆鈕釦很漂亮，以淺藍色水晶製成，雕刻成玫瑰形狀，即使在幽暗的樹蔭下依然閃閃發光。我信心大增，再次唸誦尋釦咒。這次我成功接住飛來的鈕釦，沒被打中臉，但才剛接住又失手鬆落，差點讓鈕釦掉入地洞中。這顆鈕釦是銀質的，沒有裝飾卻非常精緻，讓人不禁擔心捏得太用力就會粉碎。

雪鈴跟著我走進森林，一臉好奇地看著。「你明明是笨手笨腳的凡人，爲什麼會用我們的魔法？」他問道。

「任何人都能使用破力咒。」我回答。「困難的部分在於要找出來，因爲大部分早已被遺忘。」我瞥了他一眼，壓抑笑容。「不過呢，你說得沒錯，我只是凡人，視力實在太差了。我好擔心一找到鈕釦就又不見喔。」

「哈！」雪鈴的尾巴激動地抽搐。「**我的**視力非常好！」

於是乎，我唸誦咒文超過一百次，每次都有一顆鈕釦從森林中不同方向飛來，有些比較慢才到，似乎得飛過較遠的距離。我成功接住幾顆，但大部分都在打中我的頭之後彈開，這時雪鈴或其他狐矮人就會歡呼著追過去，爲了爭搶鈕釦而互相咆哮。

我把蒐集到的一小堆鈕釦用裙子兜著，帶回去給溫德爾看。他驚呼：「老天！」他的面前放著一堆奇異的深色布料，隨著微風不住晃動，他正埋首縫製，銀針飛舞如風。「你究竟在哪裡找到的？」

「大家時常遺失鈕釦，」我說，「精靈也一樣。森林這麼大，一定到處都有掉落的鈕釦，就像錢幣一樣。我只要召喚出來就好。問題在於，能派上用場嗎？」

溫德爾將銀針插在一朵蘑菇上，似乎用它充當針包，然後伸出修長手指輕撫那堆鈕釦。

「噢，小艾，」他輕聲說，「太有幫助了。」

他對我的信心實在很感人，然而，當我們隨後走上環湖道路，注視著前方高聳矗立的城堡時，我對**自己**的信心卻瀕臨破碎。

不只是因爲泰朗說我是**邋遢的小個子學者**——我承認，他這句評論確實刺傷我了——而是因爲他說中了我人生的模式。要是我這一生大多數時候更能融入周遭環境；要是我少讀一點精靈故事，不那麼清楚一般會吸引精靈王族目光的人類是哪種類型，因而深刻意識到自己相距甚遠——或許我就能夠分享溫德爾在那一刻的勝利榮耀，畢竟那也是我的勝利。但我把注意力都放在儀態上，保持抬頭挺胸，希望多少能呈現出高雅的步伐。除此之外，我還拚命祈禱千萬不要絆倒，也不要以其他方式害自己丟人。我下定決心要盡我所能，讓自己符合故事中這個角色的凡人形象。爲了達成這個目標，我請溫德爾在我的連衣裙上施了魔法——現在變成和他相配的黑色，一層層絲綢以銀線繡出藍風鈴圖案。

在魔法改造過的連衣裙外面，我穿上溫德爾精心修改過的斗篷，下襬拖得很長，在我身後形成一大片波動的漆黑，彷彿我和巨人交換了影子。我很不願意讓溫德爾對斗篷動更多手腳，因為我喜歡原本的樣子，但我明白，即使感覺再怎麼可笑，我也必須一出場就以形象震懾全場。因此他將原本樸素耐用的兜帽拆掉，換上織進星光的布料。

我也很希望只是比喻而已，但溫德爾告訴我——以他在這類狀況下常用的那種平淡語氣——他真的蒐集了映在森林池塘上的星光縫進布料中。星光環繞我的臉，有如幽冥王冠，有些保持明亮，有些不停閃爍；不時會有一顆星星從兜帽上飛出去，消失在樹林中，引起一陣尖銳驚呼——我們一路走來，跟在後面看熱鬧的棕精靈愈來愈多。我盡可能不被他們的尖叫嚇到。

溫德爾堅持也讓影子盛裝打扮，配合我們的榮耀回歸。

「奧嘉不肯穿衣服。」他說。「不過牠們至少其中一個必須打扮得體，畢竟牠們之後將成為國王與王后的使魔。」

雖說影子一直不太喜歡穿衣服，但牠似乎察覺到這次的場合很重要，所以儘管有損尊嚴，還是乖乖站著不動，任由溫德爾測量，在牠身上披上一層層布料，最後化作一件精緻的外衣。影子的衣服是柔軟的黑絲絨質料，上頭綴滿王室級別的奢華銀線刺繡。溫德爾不知怎麼辦到的，將我在森林找到的幾顆銀鈕釦變成銀線。他決定要讓影子氣勢驚人——我沒意見，因為我知道這樣能讓影子比較不尷尬——於是他取來幾縷霧縫在牠的斗篷上，有如飛揚的緞帶，如此一來，影子走到哪裡都自帶仙氣飄飄的效果，突顯牠身為狗靈的不凡氣質。再加上耀眼的銀線刺繡，整體效果——這麼說吧，神祕感十足。

至於溫德爾的服裝？眞希望我有能力妥善描述。

製作全程我一直在旁邊觀看，但還是說不出他究竟是如何縫製出那件斗篷。有時他似乎是伸手撈起樹下的陰影，一拿起來就變成實體，或者該說**比較實在**的狀態——波動的黑暗，一如我的斗篷。有時他會走進森林，帶回一把松樹枝或樺樹皮，轉眼就變成類似布料的東西。過程中，他偶爾會將斗篷泡進湖水中，取出時造型便會發生些微變化。

最後的成品呈全黑，這是當然的。但我從沒看過那樣的布料，質地有如液體，微微閃爍光芒。他命令每個侍衛捐出幾根羽毛，讓他織進布料中。平時完全看不出羽毛的痕跡，但風吹動斗篷時就會隱約帶著翅膀的感覺。這件斗篷不需要裝飾，因爲它本身便彷彿來自夢境，而他也沒有多做什麼，只縫上了一排鈕釦。我原本以爲他會從我蒐集的鈕釦中選擇最好看的使用，沒想到他選的是能夠代表國境不同地區的鈕釦：銀鈕釦象徵悲泣礦坑與川盧河下游地帶，雕刻橡木鈕釦象徵國內各個角落的十多座森林，珍骨鈕釦象徵巫頭鹿的角，彩色大理石象徵藍鉤山。即使縫上寶石，效果也不會更好，因爲這些鈕釦帶有魔力，每當我的視線落在鈕釦上，腦海中便會浮現陌生的景色，掠過我從未涉足之地的記憶——幽暗樹叢中矗立細長立石，雲霧繚繞的瀑布落下陡峭山壁。

但那件斗篷的曳地長襬才是重頭戲，非常——驚悚。

我之前不知道他有能力做到這種程度。我只是叮囑，無論他做出怎樣的衣服，一定必須帶有震懾效果。我原本猜想他這次說不定也會織進一塊夜幕境，沒想到他竟然放入某種**有生命**的東西。那件斗篷不斷低吼咆哮，聲音極富震撼力，讓我甚至覺得腳下的地面也隨之震動。而且它胃口不小——根據雪鈴的說法，斗篷趁我們不注意的時候吃掉了他的兩個同類，逼得溫德爾只得命令斗篷不准再吃隊友。我不知道那個怪物是什麼，更令人不安的是，就連溫德爾也不知道。

「我在一根空樹幹裡找到的。」他自鳴得意的語氣有如在跳蚤市場挖到寶。

我必須在此坦承：我盡可能不看向那東西。

我們身後跟著那一列小小雜牌軍。山怪擺出最有魄力的架勢，矮壯的身體肌肉虯結，肩上扛著短柄斧和大鐮刀——儘管我知道那些其實只是他們工作上使用的工具，但呈現出的畫面依然令我膽戰心驚。接下來是雪鈴與他的同類，他們對所有會動的東西齜牙咧嘴、咆哮恫嚇，宛如一條長著尖牙利爪的紅色河流。排在最後但也最駭人的一群則是醜惡的羊仙，他們鬼鬼祟祟走在隊伍的尾端，他們養的狗（其實比較像與狗同尺寸的老鼠）則繫著牽繩緊跟在側。

侍衛在空中隨行，距離很近，我能夠感受到他們振翅時掀起的風。拉茲卡登棲息在溫德爾的肩上。

我們自然是一現身就立即引起注意。一離開森林走上環湖大道，我們立刻遇到一名騎著馬的城堡衛兵。他的坐騎實在太過巨大，腳步聲宛若雷響，我嚇得蹣跚後退，幾乎沒有注意到馬背上的衛兵。但我們似乎更讓對方害怕，因爲他高喊一聲之後隨即逃開——向著城堡跑去。

「你們這裡的馬實在太巨大了。」我虛弱地說——我的心臟依然在狂跳。「要是桑斯維特看到一定會開心死。」

桑斯維特教授專門研究各種精靈馬，愈怪的愈令他開心。我也說不出爲何會在這時提起桑斯維特——大概是因爲當下劍橋遙遠得令人心痛，而我只想抓住任何一絲關連，就算再無謂都好。

「你不用擔心必須騎馬，」溫德爾承諾道，「你的坐騎會是一隻負狐——速度緩慢、動作優美，很多貴族都喜歡這種坐騎。仔細想想，讓你騎紅風好了，牠是我小時候學騎術用的負狐。希望牠還活著。」

「我會騎一隻狐狸。」我茫然地重複。「也對，當然是這樣了。」

此前溫德爾一直踏著悠哉的步伐，一點也不緊張，不時隨手摸摸拉茲卡登的喙，偶爾也會讚賞一下大道兩旁的果樹，以及從樹枝間看到的城堡美景。然而此刻他轉頭看向我，並且停下腳步。

「小艾，」他牽起我的手，「如果你不想騎紅風也不用勉強。說眞的，一旦我奪回王位，你不想做的事全都不用做。假如你想窩在城堡的角落埋首讀書或寫筆記，只有命人帶你去參觀棕精靈市集或暴格窩時才離開，那樣也沒問題。」

我顫抖著吁出一口氣。「這樣算什麼王后？」

他彎腰親吻我的臉頰，一臉認眞地說：「我的王后。」

我忍不住笑出來。我的心跳依然太快，但感覺冷靜一點了。「先確保你的王位到手，之後我再規劃參觀行程吧。」

「噢，好。」溫德爾說。「事有輕重緩急嘛。」

於是乎，我們前去奪回王位。

說實話，我原本以爲過程會困難重重，特別是泰朗爵爺還事先警告過。不過，泰朗爵爺不知道我們有這支軍隊，也不知道溫德爾的縫紉功力有多強。

我們繼續悠閒地前進，途中又遇到幾個城堡衛兵，他們的反應全都像第一個那樣——我幾乎為女王感到難過，她忠誠的衛兵竟然如此欠缺勇氣。就在這時，我們繞過一個彎，只見城堡出現在眼前，窗戶映著夕陽，宛如閃耀的金幣。大門非常醒目，我不禁疑惑上次來的時候怎麼會找不到，但那次沒有溫德爾在旁保護，我受到精靈魔法影響，頭腦一片昏聵。

然而，即使是現在，我依然覺得無法掌握城堡的全貌。噢，我能清楚看見高塔與雉堞，甚至能看到後方的森林中許多樹冠以銀橋相連。但我發現只要轉開視線，畫面就會從腦海裡消失——記憶如同夢境一般朦朧。

可惜我無法欣賞城堡太久，守在這裡的三名女王衛兵比之前那些勇敢許多，早已重振旗鼓等候我們。

這時我們已經引來一群觀眾。不只是棕精靈，就連宮廷精靈也來了，他們站在與環湖大道平行的森林小徑旁，幾乎都躲在暗處，但華服反射出銀光洩漏了他們的蹤跡。我很難判斷群眾的氣氛是善意還是惡意，或許只能以各說各話形容。我們經過時，一小群精靈尖叫著逃逸，也有精靈歡呼；許多精靈呼喊溫德爾的名字，從歡喜到狂怒，各種語氣都有。一個男精靈一次又一次大喊：「殺人犯！」、「女王必將復仇！」最後拉茲卡登飛過去驅趕他，讓那個精靈一路慘叫著逃進森林。絕大部分的群眾只是目瞪口呆地站著。

快到衛兵面前時，我喚道：「溫德爾。」他們騎在巨大無比的馬上，揮舞著利劍，整體氣勢非常嚇人——我個人完全不想靠近。但溫德爾還來不及回應，先發生了一件怪事——那三匹馬開始發抖，帶頭的衛兵也差點鬆落手中的劍。他們開始後退，隨著我們前進的速度移動，然後動作一致地調轉馬頭狂奔衝進森林，因爲太著急甚至差點撞成一團。過程中，他們撞倒了一個很有生意頭腦的小棕精靈，他的頭上頂著一個蘆葦籃，裡面裝著各種起司與餅乾賣給觀眾。其中一片種子餅乾滾到我們前方，影子開心地叫了一聲，撿起來吃掉。

「很好！」對於自己在觀眾身上引起的恐懼，溫德爾只淡淡表示滿意。「今晚我沒心情鬥劍，旅行太累人了！就算是在自己的領域也一樣。從今以後，不管做什麼我都要騎在馬背上。小艾，快看——那條橋通往王室瞭望臺，從那裡可以望至好幾英里遠，就連歌唱洞窟都能看見。我知道就算費盡唇舌，你也無法領會夕陽之美，不過……」

他繼續激動地說個不停，一邊指東指西，我相信我應該給了某種回應，但坦白說，我幾乎沒聽見他說了什麼——我的注意力放在其他地方。

城堡大門前有一片寬闊的中庭，鵝卵石地面周圍裝飾著爬滿長春藤的燈籠與長凳——我猜大概是供下層精靈坐著欣賞貴族行進的風姿，但現在所有位置都空著。精靈具有一種讓人很不舒服的特質：當精靈集體行動時，往往會變得難以分辨，就好像透過迷霧看著他們似的，也很像畫家刻意只畫出群體的意象。也許是我身爲凡人無法理解精靈的特別之處，但我也不確定——我留意到幾張美麗的臉孔，有些驚恐地瞪大雙眼，有些興奮得眼神飢渴、五官扭曲。有位一身灰衣的樂手將巨大的豎琴放在鵝卵石地面上，演奏著歡慶曲調，與庭院中憂心忡忡的氣氛形成強烈對比——群眾低聲哭泣、竊竊私語，偶爾也有精靈控制不住發出悶聲尖叫。

一個奇特的女精靈讓我嚇了一跳——她穿著層層黑絲衣裳，色澤有如冬季入夜時的天色，頭髮則是黑色羽毛，宛如河流般垂落背脊。她蹙眉看著懷錶，但似乎察覺到我的視線，於是她抬起頭，露出充滿惡意的笑容，然後退回群眾間，身影就此消失。

這時城堡大門開啓，泰朗爵爺昂首闊步走了出來，跟在他身邊的是我之前也見過的卡倫·湯瑪斯。我在一瞬間感到如釋重負，差點暈厥。這不是因爲見到卡倫本人——我們根本算不上認識——單純只是因爲在充斥著美妙與恐怖的精靈界能夠見到另一個凡人。直到此刻，我才察覺身在精靈界讓我有多緊繃。

泰朗爵爺似乎對現場的狀況毫無覺察，既感受不到群眾之間湧動的陣陣恐慌，也沒發現我們令人膽寒的隊伍。在我看來，他似乎對這一切興致缺缺，但他以嚴肅敬重的表情掩飾漠然。然而，當奧嘉衝到他前方，那份漠然瞬間消失。

奧嘉擋在他和溫德爾中間，體型開始變大。牠不停膨脹，最後變成凌駕在泰朗爵爺之上的黑色巨塔——勉強只有一點貓形的黑影，一張大嘴幾乎占據了全部，正張大露出尖牙。我想驚呼卻發不出聲音。

「接骨木獸！」有個精靈尖聲說道。好幾個站在我們左方看熱鬧的精靈決定他們的好奇心已經得到充分滿足，離開時引發了一陣推擠踐踏，但大多數的觀眾都待在原處，熱切關注眼前上演的好戲——遭到放逐的國王回歸，將軍前來迎接，而將軍不僅是境內最古老的精靈，也是前任女王的兄長。事態將如何發展？我也像他們一樣忍不住感到精彩可期。

奧嘉幾乎立刻就恢復平常的大小，在溫德爾腳邊坐下開始舔毛——我猜想，牠只是單純想嚇嚇泰朗爵爺。泰朗爵爺後退一步，一手按住劍柄。

「暗黑者，我可不想餘生都得戰戰兢兢提防你。」他沉下臉看著那隻貓。「希望這樣做能夠贖罪。」

他將斗篷撥到一邊，在溫德爾面前單膝跪下，將劍橫放在立起的那條腿上。卡倫對我燦爛一笑，然後也跟著跪下。

泰朗爵爺的舉動撼動群眾，有如屏息許久之後的嘆息。精靈紛紛跪下，有些顯得格外激動。幾處再次傳來尖叫，接著是一陣慌亂的腳步聲，但在我看來眞正逃跑的只是少數——我猜他們可能是最相信自己性命堪憂的一群，也可能只是天性特別容易緊張。唯一沒有改變姿勢的精靈是豎琴手，他加大演奏的音量，樂音多了一種故作崇敬的矯揉造作。宮廷精靈紛紛起立，賣起司的棕精靈也回來繼續做生意，現在還多了另一個，他的頭上戴著蓮葉充當帽子，抱著一籃烤栗子。

泰朗爵爺比個手勢，六個精靈便從城堡陰暗處走了出來——他們之中有宮廷精靈也有泛精靈，全都穿著織進銀線的灰衣，每個都拉著一輛小拖車。拖車上蓋著絲綢，看不見裡面的東西，只能聽見在鵝卵石路面移動時發出的喀喀聲響。

其中一個精靈對泰朗爵爺鞠躬，然後送上一面手鏡。純銀鏡框上有著不規則的貝殼圖案，彷彿沉在海底許多年，沉積了各式各樣的貝類與藤壺。泰朗爵爺對溫德爾鞠躬，將鏡子遞給他。

「謝謝。」溫德爾說。他凝視著鏡面，然後轉向群眾，看似不經意地拿著鏡子點了點另一手的掌心，鑽石般的閃爍光點隨著這個動作灑落中庭。說來也奇怪，我不禁想起第一次看到他在學術會議上演說的模樣。那已經是五年前的事了，還是六年前？當時的主題是普羅旺斯的精靈傳說，儘管我對他主張的論點抱持質疑，也對他講述時的即席演出感到厭煩，但他對觀眾的影響力使我不由得心生敬佩。在那種時刻，溫德爾彷彿擁有專屬的力場，並非魔法的力量，也不是隱族之王的那種狀態。那是一種溫暖敦厚的吸引力，讓人想要靠近，而不是躲開。

「這是要做什麼？」我小聲問道。

「噢——只是一個小小的傳統，象徵王權的轉移。」他以渴望的眼神望著城堡與後方的山丘。

「快看，小艾。」他指著上方飄過的光點。「螢火蟲！沒錯，我還記得，每到傍晚這個時間都會看到牠們。」

「你好像很開心。」我指出。

「沒錯。」他轉身吻我。「最親愛的艾蜜莉！我終於回家了，全都是你的功勞。」

「你多少也有那麼一點貢獻。」我冷冷揶揄，卻難以阻止自己露出笑容。我經常覺得溫德爾的喜悅有種感染力，這一刻更是如此——他全身放射著歡欣，有如朝陽曙光。

他大笑一聲。「現在我只想吃一頓豐盛佳餚，然後在自己的床上睡一覺。不過在這之前還是得先表演給大家看看，對嗎？」

他向前走去，依然渾身散發著歡喜振奮的氣息，我能感覺到群眾變得更放鬆了。我懷疑他們原本擔心他會直接拔劍開始砍頭——其實也很合理。暴力是狼之森君主的天性，猶如呼吸一樣自然。

「我的繼母已然逝世，」溫德爾聲若洪鐘，「不然也是很快就會逝世了。對於那些敬愛她的臣民，我想說：她將我們的國家治理得很好，展現出勇氣與奉獻。對於她的仇敵，我則想說：今晚請與我一同慶祝，這位是你們的新王后，她親手解決了女王。」

精靈紛紛露出笑容，燈籠的光芒映得他們的牙齒閃閃發亮，我很想躲到影子身後，但我壓抑住這股衝動。一個肩上扛著刺蝟的女精靈開始歇斯底里大哭。

溫德爾轉身將鏡子遞給我。「由你來吧？這是我們的習俗，當王權交替時，要砸破宮中所有鏡子，徹底擺脫曾經映出前任統治者模樣的所有東西。這是我繼母的私人物品。」

「還是你來吧。」我說，因爲我有點不知所措，擔心會出錯。

溫德爾點點頭。他先將影子拉到旁邊，然後將那面鏡子砸向城堡外牆。鏡子應聲碎裂，上百個小小碎片變成螢火蟲飛向空中加入同類。

群眾爆出一陣歡呼——就連最害怕的精靈現在也加入了，只除了原本的那個豎琴手，現在他身旁又多了幾位同伴。瀰漫恐懼的緊繃氣氛消融，向晚庭院洋溢著音樂與歡笑。

泰朗爵爺再次揮揮手，拖車上的絲綢隨即掀開，每輛拖車都裝滿鏡子，各種形狀與尺寸俱備。溫德爾大聲壓過群眾喧囂：「誰想來慶祝？」

精靈爭先恐後從拖車上搶走鏡子，有些泛精靈扛起比自身更龐大的鏡子，被壓得搖搖晃晃、步履蹣跚。太多精靈推擠爭搶，甚至發生了一些小規模鬥毆，因爲鏡子不夠大家分。砸碎鏡子的聲音與豎琴樂聲爭鋒，無數螢火蟲飛向夜空。樹頂的銀色精靈石開始發光，有如漂浮的燈籠。精靈群眾衝進城堡，興奮地吼叫。

「今晚他們會在整座城堡裡尋覓鏡子。」溫德爾告訴我。「如同我剛才說的，這是非常古老的傳統。有些精靈會太過得意忘形——肯定會有幾扇窗戶跟著遭殃，尤其是我繼母寢殿中的那些。」

我靠向他，這一切令我難以招架。我無法判斷這一刻驚奇與恐懼何者占上風。「我……」

我試圖開口，卻不知道自己究竟想說什麼。

「我知道。」他輕聲說，一手摟住我的腰。

他帶著我走向城堡大門，巨大而沉重的橡木門超過我的身高好幾倍，門上的雕刻圖案我原本以爲是抽象的花草，但靠近仔細一看，才發現原來是一顆頭，上面環繞著婆婆納草，眼與口冒出葉片。

泰朗爵爺站在大門一側，卡倫則站在另一側。我和溫德爾經過時，一頭棕紅秀髮的卡倫對我微笑。

「歡迎回來，懷德教授。」他低聲說道。「還是該稱呼你華特斯教授？你確實很懂得如何華麗登場。」

一九一一年一月一日

新的一年到來。

在精靈界沒有人知道這件事——精靈毫不在意人類的曆法，有些甚至不在意線性時間這個概念。說來也奇怪——在凡界，我很少思考年份更迭，更不會像其他人那樣費心慶祝。然而在精靈界不一樣，這裡只有我一個人知道舊年在新年來臨時消逝，使我莫名想要做點特別的事留下印記。

但我只是在胡言亂語。

（我怎麼會害自己陷入這種處境？我怎麼有辦法讓任何精靈相信我是王后？又怎麼會以爲努力表現就有用？簡直瘋狂至極。我拚命想踩熄這些念頭，卻怎樣都無法擺脫。）

今早醒來時，奧嘉站在我的胸口上，反覆揉捏我喉嚨下方的肉。最近我已經漸漸習慣了。我倒抽一口氣坐起身，以此迫使牠離開，可怕的尖銳利爪終於遠離我的頸靜脈。奧嘉從來不會以這種方式吵醒溫德爾，我懷疑牠在藉此宣示什麼。

影子拉長身體躺在床腳，哼了一聲醒過來。我看向身邊的溫德爾——不用懷疑，他依然睡得十分安穩，像平常一樣整個人埋在層層毯子裡。我碰了碰他，但他只是含糊地說了什麼便又翻身趴臥，整張臉陷進枕頭中。

昨晚的經過我幾乎沒什麼印象，並非因爲魔法，而是因爲長途跋涉之後累壞了——再加上陌生的環境讓我倍感壓力——我差點站著睡著。我們在屋頂洞開的宴會廳用餐，窗戶沒有玻璃，任由長春藤與苔蘚蔓延進來。雖然說是「用餐」，但其實我們根本無法安靜下來吃飯，不時有精靈前來晉見溫德爾，有些只是來向他致意並說幾句話，有些則獻上禮物——主要是珠寶與銀製的小飾品，不過有位女爵送給他一個木箱，每次打開都會飛出一群色彩繽紛的蝴蝶。精靈群眾為了砸毀鏡子而在城堡裡到處亂跑，幾扇窗戶也遭受波及，我聽見很多尖叫聲，以及推測是鬥毆的喧譁聲，但是距離很遙遠，無法判斷是誰在打架。整體而言場面非常混亂，害我更加精疲力盡。

我吃了一點東西之後，溫德爾帶我上樓去他的寢殿。隨後他又返回慶典，不過我想應該沒待太久——他倒在床另一側的聲音吵醒了我，我聽見他含糊抱怨「大臣煩死人了，我連喝口茶的時間都沒有」，然後似乎便立刻熟睡。

我掀開毯子下床，看見溫德爾扔在地上的斗篷對我低聲示威。再次來到這個房間的感覺很怪異，畢竟我就是在這裡對女王下毒。溫德爾繼母的寢殿更加氣派堂皇，但他說什麼都不肯去，堅持要回到城堡裡熟悉的地方，繼續使用他年少時的寢殿。

「來吧？」我對望著我的影子說道。大狗叫了一聲，跳下床來到我身邊。

我走到窗前，拉開厚重的黑色窗簾。窗外的山梨樹動了動，尖銳葉片緩緩劃過玻璃，彷彿想尋找入口。樹冠上到處都是一叢叢血紅色的漿果，我可能永遠不會喜歡這棵樹的樣子，不過至少它不是注目橡。

我在溫德爾旁邊停下腳步，考慮著要不要叫醒他。其實稍早我們已經醒過一次了，花了一、兩個小時非常愉悅地忙碌了一番——現在寫下這句話讓我不禁臉熱——然後又繼續睡。他之前就說過打算好好答謝我，而我也沒有拒絕給他這個機會。

我決定讓他繼續睡。

上次我來的時候，溫德爾的寢殿境況荒涼，如今徹底改頭換面，經過妥善打掃、清潔，木地板鋪上柔軟地毯，霉味也消失，變成松樹與野花清香。每面牆都掛上了新的銀框鏡，於是我看著自己欠缺優雅的身影無盡反射，在柔和光線下睡眼惺忪地蹙眉。我心中有一部分納悶著整修是何時進行的——在他繼母逃離之後立刻動工？還是昨天傍晚他抵達之後？無論如何，我相信其中一定有夜精靈的功勞。牆壁與家具都有一種稍嫌過度光亮的感覺，我相信整間寢殿都找不到一粒塵埃，就連衣櫥後面也沒有。

一打開衣櫥，便能看到各種樣式的連衣裙，每一件都華美到誇張的程度，大部分都是黑色，我選了最樸素的一件：棕色絲質，沒有裝飾。

奧嘉跑來纏著我的腿繞來繞去，以非常堅持的態度發出呼嚕聲。牠用前額抵著我，似乎是想引起注意。

「你咬著什麼？」我取出牠口中那塊夜藍色布料察看，上面的銀線刺繡圖案是樹葉與小小的鹿。「這好像是泰朗爵爺昨天在晚宴上穿的斗篷。」

奧嘉發出一陣低沉喉音表示沒錯，然後熱切地磨蹭我的雙腿。我發現那塊布上有很多被尖牙刺穿的小洞。

「你希望我幫忙謀殺泰朗爵爺，對吧？」我說。「謝謝邀約，但我拒絕。他只要揮揮手就能把我變成蛞蝓。更何況，溫德爾平安無事。」

奧嘉發出低吼，我明白光是這樣不足以讓牠寬恕死敵。顯然目睹溫德爾差點被砍頭喚醒了牠的某種天性，我不太能理解，只希望永遠不會成爲被鎖定的目標。

「影子，過來。」我呼喚道。此時我睡飽了，學術求知慾也回來了，我想認眞研究一下城堡中屬於溫德爾私人使用的這一側——上回造訪城堡時，我因爲魔法而陷入迷亂，幾乎毫無記憶。

一開始我以爲房間呈直線排列，因爲我的右手邊一直出現能俯瞰湖景與花園的窗戶。我駐足了一會兒，欣賞陽光映在波浪頂端的銀輝。但緊接著我想起來，我是從床鋪對面的門走出來的，照理說這裡應該**看不見**湖景才對，至此我決定不要再想了。

我走進的第一個房間是華麗的浴室，地上鋪著河石，大浴池是從臺階走入水中的設計，類似古羅馬的浴場。池水熱氣蒸騰，飄散出忍冬花香，我盡情享受，用了兩塊葉片造型的肥皂洗滌亂髮，然後繼續探索。

下一個房間照明充足，有天窗和一整排長方型的大推窗。這間是餐廳，許多精靈在裡面忙碌。

數量大約有六個左右，第一眼我以爲他們是夜精靈，但並非如此——雖然他們的膚色同樣是黃褐中帶著一點灰，手指也同樣細長，然而這種精靈的體格更矮小、更結實，臉龐則一直保持紅潤。他們在餐桌邊忙個不停，桌上已經擺好了兩副餐具，幾個銀盤裝滿水果、奶油麵包、果醬、香腸，還有一種香料燕麥粥，淋上了鮮奶油。

我一踏進去，幾乎所有精靈都嚇得動彈不得，最靠近我的那個看起來最年輕，她尖叫一聲，手上端著的一盤雞蛋脫手，落在地上發出濕答答的聲響。

我們緊張地呆望彼此片刻，雙方都很恐慌。另一個精靈以沙啞的嗓音說：「殿下！您要……」

「不用，謝謝。」我以過大的音量說道，隨即轉身逃跑。

我立刻就後悔了——不只是因爲有失尊嚴，也是因爲我的肚子叫得很大聲。我躲回浴室，思考該怎麼解決這個窘況——要是我回去餐廳道歉，他們可能會覺得我反覆無常又怪異，甚至根本是個瘋子。更嚴重的是，他們會認爲我沒資格當他們的王后。

不用說，我當然沒資格當任何人的王后。但這個事實已經太明顯，我不想更加突顯它。

我和影子回到寢殿（溫德爾完全沒動彈過），然後從另一扇門走出去。我們經過兩個用途不明的房間，裡面堆滿行李箱與木條箱，還有一些零碎家具。我猜想城堡僕役應該還在進行裝修；確實，我聽見相連的房間傳來低聲交談與碰撞聲響，然後是榔頭敲打的聲音。我察覺自己反射性地用力抓緊口袋裡的硬幣，一如先前我受困在隱族之王的宮廷那時。我強迫自己鬆手，並提醒自己，此刻我的思緒很清晰，方向感也——只能說，這座宮殿的構造實在太難以理解。

我打開另一扇門走入，但一步都還沒走完就頓在原地。

這個房間裡擺滿木製層架，也有好幾座大書架，就像圖書館的那種。靠牆的幾座已經放滿了，房間中央的幾乎都還空著，彷彿在等著誰來填滿。

架子上放的是什麼？日誌。幾十本又幾十本排列在一起的日誌。

各種樣式和尺寸都有，有些以木板裝幀，上面裝飾著純銀與寶石，其他則是皮革封面。許多日誌精緻無比，也有一些相當樸素。架子頂端觸及天花板，比我高出好幾倍。

我傻傻愣住。影子叫了一聲。

角落有座工作臺和兩張凳子，兩個精靈正彎腰駝背忙著裝幀一堆堆皮革與空白羊皮紙。

其中一個——年紀較長的那個——手裡拿著錐子，她一邊揮舞比劃，一邊訓斥比較年輕嬌小的精靈，他泫然欲泣，腿上擺著一團糾纏的線。

「碎屑、碎屑、碎屑！」年長的精靈怒罵。「你根本沒有用心讓膠乾得漂亮，對吧？看看這個！這種樣子要怎麼獻給王后殿下？她寫日誌的時候手會弄髒——你的針腳太大了，看啊，書脊都鼓起來了。這是我最後一次雇用親戚，我說到做到。你就像我女兒一樣無能……」

我一定是發出聲響了，因爲他們兩個同時轉身，目瞪口呆地看著我。年長的精靈急忙從凳子上跳下來，對我深深一鞠躬，高喊：「王后殿下！」聲音像老舊門鏈發出的尖銳摩擦。

由外型判斷，她似乎是囤書哥布林，此前我只遇到過一個。她個頭嬌小——頭頂只到我的腰——嚴重駝背，瞇著眼睛且表情嚴肅，一雙黑眸幾乎全被層層皺紋遮住，臉上也散落著一束束粗硬頭髮。她頸子上的長鍊掛著一片圓形玻璃，我猜應該是單片眼鏡。

「尊貴的殿下，請恩准我們帶您參觀。」年長的精靈說道，滿是墨水痕的雙手興奮交握。

「我……謝謝你，」我說，呆滯地看著她，「可是我得趕快去吃早餐，我要遲到了。」

我匆忙走出門外，順手關上門之後靠在門板上，彷彿擔心兩個小精靈會追出來。老天！怎麼會有這種地方？可想而知是溫德爾的命令，當然是他——到底是在什麼時候做的？

我慌慌張張離開，因爲心裡太亂而沒有注意前進的方向。我不斷回想起那個精靈稱呼我爲「尊貴的殿下」，彷彿那是一顆邊緣銳利的種子卡在喉嚨裡，難受得令人抓狂。我**以為**找到了回寢殿的門，沒想到卻走進一條狹窄的走廊，另一頭是一扇關起的門，陽光從一排窗戶照進來。奧嘉——我沒發現牠一直跟著我——發出細細叫聲表示滿意，躺在地上曬太陽。

可想而知，窗外是湖景，倒映著樹木與朝陽，儘管我的理智告訴我，這一面應該是朝向城堡內部才對。我停下腳步想調整呼吸，這時才慢慢察覺有風吹來。

窗戶全都關著，所以風並非從窗戶吹進來——而是從盡頭那扇門底的縫隙透進來的，隱約有雨水的氣味。

外面沒有下雨。

我很清楚，明智的做法是叫醒溫德爾，和他一起去察看。然而，面對精靈謎團時，我曾經多少次拋開理智？我心中困惑不已，滿是半成形的焦慮，卻也像餓壞的孩子看見蛋糕，忍不住想大口吃光。

我走到那扇門前推開。

晨光灑落走廊，角度與精靈界的光線不同。在我眼前的景色是一片位在森林邊緣的小山丘。山丘頂端有一座粉刷上白漆的小農舍，四周到處是長滿苔蘚的岩石與紫色石南。農舍後方有一道小小的瀑布，從森林高處落下，瀑布激起的水霧加上濛濛細雨，讓畫面有種仙境氛圍。

雖然很不可思議，但眼前的景色讓我放鬆了一點。至少這是一扇單純通往異境的精靈之門——當然，在自己的睡房旁邊就有一片異境實在很瘋狂，我絕對會找溫德爾問清楚——最起碼這裡沒有大批精靈急著想實現我所有的任性念頭。

我關上門——影子把鼻子伸進異境狂嗅，我得抓住牠後頸的皮才能把牠拽回來——然後沿著來路回去。沒想到我又走錯路，並非因為魔法，而是因為我自己太笨拙，雖然我大致掌握了寢殿的方向，結果卻回到了餐廳——這讓我很沮喪。

我忍不住咒罵。幸好僕役已經離開了，在那美好的一瞬間，我以爲這裡只有自己和一盤盤微微冒著熱氣的食物。但很快我就聽到身後傳來椅子擦過牆面的聲音。

「殿下？」一個女性的聲音說。一看到她，我便大大鬆了一口氣，因爲她是凡人，高䠷美麗，深棕色肌膚，一頭黑髮剃成平頭。她的雙眼似乎看不見，拿著柳條編成的樸素手杖，但能看出裡面其實摻入了銀線。她穿著素雅的深色絲質連衣裙，但領口和袖口同樣有低調的銀線刺繡。我由此看出這個人在精靈王國中地位不低。

「你怎麼知道是我？」我問。

她露出微笑。「以人類的計算方式，我在精靈界已經生活三十年了，早已習慣他們走路的聲音。你的腳步聲不一樣。」

我鬆開屏住的呼吸，沉沉坐下。「有個泛精靈很愛說我是笨手笨腳的凡人。」我發出顫抖的笑聲，或許延續得有點太久。

她收斂笑容，表情流露憂心。「你還好嗎？」

我舉起一隻手搓搓臉。「我看見兩個拿著紙張和錐子的精靈……他們是誰？」

「裝幀匠？陛下昨晚召他們入宮，他們一進宮就一直忙到現在。你不喜歡他們的作品嗎，殿下？」

我不禁在心中無聲吶喊，爲自己倒了一杯茶。「拜託不要那樣叫我。」

「噢，感謝老天。」我的那句話——也可能是我充滿無奈的語氣——似乎打破了我們之間緊繃的氣氛，她在我對面的座位上往後靠坐，嘆息一聲，似乎鬆了一口氣。「我必須先搞清楚，有些凡人蒙受精靈王族寵愛之後會得大頭症，要是不夠恭敬，我可能會因爲冒犯尊上而被扔進地牢。懷德教授，你知道我是誰嗎？」

我仔細觀察她——我沒有看過這張臉，但很快就想出答案。「你在精靈界待了三十年，」我輕聲說，在腦中一一清點那些在狼之森失蹤的學者，「你該不會是普勞菲特博士吧？愛爾蘭康諾特大學的妮芙．普勞菲特？」

她笑容滿面。「別激動。別人聽了會以為**我**才是王后呢，我沒有這麼偉大。」

「對不起。」我努力控制住情緒。「這是我第一次成為精靈王國的王后，這次的經歷恐怕有點難以消化。」

她大笑——醇厚溫暖的笑聲配上她率性的舉止，給人一種好相處的開明印象。我認識像她這種類型的教授，學生會給絕佳評價，她對自己所選的學科也充滿熱忱，很容易感染別人，並且能夠輕鬆駕馭講臺。這是和我差距最大的類型——學生對我的評價褒貶不一——通常我對這種教授多少有點怨念，但此刻我一點惡感也沒有。能在這裡遇到學者同僚，實在令人感動。

雖然有很多重要的事該談，但我忍不住問道：「你是菲理士．羅斯的朋友，對吧？」

她的表情變得明朗，我察覺她也像我一樣，因為能聊學術方面的事而感到開心。「我們合作過一篇探討英格蘭東北部昆布理亞地區黑魔犬的論文！他還好嗎？他老了以後是不是變得愛端架子、正經八百？我剛認識菲理士的時候，他發表演說還會結巴呢。」

我們花了幾分鐘談論羅斯。我細數妮芙失蹤之後羅斯的各項學術成就；她則告訴我，羅斯年輕時曾在學術會議前把自己鎖在宿舍外面，結果不得不穿著室內便鞋發表演說。當我說到之前營救丹妮兒．德葛雷和布蘭．艾孔的遭遇，她感到非常驚奇，畢竟他們兩個也是很出名的失蹤學者。德葛雷與艾孔已經回歸學術界，艾孔跟著德葛雷去了她的母校愛丁堡大學——不用說也知道他們的人氣有多高，現在兩人絕對是全歐洲最熱門的樹靈學者。老實說，他們決定離開劍橋，我並不感到失望——目前我們的關係可以說是相敬如「冰」。艾孔或許還可以說是天性如此，但德葛雷的態度有時卻讓我感到很不舒服。她獲救的這件事由我獨占功勞（溫德爾要求不要公開他在此事件中扮演的角色），因此只要提到她就會提到我，而她似乎對此感到非常不滿。她大概是希望永遠占據目光焦點的那種人。

「學術圈的人大多已經放棄尋找你，認定你死了，」我告訴妮芙，「畢竟這裡是狼之森。不過你怎麼會在他們的宮廷裡？你沒有遭到囚禁？」

「完全沒有。」她說。我們邊聊邊吃早餐，妮芙暫時打住，吃一口吐司再喝一口茶。那些臉龐紅潤的僕役重新出現，默默為我們添食、斟茶。現在被服侍的人不只我一個，我就覺得比較不那麼尷尬了。

「我是先王的書記，」她說，「在這裡等於是左右手的意思，負責領導眾臣、解決大小事。當然啦，女王後來將我撤職了，她殺光王族、奪走利亞什王子的王位——呃，現在是利亞什國王了。」

我感到由衷敬佩，不只是因為她位居要津，也是因為女王為了肅清先王親信而大開殺戒，她竟然能保住性命。「你是怎麼……」

「活下來？」她再次大笑，但輕鬆的笑聲中暗藏苦楚。「女王向來喜歡有才能的凡人，她欣賞我的聰明才智——至少她是這麼說。她有時也會來找我諮詢政務，但大致上她只是丟著我不管，對我而言這樣就很好了。這幾年我終於能專心做研究。」

我再次審視她。妮芙．普勞菲特失蹤時三十六歲，現在的她看起來卻沒有變老多少。或許精靈界的時間沒有三十年那麼久，但她竟然毫無改變——

她似乎察覺到我停頓的原因。「你也知道，精靈有能力延長凡人的壽命——至少他們願意為自己重視的人這麼做。只要我繼續待在精靈界，老化速度就會非常慢，卡倫．湯瑪斯也一樣——他已經將近兩百歲了！我不知道會不會在這裡停留那麼久，但是對學者而言，沒有比時間更珍貴的禮物。我正在寫一本書，完工之前不會離開。」

我激動起來。「主題是什麼？你專精於精靈時間學，對吧？」

「沒錯——這個亞學科特別難，因為人類的壽命太短，與精靈界的時間無法相容，就像油跟水一樣。但我的研究方向主要是民族誌角度——我想理解精靈如何感受時間，一般研究時間的學者只能做出粗糙對比，我相信我的研究能帶來更多啓發。」

聊著她的研究，我忘卻了自己的焦慮。身為先王的寵臣，她能夠接觸那些原本可能不願意和人類交談的精靈，先王也以其他方式幫助她做研究，包括以魔法讓境內所有書籍在她觸碰時自動變成點字。妮芙詢問我最近在做什麼研究，我說打算寫一本書探討精靈政治。她十分雀躍，給了我許多關於參數與目標範圍的建議，她的想法實在太有幫助，我忍不住拿出筆記本記錄。在我們熱烈討論學術的過程中，溫德爾也過來了。他腦後的金髮亂翹，絲質睡衣外面套著黑夜色調的睡袍，袖口裝飾著耀眼的小巧綠寶石。一看到我們，他立刻停下腳步，嘴巴大大張開。

「妮芙！」他高呼。「老天！我以為她殺死你了。」

「嗨，親愛的。」妮芙親切地打招呼。「你長高了，對吧？我能看見一點點，」她對我說明，「主要是光線和輪廓。而且你的聲音也完全是成年的感覺了。我們最後一次見面時，你還只是個半大少年。」

他們擁抱之後開始以愛爾蘭語聊天。不久後溫德爾停下談話，以充滿歉意的眼神看著我。

「眞的太棒了，對吧，小艾？」他說。「看來我繼母沒有摧毀我在乎的一切。在我父王所有的議事大臣中，只有妮芙願意關心我。」

「我必須幫那些大臣說句話，你逃避責任的天分可是舉世無雙呢。」妮芙輕搖他的肩膀。「你父王已經很少召你參與會議，難得想到找你，你還懶得出席。不過我察覺到，你的心地比兄姊善良——雖然說這裡的宮廷並不重視這項特質，我們凡人卻很欣賞。」

溫德爾仰慕地看著她。「你知道嗎？我逃去凡界之後，是因爲你，我才會想到要進入學術界。小艾，她眞的非常睿智，對於我們的故事與習俗都有獨到見解。所以我就想，說不定樹靈學能幫我找到門。」

「原來傳言是眞的！」妮芙高聲說道。「其他精靈說你當上教授，但我一直不相信。我實在難以想像你會願意付出心力。艾蜜莉，他的研究做得如何？」

「無法判斷呢，因爲他大部分的研究都是造假的。」我揶揄道。

「可想而知。」她笑著說。溫德爾皺起臉來，但不難看出他的心情很好。

「無中生有編出能讓人信服的田野調查資料並不容易，我可是費盡心力呢。」他在餐桌邊坐下。僕役立刻出現，天知道他們剛才躲在哪裡，鞠躬之後旋即爲他取菜、斟杯。溫德爾來了之後，許多僕役好像都在發抖，我無法判斷是出於恐懼或喜悅。

「謝謝。」溫德爾說。他啜飲一口咖啡，讚賞地嗯了一聲，閉上眼睛許久。

「夠了吧。」妮芙嘆口氣，嬉鬧地推他一把。僕役全都一臉震驚。「只是咖啡而已。」

「咖啡不能用『只是』形容。」溫德爾說。他轉頭問僕役：「你們的領班是誰？」

此舉引發更多顫抖和鞠躬。終於，一個矮小的女精靈站了出來，身體的寬度和高度差不多，晶瑩黑眸注視著溫德爾的腳。她的圍裙上有很大一塊汙漬，她雙手交握放在上頭，似乎極力想遮掩。

「謝謝你準備了如此豐盛美味的早餐。」溫德爾對她說。「說不定你其實相當敬愛我繼母，本來大可以像其他僕役一樣選擇逃跑；然而，儘管你對我一無所知，卻依然留下來服務，而且只有很短的時間可以做準備。我知道這段時間所有小個子都很難熬。我要獎賞你的忠誠——薪水加倍，這是一定要的。如果你有其他需求，請務必告訴我，好嗎？」

所有僕役都呆望著溫德爾，表情驚愕又茫然。領班似乎想要開口說話，最後卻大哭起來。

「謝謝您，陛下。」她啜泣著說。「請恕小的失禮。」

說完她便衝出門外，其他僕役也緊跟在後，邊走邊瞥向溫德爾，眼神從驚嘆到驚恐一應俱全。

「她沒事吧？」我問道，同樣感到十分震驚——並非因為僕役的反應，而是因為溫德爾那番發言實在太不像他。

「我從來沒有聽你繼母對僕從說過半句和善的話，」妮芙說，「她好像連看都不看他們。」

「我打算將來都要仁慈地對待泛精靈，」溫德爾說。「一路走來，他們幫了很多忙。能夠贏得寬和的美名也是件好事。你說呢，小艾？你想必會贊成吧。」

「當然。」我有些遲疑，但心中的驚訝減輕了一些。我好像應該告訴他，期待贏得美名會破壞仁慈的初衷，然而我判斷說了應該也沒用。

「這方面你還是慎重爲上，」妮芙說，「許多精靈不喜歡你身上帶有泛精靈血統，公然對泛精靈展現仁慈可能會引起他們的非議。我勸你先不要對泛精靈太和善，等政權穩固之後再說。」

溫德爾揚起微笑。「我父王向來很重視你的忠告。既然你人在這裡，是否表示你願意再次重掌書記之位？你說呢，艾蜜莉？」

「我覺得這個主意非常好。」我努力壓抑過度興奮的情緒，表現出正經嚴肅的模樣。妮芙的表情亮了起來。溫德爾的提議似乎讓她感到滿意多於驚訝，看來溫德爾猜對了——她來找我們就是希望能重掌這個職位。「你們不打算考慮其他人選？」

「不太想。」我說。「你效忠於溫德爾的父親，因此比較不可能謀害我們——考慮到這個王國的特色，我會說**比較**不可能而非**絕對**不可能。我也記得菲理士對你的評價非常高。你寫書的進度會不會因此被耽誤？」

「看來我該招認了。其實我同時在寫兩本書，」她悵然微笑，「另一本是這些年待在狼之森的回憶錄。」

我不禁爆出一陣大笑。去年我來到溫德爾的國度，成爲第一個造訪之後活著回去的學者，這裡不只是最容易丟掉性命的精靈領域，更是最神祕難解的一個。「**肯定**會造成轟動。」我說。

「希望如此。」妮芙說。「所以啦，我不反對你任命我擔任書記。絕對能爲回憶錄增添精彩內容。」

「這些學者啊！」溫德爾誇張地說。「我不是常說嗎？你們都是瘋子。接受這種可能害你丟掉小命的職位，竟然只是爲了有東西可寫。妮芙，萬一我被推翻，你會登上暗殺名單的第一位。儘管如此，我還是很難勸你不要接受——我太希望有你輔佐我了。」

「那就這麼說定了。」妮芙心滿意足地說。就在此時，一名不曾見過的僕役走進來，身後跟著一個紅棕頭髮的凡人——卡倫．湯瑪斯，看得出來他小心翼翼，也看得出來他正用客氣微笑掩飾緊張。

「噢，你來啦。」溫德爾說。「很好！坐下吃早餐吧，儘管自便。」

「謝謝陛下。」卡倫說。他的表情沒有變化，但我看得出他的肩膀更放鬆了。他小心掩飾的不自在心情我很熟悉。每次和溫德爾之外的宮廷精靈交談，我都會有同樣的感受。

「放輕鬆，我們很歡迎你。」我告訴他。「據我所知，是因爲你，泰朗爵爺才願意成爲我們的助力。這可不是小事。」

卡倫露出微笑，聽到泰朗的名字似乎讓他更放鬆一些。「其實不用費太多唇舌就能說服他。他從來都不喜歡自己只有一半血緣關係的妹妹。說眞的，我提議換掉一套銀器的時候，他和我爭吵的時間還更長。」

我看了溫德爾一眼，他對我揚起眉毛。「爲什麼？」我問。

「那套銀器有點太過華麗。」卡倫邊說邊在麵包上抹奶油。

「我並不是——」

「我懂你的意思。」他放下餐刀，微笑轉為苦笑。「你想問我為什麼幫你們。」

「事實上，你不只幫過我一次。」我指出。

「這個領域對凡人很殘酷，」他簡單明瞭地說，「只有少數得寵的人能好好活下來。這裡充滿暴力與折磨，只要有機會，我便會盡我所能改善凡人的處境，可惜機會實在太少，遠低於我的期望。」

「儘管如此，這裡還是你的家。」我說道，仔細觀察他的反應。

他若有似無地點點頭。「儘管如此，這裡還是我的家。」

「噢，老天。」溫德爾滿懷同情地說，輕觸卡倫的手。「你一定看過太多讓你難過的事。以前我父王會將誤闖國境的凡人抓起來，只留下他覺得有趣的幾個，其他全部放進野木沼澤供貴族狩獵取樂。」

卡倫點頭。「你的繼母延續了這項傳統。」

「這絕對是她會做的事！」溫德爾說。「別擔心，在我們的統治下，從此禁止這種野蠻的娛樂。我受不了殘酷和暴力。」

我不以為然，但最後決定還是別說出口。

「這些年我聽過很多關於你的傳言。」卡倫說。「關於**你**的也不少，懷德教授。你也知道，你繼母持續派下屬監視著你。傳言說廢王遭到放逐後愛上了學者，但沒什麼精靈相信。」

「單單因為這件事，」我說，「你就判斷溫德爾值得效忠？這未免賭太大了。我們凡人也可能成為暴君。」

「我確實賭了一把。」卡倫承認。「但他很難比雅娜女王更壞。」

我的後頸竄過一股寒意，有如受到冷風吹拂。溫德爾從沒說過繼母的名字，此時突然聽見，讓我有種迷信般的不祥感受，彷彿這麼做會召喚她現身。

「問題在於，**整個**精靈界對凡人都很殘酷。」妮芙揮揮叉子。「我們學者很愛給事物排名，這樣才有更多話題可以爭論。沒錯，有些領域殺的人數比較多，但是精靈最核心的本質就是任性妄爲，並且擁有難以衡量的力量。爭論哪個領域最殘酷，就好比爭論哪片海洋對水手而言最危險。」

卡倫淡淡一笑。「妮芙，我一直很希望能像你一樣以超然的態度看待這件事。」

妮芙的表情立刻流露懊惱。「請見諒，卡倫。你妹妹……我不是故意……」

「沒關係。」他嘆息，伸手抓了一下頭髮。「不用放在心上，妮芙。我沒睡飽的時候太愛找碴了！」

「你妹妹？」我詢問道，由於太過好奇，慢了半拍才察覺卡倫不想提起。

溫德爾再次輕碰他的手。「卡倫的妹妹很小就被一個貴族偷走，」他告訴我，「兇手應該是利爪陵墓的女爵。卡倫來到這裡尋找她，但已經太遲了。」

卡倫繼續在麵包上抹奶油，動作流暢而精準。「那位女爵將諾拉丟在森林裡——想必是厭倦了照顧人類幼童，後來侍衛便發現了她。我猜想他們大概閒著沒事想找樂子。」他放下麵包，雙手短暫按住桌邊。「原本我也會遭受同樣的命運，幸好我遇到出來漫遊的泰朗，而他愛上了我。」

「可憐的孩子。」溫德爾說。「泰朗處置得很好，女爵罪有應得。」

妮芙似乎不以爲然，從鼻子哼了一聲。「是啊，有時候正義也會得到伸張，」她說，「但只限於對的凡人。」

「我來是為了告訴你們，國王林現在已經大排長龍了。」卡倫說道，就連我也聽得出來他不想繼續談那件事。

「我要改掉那裡的名字。」溫德爾說。「我母親過世之前一直都是叫做君主林。」

卡倫愣了一下。「當然，陛下。我剛才稟報過了，那裡聚集了很多民眾，而且愈來愈不耐煩。許多精靈從非常遙遠的地方特地前來晉見——想來請求恩典，至於其他精靈，大概單純是來拍馬屁或看熱鬧。很多音樂家和廚師來找工作，貴族希望解除詛咒，流浪殺手希望能為你服務，還有其他各種請願。」

「現在我沒心情接見，」溫德爾說，「我的國家怎麼變成這樣了？」

卡倫頓了頓，隨即說道：「你發現了。」

「我發現了。」溫德爾抬起單邊膝蓋，隨手把玩著一顆草莓。「一開始我還不太確定，以為是因為離開太久才會感覺不一樣。但今天早上我一醒來就知道不對勁。我的繼母做了什麼？」

卡倫一臉為難。「這件事你還是問泰朗比較好，我不確定我的理解是否足以妥當說明。」

「怎麼回事？」我問，內心湧現新的恐懼。

「我的領域生病了，」溫德爾說，「我能感覺到疾病藏在森林與石南荒原的根部。」

「老天！」突然間，樹葉摩擦窗戶的窸窣律動顯得不祥又陰森。「女王詛咒了大地？」

卡倫搖頭。「我不知道怎麼回答。昨晚的狀況太混亂，泰朗抓到了兩個女王的衛兵，他們在城堡屬地潛行，企圖製造紛亂。他們供出女王還活著，但身體非常虛弱，目前躲起來了。

她似乎透過某種闇黑魔咒將體內的毒素轉移到大地之中，也可能是她讓森林吸收自己的身體而造成感染——我不太清楚細節。」

「這種疾病性質為何？」我問。「會讓樹木枯死？」

「可以這麼說。」卡倫說。「樹木枯死之後，內部的腐毒會繼續存在，使得枝幹扭曲變形——小個子精靈只要碰到就會喪命。」

「火。」我忽然說道。在卡倫說明的同時，我也一直在腦中翻閱各個故事。卡倫呆望著我，溫德爾則揚起微笑。

「你們有沒有試過用火清除感染？」我進一步解釋。「如果疾病藏在樹木裡⋯⋯」

「其實我們已經試過了。」他說。「昨夜泰朗派出偵察部隊，找到兩處受感染的樹林。他們在樹林放火，似乎能有效清除腐毒。」

「很好，」溫德爾說，「但還沒有**徹底**清除——我依然能感覺到，就像秋風中的寒意。」他的眼神變得遙遠，然後好像突然清醒過來。「請我舅舅派更多偵察隊員去搜尋。對了，他現在在哪裡？」

「恐怕在忙。」卡倫無奈地說。「你繼母的女兒——也就是你的異母妹妹，她昨晚策劃暗殺你，泰朗好不容易才勉強制止。那個計畫有一群貴族涉入，雇用了幾個殺手。泰朗暫時先把那孩子扔進了地牢，但是要徹底拆解共謀網絡需要時間。」

溫德爾嘆息。「老天！小孩真是討人厭。看來我得想想該如何處置她。」

「你必須先召見議事大臣，」妮芙說，「在女王垮臺之後的亂局中，她的大臣幾乎全部逃亡或遭到殺害——我建議你將倖存的那些召入宮，連同你父王的老臣一起。」

「雖然召見大臣是當務之急，但盡快找到女王的下落更要緊。」卡倫說。「此外，國內目前的局勢非常動盪，女王先前征服的領域不斷派兵入侵國境邊疆。大部分的軍隊士兵都逃走了，所以沒有誰設法抵禦。」

溫德爾頹然往椅背一靠，表情充滿無力感。「眞是一團亂！今天之內我得要全部處理好這些？不可能。我還打算帶艾蜜莉去斷裂草原野餐呢。」

我看出他眼神中的驚慌失措，急忙說道：「雖然挑戰很多，但絕非無法克服，只要依照重要性排出順序再一一處理就好。卡倫說得對，必須盡快找出你繼母的下落，不能讓她成爲**隱患**——我應該不用多說吧，在故事中，這種情形都不會有好結局。你舅舅會派出更多偵察隊員，與此同時，你必須讓臣民看到你，而且必須立刻現身——這是打消刺殺企圖最好的辦法。我們先去那片樹林，聆聽民眾的請願，」我停頓一下，「今晚如果還有時間，我們再去野餐。」

溫德爾露出燦爛笑容，彷彿之前的頹喪不曾存在過。「小艾，你一定會喜歡斷裂草原。那裡比花園更像花園，有很多小溪，繁花似錦。很多蜂巢精靈[8]住在那裡，換言之，會有數不清的棕精靈任你逼問。這種會製造蜂蜜的精靈習性非常奇特，也相當神祕。」

他開始述說更多有關蜂巢精靈的事情，妮芙偶爾插進一、兩句，於是我們暫且放下那些黑暗的事物，也不去想潛伏在我們面前以及每處角落與暗影中的重重危機。

---

8 我對這個精靈種族一無所知，不過後來我想起曾經在文獻中看過——應該是學界唯一的相關記載——《歐唐諾兄弟的善良精靈午夜傳奇》（一八四〇年），其中〈失蹤的產婆學徒〉這一篇。

一月一日——稍晚

一度被稱作國王林的地點位在城堡後方一片森林蓊鬱的山坡上，我們沿著燈籠夾道的小路通往該處，在王家森林中有很多類似的小路縱橫。這片樹林裡有六棵巨大的橡樹，其中一棵更是我此生見過最高大的樹，枝葉開展範圍廣闊，樹下形成一片空地。地面隆起的樹根有如巨人的肋骨，其中矗立著兩張王座，上頭沒什麼裝飾，由大量扭曲的奇特木條組成，後來我才看出那些其實全都是樹根，從地底不知多深之處穿鑿而出。雖然王座上放了很多坐墊所以相當舒適，但我不喜歡坐在上面，部分原因是我總忍不住想像那些樹根終究無法忍受區區凡人坐在上頭，會在縮回地底時將我一起拖入土壤中。王座散發的氣味有如潮濕深邃的山洞，也很像太陽從不露臉的寒春。

我原本還擔心溫德爾會不習慣對臣民發號施令，畢竟在劍橋的時候，他通常仰賴魅力與欺騙得到想要的東西，而不是權位。這是我白操心了。他一一做出裁決，展現出上位者那種漫不經心的傲慢，卻也展現出溫和大度。他似乎接受了這個新角色——其實對他而言也不算太新，因爲在遭到放逐之前，他其實曾經短暫坐上王位——也接受了隨之出現在他生命中的各種奢華，無論是山珍海味或綾羅綢緞，他的態度都一派輕鬆自在。彷彿一切都是如此自然，一如他腳下的大地。

儘管溫德爾剛開始接見民眾時心情不錯，但隨著時間過去，晉見請願的隊伍幾乎沒有縮短，他開始不斷嘆息、抓梳頭髮。

民眾提出的請願五花八門。

當然，其中也有朝臣，他們多半是前來致意並恭喜溫德爾成功驅逐雅娜女王，掛著諂媚的微笑說他們一直非常厭惡她。我一句話都不相信，但溫德爾毫不在意地接受效忠。許多棕精靈與群居型精靈前來要求主持公道，主要是因爲入侵者毀壞了他們的家園，使他們難以謀生，不過也有一些我聽不太懂——其中一個似乎是關於清晨露水的爭議？——因爲他們的口音實在太重。其中一個小拍罐精的衣服十分破爛，身上的鈴鐺全都不見了，只剩下一個。他的腳上滿是黏答答的灰色物質，有如巨型蜘蛛織出的網。他的皮膚上則有很多流膿的瘡，溫德爾看到之後咒罵了一句，從王座上跳起來。他只是輕輕一碰，拍罐精就痊癒了，但在這之後小傢伙不肯回答任何問題，只是焦急地低聲說「一定要繼續趕路」，然後就逃進森林。

「可惡的入侵者。」溫德爾對我說，垂頭喪氣地坐回王座。

「你認爲他的傷是入侵者造成的？」我問。

「我從來沒有在我的領域中看過這樣的傷。」溫德爾搖搖頭。「渡鴉隱匿之地常有很怪異的魔法。」

我不禁想到雅娜女王的詛咒，張嘴想繼續問下去——卡倫不是說受感染的樹林已經焚燬了嗎？但下一個精靈已經上前，我不得不放下這個問題。

好幾個精靈挑戰與溫德爾決鬥，包括一個模樣狼狽的女王衛兵，他的樣子彷彿自從溫德爾回歸之後就一直在酗酒。溫德爾每一場決鬥都輕鬆獲勝，但他拒絕和喝醉的衛兵打，只抬了抬手將衛兵的劍變成木棍。衛兵當場崩潰大哭，還得由兩個僕役攙扶著離開。

我眞的好想寫筆記，但我極力克制。當然，我根本沒必要自己動手，因爲妮芙就坐在溫德爾的左手邊，迅速敲打點字打字機記錄。冷靜務實的擊鍵聲頗有鎮定功效，但整體而言，一整個下午我都感到彆扭又不自在。我身上穿著僕役送來的連衣裙中最爲簡潔的一件：深綠底色，上身胸衣繡上黃色花朵，外面披上點綴星光的斗篷。不過呢，可想而知，我並未因此感覺更有精靈王后派頭。我端正坐著，強作鎮靜，想要表現得像故事裡身處這種情勢下的凡人——通常都是勇敢大膽、腳踏實地的人，不會因爲精靈界的浮華與高雅而動搖。恐怕我的嘗試不太成功。精靈大多不看我，看向我的那些多半也表現出輕蔑或質疑。

溫德爾與我截然不同，徹頭徹尾顯現出精靈王的架勢。他穿著一身黑衣，質料奢華但款式大方，長袍僅裝飾著一排銀釦（自然是由他親手縫製到完美的程度），搭配一雙尖頭馬靴。他沒有戴王冠，而是將一早摘下的新鮮花朵和葉片由王家銀匠鍍銀之後和頭髮編在一起，這項傳統非常鋪張浪費，因爲每天都要重新摘花葉、重新鍍銀（僕役原本也要幫我編髮，但我拒絕了，因爲我知道到了晚上我的頭髮會變成鳥窩）。當然，他依舊穿著那件恐怖的斗篷，下襬收攏掛在王座扶手上，垂落森林地面。斗篷偶爾會自己動一動、發出聲音，也會低吼爬向驚恐的大臣，直到被溫德爾拽回去。

這幅王者肖像的點睛之筆則是拉茲卡登，他停棲在溫德爾的王座椅背上，六條腿纏著樹根，用那雙邪氣的古老眼眸緊盯排隊的精靈。他一度企圖移動到我的椅背上，但溫德爾看了我一眼之後就把他叫回去了。

9 這點讓我最為擔憂，因為拍罐精總是隨身帶著許多鈴鐺，而且據說會不惜性命守護。

這一整天，我的視線經常不由自主飄向溫德爾。我已經習慣他身穿凡人服飾、身處凡界環境的模樣，儘管回歸自身脈絡之後他顯得更加俊美，有時我卻不禁覺得四周實在出現太多神奇的事物，他彷彿也融入其中變得模糊不清，就好像透過我凡人的眼睛，他的一些特質失去了精準度。有一次我甚至察覺自己在幻想牽起他的手，拉著他一起回凡界。我猜一部分原因是我太想念劍橋。這種想家的感覺有如一把利刃不斷刺痛著我，尤其是想起我的辦公室的時候：小而舒適的空間，排列整齊的文件與書架；晨光灑落辦公桌，窗外有著修剪整齊的碧綠草坪與池塘。

我正做著白日夢時，溫德爾對上我的視線，同時揮手示意站在我們面前的大臣離開。

「我沒事。」我說。

「小艾，」他傾身靠近，「就連最凶猛的噴火龍偶爾也會厭倦自己的工作。我已經受夠了，你呢？」

「我也是。」說完我鬆了一口氣，隨即愕然發現天空已經染上薰衣草色調，下午逐漸變成黃昏，小徑兩側的燈籠在陰暗樹木間閃動發光。

「羊仙去哪了？」我問。我不時會瞥見狐矮人躲在樹林間看著我們，而據我所知，山怪跑去湖邊忙著建造一座又一座工坊，但我從昨晚就沒看到羊仙。

「噢，我命令他們去執行新任務。」他說。

我狐疑地蹙眉。「新任務？」

他大笑起來。「我保證不是什麼壞事，雖說那些小野獸活該吃苦受罪。好了，我們要不要……」他忽然停住，視線飄回君主林。

一個女性宮廷精靈從樹林中走出來，毫不理會依然拉得很長的隊伍，惹得排在最前面的幾個精靈瞪著她低聲抱怨。她的眼距過寬，以臉的大小而言鼻子也嫌太大，但她就像許多精靈一樣，擁有令人一見難忘的獨特美麗。她的頭髮是披散的黑羽，衣裳則呈現十多種不同的黑。我立刻想起之前看過她——在昨晚看熱鬧的群眾當中，她的身影特別令我不安。

「陛下、殿下。」她對我們鞠躬，站直時臉上帶著流露惡意的笑容。她的身側掛著一把劍。

「又是你。」溫德爾皺著眉說道。「女爵，你再怎麼樣都不可能贏過我。勸你還是放下劍回樹林去吧，以免受傷。」

「但是我已經等了那麼久，」那個女精靈回答，聲音比外表蒼老很多，「我渴望復仇的心有如長春藤滋長，每個季節過去，都更加緊緊束縛我的心。我原本以為在你繼母登基之後不會再有機會。」

「好吧，」溫德爾說，「倘若我有辦法解除你身上的詛咒一定會幫忙——可惜我無法破除我父親的魔法。」

「我不需要你的幫助，」她咬牙切齒地說，「只要你的血染上我的劍。」

我不知道這是怎麼回事，但這個精靈不但說話狂亂陰森，模樣也瘋瘋癲癲，感覺非常危險。「拜託告訴我你不會和她打。」我難以置信地說道。

「別擔心，小艾。」他說。不用想也知道，他絕對會應戰。「這個可憐傢伙不會打擾我們太久。」

他嘆息一聲，起身拿起劍。他和那個鴉羽頭髮的精靈彼此對峙，繞圈移動了幾分鐘——

溫德爾似乎不太熱中，畢竟今天已經比很多場了。終於，對手先發動攻勢，劍光閃動。排隊的精靈和許多大臣都聚集在森林暗處看熱鬧，歡呼鼓掌。

相較於他這天交手過的其他精靈，女精靈的劍術明顯高明許多——她閃躲挪移，有如舞者般輕盈，午夜色澤的長裙圍繞身體迴旋。他們暫時分開，溫德爾再次嘆息。我領悟到他原本以爲不費吹灰之力就能獲勝，不必太過勞累。女精靈再次出招時，他以一連串不可思議的招數回擊，然後她的劍便越過我們的頭頂飛向森林——我完全沒有察覺他在何時讓她的劍脫手。兩個大臣跑去追劍，一路不停竊笑。溫德爾一手按住鴉羽髮女精靈的肩膀，姿態彷彿在表達憐憫。接著，他以另一手揮劍刺進她的胸膛。

我悶聲驚呼。溫德爾刺進去的角度微微朝上，動作精準明快，我在顫抖中意識到，這麼做是爲了避免讓她受苦太久。他在她的耳邊喃喃低語，隨即後退。

女精靈五官扭曲，露出乖戾的不悅表情，彷彿他只是在牌局中贏了她一次。她倒在苔蘚上，身體開始變形，骨骼發出斷裂聲響逐漸縮小，細緻肌膚瞬間長出羽毛。一次心跳的時間過後，她原本趴著的地方只剩一隻蹲坐的烏鴉。烏鴉飛了起來，在溫德爾頭頂猛拍翅膀，很快就被拉茲卡登趕跑。

我驚訝到說不出話，呆望著女精靈剛才倒地之處。溫德爾從自己的頭髮上拿起一根羽毛，沉沉坐回王位上。

「在我統治的期間，她會一直維持那種狀態。」他說，捏著那根羽毛隨意轉動。「這是我父王施加在她身上的詛咒，那時距離我出生還有很長一段時間。當我父王的後代登上王位時，魔法會讓她恢復人形一小段時間，讓她前來挑戰。若要打破詛咒，她必須殺死我父王的一個後代，否則只能變回烏鴉到樹上去。」

老天。即使以精靈的標準，這也實在太荒謬。「她犯了什麼罪導致你父王以這種方式懲罰她？」

「噢，我不知道。」溫德爾說。「時間太久遠，大部分的精靈都忘記了。我猜想父王大概覺得這樣的懲罰很合理，他最喜歡以複雜的方式處罰惹惱他的傢伙。我還記得某天晚上看到他站在火邊自顧自的發笑，眞可憐！」

「這樣啊。」我無動於衷地說——那個尋求復仇的女精靈確實很悲慘，但我擠不出同情。我發現思緒很難集中，感覺就像我一直只靠著一條細線撐住整個冷靜假象，而最後這樁怪誕事件終於讓那條線斷裂。

「今天好累啊！」溫德爾嚷道，但其實大半時間他只是懶洋洋地坐在王座上，喝著那些臉龐紅潤的僕役爭先恐後送來的咖啡——他們似乎偷偷在比賽，看溫德爾最喜歡誰的配方。他揮揮手趕走下一位請願民眾，那個女精靈對他噘起漂亮的嘴唇。「我幾乎有點想回去教書了。」他說。「不管了，我拒絕繼續操勞。我很期待能把這所有的事——」他慵懶地擺擺手，「全部解決掉，這樣我才能悠閒度日，當國王就該這樣才對。」

「你的繼母忙著到處開戰。」我指出。

「啊，那只是她找樂子的方法。我父王很樂意接受請願，也只是因爲他喜歡受到眾人注目。他很少眞的解決問題，而且往往會讓狀況變得更惡劣。」

我靜靜思索。考爾的理論主張多數精靈統治者的作風都十分任性，幾乎不管事，他們眞正的角色其實是該領域魔法力量的主導者，而不是人類認知中的國家領袖[10]。

他站起來，對我伸出手。「我們回家吧。」

「你不是想去野餐？」

「這個不急。走吧——僕役會引導剩下的精靈離開。」

一走出樹林，溫德爾就帶著我離開小徑，穿過一整排高大蕨類。這排蕨類在我們走過之後又重新密合，高度驚人，就連燈籠的光也照不進來。

「我們到底要去哪裡？」我發牢騷。

溫德爾轉身握住我的雙手。他的表情顯得焦慮又沮喪，讓我不由得停下腳步——我從未看過他流露這種神情。

「小艾，你想回劍橋嗎？」他說。「如果真是這樣，你只要開口就好。我應該可以回去教書——或許我可以兩邊兼顧，不然也可以指定一位攝政代替我治國。我絕對不能忍受的事只有一件，那就是你不快樂……」

「怎麼會！」我高聲說。他似乎全都想好了，準備來場動人演說。我伸手摀住他的嘴，接著——我一開始的想法是，比起和他爭辯，這樣做有效率多了——我拉近他的臉吻住。

如我所料，他徹底忘記自己剛才在說什麼，將我擁入懷中。僕役在咖啡上灑了鹽，因此他的嘴唇鹹鹹的——相當美味。我難得停止思考，一時間只剩下蟋蟀鳴唱，以及樹林中夜行生物發出的細微聲響。

他後退一些，輕觸我的臉頰，深色眼眸凝望著我的雙眼。我們的頭頂上浮現月光色調的搖曳光芒——是他召喚出光。

「我是認真的。」他輕聲說。看來沒這麼輕易忘記。編在他頭髮上的銀花映著光，使他看起來更加如夢似幻，也更讓我心神不定；不過，我發現只要專注在熟悉的小地方就能免疫，例如他左邊嘴角上揚的角度比較高，綠眸的色調更為偏黃而不是偏藍。

「我知道。」我回答。「是我自己要來的，溫德爾——我不是傻傻踏進蘑菇圈誤闖精靈界的可憐少女。相信我，要是我改變心意了，一定會告訴你。」

「好。」他將我仔細上下看了一遍，再次將我拉進懷中，感覺全然出於務實的目的，幾乎不帶感情。「可以停了。」

「停什麼？」

「你在發抖。」

我這才驚覺他說的沒錯，而且已經一段時間了。他抱著我，用手指輕柔地梳理我的頭髮，直到我停止發抖。我的前額靠在他頸子的弧線上，能嗅到他頭髮上的野花香氣。

「我不知道該怎麼稱呼你。」我對著他的肩膀喃喃說道。

他笑著嘆息，後退了一些。「你該不會在煩惱這個吧？小艾，你想怎麼稱呼我都可以，隨便你選。你說過不想知道我的真名。」

「現在還是不想。」我說。知道真名便能左右他，光是想像擁有這種力量就令我不安。在故事中，當凡人得到能夠操縱精靈的力量，最後往往會被迫使用。「我比較想叫你溫德爾。」

---

10 娜亞・考爾，〈跳脫人類觀點探討精靈治國：以瓦隆尼亞為例〉，《社會樹靈學期刊》，一九〇五年。

「很好！」他再次吻我。「你知道嗎？這個名字用了這麼多年，現在感覺比利亞什更適合我了。」

我突然擔心他是不是誤會了。「我並非不喜歡你的本名，也不討厭你的國度——恰恰相反。然而，即使我事先做了那麼多研究，即使這些年來我學了那麼多知識，這裡依然太複雜——我的意思是，即使和隱族之王的國度相比，這裡依然，呃……」

「太複雜。」

我吁出一口氣。「太複雜。」

「我之前就想過可能會這樣，」他說，「我帶你去看一個東西。」

他似乎相當自滿，這讓我立刻提高警覺。「拜託不要是會自言自語的華服，也不要是除了布料還有其他東西的那種。」

他大笑。「比那些好多了。」

我們回到城堡裡，眾多僕役前來迎接，靜靜跟在我們身後，完全沒有打擾。我發現自己已經將城堡的格局牢牢記住，彷彿腦中有張地圖，儘管如此，我也非常清楚只要身在其中的居住者心念一動，整個格局就可能會改變。主樓層有許多廳室，有些空無一物，地上鋪滿苔蘚，有些是裝潢雅致的起居室，有則些展示著藝術品與雕塑。其中一間有幾位女爵正閒坐喝茶，暮光從窗戶灑落，小小的棕精靈在一旁以蘆笛吹奏小夜曲。我們經過時，她們展露燦爛微笑，招手邀我們過去，但溫德爾只是開朗地高聲打招呼，然後就快步帶著我離開。另一個房間裡有幾個凡人在賞畫，主題是鄉村景色，看起來是人類的作品，畫面雖然優美，卻很平凡。整個空間的光線移動方式都很奇異，地板上映著樹葉與隨風搖曳的樹枝陰影，彷彿建造城堡之前這裡原本長著許多樹木，被砍掉之後變成幽靈作祟。

這裡有五座樓梯，我們從最大的那一座上去最高樓層，一上去就看到影子趴在樓梯頂端，憂傷地看著經過的每道身影。牠看到我們立刻撲到我身上，接著又撲向溫德爾，瘋狂搖動的尾巴激起微風。

泰朗爵爺在溫德爾的晉見室等候，他坐在窗邊的椅子上，神情滿是憤懣。「陛下、殿下，今天發生了很多事。」他以抱怨的語氣說道，比向聚集在房間另一頭的宮廷精靈。那群精靈正緊張地瞥向我們，正中央的女精靈一身棕色肌膚，糾結的白色長髮垂落地面，髮絲間交纏著青草和樹葉。

「我相信你一定很忙。」我搶在溫德爾之前開口。想起卡倫早上說的話，我又補上一句：「謝謝你，泰朗爵爺。你爲我們做了這麼多。」

這番話似乎使他錯愕不已，他怔怔注視我片刻。「確實，要保住你們兩個的命害我忙死了，」他說，「不知道值不值得。」

「我不會妄想改變你對這件事的想法，」我說，「只是希望表達感激之意——也代溫德爾致謝。我想讓你知道，我很清楚我們有多幸運，有國內最受崇敬的貴族願意幫助我們。本來你大可以站在另一邊。」

「要是我得被迫忍受你諂媚的幼稚發言，那我眞的會倒戈。」雖然他這麼說，眼神中的厭煩卻減少了一些，熟悉的調侃重新出現。這模樣讓我莫名想起雪鈴，不得不抿著嘴唇以防笑出來。

「陛下，我爲你召集了議事大臣。」泰朗說，朝著那群宮廷精靈撇了撇頭。「他們大多服侍過你的父親或是祖父。選你中意的，全都不要也可以，對我而言都沒差。」

「噢，很好。」溫德爾愉快地說道。「等一下我就和他們談。艾蜜莉，這位是東風女爵——我中意的只有她一個。呃，惠利爵爺好像還可以——至少我原本是這麼想，但後來聽說他謀殺了我的一位兄長。」

不用溫德爾介紹，我也能看出惠利爵爺是哪位，那個精靈原本就毫無血色，現在更是面如死灰。東風女爵——就是白色長髮那位——站起來對我伸出手。我將手放了上去，她鞠躬親吻我的指尖。「殿下。」她鄭重致意。

「請稱呼我爲艾蜜莉。」由於太過驚訝，我的語氣顯得相當無力。

「艾蜜莉王后。」她注視著我，眼神流露飢渴的好奇，讓我好想逃跑。我好想念之前在君主林那些貴族對我不屑一顧的態度。幸好溫德爾牽起我的手將我拉開。

「陛下、殿下，請允許我在花園恭候二位。」東風女爵說。「隨著每一年過去，我愈來愈受不了室內空間。」

「如你所願。」溫德爾對她露出迷人的笑容。她報以微笑，一眨眼就消失了。片刻之後，敞開的窗戶吹進一陣風，拂動我們的頭髮，遠方的樹枝沙沙作響。

「等一下。」我呆望著在風中微微晃動的窗戶。「她……她該不會**真的**是東風？」

「有可能。」溫德爾回答，彷彿他從來沒有思考過這件事。

另一位大臣候選人上前低頭行禮。她對我展現的好奇同樣超過我習慣的程度，但比起東風女爵，她的關注更令我難受。因爲她讓人一見就怕——昨晚的宴會上我就已注意到這位女精靈，今天早上她也出現在君主林，觀看我和溫德爾接見民眾。根據溫德爾的說法，她遭到另一個國家的宮廷放逐，他不知道她的名字，就連一部分都不知道；由於她平常總是穿著一件血紅斗篷，所以大家稱呼她爲「血袍女爵」。女爵行走時，斗篷經過之處會留下一道像是鮮血的痕跡，彷彿不久前才進行過殘忍屠殺。她的膚色像樺樹皮一樣深淺不一，波浪長髮呈金棕色澤，美貌猶如夏季暮色，只可惜頭髮與雙手都染了血痕，否則在我眼中應該會更美。

「陛下、殿下，若能爲二位效力，將是我的無上光榮。」血袍女爵對我們說，視線在我身上徘徊不去。

我點點頭，暗自希望她快點轉頭看向溫德爾。溫德爾滿臉笑容看著血袍女爵，彷彿完全沒有察覺她在地毯上留下駭人汙痕。他回應道：「這份工作很無趣，但我們非常感激你。失陪了。」

他帶著我離開晉見室。我小聲嘀咕：「我應該永遠無法將感激這個詞用在那個恐怖的女爵身上。我們一定要讓她當議事大臣嗎？」

「你反對就不要。」溫德爾說。「你反對？」

「不。」我在略微遲疑後這麼回答。溫德爾的宮廷中還有更多的怪物——我遲早必須習慣。「問題是你對她的了解太少。她是遭到哪裡的宮廷放逐？又犯了什麼罪？還有那個東風女爵——爲什麼她一直盯著我看？」

「他們每個我都所知極少。」溫德爾嘆了口氣。「我說過，我年輕的時候每天都在狂歡，年齡與地位足以擔任議事大臣的貴族不會出現在我的社交圈。」

我再次張嘴，但還來不及發出聲音，溫德爾就搶先以告誡語氣說道：「小艾，你想到要讚美我舅舅實在很貼心。不過，如果你以爲他只是表面冷漠，其實內心很善良，那你就錯得離譜了。他擔任將軍的時候最愛用酷刑折磨我祖父母的敵人——並非出於忠心，而是因爲他想藉機開發有創意的新酷刑。雖然說國內的精靈我可能全都不太了解，不過我至少了解他，勸你最好不要對他太友好。」

我全身不寒而慄。「知道了。」我說。

溫德爾拉著我繼續走，穿過一個堆滿木條箱與大量家具的房間，最後來到一條走道，盡頭是我看過的那扇門。

「裝幀匠！」我喊道。雖然這扇門並非通往裝幀匠的工作室，卻讓我想起那天早晨出師不利的探險。「溫德爾，那麼多的日誌……是你……」

「啊，你發現他們了！」他轉身對我微笑。「小艾，不用謝我。那只是一份小小的結婚禮物。」

「小小！」我錯愕地重複，腦海中浮現那數十本日誌，每一本都美得讓人難以形容——老實說，它們實在太美，我無法想像用自己難看的字跡加以玷汙。

「我希望能讓你擁有想要的一切。」他說。「既然說到這個……」

他的笑容實在太淘氣，讓我心中充滿不祥的預感。但他已經打開那扇門拉著我進去，影子緊跟在後。

景色和我印象中一模一樣——霧氣氤氳的瀑布、樹木蒼翠的山坡、小小的石造農舍。那天早上我只匆匆看了一眼，此時才察覺在一個很重要的面向上，我做出了錯誤的假設。

「這裡不是精靈界，」我喃喃說道，「這裡是……」

「科邦。」溫德爾說。「正確地說是科邦的外圍，林恩郡的某處。以凡界的村落而言，這裡算是很漂亮了。這道門原本位於銀百合湖後方的森林，我還是青少年的時候用過一、兩次。之前我無法從**這一側**開啓，因爲我繼母用魔法封鎖了門，我無法解除。但昨晚從精靈界那一側很輕易就能除去，然後我就把門給搬進城堡了。」

「嗯，這一切還眞是輕鬆簡單呢。」我小聲說道。

最後一抹日光透過瀑布飄散的水霧照射下來——雖然是寒冷的冬季餘暉，仍然令我感到欣喜。之所以欣喜，無疑是因爲那是屬於**凡界**的光。我呆站著注視許久。溫德爾靜靜等候，表情滿意中帶著焦慮，一如所有不確定對方想要什麼、費盡心思猜測的送禮者。與此同時，影子開心地埋頭嗅聞一叢酢漿草，既沒察覺也不在意我們突然回到凡界；對牠而言，整個世界就是一片充滿各種氣味的巨大畫布。

我終於開口：「爲什麼帶我來這裡？」

「我覺得或許會有幫助。大多數凡人都需要一點時間才能適應精靈界的生活——就算有王族的保護也一樣，過程會非常累人。妮芙雖然現在很自在，但我知道剛開始那幾年她也很痛苦。有鑑於你上一次住在精靈宮廷的經歷，對你而言或許會更加難熬。所以呢，我決定給你一個可以躲藏的地方。只要來這裡，你就可以將宮廷精靈和泛精靈全部拋在腦後，也可以單純只是過來對著書本皺眉頭。你喜歡嗎？我原本想找個更華麗的地方，畢竟你是精靈國的王后，不過我知道你比較喜歡鄉村的環境。」

我再次無法言語。「你到底是在何時做了這麼多事？」我好不容易才擠出無力的聲音問道，「裝幀匠……還有這個傳送口？我很難想像你能在昨晚那麼短的時間內完成這些。」

「不必這麼震驚。」他拉起衣領抵擋濕冷。「小艾，我之前就說過了，不願意操勞不等於沒有能力。現在，我來說明一下這道門如何運作。」

他讓我轉過身，面對剛才踏進來的地方。我不必問他要看什麼，因爲在我訓練有素的眼中，那道精靈之門實在太明顯——草叢中四散著幾塊扁平石頭，一半覆蓋著苔蘚。大部分的凡人絕對會以爲是自然形成的，畢竟這種布滿斑點的石頭隨處可見，但我看得出來，這些石塊大略形成一條小徑，彎向幾棵橡樹。

「隨便一個凡人都可能誤闖精靈王夫婦的私人寢殿。」我表示。這實在太荒唐，害我差點笑出聲。

「應該不會發生這種事，」他說，「畢竟沒什麼村民會來這裡。他們相信那座瀑布有精靈作祟——其實猜得很對，好幾個世代以來，我的領域中有很多精靈都使用過那道門。要穿越到另一側必須踩過每一塊石頭，很難不小心達成。」

我結結巴巴、欲言又止——一方面想要感謝他，另一方面也想抗議他做得太過火——他靠過來吻我。

「不要流連忘返，」他貼著我的嘴唇說，「我會因爲太想你而後悔送你這份禮物。」他轉身踏過每一塊石頭，彷彿那些石頭是激流中的小島。他從一塊石頭移向下一塊，就這樣消失了。

我轉身看向農舍，感覺彷彿置身夢境。此時正值冬季，但這裡是愛爾蘭，而且是整個愛爾蘭最南端的一個郡，所以景色依舊綠意盎然。穿著斗篷不會冷，卻還是讓人有點想要一條圍巾，因爲風中帶著濕氣和寒意。我對這片鄉間風景最初的印象與溫德爾的國度極其相似，只是少了一點樹，多了一點宜人的凡俗氣息。噢，這裡很美，但這裡的樹單純只是樹，並非盯著人看的怪物，而且景物也不會任意變換位置。這裡始終一致、清清楚楚，使我的雙眼感到無比輕鬆。

我緩步前行，走上通往農舍的小徑。乾砌石牆圍起了一座小菜園——內有一方菜圃和幾叢種在陶盆裡的花，花莖上的葉子已凋落，在寒冷的一月傍晚顯得毫無生氣。遠方矗立著一座山，幾座高峰籠罩白雪。當然，這裡的山不像奧地利的那麼高聳壯觀，卻也有獨特的美。

門沒上鎖，但我在轉動門把時不禁遲疑片刻。裡面有人在走動——我聽見一陣乒乒乓乓，接著是幾下砰砰聲響，好像正在剁肉。難道溫德爾在這裡安排了僕役大軍等候我差遣？很有可能，不知道能不能送回去；比起被伺候，我更寧願自己準備晚餐，以免還要猜測他們對我的期望，何況我一定無法達成。

我回頭張望，考慮了一下要不要乾脆回去。這不只是因為僕役——我也不喜歡和溫德爾相隔一個世界。我心中有種不舒服的預感，然而我猜不出其中的意義。此外，對於溫德爾而言，狼之森這片領域依然危機四伏，到處都有敵人，我對他的警覺心實在沒有信心。

精靈之門隱隱發光——一般人或許會以為是出於潮濕，但我知道並不是。我嘆息著轉回農舍門前，不想辜負溫德爾的好意，他真的費盡心思。我打算在凡界停留一、兩個小時，然後就回精靈界。

我推開門。溫暖的亮光迎面而來，還有燉肉與烤麵包的香氣。農舍的主廳天花板低矮、氣氛溫馨，壁爐中的火燒得很旺，一旁放著幾張舒適的單人沙發。另一邊是廚房，透過打開的門，我看到一個深色頭髮的美女，前額有道奇異的疤。她在餐桌上切胡蘿蔔，偶爾停下來將頭髮塞到耳後，有時會轉身對另一個我看不見的人說話。小屋洋溢她們的歡聲笑語。

我脫下斗篷和靴子，雙手微微顫抖，接著將斗篷掛在門邊的衣架上，走進廚房。

忙著切胡蘿蔔的瑪格麗特抬起頭，隨即歡呼一聲。莉莉婭正打開烤箱門查看裡面的小麵包，她鬆開手，烤箱門自行回彈，發出砰的聲音。

「艾蜜莉！」莉莉婭欣喜地吶喊，大笑著撲過來抱住我。瑪格麗特在我們兩個旁邊轉來轉去，一下子拍拍我的背，一下子嚷嚷：「讓她呼吸，親愛的，讓她呼吸。」

我退開一些，有點懷疑我是不是意外走進了另一道精靈之門。我驚訝到話都說不清楚，只能一直重複「怎麼會」。

「噢，親愛的。」莉莉婭帶著我走向一張椅子。「溫德爾說想要給你一個驚喜——看來他成功了。」

「來，喝下去。」瑪格麗特幫我倒了一杯茶，然後拿起一個瓶子，將裡面的液體隨手倒了不少進去。「你好像很需要！」

我喝了一小口。那個瓶子裡裝的原來是萊姆酒，我一口飲盡之後放下杯子。

「這樣就對了。」瑪格麗特笑著說，我也跟著笑。此時震撼退去，我才察覺看見她們我有多高興。

「你們最好解釋清楚。」我說。「我今天累慘了，沒心情應付驚喜，再開心也一樣。」

「溫德爾寫信給我們。」莉莉婭說。「那是什麼時候的事？好像是十一月。他問我們想不想稍微度個假——他怎麼說來著？噢，對了——『那個地方冬季平和，頂多只會下雨，出門不需要在身上披死掉的動物保暖。』你知道的，我覺得他好像永遠不會喜歡寒光島。」

「他好像也提到你偶爾會來找我們，」瑪格麗特說，嬉戲地戳戳我衣服上摻了銀線的蕾絲，「在治理精靈王國太累的時候來休息一下。我們上星期到的，應該會繼續住一、兩個月。」

「我們一直沒有好好度蜜月，」莉莉婭說，「實在是太忙了——打理自己的家有好多事要做！所以我們當然無法拒絕，更何況還能見到你。」

「那麼……」我看看四周，架子上整齊排列著湯鍋和平底鍋，鋪石地面掃得很乾淨，窗臺上放著花瓶。「這個地方是——」

「是凡界的農舍，不是精靈魔法變出來的。」莉莉婭說。「溫德爾告訴我們這棟農舍荒廢很久了，精靈來凡界的時候偶爾會住在這裡。我們到的時候房子狀態不錯，只是有點霉味，所以我們打掃了一下，修理了幾個小地方——村民幫了很多忙。昨晚溫德爾來過，他……該怎麼說？我也不知道他做了什麼。他只是掃了一下地，稍微把東西擺整齊，就這樣，整棟房子煥然一新。」她指著花瓶裡的百合花。「那束花是他帶來的——到現在一片花瓣都沒掉。說眞的，我覺得它們好像還變大了。」

「我相當喜歡這裡，」瑪格麗特說，「非常平靜，不會一直有親戚來敲門，而且稍微散個步就能到村子。還有一條很漂亮的小徑通往瀑布，早上你一定要跟我們一起去散步。昨天莉莉婭砍柴的時候只穿一件襯衫——更別說不需要剷雪。」

她們繼續描述來到這裡之後的狀況——兩人顯然都是第一次離開寒光島，她們對一切讚嘆不已，就像我第一次造訪精靈界的時候一樣。我感覺得出來她們有很多事情想問我，但我也知道她們很努力克制，好讓我能夠安靜坐著放鬆一下，只需要輕聲表示好奇或附和。

「就這樣啦，你覺得呢？」莉莉婭對我燦爛一笑，起身去取出烤箱裡的麵包。「就你目前看到的狀況，你還喜歡嗎？溫德爾希望你在這裡可以很開心，他似乎很焦慮，還要我寫下認爲需要改進的地方。」

「嗯。」我說，勉強掩飾住聲音裡的哽咽。「我相當喜歡。」然後晚餐開動了。

一月二日

今天早上我睡到比較晚，大約八點半才跟著太陽一起起床。農舍裡很安靜，莉莉婭和瑪格麗特還在睡，影子似乎也想繼續窩在毯子裡賴床，我提醒牠樓下有美味牛排，大狗才終於起床。溫德爾再次展現出難得的勤勞，早在莉莉婭與瑪格麗特抵達之前，他就先寫信給科邦當地的商家安排好無上限賒帳，我們三個想買什麼都可以。希望他打算以凡界的貨幣結帳而不是精靈幣，因爲精靈幣基本上只是以幻術將樹葉、小石頭或其他沒用的小東西變成錢的樣子，魔法消逝之後就會變回原貌[11]，當地人收到一定會討厭我們。

這座農舍小而美，比我們在聖列索住的那棟小一點，但是比在拉芬斯維克租的那間大。二樓有兩間臥房和一間浴室，我懷疑溫德爾對浴室施了魔法，因爲這種老舊的鄉下農舍通常不會有熱水，更別說水量還很大。一樓的格局相當簡單，有壁爐的起居室加上廚房，中間隔著一條走道，一頭是樓梯，另一頭是大門。即使在冬季室內也很明亮，因爲窗戶從裡面看比外面更大——這或許還有可能，然而農舍內側的窗戶也**比較多**，這就不可能了。一群野貓將花園納入牠們鄰里巡邏的範圍，讓老鼠不敢接近，而且這些貓有點奇特，眼睛全黑。莉莉婭

11 丹妮兒．德葛雷的文章〈以地域模式分類精靈貨幣：高地市場案例研究〉（《大英樹靈學期刊》，一八五七年）主張這種類型的精靈惡作劇在各個國家與地區都不相同。南方最常見的是樹葉，錢幣的幻象平均只能維持幾天；蘇格蘭與北英格蘭常見的則是比較結實的物體，例如松果或小石頭，幻象能夠維持幾年。

與瑪格麗特說村民都覺得突然有這麼多貓出現很奇怪，因爲在今年冬季之前，方圓五英里的範圍內只有一、兩隻肥胖家貓。

我烹煮了簡單的早餐，菜色是歐姆蛋配燕麥粥，留了一些放在烤箱裡給莉莉婭與瑪格麗特起床吃。吃飽之後我在農舍裡四處走動，探看窗外的風景。後側有一道門通往地窖，我的兩位好友在其中囤了不少必需品。這天早上太陽很耀眼，近乎溫暖，至少穿上大衣、圍上圍巾之後就夠溫暖了。我坐在花園的木長凳上度過愉快的一個小時，爲我準備著手進行的精靈政治專書寫下大量筆記，偶爾眺望風景沉思。

我發覺自己找回了對寫書計畫的興奮期待，也很慶幸能夠身在溫德爾的王國，這絕對是獲得重大學術發現的無上良機。我們身邊危機四伏，此時還想著學術的事似乎有點瘋狂，不過——好吧，我只能說，我無從辯解。成爲精靈王后非常不明智——幾乎找不出任何證據支持這種行爲，無論在任何精靈領域都一樣，更遑論是正値政治動盪的國度；然而，當我想到在這裡的研究將能夠嘉惠科學探求、增進對精靈王國內部制度的理解，這所有顧慮便徹底煙消雲散。這個機會千載難逢。

當我想到自己多常因爲精靈毫無理性的行爲感到絕望，我的決定就更不算瘋狂了！

我暫時打住手上正在繪製的溫德爾王座速寫，觀看知更鳥到處尋找蟲子，瀑布沖出的水霧凝結在青草上，陽光灑落之處都染上一片金黃。不久之後莉莉婭與瑪格麗特出來找我，我們一起走上山到瀑布頂端，那是一片長滿蕨類的陡峭山坡，可以鳥瞰四周的田園風光，還能見到兩座湖泊，形狀很類似碩湖與銀百合湖。村子由散落的人家組成，大約二十多戶，全都位在鵝卵石街道兩側，再過去則是農田，一路延伸到有少許積雪的山峰前。我們一路閒話家常——歐黛的健康狀況最近改善了一些，儘管依然不比從前；瑪格麗特迷上烘焙，她將作品賣給經過拉芬斯維克港的水手小賺一筆——我們也聊到我在精靈界的遭遇。

我娓娓道來，將到昨天傍晚為止發生的所有事說給她們聽。「你還沒有改變心意？」瑪格麗特問道，莉莉婭按住她的手臂，兩人在眼神交流之後換了話題。這不是第一次了，我感覺得出來她們有很多話想說，既是關於我決定成為精靈王后一事，也是關於我對溫德爾的信賴。她們一直都很喜歡溫德爾，也對他充滿感謝，然而，我漸漸明白這不代表她們**信任**溫德爾——或許拉芬斯維克的所有居民都將兩者分得很清楚，因為他們與宮廷精靈來往的歷史總是充滿不幸。

散步完畢回到農舍，我便去找影子——如今陡峭的山路對牠而言太辛苦了。影子打個呵欠伸懶腰，骨頭發出一點喀喀聲響，我不禁感覺到惆悵，一如所有養過老狗的飼主。我打算去找宮廷裡的僕役談談——雖然現在仰賴的藥膏也很不錯，但說不定他們知道對老狗關節更有效的藥。

「要不要跟我一起回去？我可以帶你們參觀城堡。」站在門外時，我詢問道。

瑪格麗特與莉莉婭再次眼神交流。「你的好意我們心領了，」莉莉婭說，「但我們待在這邊就很滿足。」

我這才想起她們之前在家鄉曾經落入宮廷精靈手中吃了很多苦，立刻後悔剛才的邀請。不過我還來不及道歉，莉莉婭就先輕碰一下我的手臂，露出微笑。

「你應該很快就會再來吧？」她說。

我承諾一定會盡快再來，然後轉身穿過精靈之門。

石塊踩在腳下感覺相當濕滑，幾乎像覆蓋著一層黏液，我的左腳正要邁向第四顆石頭時，突然發現自己身在熟悉的城堡走道，身後那扇門敞開著。

影子歡喜地叫了一聲，在走道上小跑步前進。我知道牠在找溫德爾，但牠的期望很快落空，因爲我們經過的房間不是空無一人就是只有幾個僕役，他們一看到我就急忙鞠躬。寢殿同樣空蕩一片，只有奧嘉在，牠蜷起身體窩在堆得亂七八糟的毯子裡——我猜牠大概不允許僕役整理床鋪。沒想到奧嘉竟然輕叫一聲歡迎我，還發出呼嚕聲翻身讓我摸肚子。影子笨重地跳上床，像平常一樣展開上午的小睡；奧嘉徹底忽視牠，以牠們的關係而言，這已經是很大的進步了。

平時我很少花時間在外表上，但是在精靈界穿上我的樸素直筒連衣裙、隨便紮個包頭，實在令人沒有安全感。臥房裡增加了一個衣櫥，我在裡面找到十多件連衣裙，各種顏色和款式一應俱全，彷彿有誰——我猜應該是僕役——特地準備多種選擇，想要藉此評估我的喜好。可想而知，每一件都過於華麗，不是顏色太鮮豔，就是有奇怪的裝飾；一件綠色連衣裙的上身滿是藤蔓，必須先解開之後才能穿，而白色那件的袖子實在太蠢了，掛著一串串像是銀手鐲的東西。最後我選了一件黑色的，至少沒有任何裝飾，不過還是有五層裙子，每一層都滿是銀線繡花，隨著步伐閃爍搖曳。

我猶豫許久之後，終於召來僕役，要求找個美髮師。美髮師是棕精靈，灰色臉龐滿是皺紋，一直擺著臭臉，他用力拉扯我的頭髮，編成繁複的髮辮堆在頭頂，最後裝飾上銀花，大多是罌粟。一切就緒之後，我感到渾身不自在，儘管層層疊疊的裙子很輕盈，我卻依然全身冒出一層薄汗。

我惆悵地看了一眼自己帶來的樸素棕色連衣裙，它們在衣櫥裡和那些華服掛在一起，擠在一邊的樣子看起來很寒酸，有如奢華舞會上的窮親戚，其實根本不想受邀參加。

「很好。」我憂心忡忡看著鏡中的自己，然後開始工作。

✦✦✦

今天早上散步時，我早已決定回來後第一件要做的事就是找夜精靈談談。我知道這種精靈很不喜歡被人看見，甚至也不喜歡被其他精靈看見，而且偏好在夜晚工作，現在很可能在休息。但沒有別的辦法了。

我在縫紉室找到幾位僕役。他們都是裁縫，忙著將高級蠶絲與亞麻組合成衣物——當然，絕大多數都是黑色——他們各自四散忙碌，不過其中兩個正忙著爲無頭假人套上短袍。我東張西望一陣子，一時不知該怎麼辦。

我詢問主掌裁縫室的宮廷精靈能不能帶我去找夜精靈，她卻大驚失色地衝出門外。我不知道究竟是我惹怒她了，還是我的要求實在太奇怪，嚇得她驚恐奔逃。還沒做出結論，她已經回來了，身後跟著另一個精靈。

「這位是總管。」女精靈說完之後便和其他裁縫一起離開，只剩下我和總管待在堆滿昂貴布料的房間裡，四周都是布尺與頂針。

聽起來也許很奇怪，一開始我差點找不到進門的總管，因爲他是如此灰暗不起眼，完全和裁縫室地面的石板融爲一體。他是小個子精靈，但不像大部分的泛精靈那麼矮小，頭頂與我的肩膀同高。他的手指有許多關節，而且太過細長，眼睛呈黑色，長度到下巴的稀疏頭髮則是灰塵色調。腰帶上掛著一塊灰色抹布，他不時會隨手抓著把玩，似乎是無意識的動作。他全身上下無論怎麼看都太過一絲不茍，當然，這一點也不奇怪。

「你好。」我急忙說道。「如果打擾你休息，我先道歉。」

總管跪了下來，向我低頭致意。「殿下。」他的聲音很粗，讓我不由得聯想到髮刷的硬毛。

「噢，不，」我說，「不，快請起。」

總管優雅地站起身，中途稍微停下來撫平弄皺的長褲。「遵命。」

我注視著他，莫名感到難以言語。溫德爾的祖母也是夜精靈，之前他和歐黛聯手將我救出隱族宮廷時，曾經短暫借用夜精靈的外型。當時的他和眼前這個精靈一模一樣——事實上幾乎無從分辨，我猜想這種精靈外型模糊的特徵也影響到彼此的相似度。這讓我很不自在。

「我想請你幫個忙，」我說，「以你的職責而言，或許有些不尋常。」

我有點期待總管回報一句揶揄的回答，就像溫德爾常做的那樣，但他當然沒有。「遵命。」他再次說。

「你知道……」我開了個頭，不知該如何提出我的要求才能顯得不失禮。最後我乾脆放任自己直說。「我需要耳目——需要消息。凡人經常會忽視管家，所以他們會知道很多主人的祕密，不知道精靈是否也一樣。」

「更嚴重。」總管迅速回答。我感覺得出來，談話的方向令他十分滿意，甚至等不及想繼續說下去。但這只是我的猜測，這個精靈的表情太平淡，要分辨情緒非常困難。

「看來無論凡人或精靈你都服侍過？」我說。

「都服侍過。」他以一貫惜言如金的方式回答。

我點頭。眼前這個精靈像我一樣不喜歡閒談。「你是否知道有誰企圖傷害溫德爾——呃，國王陛下——或我本人？」

「知道。」總管回答，然後開始一一報出名字與陰謀細節。

他終於報完的時候，我呆立原地，楞楞望著他。我強迫自己振作。「我……謝謝。你提供的消息——」**比我所預期的明確太多**，我想著。「非常詳盡。」

「謝謝殿下。」總管鞠躬。

我抿著嘴唇，心中有些猶豫。「幫助我可能會害你自己陷入險境。你想要報酬嗎？那個……我當然會給你報酬，只要告訴我……」

「能爲陛下效力就是最好的報酬。」總管回答。

整段談話總管一直輕聲細語，語調毫無起伏，但這句話似乎蘊藏著眞實的情感。

「我知道了。」我估量他片刻，一邊回想關於夜精靈的知識，我在這方面所知甚廣，至少比大部分樹靈學者多，因爲自從得知溫德爾的血統之後，我便將夜精靈列爲主要研究目標。「他一回城堡就能享用打理好的房間，想必也是你的功勞。非常有效率，畢竟你不可能預先知道他會繼續使用以前的寢殿。」

「他是自己人。」總管說。

我輕輕點頭，總管似乎認爲這代表他可以告退了，於是在鞠躬之後離去。

✦
✦
✦

要找到溫德爾並不難。我去到城堡主樓層，一大群僕役與大臣在長廊間迅速移動，有如漩渦環繞，也似浪潮起伏。大部分的貴族似乎都來了，有些聚集在花園裡，有些在迴廊曬太陽，因此僕役在廚房與不同處所之間匆忙來去，送上茶水與精緻美食。我攔住一個僕役，拿了咖啡和餅乾。餅乾乍看之下像是奶油原味，吃在口中卻是糖衣杏仁與極度酸甜的草莓滋味。

花園位在長滿百合與毛地黃的山丘上，溫德爾正獨自佇立中央。山丘頂端有一張長凳，爲之遮蔭的是一排整齊的櫻桃樹——只可惜其中夾雜著注目橡。雖然這棵注目橡比森林裡野生的更小，但一樣瞪大葉眼怒視我。

溫德爾眺望風景，以漫不經心的動作伸手按住櫻桃樹。那棵樹立刻開花，冒出無數紫色與藍色花苞，樹葉鮮綠得猶如翡翠碎片。溫德爾的神情也同樣動人，他的視線掃過眼前美景，彷彿全身綻放出滿足喜樂，讓周遭跟著雀躍起來。兩名僕役正扛著一面新鑄造的銀框鏡，他們的腳步變得輕盈，表情開朗，一個在黃楊木下攤開手腳熟睡的矮妖精也在夢中笑了一聲。

溫德爾轉頭看到我站在前方，唯一的變化是眼神變得更加歡喜。「小艾！」他高喊，我相信要不是他端著茶杯，肯定會再次將我整個人舉起來轉圈。「如何？你玩得開心嗎？這個問題的意思當然是：農舍的環境適不適合埋頭閱讀一大堆厚重舊書、拚命寫日誌？」

「很適合，謝謝。」我說。「不過你應該先提醒我有客人。」

「老實說，我有點煩惱你會有什麼反應。我認爲你見到莉莉婭與瑪格麗特應該會很高興，但昨晚我又擔心你可能想要獨處。」

他的臉龐浮現憂慮，我笑著說：「不必一臉苦惱。能見到她們，我真的非常愉快，謝謝你想到要邀請她們來度假。」

他揚起微笑。「當然要請她們來囉，她們住在寒光島太可憐了。那個鬼地方的冬天簡直要人命！真不懂怎麼有人受得了。」

我懷疑他只受得了自己故鄉的氣候，但說了也只是白費口舌。我們還有更重要的事必須討論。

「我們必須去察看你繼母對森林施加的詛咒。」我說。「目前我們所面對的問題當中，這個最要緊——之前我竟然沒有看出來，眞是令我汗顏。我很熟悉以遭到推翻的君王作爲主題的故事，查出她究竟做了什麼絕對是首要任務。」

溫德爾沉默了一會兒，山坡上只剩風吹過樹葉的沙沙聲響，以及恐怖的注目橡對我們眨眼所發出的濕黏怪聲。「艾蜜莉，我們之前不是說好了嗎？你的思考過程太跳躍，我往往難以跟上。你得說明一下。」

「簡單舉兩個例子：〈吟遊詩人失竊輓歌〉、〈知更鳥王的報復〉[12]——另外至少還有十

12 這兩個愛爾蘭故事的主題都是遭到推翻的精靈王以惡毒的手段復仇，不過〈知更鳥王的報復〉相對沒那麼血腥。知更鳥王很可能是愛爾蘭最北領域山風之國的君主，他在遭到兒子推翻之後躲藏了三年；於此期間，他一一綁架兒子飼養的動物——獵犬、馬匹、獵鷹——並施展魔咒使其感受到無法滿足的嗜血慾望，然後放回宮中，最後那群動物吃掉了篡位的兒子、他的家人，以及曾經襄助他的所有同夥。

多個類似故事。你還沒看出來嗎？」
「我知道一定要解決繼母，」溫德爾說，「舅舅已經派出偵查隊——」
我搖頭。「這樣還不夠。我們必須親自去察看你繼母造成的破壞，而且不能耽擱。」
溫德爾笑著嘆息。「好吧，那我們當然要去。」
「對了，你必須將東風女爵從議事大臣中除名。」我說。「如果可以，最好將她逐出宮廷。女王的親衛隊長遭到處決之前，女爵和他暗中會面過幾次。她也和你繼母共同策劃暗殺你父王與兄姊的陰謀。」
「什麼！」溫德爾驚呼。「可是這樣議事大臣就會變成奇數了，我得再找一個人取代東風女爵。最近我發現世界上沒有比應付議事大臣更煩的事，老實說，我跑出來就是為了躲他們。」
「另外也要驅逐凱林爵爺，以及一個自稱祕密之河守護者的女精靈，」我說，「他們兩個也在謀劃要殺你。」
「我最討厭政治了！」溫德爾哀嘆。「唉，好吧。這些事全都會被寫進你的書裡，對吧？」
我不禁莞爾。「沒錯。不過呢，可以寫下的內容如果不是有誰企圖殺害你就更好了。」
他應了一聲表示同意。「很好，小艾，現在我相信去科邦待幾天確實對你有好處。你又恢復原本的樣子了，滿手墨水漬，想出一堆用來累死我的計畫，好像我還不夠忙似的。」
我頓了頓。「你不想知道我是怎麼打聽到這些消息的？」
「想啊，但只是因為你顯然很想告訴我。」他微笑著說道。

他炙熱的目光令我的臉龐發熱。「我推測僕役應該知道很多內幕，事實證明果然沒錯。」我說道。「是夜精靈告訴我的。我請他們的總管幫忙留意，一得知任何可疑的事情都要來向我報告。我相信這樣應該可以解決暗殺威脅。宮廷精靈對小個子的態度不是視而不見就是冷漠輕蔑，對僕役更是如此。貴族似乎從沒想過，他們交談時一旁的僕役全都會聽見，就連暗殺國王的陰謀也照說不誤。」

溫德爾呆望著我，然後放聲大笑。「有道理。」他說。「泛精靈再次伸出援手幫助我們，是吧？」

我略微猶豫之後才說：「夜精靈總管似乎對你懷抱溫情，他說你是**自己人**。」

溫德爾的笑意消失了。一時間，他顯得心神不寧，隨後又流露出些許茫然。「是嗎？」

「你和那一邊的家人有沒有聯繫？」我問。

「從來沒有。這並不是……」他嘆了口氣。「唉，雖然我可以說自己從來沒有見過祖母，但這只是藉口。她很久以前就過世了。因爲常做粗重家務，夜精靈很容易受傷，累積到老年就會疾病纏身。不過事實是我從來沒有想過要認識他們。像我這種出身的精靈，通常不會和泛精靈生下後代，因爲這樣生出來的孩子多半不正常。」他連忙解釋：「這是多數精靈對我們的看法。當然啦，身爲有資格繼承王位的王子，我不會受到這種歧視。幾乎沒有誰敢當面羞辱我。一般而言，我父王的大臣都會費盡心思假裝不在意。」

「但這樣不等於他們接受。」我說出想法。

溫德爾聳聳肩，表情感傷又不安。「這麼多泛精靈願意幫助我們，眞的很好心。」

「他們也是你的子民。」我說。

他似乎不知道該如何是好，我提醒自己，宮廷精靈很難得會爲領域中的泛精靈花費心思。考量到溫德爾的血緣問題，他是否更有理由盡可能不去想到泛精靈？我決定換個話題。

「你去看過黛拉了嗎？」

「我妹妹？」溫德爾皺起鼻子。「她和這件事有什麼關係？我今天早上去過了——一下子而已，但已經讓我受不了了。我勸她和邪惡的母親斷絕關係，向新王與新后宣示效忠，但那個臭丫頭只對我報以羞辱和嘲笑。她深信母親一定會設法復仇。舅舅自然是很想處決她——這是他一貫的解決方式。」

「以這個狀況而言，他的想法其實也有道理，」我說，「畢竟她企圖暗殺你。不過我很慶幸你沒有採納。在許多愛爾蘭故事中，君王凡是殺害無辜之人，都會遭受某種方式的懲罰。你繼母很可能會因此而更堅定復仇的意志。」

「我不殺她的理由不是**那個**。」溫德爾蹙眉看著我。「我沒有殺她，只是因爲她還是個孩子，小艾。讓她在地牢待上兩週，再來看看她的信念能撐多久。」

「我有更好的主意。」我說。

溫德爾痛苦地哀嘆，以雙手摀住臉。

一月三日

一大早，黎明晨光剛灑落湖面，我們一群人便在馬廄集合，包括我、溫德爾、泰朗爵爺、惠利爵爺，以及六名衛兵與泰朗爵爺麾下的一名偵察兵。我沒有叫醒影子，因爲我感覺得出來，之前從精靈之門前往城堡的長途跋涉似乎讓牠累壞了，到現在都還沒有徹底恢復。陪同我們一起去的替代人選糟到無以復加：拉茲卡登棲息在我們上方的樹影中，宛如噩夢化做現實，雪鈴也跟來了。狐精吵著要坐在我的肩膀上，我明知不該卻還是答應了。我懷疑雪鈴是想模仿拉茲卡登，因爲他對侍衛首領懷抱著扭曲的崇敬；不過，儘管雪鈴的牙齒又長又尖，嚇人的程度還是遠遠比不上拉茲卡登。說不定很快菲理士．羅斯就不是唯一少一隻耳朵的劍橋學者了。

溫德爾的妹妹坐在一匹大到可怕的精靈馬背上，兩旁各有一名衛兵看守。她看起來大約十四、十五歲，擁有一雙藍寶石色調的碩大明眸，長睫毛有如飛蛾的觸鬚，金色頭髮與溫德爾非常相似，只是黛拉的頭髮長度到下巴，如波浪般圍著她的臉龐。她打著赤腳，身上的衣服破爛又骯髒——溫德爾跟我說過，衣服是她自己扯破的，而且不肯換。她滿臉淚痕垂著頭，模樣楚楚可憐，但坐在馬鞍上的姿勢非常筆挺，彷彿想證明再多苦難也無法讓她屈服。

溫德爾看都不看妹妹一眼，和作爲議事大臣代表的惠利爵爺一起大步走進馬廄。我彆扭地站在一旁，心中想著該如何處理這個棘手的狀況。由於太久沒有動靜，雪鈴待得很無聊，於是他跳到地上，在一方陽光下理毛。

「嗨。」我說，語尾上揚，彷彿正在發問。對這個憂愁的孩子說話讓我感到萬分緊張。話說回來，我從沒見過溫德爾的血親，畢竟除了黛拉之外全都過世了。

想到這裡，我溫柔地補上一句：「很遺憾得在這種狀況下見面。」

黛拉轉頭看著我，那雙人類不可能擁有的眼睛錯愕地瞪大。「如此不起眼的小老鼠！」她驚呼。「我聽說兄長的品味很奇怪，但我沒想到會**這麼**奇怪。他們還讓你穿上我們的衣服——你一定覺得很尷尬吧？」

她開始冷笑，我懊惱地察覺我的臉頰開始發熱。「我只是來關心一下你會不會不舒服。」我生硬地說。

「真貼心呢！」她說，眼神滿是譏諷。緊接著她又以和善的語氣說道：「既然你都過來關心了，不如就去那裡幫我摘朵花吧，我會非常感激的。兄長不允許我配戴珠寶，但我很希望能裝飾一下頭髮，**什麼都好**。」

我低頭看向她所指的方向。那叢花開在路邊，樣子很像繡線菊，顏色卻是鮮豔的大紅色。我猜忌地看她一眼，擔心她會趁機踢我一腳，然而花叢確實位在她碰不到的地方。我跪下摘了幾朵，忽然感覺有個東西從頭頂擦過。我以為只是落葉被風吹過來，於是站起身將花交給黛拉。

「謝謝。」她說完就用一手掩住嘴。我找了張長凳坐下來等溫德爾，後來才感覺到頭髮之間有東西在蠕動。

我強忍住尖叫，將那個東西拽下來，同時也拔掉了幾根頭髮。那是一隻滿身斑點的巨大蜈蚣。我立刻將牠扔開，全身劇烈顫抖。

「她怎麼有辦法弄到那種玩意兒？」我問泰朗爵爺，他發現我慌亂的動作而過來察看。

「別動。」他嘆息，從我頭髮裡抓出另外三隻蜈蚣。「好了。」

「謝謝。」我說，臉頰止不住發燙。

他踩死那幾隻蜈蚣，以無奈的語氣問道：「王后殿下，還請賜教，爲什麼我們得要帶那個『可愛』的小丫頭一起去？」

「我們不能殺她，」我解釋，「這麼做可能對溫德爾有害。儘管如此，她依然是最可能與溫德爾爭奪王位的對手，而且已經企圖刺殺他一次，差點就成功了，我們必須**設法**除去她可能造成的危害。因此，我打算嘗試將她拉攏到我們這一邊。或許只要讓她親眼見識母親的邪惡作爲對國家造成多大的破壞，她就會重新思考該效忠哪一方。」

「老天，」泰朗爵爺說，「光聽就讓我頭疼。這就是活得夠老的好處——會徹底喪失對政治的興趣。」

我端詳著泰朗爵爺。一頭光亮潤澤的深色頭髮，肌膚平滑、唇形優美，怎麼看他都只有二十出頭——這個年紀的臉龐還留有一絲少年氣息，我懷疑他是出於戲謔而選擇以這個模樣示人。「你幾歲了？」我問道，單純想看他會如何迴避這個問題。

沒想到他只是說：「這個問題對我不適用，我來自比光陰更古老的年代。」

我花了一點時間才理解。「你……比這個領域還要老？」

「我比任何領域都老。」他的視線移向我的斗篷。「只有一個除外。」

數十個問題湧入腦中，我必須提醒自己記得呼吸。「不可能是真的吧？」

「不可能嗎？懷德教授，或許你是對的——絕對不能相信精靈。」他揚起眉毛故作無辜，然後轉頭看向他的坐騎，一匹高大的黑色戰馬。我注視著他的背影，頭髮儘管凌亂卻依然好看——這一定不可能，對吧？

「可惜你還沒老到放棄欺負學者。」我嘀咕。

他訝異一笑。「你知道，」他若有所思地說，「對於外甥繼承王位這件事，我原本不抱任何期待，儘管現在的他已經不像從前那樣毫無責任感，但我依然不覺得他有什麼了不起。」

「他絕對會成爲比他繼母更出色的統治者。」我搶話道。「長年征戰不休的國家根本不是國家，你們的士兵死傷慘重，小個子精靈不分晝夜處在危險之中。你眞的不在乎這些事？」

他調整一下馬鞍。「我眞的不在乎。我說過了——即使你把丈夫誇上天，我也永遠無法在他身上看出任何過人之處。他小時候的魔法天分很平凡，那時也有很多繼承王位的人選，其中至少包括他的兩個兄姊，每個都比他更睿智、更勇敢——而且還不像他那麼懶散。但是你呢，艾蜜莉——你似乎是個有意思的王后。」

「其實我還不是王后，畢竟我和溫德爾還沒有結婚。」我慌張地說。眞希望泰朗爵爺能像其他宮廷精靈一樣無視我！若非不久前我才親眼目睹他一劍將樹劈成兩半，說不定還不會因爲受他注意而如此焦慮。

我的語氣引出他眼中那種不懷好意的熟悉光彩。「噢，老天。」他說。「該不會有人想打退堂鼓？難道國王陛下在其他方面也令人失望？」

「**不是**這樣。」我愈來愈慌張。「從一開始我對婚姻這回事就沒什麼熱忱，與溫德爾無關。」

他沒有回答，但我能看出他眼神中的竊喜，有如貓兒緊盯草叢中受傷的小鳥，我知道他以後絕對會不斷拿這件事挖苦我。這就叫自作自受，我想著，心中充滿不祥的預感。

我轉頭望向湖泊，身旁的小徑一路往下通往湖濱，湖灘由沙子和石頭組成。陽光在水面上歡快舞動，彷彿也在取笑我。

溫德爾終於從馬廄出來了。他身後跟著兩名僕役，其中一個牽著一看就知道是要給我騎的生物。

「噢，老天。」我無力地說。

那隻狐狸的體型比精靈馬稍微小一點——但我並沒有因此安心，這點我可以保證，因爲牠還是遠比任何狐狸該有的尺寸都更巨大。牠的毛是鮮豔的紅棕色，胸口與腹部顏色稍淺，巨大的耳朵像狗一樣垂下；體型相當魁梧，渾圓的肚子上繞著馬鞍，腿部肌肉非常發達。

雪鈴驚恐地尖叫一聲，再次爬上我的肩頭，對著負狐齜牙咧嘴。「不要這樣，」我訓斥，「不然我要把你丟下去了。」

「小艾，你覺得如何？」溫德爾笑容滿面地問。「紅風還合你的意嗎？我保證，牠絕對不會惹事。不過如果你比較想騎馬，也可以隨意選一匹。」

「呃……牠就可以了。」我說。最初的震撼過去之後，我發現自己稍微放鬆了一點。比起腳步聲有如雷鳴的精靈馬，騎紅風至少還能忍受，畢竟精靈馬完全超乎我的預期，太過令人不安。然而對於像馬一樣大的狐狸，我沒有任何預期。

溫德爾拍拍紅風的側腹，巨大的負狐打了個呵欠——牠的牙齒跟我的手掌一樣長——水潤黑眸對我眨了眨。我遲疑片刻，伸手摸摸牠前額的紅毛，牠靠向我的手心，發出一陣咕嚕嚕鼻哼，讓我嚇了一跳。

「至於你嘛……」溫德爾轉頭看向妹妹，表情若有所思。他今天穿著黑馬靴、戴著黑手套，但沒有穿那件愛咆哮的恐怖斗篷。取而代之的是一件沒有怪物的深綠色斗篷，與僕役早上編進他頭髮中的鍍銀樹葉非常相配，那些葉片在他的金色波浪鬈髮中顯得如此自然，簡直像是從他頭皮上長出來的。他不需要以王冠彰顯身分——就連樹木與青草似乎也朝他彎身——我看得出來他妹妹也察覺到了，或許正是因爲這樣，她才會以如此兇惡的眼神瞪著他。

「王后很好心，讓你暫時從地牢出來，」溫德爾對她說，「你將得到一次悔改的機會，讓你明白不該效忠我們的母后。因此，你必須遵守規矩，這並非對你的期許，而是要求。」

「囉唆、囉唆、囉唆，」黛拉回應道，「現在你也像**他們**一樣無趣了，活像凡人假扮成精靈。兄長，你乾脆回去他們的世界好了。」

溫德爾瞇起眼睛。「你呢？長愈大愈像你母親，而且是低劣模仿的版本——只學到滿腹輕蔑與妒忌，卻欠缺她的想像力。」

黛拉臉色發白。「我母親才是**真正**的王，她會把你五馬分屍之後掛在城垛上，還會把你那麼喜歡的那些白癡凡人也全都一起掛上去。」

「你把凡人看得如此低下，」溫德爾說，「然而讓你母親喪命的就是一個凡人。事實證明傻的是你，現在心情如何？」

「我母親還活著。」黛拉激動駁斥，我一度以爲她會撲向溫德爾。「她太過關愛這個領域，絕不會輕易……輕易……」

「死去？」溫德爾低低笑了一聲。「要是因爲這樣就能免死，那就太好了！眞可惜。我們的父王也非常關愛這個領域。那時候你還太小，應該對他沒什麼印象。這樣吧，我們去親眼看看母后的惡意對這片她關愛的領域造成多少傷害，到時候就知道除了她的那些惡劣性格之外，你心中是否還有善良的一面。」

他轉身背對黛拉。她似乎很想回嘴卻說不出話，最後乾脆對他吐舌做鬼臉。不過我看得出來，其實她在努力忍住眼淚。

「真的有必要對她說那些嗎？」溫德爾來到我身邊時，我輕聲說道。

他嘆了口氣，似乎感到很苦惱。「小鬼真煩！」

看來黛拉格外擅長腐蝕他的好心情，但我沒有說出口。「溫德爾，萬一我們遇見你繼母……」

「小艾，這次你不必應付她——交給我來。」他端詳我的臉。「怎麼了？」

我搖搖頭。昨晚我研讀了數十個愛爾蘭傳說，互相比對參照，最後歸結出的模式讓人不安，但我暫時也只有這個結論。

「沒什麼。」我說，努力掐滅心中的不祥預感。「只是很希望你繼母已經死了。」

「要是這樣就省事多了。」他附和。「只可惜她那個人太麻煩了，就連臨死也要讓大家日子難過。」

所有衛兵都已經上馬做好準備，於是溫德爾扶我騎上紅風。在他騎上自己的馬之後，我們一行人就出發了。

✦ ✦ ✦

一開始我們走的路很寬敞，足夠讓兩匹坐騎並肩前行，但是離城堡愈遠，路就愈窄，最後我們只能排成一排。紅風的身體太寬，樹枝一直掃到牠的側面，於是溫德爾揮揮手，小徑立刻拓寬一、兩英尺。

我不怎麼喜歡負狐。我沒有告訴溫德爾，但我漸漸覺得騎精靈馬或許比較好。騎在紅風身上感覺不到任何顛簸或晃動，和騎馬完全不一樣，而這就是問題所在——牠的步態太平順。我總感覺自己彷彿正騰雲駕霧，而且還是好脾氣的雲霧，雖然常常突然猛打噴嚏或流鼻水。

穿過森林時，我觀察到許多熟悉的植物與特徵。例如，一些棕精靈用石頭建造半地下住家——在我看來比較類似地窖，不像房屋——將蕨類的葉子緊密織在一起做爲屋頂。無疑還有更多小型精靈住在樹上，因爲我抬頭時看到隱隱約約的銀色反光，那是一座座狹窄到難以置信的橋梁，如蛛絲一般連結樹木。不過，離城堡愈遠，銀光閃閃的小橋便愈來愈稀少，類似地窖的那種樸實結構變得更常見。我也察覺自己變得善於看出苔蘚棕精靈躲藏的位置——因爲他們頭上總是戴著苔蘚帽，所以我在心中如此命名。這種黑色眼睛的小生物，身上往往也披著苔蘚，他們經常躲在樹枝後面偷看我們，有時也會直接站在滿是苔蘚的岩石或大樹枝上，這樣反而更難看出他們的身影。

令我驚奇的是，我發現我在這裡慢慢開始感到**自在**了。在狼之森耶！菲理士絕對會大爲責難。

然而，我無法細細品嘗這份心情，因爲我太焦慮了，止不住擔憂會在森林裡看到何種景象。於是我充分利用紅風平穩的步伐寫作。

我才拿出筆記本寫了五分鐘，泰朗爵爺就騎馬過來與我並行，道路自動變寬以容納他的坐騎。

「你到底在寫什麼？」

「書。」我簡短回答。

「書！」他驚呼。「既要治理王國，又得對付逃亡之後企圖復仇的死敵，王后殿下竟然還有心情忙瑣碎的學術小事？」

「對。」我說，刻意又寫了一條註記。

他露出微笑，驅馬靠近我，擺出一副客套的好奇模樣。「這本書的主題是什麼？」

「精靈宮廷的政治。」我真的好希望他快點離開，讓我繼續忙瑣碎的學術小事。

他皺起鼻子。

「古老精靈想必對這種主題不屑一顧，真抱歉啊。」我說。

很可惜，我似乎又逗樂他了，他不但沒走開，反而問道：「這樣究竟有什麼意義？」

我茫然地看他一眼，假裝沒聽懂。其實我只是不想被迫和他爭辯知識論——說真的，我不想和他進行任何辯論。這種想法很缺乏學者精神，有機會與如此典型的宮廷精靈交談，我應該感到迫不及待才對。然而，他畢竟曾經試圖殺害溫德爾，雖然他們兩個現在似乎都忘記了。

「你的職業，」他進一步闡明，「也是妮芙的職業。你們兩個都為了自己的計畫寫個不停。」

「你還是去請教妮芙吧，說不定她會樂於與你討論。」

「噢，老天。」他說。「看來我們從一開始就處不來，對吧？」

「我還眞想不出爲什麼呢。」我嘆息，將筆夾在筆記本上。「我做學術研究的**意義**在於了解精靈，目標是抵達凡人所能了解的極限。」

「你從來不覺得這是無謂之事？」

「至少不會比其他學科更無謂。」我指向天空。「凡人無法在星空遊走，又能知道多少關於星星的事？儘管如此，我們還是努力去學習。」我重新翻開筆記本。「其他人或許會說，做研究本身就是學術的意義。我無法苟同，因爲我從未停止渴望獲得新發現。即使是再小的發現，對我而言也有如珍寶。」

我無法確定他是否能聽懂。片刻之後，他說道：「爲什麼凡人總是想解謎？要是所有東西都做成標本、貼上標籤、放進展示櫃，那麼生命還有什麼意義？你們學者應該以發現更多謎團爲目標，而不是破解。」

「你的看法深富啓發性，」我說，「非常有幫助，謝謝你。」

他樂呵呵地笑了一聲，終於策馬往前走，讓我獨自藏身在學術研究的安全天堂。我不禁大大鬆了一口氣。

這趟旅程應該會很漫長才對。沒想到才過不到一個小時，我們就抵達目的地了。

泰朗爵爺跳下馬，皺著眉說道：「不太對勁，腐壞的樹林應該距離湖泊南岸至少五十英里——我們才走了十英里，甚至不到。」

「會不會是另一波感染？」泰朗爵爺的偵察兵提出。他顯得非常嚴肅，背著兩把交叉的劍，一條疤從太陽穴延伸到下頷，將他的臉劃分成兩半。

「我什麼都沒看到。」我說。相較於我和溫德爾前往城堡時經過的區域，這片地帶混雜著森林與沼澤，顯得更加開闊。此刻雖然正在下雨，但雨勢細細綿綿，幾乎只是濃霧，宛如幽靈在樹叢間飄盪。我眼前所見只有青翠草木，耳中聽到的聲響只有鳥鳴與紅風偶爾的呼息。感覺很不對勁——但我無法確切指出究竟哪裡出了錯。

「臭死了！」蹲在我肩上的雪鈴說。他捏著鼻子，說話時鼻音很重。「我說什麼都不要靠近**那東西**。」

「靠近什麼？」我問，囿於人類的感官限度而倍感挫折。雪鈴沒有回答，只是跳到地上鑽進一個狐狸洞。

溫德爾以優雅的動作下馬，大步走到前方。他撥開一棵注目橡的粗大樹枝，惹得樹上所有葉眼在猛然眨動後怒瞪著他。接著他走進樹林中，一下就不見人影。

「很好，儘管獨闖危險地區吧。」泰朗爵爺嘀咕。「有其父必有其子。」他跳下馬背，揮手召來拉茲卡登與兩名衛兵，一起跟隨溫德爾進入樹林。

惠利爵爺繼續坐在負狐背上，神情焦慮。他的樣子像是五十多歲——精靈可以自行選擇以何種年紀的外表示人，而有些精靈偏好展現出睿智的模樣。不用懷疑，他的臉上雖有皺紋但依然俊美，一頭濃密棕髮夾雜著銀絲，長度足以編成辮子。很難想像他會殺人，因爲圓臉配上大眼的長相流露稚氣，與他外表的年齡不相符，一般精靈大多是外貌年輕、氣質老成，他卻恰恰相反。

我從紅風背上下來，牠一連呼了幾次鼻息，噴出噁心的鼻水。我在黛拉身邊停下腳步，剩下的衛兵將她團團圍住。「要不要和我一起過去？」

「我的意願重要嗎？」她把下巴轉到一邊。她的眼睛紅腫，好像一路都在哭。「淪爲階下囚的公主無力決定命運，就像風中落葉無法決定在何處落地。」

我的老天。不用懷疑，這孩子就像溫德爾一樣擅長小題大作。「好吧，那就由我來替你決定——扶她下來。」

衛兵聽命行動，我們跟隨溫德爾與泰朗走上一片半坡上的紫杉樹林。一開始，我以爲籠罩在眼前的只是霧。那團濃霧懸浮在森林地面上，絲絲縷縷爬上樹木，模樣有如幽靈藤蔓，然而質地比水霧更黏稠，令人不適。我確信要是走進去一定會被黏住，就像受困在糖漿中的昆蟲。

這裡的樹木模樣十分嚇人，樹幹上滿是痂與奇怪疙瘩，有如發炎的瘡。溫德爾蹙眉看著這些樹，手中漫不經心地轉動著從土路上摘下來的百合花。

「陛下，百合花很適合用作婚禮捧花。」泰朗爵爺一派無辜地說，在溫德爾背後對我露出陰險的假笑。

我以全然發自內心的怒瞪回敬。溫德爾怔怔看了舅舅一眼，然後低頭望著花。「確實沒錯，對吧？」

「這裡發生了什麼事？」我加重語氣提問。

「應該是我繼母搞的鬼。」溫德爾說。「她來過這裡，跑到我王宮的前庭來對這片樹林下詛咒。至於更詳細的，我就不知道了。」

「這裡就像其他地方一樣。」偵察兵說道，神情憤慨。

「我們已經燒掉那些地方了，」其中一名衛兵說，「但這裡不知道怎麼回事，沒辦法點火引燃。不過，若是點燃鄰近的樹木，然後將火引向這片樹林，遲早會燒起來。」

他揮劍砍向黏稠的濃霧，劍身隨即深陷其中，無法動彈。他費盡力氣才拔出那把劍，抽離時發出像咂嘴般的濕黏聲響。

「住手。」溫德爾伸手攔阻。那團物質在被砍之後出現詭異反應，開始像受傷的野獸那樣顫抖扭動。這時我終於明白自己爲什麼覺得不對勁。並非有什麼奇特的狀況，而是少了一點東西。應該要有棕精靈和其他泛精靈發出的細微聲響與腳步聲才對，我應該會發現他們躲在森林綠影中偷看，儘管一般人難以從自然景色中分辨出他們的身影，我卻一眼就能看見。

我的內心湧現恐慌與驚懼，但如果說其中沒有半絲興奮，那絕對是撒謊。我拿出筆記本，匆匆畫起速寫。

泰朗爵爺嗤笑一聲。「你眞是個奇特的小傢伙。」

與此同時，溫德爾來回踱步檢查樹林，表情愈來愈難過。「全毀了，」他說，「樹木、花朵，所有地洞與巢穴。我根本無法……」

他舉起手，大幅度地橫向一揮。某種東西隨即劃過樹林——一陣波動的光，散發著夏季芬芳和雨水滋味，不可思議又無比美妙，帶來一種淨化的氣息。那道光很快消失不見，樹林卻沒有任何變化。

我蹣跚後退，心中有一部分很想要求他再施展一次——不論那到底是什麼。每當他使出我不知道他有能力施展的魔法，我心中那個幼稚的部分就會半是害怕、半是激動。

但他並未再次施展同樣的魔法，只是咒罵一句並舉起手抓梳頭髮。「溫德爾。」我猛然抓住他的手臂。

兩個棕精靈正坐在一棵遭受感染的樹上看著我們。至少我是這麼認為。他們身上也纏著那種詭異的霧，感覺似乎是霧氣讓他們移動，就像操縱傀儡那樣，因為一看就知道他們已經死了——他們的眼睛注視前方，卻沒有在**看**，身體也微微變得透明。他們同時轉身，躲回腐壞的森林裡。

「收集倒下的樹木生火。」泰朗爵爺對衛兵下令。「事實上……」他對著一叢蕨類揮手，它們立刻冒出火焰——因為濕氣太重所以煙很大，也沒有全部點燃，但火勢很旺。濃霧蠕動，然後伸出一隻粗壯的觸角將火悶熄，發出輕微的啵啵聲響。我們全體後退一步。

「之前也發生過。」偵察兵說。他的臉色慘白，讓傷疤變得更加顯眼，幾乎像是新的傷痕。「必須從邊緣點火——一旦火勢大到一個程度，腐毒濃霧就無法將其熄滅。來吧。」

他和另外兩名衛兵進入樹林。我轉身尋找黛拉，之前她站在旁邊，由兩名衛兵一左一右看守，我原本想叫衛兵帶她回坐騎那裡，但黛拉已經不見了。一名衛兵呆望著她剛才站的地方，另一名則被蛙怪壓在地上動彈不得。我和雅瑞艾德妮之前也遇過這種精靈，但眼前這隻既像又不像蛙怪：外型大致相同，半人半蟾蜍，然而他身上同樣滿是恐怖疙瘩，身體不似實體，更像霧氣。儘管如此，他的暴力程度完全不受影響。被壓住的那個衛兵已經沒有動靜——蛙怪咬穿了她的咽喉。

一切發生得太快，我甚至來不及喊叫，但溫德爾反應迅速。他衝出去追黛拉，兩隻受感染的蛙怪眼看就要將她拖進森林。我無法看清他究竟做了什麼，因為他的動作實在太快，但我清楚看見結果——兩顆頭從我身邊滾過。他急忙將妹妹推到一旁，因爲另一隻蛙怪從霧中跳出來襲擊，而黛拉跌了一跤，追在那兩顆頭之後滾下山坡。

與此同時，泰朗爵爺揮劍刺進一個怪物的身體，我一下子認不出那是什麼。那個怪物模樣像鹿，但也和剛才出現的生物一樣，渾身疙瘩，身體呈半透明狀。此時濃霧不停翻騰，有如燒開的滾水。

我奔向黛拉身邊，扶她站起來——那孩子大口喘氣，一手握住喉嚨，之前被蛙怪抓住的地方嚴重瘀血——惠利爵爺突然出現，拽著我們往山丘下方走。

「溫德爾——」我高喊，依然有點反應不過來，腦中不斷想著：太快了。事情惡化得太快了。

「你別傻了，陛下有能力自保。」惠利爵爺說。「得快點送你們兩個回到坐騎那裡。」

他才剛走幾步，泰朗爵爺就追了上來。我一時還以爲他要和我們一起逃跑，沒想到他竟然反手揮出一掌，將惠利爵爺打趴在地。

「你在做什麼？」我驚呼。「他是在幫我們，沒必要……」

「噢，當然有。」泰朗慢悠悠地說。「我非常好奇，想知道這種現象會對貴族造成什麼影響。王后殿下，議事大臣再找就有了。」

惠利爵爺大叫起來，同時企圖逃跑。泰朗比了個手勢，一道強風便將惠利爵爺吹倒在地。

「爵爺，這樣不太好喔。」說完之後泰朗抬起腳，以踩扁小蟲似的隨意態度用力踏向惠利爵爺的腿。令人膽寒的碎裂聲響徹樹林。

黛拉放聲尖叫——我一把將她拉過來，把她的頭按在我的頸子上。剛好來得及掩去這一幕：惠利爵爺倒在森林地上痛苦呻吟，儘管完全沒必要，泰朗還是再次抬起腳，踏斷他的另一條腿。

我強行壓下尖叫，感覺到膽汁湧上喉嚨。惠利爵爺口齒不清地哀嚎，泰朗爵爺揪住他的斗篷衣領，毫不費力地拽著他在樹林間拖行，然後扔進翻騰的黑暗中。

惠利爵爺的慘叫猛然停止。

我覺得自己彷彿在森林的地面上生了根，麻木地呆望著惠利爵爺消失之處。風中有煙味，從樹叢間可以看到搖曳火光。衛兵點燃火了，但是要花多少時間才能將這片受詛咒的森林化爲灰燼？溫德爾斬殺了那隻蛙怪與幾個受感染的棕精靈，其他從霧中出現的幽靈生物則交給留下來的衛兵處理。

「我們看夠了。」他說，提高音量以蓋過黛拉的哭聲。

我點點頭，儘管經歷了這一切——樹林中的恐怖生物、泰朗爵爺更恐怖的殘暴行爲、泣不成聲的黛拉——我腦中依然浮現出一個理論，有如急流中跳出一尾鮮活的大魚。

「我認爲——」我開了個頭，但接下來的內容全部變成尖叫。

惠利爵爺從黑暗中現身。現在他同樣受到霧氣纏繞，雙眼無神。我感到無法理解。不久前他還是個活生生、會呼吸的存在，我才剛和他說過話；現在他卻喪失了生命力與實質形體，**個體特質**徹底消失，只剩下過去模樣的輪廓，有如蛇蛻。

溫德爾迅速轉身格擋惠利爵爺的劍——我只能隱約瞥見，因爲那把劍像冰一樣透明。這就是這些幽魂最令我驚恐之處——我的理性不斷告訴我，他們理應無法碰觸到我們才對；怪霧占據他們的同時，似乎也將他們轉變成霧的一部分。他們應該要像躲在小孩床底下的怪物一樣，雖然嚇人，卻無法傷人。

溫德爾出招，一劍刺入惠利爵爺的胸膛，讓他往後倒回霧中。

「我的好奇得到滿足了。」泰朗爵爺陰鬱地說。「感染這片樹林的腐毒也會影響貴族。我不希望因爲親愛妹妹的復仇陰謀而變成失去思想的傀儡，我提議現在就撤退。」

他說出最後一個字的同時，我聽到**呼咻**一聲，感覺一個結實的東西撞了上來。不只結實——也有點骨感。我滾下山坡，完全搞不清楚狀況，直到撞上一棵樹停下來，這才終於明白：黛拉撲倒了我，我們兩個一起滾下山坡，幸虧如此我才躲過失去首級的命運，因爲那聲**呼咻**是利劍劃過的聲音。

我感覺到前額有溫熱的液體流過，伸手摸了一下，然後呆望著掌心染上的紅——那把劍削到了我的頭皮。

「艾蜜莉！」溫德爾大吼，聲音因爲驚恐而變得尖利。他和企圖取我首級的殺手交鋒，擋住對方的劍一推，逼得對方蹣跚後退。殺手是剛才被蛙怪咬死的衛兵——她倒在地上死去、受眾人遺忘，腐毒便悄悄占據了她的身體。

「我沒事。」我高呼，想要讓他放心，雖然我也還不確定這是不是事實。我檢查了一下自己的狀況，幸好沒有大礙——我的頭雖然血流如注，但傷口很淺。

「這給你。」黛拉有點哽咽，拿出一條蠶絲手帕按住我的頭。

「謝謝。」我說。

她的嘴唇發顫。「我想回家。」說完之後，她放聲大哭。

「噓。」我說道，輕拍她的背。罪惡感刺痛著我，畢竟帶她來這裡是我的主意。既然她母親是這場慘劇的始作俑者，難道她不該親眼目睹這一切嗎？我一開始的用意不就是這樣？

我放棄與自己爭辯，只是和黛拉抱成一團等溫德爾打完。衛兵的劍術似乎不錯——也可能是詛咒賦予她力量——她成功在溫德爾側腰淺淺劃了一道傷口。但只有那一道，因爲下一瞬間，溫德爾便將幽魂的武器打飛，然後挺劍刺進她的胸膛。接著再一次、又一次。

「溫德爾！」我大喊，但他似乎聽不見。泰朗爵爺之前忙著應付另一個幽魂，這時過來一腳將死去的衛兵踹開，讓溫德爾無法繼續刺砍。

大地開始震動。

我原本正要站起來，因爲此刻我清楚體認到，可憐的惠利爵爺說得對，我和黛拉根本沒必要待在這裡，只會礙手礙腳。但地震讓我重新跪下。一個新的幽靈從霧中出現，比其他的高大許多。那是一隻負狐——後來我才知道，負狐隨著年紀增長可以長到像農舍一樣大。怪霧盤旋，不只在牠的四周，也在牠的身體之中，遮住了從半透明毛皮中冒出的疙瘩，但依然能隱約看見輪廓。這時我的頭腦突然變得清晰。

那些疙瘩和樹形羊仙角上的一模一樣。

我的思緒高速奔馳，想起卡倫說過的話——雅娜女王不知以何種方式讓這片領域感染她體內的毒素，就像凡人傳染感冒那樣。當然，這個想法很瘋狂，但同時——一如精靈界經常發生的——也合乎某種邏輯。學界認爲精靈君主不只是以自身領域爲家，他們也與領域本身密不可分[13]。這種做法既能夠威脅溫德爾的統治，也是針對他最完美的復仇方式。他曾經在中過同樣的毒之後保住一命，現在卻只能看著他的領域遭到毒素吞噬。

許多理論不停湧現。使這片樹林生病的毒素來自於樹形羊仙，遭到這種毒素感染的泛精靈是否也會染上羊仙的邪惡？

溫德爾蹲在黑霧外圍，一手撐地，另一手按住側腰，鮮血從他的指縫間滴下。他抬起頭，我發現他已經徹底喪失理智。他的表情只剩下想要吞噬一切的憤怒，我看過這樣的他幾次，但一直希望不會再看見。

「兄長，不要碰！」黛拉哭喊。她邁步奔向溫德爾，我立刻抓住她的手臂，拽著她走下山坡——至少我是想要這麼做——然而她拚命掙扎抗拒，手肘擊中我的腹部，讓我一時喘不過氣。

溫德爾依然被毫無理智的狂怒所把持，大步走向漩渦般的濃霧，彷彿我們剛才並未親眼看見所有碰到的生物都慘遭感染。我驚恐地大叫著要他回來，卻一點效果也沒有。然而，濃霧沒有像包圍惠利爵爺那樣朝著溫德爾湧上，反而還退縮了。在他經過之後，濃霧才重新閉合，唯獨滴上他鮮血的地方倖免。那幾處土地甩脫詛咒，青草與森林灌木茂盛青翠。

我在腦中記住這件事。

---

13 溫沃斯．莫理森之著作《蘇格蘭精靈傳說第三卷：精靈君主》（一八五二年）至今依然是這個主題最權威的文獻，不過菲理士．羅斯針對康瓦爾地區精靈故事的詳盡研究也補充了許多獨到觀點（尤其是一九〇〇年發表的《故事輿圖》）。康瓦爾地區的居民與精靈王室的交流紀錄迄今依然是全國最多（羅斯一九〇二年發表於《樹靈學田野紀錄》的文章〈博德明沼澤精靈市集比較分析〉提供了許多深具啟發性的理論推測其原因）。莫理森與羅斯所採集的故事中，許多都提到精靈君主的力量也是他們的致命弱點：儘管精靈君主能夠控制國內的地形與氣候，但只要在捕捉後將之帶離國境就能輕易擊敗，就像花朵被連根拔起那樣。

溫德爾的決心似乎反而讓詛咒更猖狂。黑暗中冒出數十個幽魂——雖然我嚇得發抖，卻也十分心疼有這麼多小個子精靈遭到黑魔法摧殘。

泰朗爵爺倒沒有這種矛盾的心情，甚至好像樂在其中。他劈砍刺擊，劍光閃閃，動作實在太快，我往往只能看到一道黑風掠過。我緊抱著黛拉——爲了安撫她，因爲她依然哭個不停，不過我懷疑有一部分也是爲了安慰自己。

與此同時，無論黑霧丟出多少怪物，溫德爾的腳步都沒有放慢，步幅也沒有縮減。兩名侍衛飛過去幫忙——不是拉茲卡登，他太睿智，不會冒這種險——立刻被溫德爾殺死，他不停砍殺，沒有停頓、沒有意識。

他抵達那隻幽靈負狐前方，此時負狐又變得更大了，他將劍往後揚，然後拋出去，劃出一道閃耀銀弧。劍插進負狐的一隻眼睛，一陣狂風籠罩樹林，我們腳下的大地震動。幽靈負狐往後倒地。

溫德爾不知在何時拿回了劍，也可能是召喚回來的，現在他對著黑霧本身大砍特砍，這次沒有其他靈體出來挑戰。黑霧漸漸散去，他卻依然不肯停手，最後是泰朗爵爺出手制止，他小心翼翼穿過殘餘黑霧，揮劍格擋溫德爾，接著施展一連串不可思議的招式，將溫德爾的劍打飛。劍一離手，溫德爾的狂怒也隨之消逝，有如吁出一大口氣，他以困惑的眼神看著泰朗爵爺，彷彿他的狂亂殺戮沒有任何問題，也沒有理由受到制止。

崩解的黑霧飄向我和黛拉，那孩子掙脫我的懷抱，盲目地狂奔進森林，一路不停尖叫。溫德爾咒罵一聲之後追了上去，進入一棵樹中消失，然後從另一棵樹走出來抓住妹妹，拖著她走向坐騎。她一下子揮拳猛搥他的胸口、一下子抱著他的頸子哭泣，似乎無法下定決心選哪一種，導致他們前進的速度變得很慢。樹林冒出火光，濃煙密布，嗆得我不停咳嗽。一名衛兵快步走向泰朗爵爺，臉頰上有一道煤灰。

「爵爺，我們已經在樹林四周生起火堆。」她說。「這裡的樹很快就會燒起來。」

泰朗爵爺收劍入鞘，朝我走來，本能的恐懼使我不由自主撐著手往後移動，但我很快就強迫自己停止。他扶著我站起來，以出乎意料的溫柔動作接住雙腿發軟的我，然後拉著我離開。

一月九日

我太久沒有寫日誌了。在那趟紫杉林之行後，我好幾次拿出日誌本、準備好筆，卻只是呆望著空白頁面——事到如今，這種症狀我已經非常熟悉，也就是在精靈界遭遇慘劇之後進入麻木狀態。此外，我的舊日誌本只剩一、兩頁了，不足以容納詳細敘述。

最後我不得不去裝幀匠那裡選一本新的日誌，他們依然辛勤工作，努力塡滿那間日誌室裡的每個架子。我現在所用的這本精緻到荒謬的程度，簡直像是紙做的甜點。頁數很充足，附帶繁複的魔法鎖頭——我根本懶得使用——封面上的燙銀圖案是一圈圈交錯重疊的蕨類葉片，這種圖紋我見過不只一次，想必是樹木有眼之地普遍使用的裝飾圖樣。每一頁頂端都有一幅小巧的風景素描，畫著和緩小溪和沼地風光，只要注視得夠久，圖畫就會變成一道小窗，展現出畫家看到的眞實風景。整體完全是花俏與無謂的體現。

儘管如此，我又開始寫了。

我從科邦乘坐馬車前往附近村落的火車站，途中又換了兩次車，終於在三天前抵達都柏林的三一學院。這三天我都窩在自然科學圖書館——這裡收藏了相當大量的樹靈學期刊與精靈傳奇——從黎明一直待到黃昏。若非館員不允許，否則我一定會睡在這裡，雖說他們大多對我和善地表示歡迎，館長卻是個暴君，他討厭我、也討厭我的諸多要求，甚至因爲我弄亂特藏室而對我說教，倘若提出留下過夜的要求，恐怕不會得到良好回應。按照那人的管理方式，旁人看了還以爲書的存在只是爲了放在架上觀賞、偶爾撣撣灰塵呢。而我偶爾會把書放錯地方，單純是因爲這裡的分類系統與劍橋不同，這能怪我嗎？

最近我實在是難以專注。我坐下來是想記錄那天離開樹林之後至今發生的事，結果竟然一直在抱怨圖書館長。

雖然我才離開短短三天，溫德爾已經寫了三封信過來。我一抵達租用的宿舍就看到這封信在等我。

都柏林
三一學院，學者廣場十一號
收件人：艾蜜莉・懷德博士

精靈界經科邦
寄件人：溫德爾・班柏比

最親愛的艾蜜莉：

雖然我承諾過會將領域內時間流逝的速度比照凡界調整，但我現在後悔了。想必你不會介意我讓時間走快一點，這樣我只要再等一、兩個小時，你就會回來。總之，我確信魔法絕對出錯了，因為你離開之後怎麼可能才過了一天？沒有你在的日子真是無聊！幸好還有妮芙可以陪我說話，我也盡可能找機會召舅舅進宮陪我，但他似乎很不高興，他就是這麼一個壞脾氣的孤僻老人家。我和卡倫聊得很愉快，似乎就快要成功讓他相信不必怕我。我那個恐怖的妹妹一直黏著我，但那根本算不上作伴解悶，因為她一直鬱鬱寡歡。她有什麼理由耍憂鬱？我吃的苦比她多太多了，還不是勤於政務，忍受各種要求我花時間處理的麻煩事，而我也沒有從她那裡得到半句同情安慰。我不懂為什麼她突然決定要這樣跟著我。今天早上，我甚至發現她蓋著毯子縮在我的寢殿門外熟睡。我試著對她好聲好氣，我知道你會喜歡這樣，因為你似乎對那個瘋丫頭懷抱幾分同情，但她卻兇惡地辱罵我。跟之前她想殺我的時候相比，這種情況算是改善還是惡化？我認為是惡化。希望她趕快做點壞事，這樣我就可以把她丟回地牢，不然我如果直接這麼做，你一定會生氣。

總之，小艾，現在你肯定正高高興興窩在圖書館裡，完全沒有想起過我吧，畢竟那是你的原生棲息地，一座塞滿凡人思想反芻物的可怕紀念碑。也對，既然你眼前有源源不絕的蒙塵舊書可以整天抱著自言自語或死瞪著看，又怎麼可能還有心思想到戀情，甚至是同時屬於你和我的精靈王國呢？我知道自己是個不及格的追求者，只能給你一座城堡和無盡的精靈銀飾，即使我擁有各式各樣的魔法能讓你感到驚奇興奮，也永遠比不上《樹靈學田野紀錄》期刊合訂本。

拜託你明天就回來吧，最晚也不要超過後天。

永遠愛你的，溫德爾

隔天又來了一封。

都柏林
三一學院，學者廣場十一號
收件人：艾蜜莉·懷德博士

精靈界經科邦
寄件人：溫德爾·班柏比

最親愛的艾蜜莉：

看來你沒有聽從我的要求今天就回來。明天你會回來吧？考慮到你狼吞虎嚥般的閱讀速度，到明天應該就能把所有相關的大部頭藏書全部看完了。

我知道你不會喜歡我一直寫信煩你，畢竟你之所以離開，完全是為了設法解除王國中的威脅。可是小艾，你真的相信解除我繼母詛咒的辦法會藏在圖書館裡嗎？別忘了，學者對我的領域所知甚少。就連你也曾經認定這是個恐怖的地方，對吧？現在你知道那些描述有多誇大了。

（讀到這裡，我只能勉強冷哼一聲。）

倘若真有人能在那片集結千萬學者胡言亂語的難解書海中撈出那根隱晦的針，那絕對只會是你，不過，要是你沒有找到答案，拜託不要像在劍橋時那樣坐在書堆裡生悶氣，也不要浪費時間欺凌可憐的圖書館員。快點回家吧。

你的永恆摯愛，溫德爾

今天我又收到一封，內容相當冗長，他在其中報告了奧嘉報復泰朗爵爺的最新進展：牠不知如何混進泰朗與卡倫居住的城堡側翼，將泰朗半數的靴子——每一雙的左腳——撕成碎片，展現出驚人的效率。此外的內容就像之前一樣，要我快點回去、抱怨他妹妹很煩，以及回報他開除了一半的議事大臣（「最討人厭的那一半」），並且全部換成凡人，似乎認定我會因此感到開心。我感覺得出來，他根本沒有用心挑選，唯一的條件就是沒有精靈血統。倘若他在信中寫些有用的事就好了——女王的詛咒每天都在蔓延，但範圍擴大了多少？說不定他只是不想讓我擔憂，但也可能是他認爲這件事的重要性比不上他去探望瑪格麗特與莉莉婭，在信中還不忘報告瑪格麗特學習愛爾蘭傳統烘焙的進度。

今天上午我從宿舍走路去圖書館，路上在校園餐廳暫停了一下，匆匆喝杯咖啡、吃點抹奶油的司康——以前我不吃早餐也無所謂，不過現在似乎徹底屈服於這種習慣了。三一學院的校區比劍橋大學小，但自有獨特的美感，哥德風建築與現代磚房和諧比肩，還有許多翠綠草坪與寧靜步道。圖書館更是宏偉，屋頂呈圓拱型，中庭灑落溫暖光線，四周圍繞著無數閱覽室，書架從地面延伸到天花板。儘管我眼前的任務事關重大，這裡樸實的環境卻多少撫平了我的焦慮。

昨天我找到了一則傳說，我相信能對我們的困境產生莫大幫助，而今天我打算將之與愛爾蘭各領域的故事交叉比對。我找到一張書桌、打開電力檯燈，然後拿出筆記本，寫下幾本書的書架編號與位置。影子趴在書桌底下，已經準備好入睡。影子擁有許多特殊能力，其中包括能讓自身存在變得難以察覺；很少有圖書館願意讓狗進門，但影子彷彿與角落的陰影融爲一體，除非有人特別仔細觀察，否則應該不會被發現。

我又得去造訪特藏室了——對此我並不期待——幸好一直相當嫌棄我的那傢伙今天沒上班，換成一位和善的年長女士前來協助，她不只幫我找到想要尋找的書，還建議我考慮另一本主題類似的精靈故事集，之前它的書名讓我產生誤判，以爲內容是愛爾蘭文而沒有查看。圖書館員就是這麼奇妙，他們幾乎像精靈一樣難以捉摸，有些態度兇惡又愛找碴，有些又對全體人類展現出滿溢的溫情。我向那位女士道謝，抱起要帶走的那疊書（一共十本），小心翼翼回到書桌前，稍微冒了一點汗。

最初我完全沒有察覺時間的流逝。然而，中午剛過不久，一位繫著蝴蝶領結的老學者走過來，拿著手帕不停擦拭禿頂，其他地方明明還有很多空位，他偏偏選了我對面的那個。接下來他一邊輕聲哼歌，一邊翻閱面前的期刊合訂本，偶爾喃喃自語評論作者太短視。怒瞪這個無禮的人一點用也沒有，他反而變得更多話，彷彿想要進一步侵擾我的聖地。就好像現在不是一個精靈王國毀滅在即，我必須設法拯救，因此需要一點祥和寧靜的空間思考一樣。這種感覺就像再次和華特斯教授共用一間辦公室。

忍耐十五分鐘之後，我決定去外面的草坪走走，當作辛苦了這麼久理當擁有的休息。若是走運，說不定回來時那個人就離開了。我叫醒影子、關掉檯燈，將印著劍橋標誌的借書證放在書堆上，表明我還會回來，以免太過勤勞的館員把書收走。接著我閒步走出圖書館，影子緊跟在後。

外頭的風很涼，但難得沒下雨。我深吸一口氣，品味家的感覺。沒錯，三一學院不是劍橋大學，但偉大學府有一種共通的精髓，總是能讓我平靜下來——走進校園感覺就像穿上珍愛的舊毛衣。我整理一下圍巾，走向旁邊那片陽光燦爛的綠地，幾個學生正坐在長凳上，享受冬季微薄的溫暖。

我暫停腳步曬著太陽，卻依舊難以驅除寒冷。此時離開了書本，那些煩憂便有如成群黑鳥一湧而上，盤據心頭。我突然好想念溫德爾，一陣痛感同時湧現，令我難以呼吸。若不是這幾天我經常萌生這種感受，一定會覺得十分驚訝，然而如今即使他就在我身邊，我依然時刻感到難受。

事實上，從紫杉林返回城堡之後整整兩天，我埋首研究愛爾蘭精靈傳說，終於找到了我尋覓的答案。一切簡單得恐怖，我早就猜到會是這樣——我當然猜到了。

只要溫德爾死去，詛咒就能解除。不多也不少。

前去告知溫德爾這個理論時，我的雙手滿是墨痕，眼睛揉得紅腫，完全無法預期他會有什麼反應。這座城堡有太多廳室，我在其中一間找到了他，他正站在窗前眺望。廳中滿是奇異的木雕，全都是擺出不同姿勢的舞者，有的踮起腳尖完美平衡，有的高舉雙手旋轉、裙襬飛揚。這些雕像感覺是普通凡人，大多穿著農民裝束，有些即使在靜止中也流露出凡人的笨拙。我非常希望這些雕像只是藝術作品，而不是眞人變成的——溫德爾也不知道雕像來自何處，早在他出生之前，它們就已經存在於此很久了。可想而知，在無人觀看時，這些雕像會移動。只有一點點，彷彿這群人依然在跳舞，只是時間變得極慢，流逝速度猶如水滴慢慢落下——可能是一隻手指彎起、一隻腳跟抬起，但光是這樣便足以讓我盡可能迴避這間廳室。

總之，當我坦白說出事實，溫德爾完全沒有因此感到不安。他點點頭，告訴我他的想法也是這樣，因爲他能夠感受到詛咒正在滲透整片領域，範圍愈來愈廣、愈來愈深，而在紫杉林時，他也親眼看到他的鮮血落下之處，樹林便得以痊癒。

「好吧，」他輕聲說，眺望著森林，「至少我已經再次看到故土。」

他一定是從表情看出了我的反應，因爲他急忙補充道：「小艾，這只是完全沒有辦法時的最後一招。我們一定會設法脫離困境的，以前我們不也順利解決過這樣的危機嗎？我可不想讓繼母因爲成功害死我而洋洋得意，更不想離開你。」他勾起嘴角。「不過呢，如果事實證明比起有我幫忙，由你獨自治理精靈王國更加出色，我也不會感到驚訝。」

我沒心情開玩笑，他的冷靜令我心慌。我自然是預期他**多少**有所反應，傷心難過是最可能的，不然至少也該流露煩躁或惱怒。眞希望我有辦法以言語確切表達這份感受，自從推測出他繼母眞正的陰謀，恐懼便不斷在我的心中凝聚、持續滋長，如今已經巨大得讓我擔心即將占據全身的每一寸。

他不需要我多做解釋。他只是將我擁入懷中，抱著我久久不放，而窗外綠影搖曳，四周的舞者正以無比緩慢的速度移動。

沉溺在種種憂心的思緒中，我大步走上三一學院圖書館外圍的步道，眼角餘光瞥見一個藍色的形體晃過。我轉過身，眼前所見令我震驚無比，竟然是菲理士．羅斯博士，他穿著海軍藍短外套，坐在圖書館餐館的戶外座位上對我揮手。

我走向他，口齒不清地重複說著「見鬼了」。

他放聲大笑，比比椅子要我坐下。「哎呀，艾蜜莉！」他說著，伸手摸了摸影子。「看到我是不是很驚喜？要知道，看到你也讓我大吃一驚呢。我已經來這裡四天了，一直在埋首做研究——你到這裡多久了？」

「不到三天。」我說，同時察覺到，我們兩個直到此刻才遇見彼此，這才是最令人驚訝的事。菲理士肯定也在同一間圖書館待了很長的時間。「你怎麼會來都柏林？」

「嗯。」他啜飲一口茶，露出帶著懊悔的嫌棄表情。「我的反應或許會讓你以為我們相遇只是巧合，實際上並非如此。我原本不知道你會來，但雅瑞艾德妮——總之，你寄給她的上一封信中提到一件事情觸動了我的學術好奇。既然要研究狼之森，還有比三一學院更合適的地點嗎？毫無疑問，愛爾蘭諸精靈領域的學術研究資料絕大部分都在這裡。」他比向我們身後高聳的圖書館。

「雅瑞艾德妮給你看了我的信。」我重複道。我不知道該感到生氣還是尷尬——我是不是也該寫信給菲理士？雖說經過奧地利那趟旅程，我們的關係比起之前改善了很多，但像菲理士．羅斯這樣的學界權威永遠讓人敬而遠之。老實說，我很難想像自己像對朋友那樣寫信向他訴說我的煩惱。萬一我把他當作朋友，他卻視之為僭越，那該怎麼辦？我一直很不擅長判斷這種事。

「收到那封信的時候，我們正在討論鬼獵人研究計畫，」他解釋道，「信裡的內容讓那孩子心神不寧，所以忍不住說給我聽。」

「原來如此。」自從那次在奧地利的學術探險之後，菲理士便將雅瑞艾德妮收為研究助理——這是一項殊榮，通常他會雇用兩到三個助理，但都是研究生，這是他第一次錄用大學生。目前他們正在進行探討鬼獵人的論文寫作計畫，因爲我們四個在聖列索的時候不幸遭到鬼獵人追殺。

菲理士召來服務生，請他爲我送來茶杯，並且回沖茶水。等服務生回到餐館裡，他才接著說下去：「那時候我就懷疑，你在班柏比的國家所面對的難題，應該還有很多細節沒有寫出來。我的想法正確嗎？」

我轉開視線。沒錯，我在信裡只有簡短敘述我和溫德爾回到精靈界之後發生的那些事。我不想害姪女擔心，於是將雅娜女王描述爲很快就能解決的小麻煩，而不是危及國家存亡的威脅。

我感覺得出來，菲理士有很多疑問，但他克制著不說出口。由於壓抑著這股心情，他臉上的皺紋變得更加明顯——學者的皺紋大多出現在眉間與眼周，因爲我們太常蹙眉研讀書籍。突然間，我只想對他述說所有煩惱。於是我說出口了。

一開始菲理士僅是專注聆聽，不久便舉起一隻手問：「介意我做紀錄嗎？」然後翻找全身的口袋挖出眼鏡放上鼻梁，同時攤開桌面上他一直擺在手邊的筆記本。

「請繼續。」他說。

儘管我好幾次偏離主題，花太多時間細述一些無關緊要的小事（恐怖橡樹就是其中之一），不過他並沒有催促我回到正題，只是認眞聆聽，並且以他專用的速記法做紀錄。偶爾他會要求我進一步說明，但也僅此而已。他的態度就像在研討會上寫筆記。整體而言，我莫名感到一種安慰。

「這個詛咒，」他在我說完之後問道，「愈來愈嚴重了，對吧？」

「每天都有新的樹林或沼地受感染，」我說，「要是不及時找出來放火焚燬，範圍就會持續擴大。我們必須盡快設法阻止，否則整個領域都將化爲荒蕪。」

說出這句話的感覺就像第一次聽到雅娜女王的名字那時——令我惶恐不安，就像站在懸崖邊緣。我一直都很清楚我們若是失敗可能招來什麼樣的後果，但此刻才領悟到我從來沒有說出口過，甚至是對自己。這一切都讓人感覺太不眞實。我和溫德爾歷經千辛萬苦才找到方法返回他的世界——我們的努力竟然換來這種下場！

眞希望溫德爾在我身邊，當然，我知道這種想法毫不理性——他無法給予任何實質的幫助，而且精靈界需要他。

「最核心的問題，」我說道，「在於現在狼之森有**兩個**君主。雅娜女王沒有正式退位，也沒有死亡。身爲半個凡人，她比不上純血的溫德爾，然而，身爲精靈國的君主，她能夠使用其他精靈無法理解的魔法。詛咒的力量便是由此而來。」

「有意思。」菲理士說。他的語氣滿是興奮，我並沒有因此不高興，因爲我知道那只是單純的學術熱忱，沒有其他意思。「其他領域也曾經因爲詛咒之類的問題而陷入腐壞，但在我看來，狼之森的狀況獨一無二。」

一個念頭在我腦中浮現，我皺起眉頭。「難道你看過我的信之後立刻從劍橋出發來這裡？」

「當然！」他突然開始忙著爲茶水加糖。「有機會一窺狼之森的內部運作，對學者而言這是多大的誘因啊！」

要不是夠了解他，我會以爲他是在敷衍我；如今我卻很清楚，菲理士在慌亂的時候舉止經常更加失禮。我低頭看著茶杯，微微臉熱，內心感到無比彆扭。菲理士自己的研究正在進行中，另外還教授研究所的「文藝復興時代精靈藝術」課程，他拋下這一切千里迢迢趕來，只是希望能夠幫助我，而且是在短時間內便做出這個決定。而我竟然擔心擅自寫信會惹他不快。

「這個——難題，確實很吸引人。」我終於給出無力的回答。

菲理士假裝沒有察覺。「確實！你在狼之森遭遇的困境非常罕見，只有布雷克漫遊奧克尼群島時的經歷足以相比[14]。」

就這樣，我們回到雙方都感到自在的相處模式。「可憐的布雷克，」我說。「可惜他沒能把書寫完。」

14 威廉．布雷克（同名詩人的遠親）是出生於一六五五年的蘇格蘭樹靈學家。當時樹靈學還處於草創階段，在英國更是如此，現今有紀錄的蘇格蘭精靈王國至少有十一個，但在那個年代，學者對這些國度近乎一無所知。一六九〇年，布雷克不幸誤闖其中最黑暗的領域「雨之岸」，至今對於這個國度的研究依然非常稀少，一些學者對於此地是否真實存在也仍舊存疑。布雷克誤闖該國時，在位的女王性情瘋狂，她喜歡上他，強迫他成為王夫，逼他共享王位。他設法偷將家書從精靈界送出，寄給同為樹靈學家的妹妹珍恩，從這些信件中可以看出，最初他將遭到捕捉視為學術上的一大成就。不過，接下來幾年他多次企圖逃離，有時也獲得當地凡人的幫助，終於在一六九九年成功。他花了一年的時間行遍歐洲，在各地最崇高的學府發表演說講述自身經歷。然而，他的身心狀態嚴重惡化，以致於很難分辨他所說的內容是否真實，因為說法經常自相矛盾，往往在天花亂墜描述各種關於狂歡與折磨的故事之後又加以否認。一七〇〇年，他不顧親友極力制止，再度前往奧克尼群島採集當地精靈故事，可能希望藉此反駁針對他的惡評。他在奧克尼本土一家旅社度過了舒適的一夜，第二天清晨出門前往鄉間「短暫散步」，而後就此失蹤。

「我們應該要去找雅瑞艾德妮，」菲理士說，「要是我們自己討論，她一定會很失望。」

「她也來了？」

「當然。上次你們突襲狼之森之後，她就成爲這個主題的專家了——所有能找到的資料，她全都讀遍了。最近她說想要專門研究愛爾蘭樹靈學，不過我勸她不要操之過及，畢竟她才剛入門而已，現在就決定還太早了……總之，綜合考量所有狀況，我不能丟下她。」

說完這些不著邊際的話，他比了個手勢表示這沒什麼，於是我明白了。雅瑞艾德妮也急著想幫我！我一直以爲只有我和溫德爾在這條路上摸索前行，在那個到處是怪物的領域中，只能依靠他的魔法與我的智謀單打獨鬥。然而此處就有兩個人爲了幫助我們特地跨海前來。

我喝了一口茶。「她**究竟**跑去哪裡了？」我故意粗聲說。

「博物館，」菲理士回答，「那裡有不錯的精靈石和其他文物館藏——她有個想法，說不定可以用精靈石做爲武器對付這位雅娜女王。愛爾蘭那個地區的很多故事都提到過，正所謂他山之石可以攻錯，我這是故意雙關。我們去找她吧。」

✦✦✦

我們只花了十五分鐘就找到雅瑞艾德妮——三一學院的良善精靈博物館距離圖書館不遠，高聳狹長的石造建築[15]爬滿長春藤，單是愛爾蘭西南各領域的文物就占據了一整個樓層。雅瑞艾德妮坐在精靈石展示櫃對面的長凳上拿著筆記本埋頭寫東西，滿是雀斑的圓臉看得出深陷思索。一看到我，她開心又震驚地大喊一聲，隨即懷疑我是從精靈之門走出來的——博物館裡收藏了十多道門，我不得不一再重申自己是以凡人的交通方式抵達，乘坐了火車過來。

「走吧，」菲理士說，「我們去沒有外人的地方繼續討論。」

我們前往菲理士在學者廣場的宿舍。知名度高的學者前來訪問時會分到比較大間的住所，這是一貫的優待，因此菲理士的宿舍裡有個日照良好的會客室，面向一座造型典雅的圖書館，其中收藏的是文學與人文書籍資料。雅瑞艾德妮的一位童年好友目前就讀三一學院，所以她住在朋友的公寓。

菲理士在宿舍的小廚房泡了茶——我們兩個剛才已經喝過茶了，但我沒有反對，只是滿懷感激捧著茶杯暖手，偶爾啜飲一小口。「所以說，」他邊說邊在壁爐旁坐下，「這些遭受感染的樹林只要他的一點血就能恢復。嗯，文獻中有類似的先例，對吧？例如〈襤褸湯姆的迂迴方法〉。」

「那是蘇格蘭傳說，」我說，「因爲貝克的《長青歌謠集》[16]誤收這個故事，才會一直被錯認爲源自愛爾蘭。溫德爾的血不可能治療整個領域，現在受感染的面積已經太大了，而且每次他治好一處，他繼母又會在其他地方下毒。」

---

15 之所以如此設計，乃是出自於舊時代的錯誤迷信，以為精靈不喜歡樓梯，這種想法似乎源自於愛爾蘭家居棕精靈的習性，他們喜歡睡在緊鄰壁爐的牆中，而壁爐通常位在一樓。

16 初版：劍橋大學出版社，一七四一年。

菲理士的雪白濃眉愈靠愈近，最後眉頭碰在一起。「你該不會在想〈鞋匠與犧牲的女王〉吧？」

「沒錯，」我回應道，「還有〈冬季園丁〉[17]。這兩個故事儘管發源地不同，但主題幾乎一模一樣——溫德爾的狀況可說是第三個同類型的故事。由此可以清楚看出，要解除女王對溫德爾的王國所施加的詛咒，唯一的辦法就是以溫德爾作爲犧牲。他必須死。一點血或許能治療半畝地，但只有他的生命能治療整個領域。」

一片沉默。

菲理士緩緩說道：「不可否認，雅娜女王的復仇計畫確實非常縝密。過往的精靈統治者絕對會爲她喝采。」

我若有似無地笑了一下。能夠與學者同僚探討這個悲慘的結論，我心中最主要的感受是鬆了一大口氣，彷彿這只是個學術謎題，可以寫在黑板上進行冰冷的分析。「我也這麼想。」

「我猜想，她應該是以某種方式將自己與大地連結，當大地復原時，她自身也得以復原，」他一邊思索，一邊繼續說，「而且一旦礙事的繼子不復存在，她就可以重新奪回王位。」

「雖然無法確定，但我認爲這個可能性很大。」

「不可能是這樣。」雅瑞艾德妮脫口而出。她一直看著我和菲理士，似乎因爲我們客觀疏離的態度而愈來愈震驚。「一定有其他辦法可以讓班柏比教授治癒他的領域，他……」她打住，咬著下唇。

現在溫德爾其實已經不是教授了，雖然表面上他只是向劍橋大學請了長假，理由是要深入研究寒光島的隱族精靈——這個藉口可信度很高，因爲我和他是第一批確切記錄該族存在的學者——但其實只是爲他之後從凡間徹底消失預先鋪路，希望能藉此阻止任何人去尋找他。但我並未糾正她。

「我認爲沒有，」我說道，「事實上，溫德爾自己也做出相同的結論——只有犧牲他的性命才能驅除繼母所下的毒，避免整個領域摧毀。」

菲理士搓了搓臉。「那麼，沒有其他辦法可以解除詛咒了。」

「我認爲把重點放在這裡並不正確。」我表示。「確實，溫德爾的性命是解藥，然而還有比找到解藥更有效的辦法。」

雅瑞艾德妮的表情明朗起來。「阻止下毒的人。」

「沒錯。問題在於雅娜女王躲得實在太好了，我們派出再多的偵查兵也找不到。她絕對

17 這兩個故事在愛爾蘭廣為流傳，不過一般認為〈冬季園丁〉是從法國傳入。〈鞋匠與犧牲的女王〉描述一位清貧卻很有才能的鞋匠遭到類似暴格的精靈綁架而來到精靈界，後來被該領域的女王救出，起初女王只是欣賞他的作品，但兩人漸漸產生情愫，最後結為連理。然而，女王的領域即將死去，因為女王年輕時曾經拒絕接待一個流浪小販，後來小販表明身分，原來他是一名強大的上古宮廷精靈，從此這片領域便受他詛咒。一開始，女王對鞋匠的恩情似乎解除了詛咒，但最終女王因為淺薄的原因厭棄鞋匠，並將他驅逐出境。此時她才得知，原來鞋匠是下詛咒的那名宮廷精靈另一個化身，回來察看女王的性格是否有所改善。他告訴女王，現在只有她死去才能破除詛咒，於是女王自盡，大地終於復原。
〈冬季園丁〉的情節大致相同，只是鞋匠換成標題的園丁，但在這個故事中，園丁只是凡人女性，沒有祕密身分。女王為了拯救領域而自我犧牲之後，園丁在她的墳上種了一朵雪花蓮，後來那株雪花蓮長得像樹一樣大，種子散落整片領域。這個故事經常用來解釋為何愛爾蘭的雪花蓮似乎比其他國家的更茁壯。

在狼之森境內，這點毋庸置疑，否則她也無法對大地造成如此嚴重的破壞，但狼之森幅員遼闊，而且不只是凡人理解的那種遼闊，因為地形會改變，魔法層層疊疊。溫德爾得花上好幾年才能徹底清查每個地方。因此，這就是我想解開的謎題：女王究竟去哪裡了？怎麼做才能找到她？」

我打開公事包，拿出我從特藏區走私出來的那本書。（我知道，我養成了偷拿特殊館藏的壞毛病，但我離開都柏林之前會歸還；此外，我確認過紀錄，已經超過一年沒有任何學者借閱了。）

「我仔細耙梳過林恩郡的傳說，關於狼之森的故事大多來自那裡。」我說。「雖然花了不少時間，但我相信我已經找到描述類似狀況的故事，與我們目前面對的困境相去不遠。從我查到的資料看來，這個故事最早是在一四八〇年由一位名叫傑夫瑞・莫羅伊的神學家所記載——你們也知道，那個時代還沒有樹靈學這個學科，因此大部分的資料都來自於教會[18]。」

我將書交給菲理士，他翻到我夾了書籤的那一頁。「唯一的問題在於，」我接著說下去，「莫羅伊記載的內容來自傳統口述，這種類型的故事多半殘缺不全，這一個也一樣。」

「〈麥坎王的蜜蜂〉，」菲理士讀出標題，「我沒讀過這個故事。」

「應該很少有人讀過。但我必須設法找出完整版，說不定還有其他神學家保存了更多片段。」

「嗯哼！」菲理士回答。他調整一下鼻子上的眼鏡，閱讀書上的內容。雅瑞艾德妮站在他背後跟著看。接下來幾分鐘沒有人說話，只有睡在火邊的影子在打呼，以及樓上住客走動時木板發出的吱嘎聲響。我感到十分焦急，很想用腳點地，但我盡力克制。

「有意思。」菲理士終於開口。他將書交給雅瑞艾德妮，讓她接著看完。「我能理解為何這個故事會引起你的注意，其中的詛咒、新王驅逐舊王等等——確實符合現在這些事件的模式。那麼，你認爲或許可以從故事中推敲出尋找雅娜女王下落的線索？」

他喃喃表示同意。「知道了！我們來看看能不能找到其他部分吧。」

「希望可以，」我說，「你很清楚故事對精靈有多重要。」

「我應該……你不必……」我開口，但又結結巴巴停住。最後我只是簡單說：「謝謝。」

「謝你自己吧！」菲理士笑著說。「我們在阿爾卑斯山的那次冒險大幅增進了對精靈的了解，進步至少十年以上，我應該求你讓我幫忙才對。艾蜜莉，我開始認爲，光是跟著你東奔西跑就能讓我得到充分的科學發現，足以爲我的學術生涯開啓第二春。羅素—布朗與亞列德斯[19]各有不少追隨者，不是嗎？」

我假裝專心攪拌茶水。儘管我以自己的成就爲榮，但我絕對無法與羅素—布朗或亞列德斯平起平坐，菲理士竟然將我與這兩位傑出學者相提並論，我實在承受不起。爲了安撫自己，

18 這是因為中世紀的人相信精靈是叛神的天使，從地獄逃來人間。

19 羅伯．羅素—布朗（一八三二—一八八〇年）提出的精靈分類系統至今依然受到廣泛使用，他是第一個拍攝到精靈市集照片的人，也曾經從約克夏地區一位精靈王手中竊取酒杯，此外還有許多英勇事蹟，但現今部分學者主張他的成就有誇大之嫌，因為那個時代的人太崇拜他的愚勇。尼克斯．亞列德斯（一五五一—一六一〇年），許多人將他視為樹靈學之父，他是第一位與精靈建立合作關係的學者，那位精靈名叫拉尼，給了他許多精靈石以及一首以精靈文寫成的詩，另外還有許多魔法小道具，目前全部收藏於雅典精靈博物館。

我決定將他這番話視爲奉承。

雅瑞艾德妮從剛才就一直看著我們兩個。她沒有碰自己的茶，雙手緊緊交握放在腿上。我看著她，靜靜等她開口。終於她脫口說出：「你一定要告訴我們狼之森是什麼樣子！」

我錯愕地大笑。「雅瑞，你自己不是去過？」

「我知道。」她有些怯生生地跟著我們一起笑。「可是……那時候我是遠遠地看，你懂我的意思吧？」

「我懂。」我從茶具托盤上的一碟餅乾中拿了一片，下意識用餅乾敲著杯子。「我該從何說起呢？」

一月十一日

好的！我爲自己倒了一杯紅酒慶祝，因爲我在這裡的工作終於完成了，而且比預期中快很多，這完全要歸功於菲理士與雅瑞艾德妮。窗外的綿綿細雨挾帶著雪，但我沒有拉起窗簾，因爲我房間的窗戶正對著路燈照亮的校園景色，在陰沉的冬夜中更顯迷人。我必須寫得簡明扼要，因爲明天我就要搭火車離開都柏林。如果可能，其實我希望今晚就回到精靈界，但火車時間接不上，如果今天出發就得在利麥力克過夜。

過去兩天，我和雅瑞艾德妮大部分的時間都待在圖書館，菲理士則來來去去——他認識很多三一學院的樹靈學家，所以透過人脈打聽會更有幫助。

他從歐康諾教授那裡取得一本珍本，非常罕見，任何學術圖書館都沒有紀錄，這本作者軼名的書籍蒐集了林恩郡與克萊爾郡的精靈傳說，出版日期很可能是十八世紀初期，書名很簡單，就叫做《鄉村傳說》。裡面有〈麥坎王的蜜蜂〉這篇故事的另一個版本，雖然太過簡略（《鄉村傳說》似乎是童書），但已經比其他版本完整。

菲理士甚至成功找出幾位熟悉這個故事或是曾經聽過類似版本的學者。聲名卓著的馬利克教授過去半世紀一直活躍於愛爾蘭樹靈學領域，現在已經半退休了，她幫了非常大的忙。儘管她年紀很大了，但記憶依然完美無瑕。她告訴菲理士自己在數十年前聽過這個故事，當時她在林恩郡海岸一個名叫芬若的小村莊，從一位年長的老奶奶那裡聽來。她記錄下這個故事，想著或許可以寫進書中，但內容實在太過隱晦——而且她懷疑可能是那位老奶奶自己編

的——於是決定淘汰。馬利克找出當年記錄下這個故事的日誌交給菲理士，當時那位老奶奶如今已經過世多年了。

另一方面，雅瑞艾德妮則以不自覺散發出的魅力以及年輕人的熱忱，成功贏得難相處圖書館長的青睞。他不但告訴她幾本相關的愛爾蘭故事集正在重新裝幀，甚至允許她慢慢翻閱，條件是必須戴手套，並且在看完之後歸回原位（他說這句話時意有所指地看向我）。那幾本書中有一本記錄了〈麥坎王的蜜蜂〉的另一個版本，但標題更難看出內容：〈國王的復仇〉。

就這樣，經過多次走進死路與遭到誤導之後，我們終於一點一滴找出所有片段，拼湊出盡可能完整的故事。但有些內容依然成謎：是什麼驅使麥坎的妻子背叛他？身處精靈界的凡人經常遭到虐待，她是否也一樣？蜜蜂是什麼品種？是否有特殊的象徵意義？

我可以繼續列出一大堆問題。無論如何，雖然不盡完美，以下是我們研究的成果。

〈麥坎王的蜜蜂〉

很久、很久以前，一位低階的精靈貴族住在一座小山上，人們將該地稱爲麥坎王之墓，已經沒有人記得原因了。那座小山並非人造的國王陵寢，而是自然形成的，一直都有精靈居住，精靈也會在平坦的小山頂舉行夏季狂歡會。幾個世代下來，附近的凡人村民將居住在那裡的精靈貴族稱爲麥坎王，他因此深感得意。那個精靈其實並不是王，他位在小山上的城堡詭異荒涼，但他就像所有精靈一樣，認爲自己完全有資格受凡人崇敬。

麥坎王比一般精靈更加虛榮，特別喜歡招待客人，因爲如此一來他就有機會炫耀城堡（儘管建築歪七扭八，但他認爲非常富麗堂皇）以及虛假的稱號（他在每處門楣都刻上了）。這個毛病最終要了他的命。一個冬夜，一名流浪小販來到他的家門前。這位小販看似寒酸，其實是一位精靈王子，他試圖推翻女王姊姊，但篡位失敗慘遭放逐。儘管他落入如此卑微的處境，甚至不得不向麥坎王這種自吹自擂的小人物（在王子眼中是如此）推銷小玩意兒，但他並未因此學會謙卑。事實上，王子依然想要王位，而他決定擁有想像出來的王位也比沒有來得好。

麥坎王將小販王子迎入城堡，帶他參觀，並且邀請他同桌用餐、在家中過夜。王子歡喜接受招待，等到夜晚，他在所有人就寢之後溜出房間，闖入麥坎王的臥房。麥坎王的妻子是凡人，名叫夢娜，在她的幫助下，王子將麥坎王綁在床上，用麥坎王自行製作並且刻上假名號的王冠砸他。王子認爲麥坎王死了，便將遺體扔進流經城堡的河流，然後戴上滿是鮮血的王冠，自命爲麥坎王二世。接著他宣布與夢娜結婚[20]，他們立刻同床共枕，連寢具都沒換。

麥坎二世非常倒楣，因爲麥坎一世雖然重傷但並未死去。他爬上河岸，並在岸邊詛咒小山以及所有居住於該地的生物，以心頭血淚爲祭。只要麥坎一世還活著，差點將他溺斃的那條河就會不斷侵蝕城堡地基，讓城堡搖搖欲墜，而他遭到毆打時所躺的那張床，以及城堡裡

20 這是一項古老的精靈習俗，最早的紀錄見於一七〇〇年代的希臘。儘管許多精靈會像人類一樣舉行盛大的婚禮，但部分老故事描述精靈只要雙方口頭宣布成婚即可。

的所有床鋪，都會讓睡在上頭的入眠者做極其恐怖的噩夢，將他們逼瘋。

夢娜與新丈夫知道必須找出麥坎一世，將他徹底殺死，唯有如此詛咒才能解除——他的怨念與恨意只會讓詛咒一天天變得更強。然而，他們想不出麥坎一世躲在哪裡，雖然在下游河岸發現血跡，但他似乎又滑落河中被水流沖走。他們找來僕役一一質問，僕役都很不願意被扯進這場紛爭，因為兩個麥坎王都很討人厭，一世虛榮又小氣，二世嗜血又貪婪。儘管如此，他們還是成功說服為麥坎一世準備洗澡水的僕役開口。這名僕役告訴他們，麥坎一世有座祕密城堡，每當他想獨處讀書時就會去那裡，一世很愛閱讀，但僅限與他的家族和種族相關的書籍。那座城堡比較小，並且以魔法隱藏——那名僕役不知道確切位置，但他說每次一世從那裡回來，頭髮都會纏上蜜蜂，因為他總會在浴池底發現溺死的蜜蜂。

共謀殺人的夫妻接著詢問廚房幫手。最終，負責管理儲藏室存貨的僕役坦白說出，每當麥坎一世從祕密藏身處回來，都會帶蝸頭菇過來交代他烹煮作為晚餐菜色。

夢娜與新丈夫確信他們就快蒐齊有關一世藏身處的線索，卻無法說服其他城堡僕役開口。後來，夢娜想起他們還沒有問過園丁。園丁像其他僕役一樣不願意配合，但最後其中一名指引他們去找住在菜園旁一棟裝飾性建築裡的波嘎[21]。波嘎願意幫忙，只是開了一個條件：他們必須允許他住進城堡裡，之前麥坎一世一直不肯答應。那對夫妻沒有仔細思考就同意了，反正城堡很大，多一個波嘎也不礙事，而且波嘎就像貓一樣，大部分的時間都在睡覺。

波嘎提供了他們需要的最後一個線索：很多年前，早在麥坎一世與夢娜結婚之前，他曾經命人在一條溪上造橋，現在那座橋已經被叢生的植物遮住了。波嘎帶領那對夫妻找到橋，一過橋就能看到一條蜿蜒的小路。麥坎夫婦沿著小路前進，但還是找不到城堡，卻在小路盡頭發現一叢蝸頭菇，於是順著蕈菇生長的方向走進森林。儘管如此，他們依然差點找不到城堡，幸好及時發現一大片糾纏的忍冬，裡面有許多吃得太飽而昏昏欲睡的蜜蜂。他們撥開忍冬藤蔓，麥坎一世的另一座城堡就在後頭。

麥坎二世要新婚妻子在外面等。他獨自進入城堡殺死麥坎一世，沒有遭遇太多抵抗，因為一世受了重傷加上費力維持詛咒，早已變得非常虛弱。

一世的血流盡死去之後，河水不再侵蝕，城堡停止不祥晃動，睡在裡面的床鋪上也只會做溫和的夢，至少像入眠者原本的夢一樣溫和。麥坎二世就此解除施加於王國的詛咒。

然而，很可惜——麥坎二世一走出城堡，立刻遭到蜂群圍攻，這群蜜蜂早已與麥坎一世結交為好友。麥坎二世被叮得太慘，當晚便死於蜂毒。

兩個麥坎王都死去之後，波嘎依照之前與麥坎二世達成的協議住進城堡。不過，麥坎二世當初應該沒有猜到波嘎眞正的意圖——波嘎非常狡詐殘忍，麥坎一世十分清楚這件事。麥坎王的頭銜再也無人繼承，波嘎想必早已預見這個結果，他自名為麥坎三世並占據城堡。夢娜繼續和他一起住在城堡裡，不斷為命運自怨自艾，然而幾年之後，她務實的性格占了上風，答應嫁給波嘎。她和麥坎三世的婚姻相當和諧，一起度過凡間兩個世代的時間，誕下許多子

21 儘管波嘎的原生地是蘇格蘭，但他們非常熱愛流浪，因此英倫諸島與法國的精靈故事裡都有他們的身影，甚至西班牙一些故事也出現過，只是一直有爭議。然而，精靈的性格往往十分矛盾，波嘎也不例外——一旦他們找到合自己心意的家就很少離開，許多故事認為這種沒有肉體的精靈會被束縛在廢墟中，可能是不願離開，也可能是無法離開。

女，而且一個比一個恐怖，因爲他們是波嘎與凡人的混血，這樣的組合非常不幸。

✦ ✦ ✦

這就是我們盡可能拼湊出的內容。接下去的故事實在太過零散，似乎主要在描述其中一個混血後代的遭遇，她應該是因爲父母的罪孽而遭受某種形式的懲罰——我約略能看出熟悉的模式。串連起來的故事情節大致上就是這樣，我會帶回去給溫德爾看。

我知道如何找出女王了。

一月十二日

今天早上我和菲理士進行了一段出乎意料的談話。我很慶幸有這段車程可以讓我細細思考這件事，此刻我正在火車上，朝著林恩郡以及莉莉婭與瑪格麗特居住的農舍前進。目前我不確定該作何感想。

我搭的火車十點從都柏林出發，因此我還有時間與菲理士和雅瑞艾德妮共進早餐。然而，當我帶著影子抵達餐館時，卻發現菲理士一臉嚴肅，獨自坐在餐桌邊。

「噢，老天。」我說著脫下兜帽。這個清晨萬籟俱寂，整個世界連成一片深淺不一的白——天空是蛋殼白，爬上石造建築外牆的藤蔓則蒙上了霜白。「發生什麼事了嗎？雅瑞艾德妮呢？」

「沒有發生什麼事，」菲理士說，「我請雅瑞艾德妮晚半個小時再來會合。我需要一點時間……坦承一件事。」

我並沒有因此放心，因爲他的表情實在太過凝重。他用手指輪流敲著桌面，然後唐突地問：「你的書進度如何？精靈界的政治——非常好的主題。」

「沒錯。」我感到有點煩躁，但還是決定讓他自己找時機說出重點。他的樣子好像很不舒服。「不過我改變主意了——之前我之所以想專注在政治上，是因爲我想了解精靈界的**架構**。換言之，那個世界是如何運作。然而我意識到我採取的方法錯了，精靈界的政治圍繞著故事——事實上，那裡的一切都是如此。故事塑造了精靈領域，以及所有居民的行動。那些故事當中，有一些凡人也很熟悉，但還有許多不只我們不知道，就連精靈界也失傳了。」

菲理士點頭。「那麼，你的書將會以麥坎王的故事作為主題？」

「其中的一部分。」我往前傾身，逐漸投入話題。「我打算編寫一本書記錄狼之森的精靈之間流傳的故事。我之前提過那個烏鴉女的故事，溫德爾的父親對她下了非常古老的詛咒。我在溫德爾的領域中遇到過十多個這樣的精靈，每一個故事都像她的一樣令人驚奇。假使我能蒐集到夠多的故事，樹靈學界應該就有機會掌握到狼之森眞正的內涵——那一定是以故事交錯編出的繁複織錦，而整個精靈界也都是如此。」

他微笑。「這個想法眞的太有意思了，甚至可說是別開生面——從不曾有學者像你這樣，有這麼好的機會接觸精靈。」

「一部分是受到你的啓發，」我說，「你的矽岩理論。你一向主張，想要了解精靈界，就必須更加注重精靈之間流傳的故事。」

他輕聲附和。我察覺他的耳朵微微泛紅——屬於人類的那一隻，他的另一隻耳朵是奇怪的純銀構造，他企圖用獅鬃一般的白髮遮蓋。他似乎下定了決心，打開公事包取出一本書，略微猶豫之後才交給我。那本書很舊而且破爛不堪，飽經風霜的皮革封面變得相當綿軟。我翻閱之後發現那並非書籍，而是日誌，書寫的字體小而整齊。字跡不難閱讀，但只是大略看一眼，我就注意到許多速記符號，解讀時可能會造成困難。這本日誌有種莫名熟悉的感覺。

我翻開封面，愕然發現扉頁一角寫著E．W兩字縮寫。這跟我自己寫姓名縮寫的方式實在太類似——W交叉的部分簡單務實，E微微傾斜——我甚至懷疑這會不會是**我的**日誌，只是有人拿走在裡面加入自己的手筆。然而——字跡也跟我的很像，只是比較工整；更正確的形容應該是，很像我願意花時間慢慢寫清楚筆劃時的字跡，而這種狀況非常難得。

這時我終於懂了。

「這是我祖父的日誌。」我說，同時感到困惑與好奇。我的祖父艾德嘉・懷德並非樹靈學家，但他對精靈非常感興趣，一生蒐集了大量的精靈傳說書籍塞滿小圖書室，我之所以會研究這個學門，部分也是受到這些書籍的啓發。「怎麼會在你手裡？」

菲理士皺起臉。「艾蜜莉，我很久以前就該告訴你這件事——我認識你祖父。但我擔心這件事會影響我們之間的專業關係。」

「你認識他？爲什麼你擔心會影響我們的關係？」他沒有立刻回答，我仔細推敲他所說的話，以及記憶中我們聊過的事，尋找兩者之間的關連處。一想通，我立刻瞠目結舌。

「他是你說過的那個朋友，」我喃喃說，「在聖列索的時候，你說過有個朋友在埃克斯穆爾被精靈綁在樹上最後死去。」

「對。」菲理士心不在焉地望著壁爐裡的火堆。「不只是一般朋友，我和艾德嘉就像親兄弟一樣。我們從小一起長大，儘管世事變遷，我們依然是最親近的知己。我的妻子凱瑟琳過世的時候，多虧有他，我才沒有崩潰。」

「但是……」我依然很難接受他所說的是事實。「我的家人都說祖父死於心臟衰竭。」

「我相信那確實是醫學認定的死因，」菲理士說，「沒錯，他的心臟確實有毛病，但原本不該那麼短命。你的家人不想說出完整的故事情有可原，畢竟實情實在——不堪聞問。那時候艾德嘉依然是有婦之夫，卻和那個女精靈私奔，不只如此——唉，事發的狀況也很糟。」

聽到這裡我已經完全懂了。菲理士的童年好友——我的**祖父**——原本受到一群流浪精靈接納，後來精靈卻以殘忍的方式拋下他。他被愛沖昏了頭，於是跑去追他們，最後那群精靈用他的鬍鬚將他綁在樹上，他被掛在那裡好幾個小時之後才被發現。

「老天。」我呆望著手中的日誌，努力回想祖父的模樣——他過世時我才十三歲，關於他的記憶留下得不多，而且幾乎都圍繞著他的精靈藏書，在當時的我眼中那些全都是荒誕不經的虛構故事。他不太喜歡小孩，我沒有和他交談的印象，不過他容忍我看他的書，因爲我對待書本很小心珍惜。

我心中浮現一個畫面：一個老人——小時候的我覺得他很老，其實那時候他應該才五十多歲——背對著我，襯衫袖子捲起，埋首研究桌上的一本書。他的長相早已模糊——我只隱約記得身材高瘦、有一對招風耳，除此之外沒有其他細節。他四周都是塞滿書的高聳書架，靠近書桌的那些被燈光照亮，其他都在陰影中看不清。

「我不知道他也有寫日誌的習慣，」我說，「這想必不是他的法學筆記吧？」

菲理士搖頭。「你也知道，艾德嘉只是熱愛精靈的業餘人士，但他調查精靈巢穴或其他據說有精靈出沒的地點時，總是盡可能留下專業的紀錄。事實上，他十分以此自豪，總是想留下盡量翔實的紀錄，如果有樹靈學家想要進一步研究他的發現，就能用作參考。」

我點點頭。有些樹靈學家瞧不起單憑興趣研究精靈的人，然而業餘人士也有許多重大發現[22]。

「很可惜，你的家人將他的其他日誌都銷毀了。」菲理士說。「但這本……」他的表情有些內疚。「說實話，是我偷走的。他在埃克斯穆爾被發現並送醫時，這本日誌也在隨身物品當中。我原本打算要歸還給你的祖母，但後來我得知你的家人如何處置他所寫的其他……」

「我能理解。」我將那本日誌放在桌面上，因爲我突然不想碰到它。「那麼，這裡面記載了他人生最後那段時光的經歷。」

「不盡然，」菲理士說，「在他和那群精靈一起生活的日子裡，他不知從何時起放棄了寫日誌。可能是被他們拋棄之前幾週？很難確認。日誌的前半部主要在記錄當年年初他在其他地方進行的調查，不過他確實寫下了最後的幾次冒險。」

我嘆了口氣。就在此時，服務生送來一壺剛泡好的茶——我一口都沒喝，但菲理士似乎將整壺茶喝光了。我等到服務生離開之後才開口。「看來這又是你給我的警告。」

「不是。」菲理士斷然表示，但很快又有點難爲情地改口。「不完全是。」

「我以爲你不想扮演陰沉的智者。」

「艾蜜莉，我不會告訴你該怎麼生活。」他說。「我不會那麼不尊重你。」

我笑了一聲。「那你給我這個是想做什麼？」

「這本日誌屬於你的家族，」他說，「你的祖母已經過世了，那麼由你決定該如何處置也

22 這類業餘人士當中，娥蘇拉．沃荘應該是最知名的一個。十八世紀晚期，沃荘針對一個從中古時期流傳下來的保護措施提出質疑：進入精靈出沒的區域時，須在口袋塞滿放了一天的麵包。過去認為這種做法驅逐惡意精靈的效果不輸鹽圈或將衣物內外反穿，黑死病大流行過後的世代格外喜歡採用，而這些世代的農業地帶人口流動率也特別高。或許正是因為如此，那段時期凡人遭到精靈綁架的案例尤其多。沃荘訪問了威爾特郡的群居精靈之後證實，放置一天的麵包無法對精靈造成任何傷害，甚至會造成反效果，因為他們看到口袋很鼓的凡人會特別想去探究裡面放了什麼。沃荘是退休的鐵匠，晚年才自學讀寫，儘管學界保守派對她多有不滿，但她最終還是獲得了劍橋大學榮譽講師資格。

並無不可。你可以捐給樹靈學博物館，也可以用在其他地方。想要銷毀也沒問題。」

「歸屬權的部分我同意你的想法，」我說，「我質疑的是你告訴我這件事的時機。你很清楚我和溫德爾很快就會結婚。」

「我認爲你和精靈互許終身之前應該先參考所有相關資料，更別說你還要坐上他們的**后座**。」

「相關？」我重複。「我祖父愛上的精靈不是溫德爾，在埃克斯穆爾害死他的精靈也並非溫德爾的子民。菲理士，你對『相關』的定義似乎太過隨便。」

他輕輕聳肩。「既然如此，你更沒有理由不讀。」

「好吧。」我覺得他似乎在不知不覺間占了上風，這讓我的心情變得不太好。菲理士難道沒想過，我已經有那麼多迫切的煩惱要解決，怎麼會有閒暇研究數十年前的家族祕辛？儘管如此，我還是將那本日誌收進公事包，然後就此拋在腦後。不久之後雅瑞艾德妮來了，我們一起用完早餐，接著他們送我去火車站，我們互相道別。

然而，上車之後，我的好奇心開始蠢動，心思反覆飄向那本日誌。我從公事包中取出日誌放在旁邊的座位上，到現在都沒有翻開。我原本還因爲終於想出尋找雅娜女王的計畫志得意滿，此刻卻因爲這本日誌大爲消沉。爲什麼會這樣？我對菲理士說的是眞心話——我很清楚嫁給精靈可能有什麼樣的危險，不需要他拯救。

我一直覺得那本該死的日誌在瞪我。好吧，或許不能說**瞪**，但絕對是以一種自命正直的乖戾態度在生悶氣，彷彿像我一樣知道不該無視祖父最後留下的紀錄。我看還是收起來好了。

一月十二日——稍晚

我搭乘的最後一班火車誤點，因此抵達林恩郡時太陽已經下山了。在前往科邦的馬車上，我沒有其他事可做，手邊只有祖父的日誌——其實我有很多事要想，但全都是憂慮——我利用這段時間瀏覽內容，先閱讀最後一篇，然後由尾到頭看一遍。我也不太確定自己爲何要這麼做，只是覺得依照順序閱讀讓人不安。或許是因爲我早已知道結局有多悲慘，不如早早面對以擺脫壓迫感。其實我根本不需要擔心，正如菲理士所說，我祖父所寫的最後一篇日誌都在描述一整夜的舞蹈與宴會，他和那群精靈在一起的時候參加過很多次。他沒有寫下遭到遺棄的經過，也沒有提及後來發生的事。他寫下的最後一句話是：*明天我要走路去海邊。*

最奇妙的是，他的日誌中沒有一篇提及自己**下定決心**要和那個女精靈私奔去埃克斯穆爾——有一天他撞見她在溪中沐浴，第二天就已經和她一起喝茶了。在那之後是一場又一場難以想像的星夜盛宴，精靈在夜霧中翩翩起舞，然而他之後總是想不起來是什麼樣的舞蹈；他也記下和眾多精靈荒誕不經的對談，而他描述這一切的筆觸是如此平凡實際，就好像敘述去郵局的過程。偶爾他會提到一位神祕的「她」，他形容爲「美的化身」、「天仙下凡」，用盡各種美好詞彙。但下一段他又等不及想告訴妻子在晚宴上嚐到「美味至極的蛋糕」，或是提醒自己要寫信告訴菲理士他遇到多麼奇特的泛精靈種族。我猜想他八成完全沒意識到自身處境有多危險。

車程時間不夠我完全理解，因爲他使用的速記法很難破解。此外——需要說嗎？——這

些內容太令人不安。我知道這正是菲理士的用意，他想讓我不安，如此一來更令我憤懣。好幾次我丟下日誌，但很快又重新拾起，種種誘因使得我不由自主想讀下去：步步逼近的悲劇、難以解答的疑問、與我本身太過類似的處境。我和祖父的相似之處不只是字跡與姓名縮寫。祖父也像我一樣執著於研究，而且似乎也同樣容易得罪人。他甚至和一位圖書館員吵過架！

他在其中一段寫到：S女士寫再多信來也一樣，研究完成之前我不會歸還。何必呢？已經超過三年沒有人借閱這本書了——我確認過紀錄。她竟然威脅要請郡治安官逮捕我！難道她沒有別的事可做？哼，有本事就來這裡找我啊。哈！

我沒有找到他如此堅持要保留的書究竟是哪一本。

抵達科邦時，我的第一個念頭是要立刻穿過石塊精靈門回到溫德爾的領域，但要回去勢必會經過莉莉婭和瑪格麗特的農舍，我不能不去打個招呼。她們邀我留下來用餐，然而，她們實在太想知道我去三一學院的經過，熱忱宛如水流將我捲入，我不禁思考著要用什麼藉口脫身。

幸好我沒有時間爲此煩惱，因爲外面有人敲門——溫德爾來了，他的神情迫不及待、焦急難耐。看到他讓我大大鬆了一口氣，他好好活著、平安無事，沒有在我出遠門的這段時間因爲繼母的詛咒而倒下。他朝我走來，但我搶先衝過去一把抱住他，差點把他撞倒在門階上。

「艾蜜莉！」他驚呼道，同時大笑起來。「印象中你這麼熱情迎接我，之前只有一次而已。你沒事吧？」

「少來了。」我瞪向他，想掩飾過度激動造成的尷尬。「怎麼可能只有**一次**？太誇張了。」

「嗯，這個表情我很熟悉。」他用一隻手指勾起我的下巴，輕柔地吻我。

「你們要站在門口讓冷空氣跑進來，還是要進來吃晚餐？」瑪格麗特在廚房高聲說，她笑嘻嘻地看著我們，完全沒有因爲打擾我們而不好意思。莉莉婭雖然也笑容滿面，但態度比較防備。

「如果讓我幫忙，我就立刻進去。」溫德爾殷勤地大聲回答。他翩然進入屋內，我從來沒有看過他如此喜悅的模樣——他似乎也如釋重負，彷彿終於能暫時放下不愉快的事喘息一下。

這點使我不寒而慄。有多少事他沒有寫在信上？

「溫德爾？」我說，但他已經開始忙著跑來跑去端盤子、拿餐具。影子發出一聲鼻哼醒來，立刻撲向溫德爾。他放下工作摸摸影子，一陣寵溺的擁抱讓大狗安靜下來，然後又回去幫忙莉莉婭擺餐具。

晚餐的餐桌上很熱鬧。有好友爲伴時，瑪格麗特愛說話的程度不輸溫德爾，而影子也非常開心，因爲有這麼多牠愛的人在場，牠輪流嗅聞我們，激動得發出嗚咽聲。溫德爾東拉西扯胡亂聊著，大多是年輕時認識的精靈酒友發生的好笑故事，顯然他們到現在依然經常惹出各種幼稚麻煩，其中甚至有個女精靈晚上喝得太醉，在友人起鬨挑釁之下對自己施了魔法，只要一打噴嚏就會變成一片地衣。我沒有主動提起在三一學院的發現，溫德爾也沒有提起繼母的詛咒，而且沒有人問起——我們很有默契地只聊輕鬆的話題。

我沒什麼胃口，溫德爾一定察覺到了，因爲平常用完餐之後他還會繼續在餐桌逗留聊天，這次他卻早早告辭，但不忘在離開之前先幫忙整理廚房。瑪格麗特拿著擦碗布追著他跑，樂呵呵地抗議說眞的不用這麼客氣——然而，我從溫德爾看著凌亂流理臺的絕望眼神感覺得出來，他不是客氣，而是無法不整理。影子跟著他們兩個打轉，畢竟這也是收拾剩菜的路線，於是只剩下我和莉莉婭獨處。

「想不想看我的木雕作品？」莉莉婭問，我欣然表示同意。她帶我走到農舍後頭，她在這裡打造了一個小工作坊，長形工作臺面對著窗外的瀑布景色，窗玻璃被水霧噴濕。工作臺上堆著還沒有雕刻的木頭，也有幾個進行到不同階段的雕像。她曾經說過這是她年輕時的嗜好，直到現在才終於有時間重拾。

「你的作品太厲害了！」我完全是眞心的。我的視線首先被一隻渡鴉吸引，她精細地雕刻出高傲的鳥喙與爪子，羽毛也有被風吹亂的線條，然後我才發現她企圖藏起一樣東西不讓我看。

「那是……？」我驚愕地說。她大笑著將那個木雕遞給我。

「還沒做好，」她說，「我忘記先收起來了。原本想給你一個驚喜。」

我手中的木雕是等身大的阿坡——目前還只有上半身，下半部仍是木塊。臉部雖然粗糙，但看得出來是他，骨骼突出、牙齒太多。莉莉婭不知怎麼做到的，以簡單的線條呈現出阿坡飄忽的特質，同時像是**存在**，又像是**不存在**。她才剛開始雕刻他細長的手指，能看見與他的手臂等長的幾道刻痕。

「我承認，」她說，「我不像你那麼喜歡這個小生物。雖然我也不願意，但我的噩夢裡總是有他！我每次都很擔心他會在我沒察覺的時候不小心割掉我的腳趾。」

我大笑著放下木雕。我好想念阿坡！他給了我一把鑰匙，讓我能夠前去探望他，但其中的魔法只能在冬季爲期更久的地方使用，愛爾蘭太溫暖了。

莉莉婭給我看了其他雕塑，全都非常精緻，不過她本人認爲每個都還有需要改進的地方。看著她的表情，我明白確實不是我想太多——她有心事，我不確定是否與我有關，她也可能還有其他煩惱。一般而言，我會提醒自己不要想到什麼說什麼，但莉莉婭不會因爲這樣對我生氣。「你好像心情不太好，」我說，「可以告訴我是怎麼回事嗎？」

她笑了一下。「噢，老天！對不起，艾蜜莉。我一直在想該怎麼說才好，不過……我擔心自己太多管閒事。」

「不用擔心，」我說，「我不太擅長拿捏友誼的界線，所以你也很難越線。你擔心我的安危，對吧？」

她的神情憂心忡忡。「這樣說還太輕描淡寫。親愛的艾蜜莉——你可是坐上了他們的**后座**，我究竟有多擔心，你大概猜不出來吧？索拉也是，歐黛也一樣——她每週都寫信給我打聽你的近況。」

我終於安心了。並非因爲她所說的話，而是因爲知道我沒有惹惱她，也沒有做錯事讓她質疑我們的友誼。「你知道的，在當代研究精靈行爲的專家之中，我絕對是數一數二。」我說。我不擔心有自大之嫌，畢竟這是毋庸置疑的事實。

「這就是問題所在。」莉莉婭回答。「對，我知道你很**了解**精靈，但是了解與感受不同。像我們這些和高個子近距離生活的人，絕對不會信任他們。儘管你讀過很多關於精靈的書、做過很多研究，但你並沒有眞正在他們當中生活過，親愛的。他們就像……就像大自然。如果只是在書裡讀過，你能體會冬夜或春風帶來的感受嗎？」

她的擔憂讓我想起菲理士以往那席令人不快的忠告。我癟嘴回答：「好吧。爲了方便討論，我願意接受你對於精靈有著比我更眞實的理解，書籍與學術知識比不上生活經驗。你希望我當心什麼？」

「權力。」她在略微遲疑之後才開口。「在我們的故事中，愈是位高權重的精靈，我們愈該小心避免接觸──貴族、王室、將軍，他們是眞正潛伏在黑夜中的怪物。」

又來了！我在心中這麼想，但說出口的是：「最近我的另一位友人也表達過類似的意見，他似乎認爲，一旦溫德爾厭倦我了，就會把我扔在荒野任我死去之類的。」

「噢，不是！」莉莉婭說。「我不是那個意思──我完全沒想過溫德爾可能傷害你，但我擔心有一天你會再也認不得他。還有什麼比這個更令人傷心？」

我無法回答。面對菲理士企圖讓我感到不安的刻意警告，我沒有半點動搖，莉莉婭溫和的態度卻反而讓一股銳利的恐慌穿透我的全身。她無意間揭露了我的恐懼，不知多少次，我對自己道出類似的想法，但又立刻以其他事情加以掩埋。

莉莉婭似乎很後悔將想法說出口，如此一來反而讓這番話語更具威力。「別理我，」她急忙說，「只有你能判斷你的心意與他的心意。我是你的朋友，但這不代表我什麼都知道。」

她似乎很難過，但我不知道該如何解決。這次談話遠遠超出我能夠應對的範圍。我勉強說出：「我會思考你說的話。」

她點點頭，我們繼續聊木雕的事。不久之後，我們聽到溫德爾喊我的名字，於是帶著影子一起走向大門。我們道別時，莉莉婭擁抱我的時間似乎比平常更久。

夜晚很冷，風將瀑布的水霧吹過來打在我們臉上。我和溫德爾踏過石塊穿越精靈之門，然而，當我回到狼之森時卻大吃一驚，腳步一陣踉蹌，差點摔倒壓到影子。

「這是什麼地方？」我們沒有回到城堡，而是站在森林裡，可能很接近王宮花園——草叢中有四散的雛菊，應該是從花園飄出的種子落入了鄰近的林地。

溫德爾一臉苦惱地環顧四周。「門回到原本的地方了，最近很多魔法都像這樣失常。我繼母的詛咒一直在擴散——走這邊。」

我和影子跟隨他穿過樹林——那只是一條鹿踩出的小徑，但溫德爾的手張開又闔起，比完之後路就變寬了。「我必須告訴你我的發現。」我說。

「好。」他回頭說。「不過等一下再說，小艾。」

我內心有些惱火，他竟然如此不在乎我的研究。難道他認定我會失敗？「可是我找到解除你繼母詛咒的辦法了。」

「我知道你找到了。」他說，語氣有些納悶，似乎不懂為何我要特別說出如此理所當然的事。「可是現在說了，等一下你又得跟妮芙和我舅舅再說一遍，不如等我們回去之後把他們請來再說。」

我感到相當欣慰。

「等一下，」我說，「之前你明明還懷疑是否眞的能從老故事中找到答案。」

「那不是眞心的。」他嘆息一聲。「我只是不想讓你離開。我從來就不想和你分開，但這次的情況令我格外內疚。我以為回來之後可以帶你到處遊山玩水，欣賞最美的風光——湖泊、花園，森林裡最明亮與最黑暗之處。我想著要召來最奇異、最驚人的精靈為你跳舞或獻上贈禮，讓你可以抱著筆記本大寫特寫……結果呢？我們被迫得應付我繼母的邪惡陰謀。小艾，對不起。」

「說得好像是你硬把我拖進這些事情裡一樣。」我說。我很遺憾他的好心情消失了，於是補上一句：「別搞錯了，我覺得這一切都非常神奇，包括你繼母的邪惡陰謀在內。我寫書的進度非常好呢。」

他放聲大笑，我們四周的森林似乎也跟著明亮起來。「晚一點讀給我聽吧，小艾。」

某種小生物從樹頂路過，枝葉隨之窸窣作響，可能是精靈，也可能是動物。我看見一道發光的細線沿著森林地面搖曳閃爍，與我們所走的路平行——一開始我以為是螢火蟲，但仔細觀察之後發現是群居精靈，只有我的拇指指甲大小，每個都拿著小提燈。樹洞裡閃耀著溫暖的爐火，偶爾還會聽見遠處傳來喧譁笑鬧，彷彿來自擠滿客人的酒館。這座森林很接近城堡，所以泛精靈的聚落最大，樹枝乍看之下似乎懸掛無數晶瑩蛛網，但其實是棕精靈之類的小傢伙使用的橋梁，每當有精靈匆匆從橋上經過便會發出銀鈴般的清脆聲響，但他們的速度實在太快，我只能看到走過之後留下的晃蕩餘波。

溫德爾不時停下腳步檢查樹木，一旦發現感覺不健康或沒精神的，就會伸出一隻手按住，讓樹木瞬間長出大量新枝葉，同時不忘叨唸科邦那棟農舍的狀況。他似乎因為屋內太亂而十分憂心——莉莉婭雕刻的木屑四散，地毯也沒有拿出去抖一抖——所以在考慮要不要派幾個夜精靈去幫忙整理。至少我認為他是在講這件事——我沒有仔細聽他說話，因為我忙著欣賞森林美景，夜晚的森林完全符合我小時候幻想中精靈森林的模樣，讓我感動得近乎忘記呼吸。

「怎麼了？」他問道，因爲我又一次沒有認眞回答他的傻氣抱怨，只是應一聲敷衍。

「什麼怎麼了？」我沒好氣地問。其實不是他惹我心煩，只是我長途跋涉一整天、說了很多話，實在累壞了，更別說心裡還有那麼多擔憂。「我只是在想事情。爲什麼你會認爲有事？」

「小艾，」他說，「現在我早已習慣你沉默的節奏。我能夠分辨想事情和有心事的差別。我知道你喜歡把不安囤積在心裡，就像噴火龍囤積金銀財寶那樣，不過最終我還是會推敲出來，你知道的。不如幫我省點事？」

我斜睨他一眼。之前我覺得好像不太適合告訴他莉莉婭說的話，但現在仔細一想，好像也沒什麼不能說的。他是**溫德爾**，不是故事裡的壞心精靈。於是我全部說給他聽。

說出口之前我猜不出他會有何反應，說完之後更想不到他竟然會一臉欣慰。「她願意對你說出內心的憂慮實在非常善良，」他說，「莉莉婭是益友。」

「善良！」我重複。「你眞的這麼想？菲理士認定你會把我綁在樹上任我死去，莉莉婭說的話基本上是一樣的意思。」

「她當然會擔心我對你的情感。」溫德爾說，下意識地伸手撫過路邊的高大蕨類。「你想想她的遭遇，她落入隱族手中吃了那麼多苦——她要是信任我反而更奇怪。」

這個答案無法令我滿意，尤其是莉莉婭的話讓我如此心神不寧。「你眞的認爲事情這麼簡單？你自己也跟我說過，擔心坐上王位之後心態會改變。從許多傳說故事看來，這確實是一大隱憂，許多手握大權的精靈最後都因權力而腐敗。」我沒有說出其實我不太支持這樣的解讀，因爲我一向認爲精靈生來就欠缺道德感，權力只是引出這一面，促使他們更加任意放縱，並非掌權者受其影響而漸漸變得邪惡。

「沒錯。」溫德爾停下腳步，蹙著眉抓梳頭髮。「我非常希望你願意讓我告訴你眞名。萬一有一天我**真的**變成心狠手辣的怪物，像我繼母那樣——或像你那個可惡的冰雪之王那樣，他實在是糟透了！——你就可以用眞名讓我乖乖聽話，成爲你希望我成爲的模樣。這樣你的擔憂就解除了，不是嗎？」

老天，他說這種話要我怎麼回答？我沉默地注視他許久，然後說：「我比較希望你一開始就不要變成怪物，我已經有過一個愛濫殺的未婚夫了。」

「一個就已經**太多了**。」溫德爾的語氣如此激昂憤慨，我不禁笑得發出哼聲。他的表情突然轉變，有如從雲層中透出陽光。

「小艾，要是沒有你，我會在哪裡？」他說。這是我們常開的玩笑，但現在他的語氣不是在說笑。我沒有回答，只是幫他整理好剛才撥亂的頭髮，用手指梳回原位。他牽起我的手，我們繼續往前走，很快城堡便出現在眼前——首先見到的是燈光，輝煌的光芒讓周遭樹木顯現出漆黑的輪廓。溫德爾忽然愣在原地。

「怎麼了？」我立刻提高警覺。

「我出門的時候還沒有那個。」溫德爾喃喃說。

「到底**怎麼了？**」我追問。

他快步向前，我隨即跟上。影子不滿地噴著鼻息，因爲我們已經走得太久，照理說牠現在應該可以躺在床上休息才對。前進幾分鐘之後，樹林漸漸變得稀疏，我終於看見溫德爾剛才發現了什麼。

城堡後面的森林出現我們在紫杉林遭遇的那種黑霧，一路瀰漫到山丘下，占地可能有一英畝。樹木枯萎乾縮，失去可辨識的特質。這一帶森林樹梢常見的銀吊橋全消失了，經常在橋上來往的泛精靈同樣不見蹤影。

不僅如此，詛咒甚至侵蝕了部分城堡園地。至少有兩座涼亭只剩黑暗陰森的骨架，有如沒耐心的畫家在畫布胡亂塗上的幾道墨痕。通往君主林的小徑不見了——君主林是否也一併消失？我無法確定。

「花園。」溫德爾喃喃說道。

「範圍有多大？」我的聲音在發抖。「還在擴散嗎？」

「我不知道。」

我牽起他的手，以免他突然陷入狂怒——暴力在此刻毫無用處，因爲沒有對象可以使用。

我們必須找到女王。

「我們去親眼確認一下。」我說。「趕快走吧。」

一月十三日

日出前，我們在面積廣大的宴會廳開會。妮芙建議我們使用這個場地，方便宮廷內的群眾看到我們。我無法理解爲何要這麼做，畢竟我的研究結果非常重要，而且城堡裡很可能依然有女王的耳目，我原本以爲會在隱密的地方討論，只有我們最信任的人參與。然而，宴會廳不只露天，四周還有許多又高又寬的大窗，沒有裝玻璃，從外面的花園可以輕易進入——換言之，有無數雙耳朵正在偷聽，宮廷精靈與泛精靈都來了。其中大部分根本無意掩飾他們在偷聽。我看到幾個長相稚氣的宮廷精靈在最靠近我們的那扇窗旁邊擺桌子玩牌；一個棕精靈頭上頂著籃子，沿著圍牆走動販售堅果（只能看到籃子和有著細長手指的兩隻手）；一群長相有如惡鬼、身上穿著破布的暴格坐在沒有屋頂的牆上，空洞的眼睛死死盯著我們，偶爾抓來幾隻昆蟲扔進鍋子裡。根據我的觀察，似乎沒有誰覺得奇怪，顯然這只是樹木有眼之地宮廷議事的常態。

我已經重新換上王后華服，但我眞的很想念在三一學院穿的那身樸素連衣裙和針織羊毛外套——特別是羊毛外套，寬寬鬆鬆，充滿學者風範，前方還有大口袋可以放筆記本和一整排鉛筆。今天我穿的衣裳依然是黑色，上身裝飾精緻的銀蕾絲，造型有如開花的藤蔓，往上延伸到頸子——雖然有口袋，但我不想用。因爲口袋有魔法，一如以前我從隱族精靈手中得到的那件斗篷，只要把手伸進口袋裡就會出現各種小東西，有時候還會出現水果或一把蜜糖堅果。我擔心把筆記本放進去會消失——不然就是變得黏答答，這也一樣糟。

卡倫．湯瑪斯出席了這場會議，泰朗爵爺也一樣，他一手支著下巴，一臉索然無味的模樣，深色眼眸漫不經心望著天空。妮芙．普勞菲特坐在他們對面，中間隔著橡木餐桌，她不停敲著打字機，偶爾對貼身侍從低聲提問或給予指示。她的侍從是個神情開朗的斯普利根[23]。除了他們，溫德爾的妹妹也在場，他一直命令她離開，但她出去之後又會從窗戶偷溜進來蹲在不容易被發現的地方，最後他只好放棄，決定不理她。此外還有兩名議事大臣——許多大臣因為恐懼女王的詛咒而逃離城堡，導致人數銳減。其中一個是詩人，大家都如此稱呼他，他是個年紀很大的凡人，大部分的時間都在打瞌睡，其實這樣也好，因為他開口也只會說些乍聽之下很有深意的隱喻，但其實難以理解、毫無意義。我猜想這應該是在精靈界待太久的後果，然而他所說的話往往有種矯揉造作的刻意感，不像是胡言亂語。而另一位偏偏是血袍女爵。我很不想看向她，她似乎也不想看向我，但我懷疑理由應該不一樣。

溫德爾臉色蒼白。他的一隻手纏著繃帶，因為他用自己的血逼退入侵城堡的女王詛咒。腐毒依然潛伏在王家森林中，但目前沒有危險，我們不會慘遭吞噬。他的狂怒早已退去，卻一直處在焦慮狀態，不斷來回踱步，經常走到窗前眺望森林。這讓我難以專心，很希望他能坐下。

23 這是個定義很廣泛的棕精靈族群，在不同的文化中有許多不同的名字，文獻中一致描述其外型肖似駝背的老奶奶。這種類型的精靈開朗到令人膽寒，在東歐部分地區會用來嚇唬不聽話的小孩（知名羅馬尼亞傳說〈小弟的惡作劇〉中便反覆出現「快去睡覺，不然我要把你送去給妖怪奶奶管教」這句話）。斯普利根經常擔任宮廷精靈的貼身侍從或保鑣。

「現在，」妮芙說，「再跟我們說一次那個故事。」

我已經跟他們講過〈麥坎王的蜜蜂〉了，但我尊重她不想忽視任何細節的用心。我重新講述一遍整個故事，如今我已經熟悉到可以倒背如流。我必須提高音量，因為今天雖然風不大，森林的窸窣聲響卻比平常大聲。我猜想樹木也像我們一樣焦慮。

「很不錯。」妮芙點頭。「這個故事有許多地方呼應我們目前的麻煩——新王奪位、舊王復仇、施加詛咒，甚至還有個陰險狡詐的人類王后。」她朝著我微笑。「我想應該會對我們有所幫助。那麼——你打算怎麼做？找僕役問話？」

我點點頭。「在故事中，新王不需要四處尋覓舊王，因為麥坎一世親近的僕役知道他的藏身處，至少知道線索。由此來看，城堡當中說不定也會有三名僕役各自知道部分線索，可以引領我們找到女王。」

「所有的牌都在女王手中——牌堆瀰漫濃霧，小丑與王族共舞。」詩人朗聲說，這是整場會議中他唯一一次發言，接著他又開始打瞌睡。我實在想不通他究竟是怎麼得到議事大臣的位置，隨後才突然領悟到，溫德爾根本只是胡亂找來幾個凡人，誤以為這樣能討好我。

「立刻去找僕役問話吧，」血袍女爵以一貫專擅的態度說道，「必要時也可以用上威脅的手段。」她對站在牆邊的侍從示意，那個精靈立刻跑出去，後面跟著另外三個精靈，每個都因為恐懼而瞪大眼睛，而女爵剛才的手勢其實非常微小。

「不，等一下……」我試圖攔阻，但侍從已經離開了。我壓下一聲嘆息。在這個宮廷中，似乎做什麼事都必須先經歷一番混亂。

「我們應該從雅……從廢位女王的近侍著手。」我說。「在故事中，第一條線索來自為國王準備洗澡水的僕役。」

「他們大部分都逃跑了。」溫德爾站在窗邊說。他慢慢走回長桌旁，開始在我的座位後方來回踱步，弄得我心煩意亂。

「不然就是被殺了，」泰朗爵爺說，「我的錯。」

「去找找還有沒有倖存留下的。」妮芙對身邊的斯普利根比個手勢。矮小精靈的笑容變得更加開朗，然後匆匆離去——她總是滿臉笑容，笑得我心裡發寒，但既然妮芙如此倚仗她，想必值得信賴。

「我不在的時候，有沒有發生什麼值得留意的事？」我詢問。「如果有**好消息**就太棒了，但想必很難。」

「雖然國家正在慢慢崩解，」泰朗爵爺說，「不過入侵者都離開了。我手下的偵察部隊報告說敵軍已經逃回渡鴉隱匿之地了，看來他們不想和我們一起被詛咒。」

「謝謝喔，」我沒好氣地說，「你認為這是好消息吧？」

他似乎覺得很好笑。「不算是。」

卡倫低聲對他說了幾句話，泰朗隨即翻個白眼，全身懶懶地癱在座位上，雙手交疊繼續研究牆壁。溫德爾依然不停來回踱步。他只要再這樣三十秒，我就會過去勒死他。幸好我想到了一個好主意——我假裝忘記溫德爾的咖啡杯在旁邊，調整筆記本時任由手肘撞上，將杯子打翻。一如我所盼望的，溫德爾立刻停止踱步，拿起餐巾擦拭潑出來的咖啡。

「請見諒，」卡倫說，「但我總覺得自己沒抓到重點。我知道故事是精靈界很重要的一部分，但……」

「不只是一部分而已。」妮芙停下打字的動作。「故事是這個界域與每一個界域的根基，因此也可以用作指南針，或者說指引方向的星星。喜歡怎樣的類比都可以。」

「嗯。」卡倫停頓片刻後如此回應。他看了泰朗爵爺一眼，似乎想確認自己沒有做錯。泰朗對他報以微笑，我是第一次看到泰朗露出這樣的笑容，其中沒有一絲惡意。他接著說道：「我眞正不懂的地方應該是，爲什麼選**這個**故事？沒有其他能派上用場的故事嗎？」

我立刻繃緊神經——進行學術發表時，若有觀眾質疑我的研究方式，我就會出現這種反應。部分原因在於，我自己也一直在煩惱這個問題，畢竟我在三一學院只停留了短短幾天。我眞的窮盡所有可能了嗎？「或許還有其他故事存在，」我說，「不過我敢保證，〈麥坎王的蜜蜂〉絕對是我所能找出最近似的選擇。」

溫德爾依然忙著清理桌上的咖啡漬，他用餐巾沾了點洗手碗裡的薰衣草水，奮力擦拭木頭上的裂痕。「那個故事是正確的。」他說，雖然他沒有多做解釋，但他的語氣帶著一種篤定，徹底掃除了我心中殘留的疑慮。

「沒錯，」泰朗說，一邊用拇指輕撫卡倫的手背，「不用擔心這個，親愛的。眞正的重點在於，我們必須盡快找到我妹妹，以免她的詛咒吞噬城堡與其他所有東西。我們的新王后雖然找到了答案，但可能已經太遲了。」

「感謝你對我這麼有信心，」我按捺火氣，「但你眞的不需要這麼烏鴉嘴。」

「我沒有。」泰朗爵爺說。「要是腐毒繼續蔓延，我會帶卡倫逃去其他領域，甚至是渡鴉隱匿之地。我比那裡所有的貴族更強，他們也不能對我怎麼樣。」

我沒有費事指出，溫德爾領域中大部分的居民都無法逃離。除了少數流浪者之外，精靈無法像泰朗爵爺所提議的那樣在不同的領域任意移居。

卡倫嘆了口氣，奇妙的是，那一聲輕嘆就讓泰朗的表情徹底改變。他看著卡倫，神情半是寵溺、半是沒轍，並且說道：「不過呢，我當然會盡力阻止我妹妹。要先讓她受盡折磨再死，那些幫助她的傢伙也一樣，我非常樂意效勞。我早就知道她一旦失去王位肯定會大鬧一場，卻沒想到她會爲了復仇毀掉自己的王國。說眞的，我完全不知道她會這麼沒教養。」

妮芙回了他什麼，但我沒有聽清楚，因爲外頭樹葉摩娑的沙沙聲響變得太大，蓋過了其他聲音——幾乎有如咆哮。「老天！」她吶喊。「森林怎麼了？該不會再次遭到侵襲了吧？」

「是注目橡發出的聲音。」泰朗爵爺說。不知爲何他看向了溫德爾，於是我們其他人也跟著看過去。

他抬起頭——打翻的咖啡已經清完了，現在他以非常偏執的動作猛擦桌子邊緣的內嵌雕刻。就算他下一刻就把桌子擦穿，我也不會感到驚訝。我一手按住他的手臂。

「怎麼了？噢，對喔。」他的表情突然變得空白，彷彿靈魂脫離身體去到——其他地方。我覺得很不舒服，就像他每次用樹當通道時我會感受到的那樣。「注目橡知道。」他說。

「知道什麼？」我不太喜歡這種概念，樹什麼都不該知道。

「知道我……注目橡能感應到……」他抹了抹臉，然後閉上眼睛。「只要我冷靜下來，它們應該就會安靜了。」

他保持閉眼片刻，我們全都看著他，有如降靈會上膽顫心驚的旁觀者。沙沙聲慢慢減輕，最後終於變回輕聲窸窣。

溫德爾睜開眼睛。「抱歉。」他說，接著若無其事地爲自己倒了一杯咖啡。

我們繼續看著他。就連泰朗爵爺也流露出一絲緊張，儘管他的臉上依然掛著冷笑。「這招眞厲害，陛下。」他說。「你祖母過世之後，我就再也沒有看過任何王族只以心念就能讓注目橡激動。我本身不太喜歡那種樹。」

「感謝老天，」我低聲說，「我還以爲只有我不喜歡。」

「噢，當然不是！」泰朗一臉痛苦。「你還沒有眞正體會過這種樹有多『可愛』。秋天滿地落葉的時候去森林散步，回家時發現頭髮纏到一片注目橡的葉子，那才眞的要命。」

妮芙的侍從回來了，正對著她耳語。妮芙點點頭。

「我們找到女王的一個私人僕役。」她說。「雖然不像麥坎王的僕役那樣每天準備洗澡水，但她每天都爲女王做早餐。」

我早已站起身。「她知道女王的藏身地點？」

「她沒說，」妮芙說道，「但是一聽說我們在找僕役問話，她就立刻逃跑了。」

「這是好兆頭。」我說。

「你們去吧。」泰朗爵爺說，一邊交握著十指伸展手臂。「我就免了，單單審問僕役太浪費我的才能。開始見血的時候再來叫我。」

✦ ✦ ✦

那個僕役沒有逃得太遠。她似乎企圖逃往森林，但侍衛早已聽到風聲，知道她的重要性，於是展翅將她驅趕到一棵樹上。

我們站在樹下——感謝老天，那只是普通的赤楊——僕役則在樹上不停發抖，時而喃喃自語，時而扭絞雙手。她躲在比較高的樹枝上，侍衛輕易就能把她抓下來，但除非絕對必要，否則我不想走到那一步。她的體型只比阿坡大一點，除此之外與阿坡毫無相似之處，我卻發自內心想要避免傷害她。她穿著茶色連衣裙搭配白色圍裙，頭上頂著一朵很大的毛茛花，就像戴頭巾一樣，兩片花瓣固定在下巴底下。她的臉非常紅、非常亮、非常豐滿。我覺得她的樣子很像洋娃娃，但人類小孩應該不會想玩。她的眼睛全黑，一如所有的泛精靈。她似乎是某種類型的羊仙，頭上長著兩支往後彎曲的嚇人黑色大角，看起來十分銳利，足部是兩隻毛茸茸的蹄。

「奶油精靈，」妮芙說，「女王雇用了好幾個——聽說這一個格外受到女王寵愛，因爲她做的奶油品質特別好。」

「有意思。」我說，很希望有時間能畫素描。在我的精靈百科裡，奶油精靈這一條亟需補充細節。「我從來沒遇過。」

「這種精靈很罕見，」妮芙說，「我向來認爲這是件好事。這種小傢伙脾氣極壞，幾乎算得上半瘋，被迫離開奶油工坊的時候更是如此。」

「我不知道愛爾蘭有這種精靈，」我說，「奶油精靈的故事大多出自於索美塞特郡，不是嗎？」

「啊！」妮芙的表情燃起學術熱忱。「確實如此。不過你也知道，很久以前樹木有眼之地曾經有很多精靈之門通往英國各地的精靈領域，據說其中一道門通往索美塞特郡一個風光明媚的角落。我推測，這些精靈可能原本在兩地跑來跑去，但後來門毀壞了，於是有一部分受困在這個領域。」

「索美塞特郡。」我重複。這個地名拉扯著我的記憶，讓我覺得自己好像漏掉了什麼關鍵。但是索美塞特郡和這件事有何關連？我無暇慢慢思考。

那個奶油精靈繼續在上方自言自語、扭絞雙手。我聽不清楚她在說什麼，只隱約捕捉到「女王陛下」、「牛奶」這兩個詞，後者更是不斷重複。我們要怎麼把她弄下來？我不會爬樹——雖然樹靈學者有時會需要這種技能，但我實在不夠靈巧。

拉茲卡登剛才持續在我們頭頂盤旋，這時降落在附近的樹枝上，一雙古老眼眸緊盯著我。我能明顯感覺到他在等我下令，但我假裝沒發現。一些愛湊熱鬧的精靈也跟著我們從宴會廳過來，一路上聚集了愈來愈多群眾，此刻全都站在空地邊緣看著我們——有幾個甚至在草地鋪了毯子躺下，彷彿我們正在演一齣戲。我忍不住再次想著，以這種方式執行重要宮廷政務實在傻透了，這件事的結果可能左右整個世界的生死存亡，但就像之前一樣，似乎沒有誰重視。至少這次沒有賣堅果的小販。

溫德爾之前站在一段距離之外，忙著和血袍女爵、卡倫以及一小群僕役說話。現在他過來我和妮芙這裡。

「他們好像找到另一個僕役了，」他告訴我，「我繼母最喜歡的美髮師顯然還活著。十分呼應麥坎的故事，不是嗎？說不定他也在女王頭髮裡找到蜜蜂。」

「嗯。」我說。「現在的問題在於，我們不知道該如何說服這個僕役合作。可以設法哄她下來嗎？」

溫德爾抬頭看著樹枝，表情變得嚴肅。他只說了兩個字——「下來」——突然間那個小精靈便手忙腳亂爬向我們，更加狂亂地自言自語。顯然是我白煩惱了。她的動作實在過於迅速，結果半途就撐不住，猛然摔下來癱成一團。她維持著摔下時的姿勢，像受傷的鳥兒一樣縮起身體發出粗重喘息，繼續喃喃自語。現在我能聽出其中夾雜著「陛下」、「拜託」，重複很多次。

「她在哪裡？」溫德爾問。他的語氣很鎮定，但表情突然變得冰冷又疏遠，就連**我**都感到不安。那名僕役喃喃自語的聲調拔高，幾乎像在哀嚎。

「這樣不行，」我說，「她快被你嚇死了。」

「這是自然。」血袍女爵說。她走上前，世界便彷彿蒙上一層紅色，森林陰影有如血泊蔓延。「如果她不肯開口，就用她的頭去撞石頭，看看能不能把實話撞出來。」

「快住手，」我怒斥，「無論你在做什麼，立刻給我停下。這只是讓狀況變得更糟。」

溫德爾舉起一隻手，血袍女爵立刻後退。「好吧，小艾，」他說，「你希望我們怎麼做？」

「當然是帶她回家。」我說。

✦
✦
✦

這個小精靈的「家」位在城堡地底深處。雖然溫德爾說過城堡有地牢，但我不知道另外還有這麼廣大的地底空間。這裡有大量泛精靈工坊與小屋，有些似乎專爲城堡服務，例如那個滿是紡錘的工坊，有三個棕精靈在裡面忙著修補織錦與地毯；但有些似乎單純只是屋主決定要住在整個領域最核心的地區。難道接近國王能讓他們得到原本沒有的魔法？堆積的問題又多了一個。

我們沿著石造樓梯下到地底，但很快樓梯就變得愈來愈粗糙，最後我們只能艱難地走在廣大地洞中高低不平的坡道上。由於四周實在太暗，我看不清這裡的空間擴展範圍。溫德爾召喚出幾個光團在我們上方漂浮，對於行進頗有幫助，因爲這裡雖有燈籠，但相距很遠，數量也很少。洞壁上挖出許多小門，高低不一，以粗糙切割的樓梯或銀橋連通，隨處都可以聽見數不清的交談聲響、物品碰撞、豎琴演奏，還有這些聲音的回音。空氣十分潮濕，我聽見遠方有地下河流過的潺潺水聲，這是個繁忙的小小城市，充滿科學驚奇的寶盒，一想到女王的詛咒遲早會蔓延到這裡，我不由得感到頭暈。

奶油精靈帶領我們走下另一道樓梯，比前一道更窄，我們經過洞壁上的一連串小丘與隆起，來到一個類似走廊的地方，但一看就知道是天然形成的，地面冒出許多石筍，盡頭有一扇門。奶油精靈對著溫德爾的方向深深一鞠躬，然後踏著所有羊仙共有的優美滑步匆忙進門。我們也跟上去。

幸好這間奶油工坊並不是太幽深，至少感覺不出來，石造屋頂開了一道有如煙囪的天窗，讓森林裡金綠色的溫暖光線能夠照入室內。以奶油精靈的體型而言，這間工坊十分寬敞——就連我們之中最高的溫德爾也不必低頭——地板是夯實的泥土，幾個架子排成一列，有些上頭擺著用紙張與麻繩包裹的奶油。工坊中央有臺製作奶油的機器，旁邊的錫桶裝滿牛奶，外側凝結水珠——我猜想奶油精靈之所以如此焦急就是爲了這桶牛奶，因爲她立刻衝過去把桶子搬進地窖。這裡的溫度較低，稍微有點冷，流淌著令人流口水的香氣——不只是奶油的氣味而已，還有奶油精靈用來調味的百里香與薰衣草、草莓與蜂蜜的香氣。最靠近我的架子上，綁著奶油塊的麻繩串底下塞著葉片——似乎是羅勒。

「你看到什麼？」妮芙迫不及待問道。

我盡可能仔細描述，心中意識到這是一大發現，即使沒有其他用處，也足以讓一個樹靈學者一舉成名。我再次感到頭暈。

「現在呢？」卡倫詢問。溫德爾正在用靴子的尖頭點地。

「給她一點時間安定下來。」我說。「她剛才嚇壞了，八成以爲你們打算嚴刑逼供。溫德爾，如果是你父親一定會這麼做，不是嗎？」

如今牛奶收進可以妥善保存的地方，這個小精靈似乎冷靜多了。她走向一個上鎖的櫥櫃，摸索全身的口袋找出鑰匙。她從櫃子裡拿出一塊用布包裹的奶油，在我看來和架子上那些沒什麼不同，但是奶油精靈的動作如此溫柔，彷彿那是她的孩子。她走到溫德爾面前，深深一鞠躬呈上。

溫德爾的心情改變了，迅速程度一如往常，有可能是終於聽進了我的勸告。他跪下來配合奶油精靈的身高，以溫和的語氣說：「謝謝你，小傢伙，我不會奪走你引以爲榮的作品。我只想問一件事，你知道答案。不用擔心女王會發怒，因爲我會保護你。你願意幫我嗎？」

這幅畫面讓我好希望手邊有筆記本和素描鉛筆。溫德爾的金髮上只編了幾片銀葉，他的短袍剪裁簡潔俐落，斗篷雖然很有貴族氣派，但只是普通斗篷——不是有怪獸住在裡面的那件——然而看到他的人都會知道他是精靈王。他回到屬於自己的領域之後，氣勢慢慢產生變化，和他分別幾天之後，我更能清楚看出這點——他不但變得更加輕鬆自在，到了人類難以企及的程度，而且四周的一切，包括空氣在內，似乎都隱隱朝他彎曲順服。如果貝瑞斯特的理論[24]正確，那麼現在的溫德爾已經不完全是**溫德爾**——也可以說**不只是**溫德爾——而是維繫這片領域一切魔法的根源。這樣的他此刻卻跪在地上，面對著一位全身發抖、沾染泥土，高度勉強到我的膝蓋，雙手捧著一塊奶油的泛精靈。

奶油精靈似乎也感受到了這一點，因爲她對溫德爾的態度徹底改變。她的紅潤臉龐變得更紅潤，一連鞠躬好幾次，表情也突然從恐懼變成殷勤。她先將手上的奶油收好，然後在一個堆得太滿的架子上翻找起來，推開了好幾個裝著蜂巢的玻璃罐。她靦腆地回到溫德爾面前，低著頭將一個小錫罐放在他手中。她飛速說了幾句話，精靈語參雜愛爾蘭語。

溫德爾站起來將錫罐交給我。我緊張地打開蓋子，發現裡面裝著一把空蝸牛殼，長度和我的拇指差不多。這些蝸牛殼的外觀非常獨特，呈葉綠色、尖拱形，看起來就像是水生的螺。每個渦卷都有一條純銀細線。

「她說這是我繼母最喜歡的食物，」溫德爾說，「她經常帶回來，交代小傢伙用奶油烹煮。」

我緩緩點頭。「你之前看過這種蝸牛嗎？」

「小時候看過。貴族一向視爲珍饈，因此被吃到絕種——至少我以爲已經絕種了。這種蝸牛和森林裡的那種是遠親，也很會以自己的方式復仇。」

我打了個哆嗦。「牠們的棲地在哪裡？」

「只限島嶼才有。小傢伙不知道我繼母是怎麼弄來的。」

「島嶼。」我重複。一陣戰慄沿著我的背脊往下竄，彷彿有鬼魂站在我身後。「但是附近沒有島嶼。」

溫德爾輕輕搖頭。「我的領域延伸到陸地邊緣與淺海，那裡有很多星羅棋布的島嶼——如果連暗礁與岩石也算進去，恐怕有幾百座。問題在於，我只知道海岸綿延數英里，其他都不清楚。」

溫德爾轉身繼續和奶油精靈交談，妮芙趁機將我拉到一旁。

「整體而言，有一件事特別讓我擔心。」她壓低音量說。

我知道她想說什麼，但我選擇裝傻。「什麼事？」

「麥坎王的繼位者，」她說，「那個新王，他解除了王國的詛咒、迎娶了凡人妻子，但最後死掉了。」

「對，」我說，「不過沒理由認爲故事的所有細節都會發生在我們的狀況中——因爲並不全然相同，對吧？詛咒不同、背景不同。此外，我有找到一個麥坎二世存活的版本，他並非一定會死。」

妮芙咬著下唇。「**一個**版本而已？」

我的冷靜表象又多了一條裂痕。妮芙似乎從我的沉默察覺到了，一手按住我的手臂。

「我們不會任由女王拉著他一起死，」她說，「我們只要……當心蜜蜂就好，對嗎？」

---

24 蕾蒂莎・貝瑞斯特在〈薩丁尼亞失落諸王〉（刊登於《歐洲樹靈學期刊》，一八九五年）一文中主張，薩丁尼亞山區的一個精靈領域之所以崩毀，是因為國王死去之後沒有繼任者——儘管數名貴族曾試圖占據王位，卻全都因為不明原因失敗，領域因而逐漸崩毀。或許正是因為如此，薩丁尼亞的很多傳說都將宮廷精靈描寫為危險的遊蕩者，但他們不會綁架凡人去精靈界，只會趁夜色偷地窖裡的醃漬物。

一月十七日

過去幾天我沒什麼時間寫日誌。現在天黑了，我獨自坐在我們寢殿的壁爐邊，而溫德爾又去了王家森林，盡可能阻止詛咒擴散。目前受到波及的範圍太廣了，若是放火焚燒，整個丘陵都會陷入火海，連同城堡花園一起燒光。我們早已放棄找出更多受感染的樹林並將之燒毀，儘管它們依然在領域各處不斷出現，宛如惡疾膿瘡。難民紛紛逃向王宮，每批都有數十個不同種族的精靈，從棕精靈到隱居的宮廷精靈都有。有意思的是，這些隱士宮廷精靈除了身高以外，其餘外觀大多都和棕精靈一模一樣，往往穿著以苔蘚或其他植物做成的衣服。他們在花園和涼亭紮營，只要找到地方就睡。從寢殿窗戶看出去，可以看到他們的燈籠與營火閃爍搖曳，有如小小星點。

我們依然全力以赴尋覓雅娜女王。

女王的美髮師原來就是**我的**美髮師，那個皺巴巴的精靈每天都拚命將我的頭髮扭成髮辮或髮髻，過程中時常流露痛苦表情。他是個陰沉、總是板著臉的傢伙——我相信他一定常在背後偷偷辱罵我毫無生氣的頭髮，但他的手藝非常出色，我猜就是因爲這樣女王才會如此寵信他。說不定身爲半個凡人的女王同樣不擅長打扮，必須依賴他才能融入滿是俊美存在的精靈宮廷。

美髮師與奶油精靈不同，他不反對說出女王的祕密。事實上，被帶到溫德爾面前時，他非但沒有表現出驚訝，反而流露冷淡的得意。

「陛下，我提供一流的服務，但薪水很低。」他說，我領悟到他爲這一刻預謀很久了。

「是嗎？」溫德爾和我對看一眼，眼神有些惱火。「我繼母以何種貨幣支付？」

「黑果，」美髮師說，眼神流露奇異的貪婪，「仲夏日加一個銀瓜。」

「當然了。」溫德爾輕聲說，不知爲何有些洩氣。黑果和銀瓜很難取得嗎？我很想問他，但後來忘記了。最近我嚴重睡眠不足。

「沒問題，」溫德爾說，「我願意加倍。」

美髮師挺起胸膛——即使如此，他的身高也只超過我的腰一點點。我忍不住欣賞他的自信。話說回來，既然他掌握了獨門技術，自然不必擔心失業——或者丟掉小命。「三倍。」他說。

「那就三倍。」溫德爾同意，表情半是好笑、半是氣惱。「不過，現在我的領域即將崩垮，要是你繼續浪費我的時間，那麼到死你都休想拿到半顆黑果，而且你的死期會來得很快，超乎你的想像。」

美髮師蹙眉，喪失了幾分自信。看得出來，在專業領域中他是頂尖王者，不習慣爲自身安全這種無聊小事煩惱。然而，這場討價還價的結果似乎令他相當滿意，但他還是擺出一副理所當然的樣子，彷彿只是得到應有的待遇。他得意洋洋的樣子讓我很火大，因爲他經常用髮夾刺我，不然就是用力拉扯我的頭髮，每次都扯落好幾根。不過，要讓我有王后派頭絕不是輕鬆的工作。

美髮師深深鞠躬。「陛下，我不知道女王逃去哪裡了。不過我可以告訴您，有個問題一直困擾著我們兩個，至今我依然不懂爲什麼會那樣。要知道，女王的頭髮有時會纏到荊棘。」

溫德爾瞇起眼睛，我再次感到背脊一陣發涼。「荊棘？」他重複。

「是的。雖然不常發生，但我每一次都記得清清楚楚，因爲荊棘非常難以從頭髮中清除——除非具備我這樣的手藝，否則只能剪掉。」他停頓一下，似乎想給我們充分的時間體會他有多厲害。「女王偶爾會出宮一、兩天，不帶任何僕役，也沒有人知道她去哪裡。但她回來的時候，每次都會召我過去，讓我花上至少一個小時慢慢清除纏在她頭髮中的荊棘。那種荊棘很奇特，棘刺呈雙叉，就像動物的角。」

妮芙坐在我們後方的餐桌旁，忙著做紀錄。她輕聲說：「這絕不是什麼不祥預兆。」溫德爾讓美髮師離開，我們彼此對望。

「如此一來就有兩條線索了。」他說，我點點頭。奧嘉趴在桌上，四肢收在有如黑影的身體下方，牠看了我一眼，雖然一臉非難是貓的常態，但牠此刻的眼神似乎更加嚴厲。我假裝沒有察覺。

一月十八日

迅速獲得兩條線索之後，我深信很快就會找到第三條。可惜天不從人願。儘管我們找了幾十個僕役問話，他們卻無法提供任何消息。這些僕役全部服侍過女王，但並沒有獲得她額外的寵信。

「這就是問題所在。」今天早上我對妮芙這麼說。我們坐在宴會廳，溫德爾又在窗前來回踱步。「在麥坎的故事裡，找出他藏身處的關鍵線索都握在他的近身僕役手中。但雅娜女王的近身僕役幾乎都跑光了，園丁也一無所知。」

「所以我才說應該考慮衛兵。」妮芙說。我們爲了這件事相持不下好幾天了。妮芙認爲我們搜尋的範圍太小，沒必要畫地自限，應該把女王雇用的所有精靈都找來問話——包括城堡衛兵。

溫德爾終於停下腳步，站在窗前眺望。他的一隻手再度包上了繃帶，因爲他不斷以鮮血抵擋女王的詛咒，然而他又睡得不夠，所以遲遲無法恢復。他堅持在受詛咒的地區外圍巡視到凌晨，對著黑霧施展各種魔法。全都無效。

「小艾，再講一次那個故事。」他疲憊地說。奧嘉伸出爪子拍拍他的腿，於是他跪下將貓抱起來。

雖然我覺得沒什麼意義，但我沒有爭辯，只是翻開筆記本，找出拼湊出的故事內容。我承認，如今我已然對〈麥坎王的蜜蜂〉厭煩至極。這個故事在樹靈學研究上確實有其優點，但我總是能在情節中發現不祥的潛在意涵。例如說，麥坎二世接受一世款待，卻狠心殺害主人——做爲賓客必須敬重主人，精靈非常重視這一點，違背這個規則甚至被視爲天理不容，我相信這點可以用來解釋麥坎二世爲何會死於非命。換言之，報應不爽。這讓我不禁聯想到自己曾在雅娜女王的餐桌上對她下毒。

溫德爾注視著森林，心不在焉地撫摸奧嘉。「那個波嘎呢？」

「波嘎怎麼了？」我說。

「不如問問他是否知道什麼。」

「你是想問……故事裡的角色？」我緩緩說道，擔心長期睡眠不足對他造成的傷害遠超過我的想像。

「我指的是**我們的**波嘎，」溫德爾說，「在我的領域裡有一個。他住在……」

「燈芯峽谷。」我輕聲說。這件事我早已知道，因爲雪鈴在我第一次造訪狼之森時提起過一次。

「老天。」妮芙說。她原本在翻面前的書，現在大笑一聲用力闔上。「我怎麼沒想到？不過，他是你父王的僕役，對吧？」

溫德爾聳肩。「所有辦法都要試試。他在我父王迎娶繼母之後仍繼續服侍王族——雖然波嘎的效忠似乎也很難稱作**服侍**——所以那段時間，他也算是我繼母的僕役。至少在她殺害我父王之前是如此。我猜想他大概是因爲這件事才離開宮廷，但我對他的了解實在太少——在我小時候，他多半都在睡覺。我不確定他是否能幫助我們，說不定他離開之後我繼母才開始建造那個藏身處。說不定去找他只是浪費時間。」

妮芙用雙手搓了搓臉，依然自顧自笑著。「不，利亞什，我認爲你找到答案了。因爲這符合故事情節，不是嗎？第三條線索並非來自園丁。他只是建議二世去找波嘎，是波嘎告訴他們那座橋的事，也就是第三條線索。」

我和妮芙想法一致，但我的感受很複雜，不只是鬆了一口氣。「確實——很符合故事情節。」我附和。

「那我們立刻出發吧。」溫德爾說。他將奧嘉舉到肩上，招來一名僕役。「準備我們的坐騎。」

一月十八日——稍晚

夜色降臨，柔和細雨隨之落下。我並不介意這裡的雨，至少再也不用介意，因爲溫德爾對我可憐的舊斗篷又多施加了一層魔法，如今我的斗篷不只防雨，還能防所有潮濕，無論是流汗或反潮我都不受影響。有時我忍不住會想像，這件斗篷就像塡得太滿的沙發，要是繼續硬塞魔法進去，縫線絕對會爆開。

就像羊仙使用的樞紐一樣，燈芯峽谷位在這個領域的偏遠地帶，但是方位更偏北，藍鉤山在那裡形成非常複雜的地形，崇山峻嶺與懸崖峭壁胡亂擠在一起。沒有陵墓通往這裡，但奧嘉找到幾條捷徑——精靈界**內部**互通的門——我相信牠比任何精靈都熟悉溫德爾的領域，就連國王也比不上。我們跟著奧嘉穿過幾片樹林和幾塊立石，路程立刻減少一半，因此只需要露宿一夜，明天就可以趕往女王的藏身處，徹底解決掉她。

前提是波嘎不會欺騙我們，而且另外兩條線索也是眞的。

希望我不是在引領溫德爾走向死亡。

我帶著祖父的日誌上路——我自己也不確定爲什麼。每次翻開這本日誌時，我都覺得很不安，而現在已經有太多讓我不安的事了。

一如我無法忽視祖父與我之間的相似之處，我也同樣在祖父描寫的神祕女性身上看到溫德爾的影子。那個「她」就像溫德爾一樣擁有一頭金髮，髮絲不可思議地柔軟，觸感就像是細緻的動物毛。她的報復心非常重，讓我忍不住想起麥坎的故事，她殺光所有冒犯自己的傢伙，無一倖免。當她動怒時會化身為「怒火風暴」，完全不講理。

讀到這部分時，我不由得全身發毛。

她親手殺害了太多生靈，以致於無論走到哪裡都會遭到冤魂糾纏，祖父若無其事地寫道，她實在太熟悉死亡，甚至能看到通往冥界的門，感覺到裡面吹出的寒風。她殺戮的速度可以如此之快，敵人甚至來不及弄清楚何事發生，同時也可以如此之慢，敵人會感覺自己死了十多次才終於真正結束生命。

他以這種令人不安的詩意筆觸寫了好幾段，讚頌心愛女性的濫殺性情，熱情的語氣一如讚頌她的金髮。「她」心狠手辣、難以捉摸、性格多變。

不，她與溫德爾並不相像。但他們真的完全不一樣嗎？

✦✦✦

燈芯峽谷是兩座山之間的隘口，兩側山勢崎嶇嶙峋，盎然綠意中偶爾會出現幾片裸露砂岩，山巔雲霧繚繞。四周的野地廣袤遼闊，偶有零星幾叢紫杉，其中往往夾雜幾棵注目橡，彷彿這種恐怖的樹也喜歡遠離塵囂的環境。這個地方非常荒涼，感覺不是空曠，而是**遭到遺忘**。開闊的景色中散落著許多立石，有些單獨佇立，有些排成平行線。波嘎很少會選這種渺無人煙的地點定居，他們大多熱愛陪伴。

前方的雲霧散開，露出一座石塔，矗立在最靠近我們的山麓丘陵頂端。石塔很高，有著棋盤格般的瓦片屋頂和各式造型的窗戶，一樓是一片開放式中庭，巨大的拱門無法歸類於我熟悉的任何建築風格或年代。如果注視得夠久，便能感覺到建築在緩慢變化。

「接下來只能步行了。」溫德爾從巨馬身上一躍而下。除了我們之外，同行的只有泰朗爵爺和兩名衛兵，他們也跟著下馬，讓馬在石南原野自由遊蕩。我很不情願地從紅風背上下來——雖然負狐依然令我有點害怕，但在這趟旅途中，我充分感受到牠的平穩步伐有多舒適。我拍拍紅風的鼻頭，牠報以一聲響亮的鼻呼，隨之噴出的鼻涕讓我的手完全濕掉。

地上到處是形狀怪異的洞穴，開口垂直切進凹凸不平的地面，接著才斜斜往下深入黑暗處。更令人憂心的是草坪上散布著許多骨頭——希望是動物的。我隱約看到遠處有幾個白白圓圓的東西，原本以爲是綿羊，但是附近沒有農場。

「那些是暴格，」溫德爾解釋，「他們會在石南原野的地底挖地道。可惡的害蟲！你看，那裡有一道通往凡界的門。」他指著一塊高聳的立石，形狀很像尖牙，以奇怪的角度彎曲。

泰朗爵爺打量著那些骨頭，說道：「他們造訪精靈界的旅程很快就結束了。」

我感到萬分驚恐。「那些全都是人骨？」

「看起來是。」泰朗爵爺說。令我驚訝的是，他竟然因此流露煩躁——雖然說以這種情緒面對謀殺現場也稱不上適切，但是依然不符合我對他的印象。

「暴格不會來煩我們。」溫德爾說完之後拔劍，踏著重重腳步走上山丘。我有點期待他會一路揮劍大殺暴格，但他只是邊走邊用劍尖點地，很像客氣敲門的動作。然而效果與敲門截然相反，沒有一隻暴格出現。我跟著他往山丘上走，聽見許多細微的喀喀聲響，像是小門一一關上，偶爾我也會看到幾個矮小駝背的身影，伸著貪圖抓取的長手臂，匆匆忙忙地躲藏，有如急著逃命的昆蟲。這種生物的身上散發著某種怪異氣息，讓我聯想到樹形羊仙或我和溫德爾去年對戰過的灰光妖。我很慶幸不必看清他們的模樣，但是想到要從那些貪婪的手臂不遠處走過，依然讓我心中發毛。

「該死的山！」在我們沿著山坡往上走了大約四十五秒之後，溫德爾氣呼呼地抱怨，「之前在阿爾卑斯山的時候我早已受夠了。反正這裡是我的領域，我可以隨意處置這些可恨的東西。」

我還來不及問他想做什麼，溫德爾已經做出手勢，很像在輕拍一隻隱形的狗。我沒有察覺任何異樣，但風變小了。我原本以爲他只是讓風勢減弱而已，抬起頭時卻發現石塔近在眼前。我們腳下的山丘現在已經稱不上是山丘，只剩平地上的一點隆起。

「波嘎應該不會感謝你。」我故做平淡地說。每當他施展不可思議的魔力，我都會企圖淡化處理。

溫德爾一臉憤懣。「我也不會感謝他害我腳踝痛。要是他那麼喜歡山，儘管搬去到處是高山冰河的鬼地方吧。你們在外面等。」他對衛兵吩咐，然後踏著閒適的步伐穿過拱門，東張西望的模樣很像觀光客。即使我才剛看到他施展如此神奇的魔法，還是很想提醒他要小心，因爲我們即將面對的是波嘎，不是什麼家居棕精靈[25]。泰朗爵爺皺起臉，以較慢的速度跟在溫德爾後面，一手握著出鞘的劍，看來舅甥之中至少還有一個算是警醒。

中庭空無一人，只有很多石頭，縫隙間長出不少苔蘚與野花，風從高聳的天花板下呼嘯而過。我很想知道石塔上層有沒有家具，但接著又想：沒有形體的精靈需要什麼家具？他需要浴池和衣櫥嗎？

「我們是不是該……敲門？」我疑惑地說。

「他知道我們來了。」溫德爾說。

「他絕對會希望你討好他，毫無疑問。」泰朗爵爺說。「波嘎的傲慢沒有極限，他們自認比國王與王后的地位更高。」

這段話隱含的訊息實在豐富，我忍不住發出哼聲。泰朗爵爺瞇起眼睛看向我。

「討好，嗯？」溫德爾說。「好吧，對我來說都沒差。不過這樣的生物會喜歡怎樣的討好方式？我知道了。」

他舉起一隻手，整個空間突然出現大量銀鏡，在每面牆上反射光線，有些甚至像地磚一樣嵌入地面。

「這只是幻術而已，」他說，「不過很漂亮，對吧？你說呢？會不會太超過？」

「有一點。」我說，看著鏡中數百個我。

「噢，不會啊。」泰朗爵爺說，朝著我的方向冷笑。「陛下，你知道嗎？我和卡倫的婚宴放了很多鏡子——眞的是非常賞心悅目的婚禮裝飾。」

「眞的？」溫德爾說道，表情若有所思。泰朗繼續詳細描述鏡子擺放的位置與鏡框特色，我咬牙切齒，刻意忽視他。

「**快住手**。」波嘎說。他不知道從哪裡冒出來，此刻就站在我們面前。

至少我猜他就是波嘎。波嘎的僞裝非常眞實，甚至很難與他們所模仿的對象區分開來，只有一處可以判斷——就像我的狗靈影子一樣，他們不會留下腳印。我們面前的身影看似是宮廷精靈，但我注視得愈久，愈感覺不舒服。因爲他不是單獨模仿一個精靈，而是混合了溫德爾與泰朗爵爺的特徵——溫德爾的金髮、泰朗的高聳顴骨——還有一些特徵不屬於他們兩個，後來我才發現其實來自於在外面看守的衛兵。就好像這個波嘎保持無形太久了，以致於忘記曾經使用的外型，一時情急之下從他所看到的每張臉上各借了一點。也可能他一直都習慣這麼做。我發現他沒有屈尊借用我的模樣，但也沒什麼好訝異的。

溫德爾可能是沒有察覺波嘎的盜用行爲，也或許不在乎，他以一貫誇張的動作將斗篷撥到一邊，然後對波嘎鞠躬。「請見諒，」他說，「我只是以爲你會喜歡在塔裡增添一點小裝

---

25 數十年來，學術界一直為了波嘎該如何分類爭執不休。目前最廣為接受的系統將波嘎列為泛精靈，但許多年輕、前衛的新世代樹靈學家並不認同；路易斯．梅爾提出另一種替代分類系統，將波嘎與法羅島賀斯精靈一同列為宮廷精靈。宮廷精靈與泛精靈最大的差異在於外型，宮廷精靈肖似人類，而泛精靈與群居型精靈則與人類差異極大。但許多樹靈學家也接受另一種解釋：宮廷精靈擁有高強魔法，小個子精靈沒有——此處即為理論的分歧點，因為波嘎的魔力無比強大。儘管沒有人知道波嘎真正的魔力極限何在，不過巴爾福波嘎曾經將整個村莊變換至其他地方，而中世紀傳說〈盲母雞〉中，兩個敵對的波嘎互相較勁，施展出的魔法一個比一個厲害，其中包括讓森林唱歌，歌聲就連遙遠的蘇格蘭格拉斯哥都能聽見。據我所知，暴格與棕精靈從不曾施展過如此大範圍的魔法。梅爾甚至主張波嘎的魔力可能不亞於部分精靈王和精靈王后，應該視為「野放王族」。除了強大魔力之外，波嘎也能隨意化作凡人的模樣，而且經常這麼做，憑藉這兩點便足以證明他們理應列為宮廷精靈。然而！波嘎的天性卻非常接近家居棕精靈，因為他們會依附於凡人家庭（偶爾也會依附於精靈家庭），並且非常珍惜，甚至願意以生命保護。這讓我聯想到寒光島棕精靈「家伴」的概念。

由於這種種複雜的狀況，我們的分類系統似乎逐漸令人感到過於落後狹隘。波嘎正是一個非常好的例子，說明了精靈種族之間的分野模糊難辨，儘管我們學者是那麼想要將精靈整齊分類。

飾。」

「這裡是廢墟，」波嘎氣沖沖地說，語調非常類似泰朗爵爺充滿貴族氣息的次中音，「我就喜歡那樣。我最討厭銀了——我並非來自你的領域。」

「那就照你的意思吧。」溫德爾話一出口，鏡子便在一瞬間全部消失。

「你剛才說，你並非來自我的領域。」他接著說下去。「換言之，我無法命令你。不過據我所知，你曾經長期服侍我的家族，經歷過好幾代。因此我來請求幫助，希望你看在往日的主從情誼伸出援手。」

「好、好，」波嘎說，「先讓我仔細看看你，好嗎？」

他雙手抱胸，以溫德爾為中心緩緩走了一圈，蹙著眉以各個角度端詳，甚至在他身後彎腰察看他的膝蓋。中途波嘎一度撥開落在眼睛上的金髮，那個動作實在太像溫德爾，讓我感到一陣反胃。

「你愈大愈像你母親，」波嘎一臉失望地說，「我是指第一個母親。你的兩個母親我都不喜歡。第一個是乏味的小東西，第二個則是笨拙的半個凡人。**這個**王后也好不到哪裡去。」他靠近我，上下打量一陣，眼神流露惡意。「不過凡人很好玩。有些傢伙嫌他們太容易壞掉，其實他們沒那麼脆弱。」

溫德爾的表情驟然改變，一瞬間從困惑轉為狂怒，因為實在太突然，我和泰朗都不禁後退一步。泰朗後退之後立刻一臉氣惱，有如貓出糗之後的反應。外頭傳來驚人的低沉轟隆，伴隨著我太孰悉的潮濕沙沙聲響，彷彿大批注目橡將自己連根拔起，朝我們這裡笨重地前進。

「你此刻在說的凡人是堂堂精靈國王后。」溫德爾說，他的聲音彷彿也帶著樹葉摩擦的沙沙聲響。我很想再後退一步遠離他，但勉強壓抑住衝動。

我不知道萬一波嘎不肯認輸會發生什麼事，但他認輸了，舉起雙手笑了笑。

「現在我知道了！」他高呼。「很好，很好，你有你曾祖母的氣勢。我非常敬重她。事實上，我最喜歡的王一直都是你曾祖母。可惜她的長子等繼位等到不耐煩，出手殺死了她。啊，不過後來我也覺得他很不錯。」

恐怖的低沉聲響停止了，然而從溫德爾的表情判斷，我依然覺得有必要出面為他們兩個緩頰。我努力整理散亂的思緒——我讀過很多關於波嘎的文獻，也曾經兩次和他們交手，因此不怕主動和他們交談。

「你說得對，」我說，「陛下在許多方面都很像他的曾祖母。」

「真的？」波嘎似乎變得更開心了。「他也喜歡冰梨嗎？我和女王以前經常在晚上一起吃冰梨。」

我假裝驚訝。「真不可思議，他最愛冰梨了！僅次於音樂。」

說真的，我提起音樂絕非盲目出招，而是出於我對波嘎的了解才決定賭一把，他們渴望能得到志同道合的夥伴，這種傾向深入骨髓，我相信這招一定能正中紅心。

「音樂！」波嘎雙手一拍，滿臉燦爛笑容。「很好、很好！她特別喜歡豎琴——她會把有才華的凡人偷來，即使厭倦了他們的音樂依然留著，將他們殺死做成標本，和樂器放在一起。她被推翻時已經收集了不少呢。」

現在回想起來，我很慶幸自己能夠從這番話引起的驚恐中迅速恢復。「真的——非常像呢。」我說。

波嘎繼續上下打量溫德爾。我看得出溫德爾想殺人的怒火已經平息了，就像燃起時那樣突然，這讓我鬆了一口氣，但並不感到意外。此時他以一臉好笑的表情看著我。

「冰梨。」他輕聲說。

我用眼神要求他配合。「對啊，前幾天喝茶的時候，你不是滔滔不絕描述冰梨有多美味嗎？」

他揚起微笑。「眞的耶。」

「非常好，」波嘎說，「我願意幫助你們，但是有兩個條件。第一，你們必須允許我重回城堡和你們住在一起。」

這個條件讓我非常不安，但溫德爾不給我機會開口，迅速回答道：「當然沒問題，隨時歡迎你回來。據我所知，你是因爲我父王慘遭殺害、他的後代遭到篡位而選擇離開。」

看得出來這正是波嘎想聽到的回答。「儘管如此，我還是希望能被邀請回去。」他高傲地說。

溫德爾點了點頭。波嘎實在太得意，甚至於消失了一下子，重新出現時，他的外表變得更像溫德爾了——甚至連衣服都一模一樣。

「第二，」波嘎說，「你必須舉行盛大的宴會迎接我。宴會上至少要有二十四名豎琴手，我進入城堡時還要鳴禮炮。午夜時，宮中最上等的負狐要出來遊行，每一隻都要以銀飾和珠寶裝飾。」

「老天，實在太多了，我記不住。」溫德爾說。「我承諾會爲你舉行宴會，但是要等到我繼母死去、大地恢復健康。爲了達成這個目標……」

「嗯，我明白。」波嘎說。此時他已得到想要的東西，似乎無意繼續和我們多說。「你想知道她在哪裡。我只能告訴你一條線索：她的藏身處在島上。」

「這件事我們已經知道了，」我搶著說道，「因爲蝸牛殼。」這不符合故事情節，波嘎應該要提供**新的**線索，而不是重複舊消息。

溫德爾蹙眉。「你怎麼知道？」

波嘎放聲大笑，好像已經憋很久了。「你的表情太好笑了！」他在我怒瞪他時嘲弄道。他消失了一下，從天花板的縫隙飛到石塔上層，重新出現時手中拿著一塊布。

「她還是王后的時候，經常對國王說她要去國內各地遊歷，」他解釋道，「但她每次回來身上都帶著同樣的氣味，莎草與苔石的味道。我知道她一定是偷偷去了祕密堡壘。有一次她回來時膝蓋受傷——王后就像所有凡人一樣笨手笨腳，當時她就是用這個包紮。」

「船帆。」溫德爾喃喃說道。他拿給泰朗爵爺看，只見泰朗揚起眉毛。

「船帆？」我重複，焦急到快要發瘋。

溫德爾轉頭看向我，但似乎說不出話來。最後他說：「這來自……我們的船上。舅舅？」

「對。」泰朗爵爺說，將那塊布交給我。「夏天最熱的時候，許多貴族喜歡駕船遊湖。」

他看到我一臉茫然的模樣，於是進一步說明：「銀百合湖。」

「**什麼？**」我一把搶過那塊布——純白帆布上裝飾著小小的銀線刺繡。「怎麼可能？」

波嘎又開始大笑。「就在你們的眼皮子底下！」他得意洋洋地說。「她竟然在你們的眼皮子底下躲了那麼久。噢，我開始欣賞你繼母了。」

「但是——第一條線索，那些蝸牛殼，銀百合湖中沒有島嶼。」我爭辯，語氣充滿憤怒與不滿。怎麼可能？倘若雅娜女王真的躲在那座可惡的湖裡，我早該推敲出來了才對。我每天都眺望那座湖，皺著眉頭絞盡腦汁思考是否還有隱藏的線索能找出她的藏身處。

「確實。」泰朗爵爺說。「儘管如此，波嘎提供的線索一定是正確的——我們會在那裡找到她。」

溫德爾向來不會因爲自相矛盾的問題而苦惱，他緊握住那塊船帆，再次對波嘎鞠躬。「謝謝了，尊老者。」他說。他的反應很難解讀，其中當然有期待感，但還有一種我不知如何描述的情緒，非常類似剛才的狂怒，只是現在的感覺更加銳利，幾乎像羊仙的角一樣駭人。

「別忘了你答應要爲我舉行盛宴。」波嘎說完之後瞬間消失。

「溫德爾。」我試著喊他，無法判斷他的心情讓我很緊張。他似乎深陷思緒中而沒有回答，只是摟住我的腰，帶領我離開石塔。

走出門外時，我差點尖叫出聲，好不容易才勉強控制住，因爲距離門口不到五英尺處有一棵注目橡盯著我看，而且後面的花園裡還有三棵。喔，我多麼希望剛才自己猜錯了那種沙沙聲響的來源。

我身後的泰朗爵爺低聲喃喃咒罵。他拉起兜帽遮住頭髮，陰沉地看了橡樹一眼。「快走吧。」他輕聲催促我，我們一起快步從低垂的樹枝下走過，終於重新見到陽光。

一月十九日

我必須將一切寫下來。唯有透過書寫，我才能找到出路，才能找到藏在故事中的門。一定有那麼一扇，不可能在此畫下句點。

然而，有些故事就是會陡然結束。

一月十九日，重新提筆

不能再這樣下去。我要強迫我的手書寫，逼我的腦思考。

昨晚我們在距離波嘎巢穴幾英里處簡單紮營過夜，今天早上一醒來，溫德爾沒有浪費任何時間，立刻找出回城堡的路。我懷疑他改變了地形，就像他把波嘎的山丘變平那樣，因爲相較於去程，回程的時間縮短很多，而且去程時奧嘉還帶我們走了很多捷徑。短短幾個小時後，我們站在湖邊，溫德爾臉色蒼白、微微顫抖，彷彿餓著肚子跑了很長一段路。

「現在呢？」

「只能駕船到處找吧。」我說，依然對這整件事抱持懷疑。我不相信眞的能在湖上找到雅娜女王，雖然我心中有一部分也希望能找到，無法分出究竟哪一邊占上風。有時我會覺得故事已經跑得太偏，使我無法掌握，或者該說故事**載著我**一起跑，而我就快被甩下來了。溫德爾帶我們走上一條小徑，盡頭是東側的湖濱，那裡有座碼頭延伸到湖面。碼頭以玻璃燈籠照明——現在是明亮的下午，所以沒有點亮。十艘小船沿著碼頭停靠，每一艘都可以承載約四名乘客。船身以木造框架蒙上皮革製成，但我認不出是什麼動物的皮——總之有黑色短毛。每艘船都有兩面帆，此時收起綁妥。

在我們離去的這段期間，湖中沒有冒出任何一座島嶼。天空顯得十分陰鬱，濃密的層層烏雲之中只有幾片零星白雲，它們全部一起匆匆飛掠，彷彿趕著赴約，湖面上掀起小小的浪拍打湖岸，小船隨之搖晃。

「我們兩個去就好。」溫德爾說。

「我就知道。」泰朗爵爺氣惱地表示。「我有股不祥的預感，恐怕不會有好結果。」

「無論好壞，至少一定會結束。」

「不，」我搖頭說，「不，我不要聽這些陰森的精靈鬼話。我們不去。」

他呆望著我。「艾蜜莉！是你的發現讓我能夠找到繼母的藏身處。現在無論波嘎給的線索是眞是假，總之我們必須搜尋這座湖。」

「我不希望……」我打住，一時不知道自己想要說什麼。我不想繼續以麥坎的故事爲依據，這點我很清楚。這個故事**太過**有用，現在我不禁懷疑——一如妮芙所指出的那樣，恐怕不會迎來幸福美滿的結局。但我能說什麼？要求溫德爾任由繼母的詛咒吞噬領域嗎？然而，我不由自主思考著該如何說服他這麼做——我們可以回到劍橋，另外設法將他繼母從領域中驅逐出去。一想起樹靈學圖書館中柔和的燈光、皮革與羊皮紙的氣味，我的內心隨即湧現渴望。說眞的，我到底在這裡做什麼？我怎麼會穿著誇張的華服，在屬於他們的故事中扮演精靈王后的角色？

「我一定得去。」他輕聲說，片刻之後我才領悟到這句話的意義。

「混帳，」我輕聲說，「你打算就這樣丟下我？」

「我無從選擇，」他牽起我的手，「否則絕不會這麼做。小艾……」

我用力把手拽了回來，由於太生氣而不願讓他道歉了事。任由他獨自面對繼母，這種事我絕不會接受。我殘忍地強迫自己回想〈麥坎王的蜜蜂〉。之前我也面臨過看似難以克服的絕境，最終還不是想出辦法順利脫身？我不是已經與雅娜女王鬥智過一次了嗎？爲什麼不能再來一次？這只是個學術謎題，還有誰比我更擅長拆解？

湖水冒出氣泡，一股令人暈眩的恐懼讓我差點站不穩。

溫德爾喃喃與奧嘉道別，他將黑貓抱在懷中，叮嚀牠千萬不要跟來。奧嘉好像快睡著了，淡淡地望著溫德爾，任由他將自己交給泰朗爵爺。這個舉動換來泰朗一臉錯愕。

「殘暴的戰士啊，我們和好了嗎？」他說。我也很意外，沒想到奧嘉竟然如此輕易就同意溫德爾丟下牠離去。奧嘉彷彿完全沒有察覺我和泰朗在場，一心一意注視著溫德爾。

我們沒有對泰朗爵爺多說什麼，直接手腳並用登上最近的一艘船。老實說，只有我一個人笨拙地手腳並用，還差點把船弄翻；溫德爾一如往常優雅，輕輕鬆鬆穩住了船身。他解開船帆，我們便啓航了，船首劃破銀燦燦的湖水，擾亂倒映其中的樹影。

碼頭上傳來慘叫，我轉頭看到泰朗蹣跚後退，一手摀著臉。他的臉上多了一道很深的爪痕，大量鮮血從指縫間流出。一個黑影縱身一跳，越過難以置信的距離朝我們飛來。

奧嘉落在船頭，悶哼一聲，然後轉身舔著後背，態度無比冷淡，彷彿抓爛泰朗爵爺的臉只是一長串待辦事件中的一項。

溫德爾愣了一下，接著開始狂笑。他的笑聲帶來舒緩，減輕了有如冰冷濕氣黏在我身上的恐懼。

一月十九日，再次重新提筆

我不確定自己中斷了多久。我才剛回過神，手中依然握著筆——此前我陷入一片茫然恍惚中，一直呆望著窗外。有人輕聲敲門——八成是卡倫或妮芙。爲什麼他們不肯放過我？我不想見任何人。

爲什麼我的腦中沒有半點想法？在這麼重要的時刻，我所有的研究和廣博的精靈傳說知識竟然會棄我而去？我拒絕相信。

但我必須從剛才停筆的地方接著寫下去。

溫德爾任由風推著我們航行，然後搶風轉向南，駛向銀百合湖延伸出的狹長處，從這裡看不見城堡。樹影落在我們身上，我嗅到莎草的氣味，接著船身再次進入開闊的湖面。蜻蜓飛快地掠過，幾方灑落陽光的草地傳來蟋蟀的窸窣聲，隨著太陽漸漸西下，萬物的陰影也被拉得更長。水面下不時傳來咕嚕聲響，並且伴隨著一陣氣泡，偶爾也會出現一道黑影從船底迅速通過，從過於巨大的體型看來不可能是魚。顯然不只貴族會在銀百合湖駕船遊憩，因爲我們的左手邊出現一艘小巧的獨木舟，一個穿著灰色斗篷的棕精靈奮力划槳。我看到湖岸邊有許多小型水上交通工具，有的被拖上岸，有的繫在低垂的樹枝上。

「爲什麼之前你沒有帶我來划船？」我半開玩笑地問。此時太陽露了臉，我的心情也隨之振奮。綠樹成蔭的湖岸很美，從湖上隔著一段距離看過去，森林顯得更幽深、更神祕。涼風習習，輕拂過我的皮膚。我覺得自己好像來到了某種事物的中心。

溫德爾揚起微笑。「據我所知，幾年前你去瑞典做田野調查之後就一直討厭湖。」

「其實我討厭的是水妖，也討厭無良的漁民，他們竟然租漏水的船給我。」我觀察水面。「該從哪裡開始著手？我有兩個理論。」

他焦慮地看向我。「你是不是還在生我的氣？」

「當然囉。」我瞪他一眼。「不過對你生氣很不合理，畢竟你只是想要挽救自己的領域，而且打從一開始就是我幫你找到那個可惡的麥坎故事，我更應該氣自己把你推進這種險境。所以，我決定把心思放在眼前的挑戰，不要浪費在毫無助益的情緒上。」

溫德爾開始大笑。他一手撐著船身往前彎腰，肩膀不停震動，整艘船隨之左右輕微搖晃。

「總之——」我嘗試掙扎，但還是臉紅了。都怪他用那種眼神望著我！「或許我們應該從那處半島的尾端開始……」

「艾蜜莉，」溫德爾說道，他坐到我對面的位子上，握住我的手，「我們還有一件事得先做，比找到我繼母更重要。」

我只能怔怔望著他。「還有什麼能更重要？」

他牽起我的手。在斑駁光影和翠色湖水的映襯下，他的眼眸顯得更加濃綠。「嫁給我好嗎？」

我這一生好像沒有比現在更困惑的時刻。我注視著他，應該至少有足足一分鐘，等著他進一步解釋。「這個問題我已經回答過了。」我終於開口。

這時我才領悟到他的意思，新一波恐慌湧上，我的脈搏隨之加速。

「噢，老天。」我說。「偏偏是現在？**這裡**？而且是在……」我胡亂揮舞著雙手。「**這種**

狀況下?」

「確實很不理想,」溫德爾嘆了口氣,「我一直希望能舉辦盛大的儀式。我一直以為,如果有一天我要結婚,場地一定會選在城堡花園,不然懸池岸也可以。但最近我開始自問:這是你想要的嗎?你不喜歡在公開場合露面,只有演說和教課例外。」

我深吸一口氣,試圖讓狂跳的心安靜下來,但沒什麼效果。「我不喜歡你選的時機。你在想故事情節對吧?麥坎二世的下場。」

「對。」溫德爾凝視著我。「為了你,我必須思考這些事,因為我第一個想到的永遠是你。希望你明白,我不打算在今天死去。不過,萬一事與願違——你得承認有這種可能性——我絕不會讓你毫無防護。我的臣民知道你是這個精靈國的王后,因為我向他們表明過你的身分,但是這片領域不知道。目前還不知道。」

「老派作風是吧?」我想開玩笑,說出口時卻感覺很勉強。然而,儘管現況一點也沒有改善,我的脈搏還是慢下來了。或許是因為湖面的環境令人心情平靜,也可能是因為溫德爾顯然相當緊張,而我很難得看到他這個樣子,這讓他非常像個普通人類。

溫德爾認真回應道:「可以這麼說。話說回來,精靈界並不真正認同所謂的**婚姻**。把相應的精靈語翻譯成這個詞太粗糙了,只是意思接近而已。」他似乎在思考著什麼。「根據我的觀察,凡人有時會因為非常愚昧的理由而結婚。精靈不會這樣,因為我們無法和並非真正相配的對象結婚。在精靈語中,這個詞意味著接受命運。」

「你現在是企圖用語言學課程讓我冷靜?」我說。

他勾起微笑。「有效嗎?」

我輕笑一聲。「那麼——你是想提議我們遵循古老傳統，僅憑簡單宣告成婚？」

這件事說起來很奇怪。以前的我一想到要結婚就害怕——害怕婚禮儀式、盛大場面，以及隨之而來的一切，更別說結婚之後這個奇特又美麗的國家將有一半屬於我。然而，此刻我坐在船中，望著波光粼粼的湖面倒映樹影、蜻蜓逆風飛翔，竟然想不起一直以來在害怕什麼。這也可能是因爲雅娜女王的威脅有如斷頭臺上隨時會落下的刀刃——不難想見，死亡近在眼前時，事情的輕重緩急就會變得清楚許多。我的擔憂並沒有**消失**——再神奇的魔法也做不到。我只是領悟到，與我眼前的世界相比，那些煩惱有多渺小。即使見識過那麼多的荒誕、即使面臨著如此巨大的危機，我依然想要這個世界。我非常想要擁有它，尤其想要與溫德爾攜手共享。

「好吧。」我說。「該怎麼做？我要站起來嗎？先警告你，所有水上交通工具都會嚴重破壞我的平衡感。」

溫德爾眨了眨眼，呆住一會兒，然後展露出無比喜悅與安心的神情，讓我大爲震驚。

「你以爲我會拒絕！」我高喊，氣惱地拍開他的手。「老天，虧你還老是自誇有多了解我。」

他再次大笑，笑聲在湖上迴盪，似乎擾動了周圍的樹木，使得葉片紛紛墜落湖岸。他伸手抹了抹臉。「我沒有那樣想。」他說。「但我也想不出來你會說**什麼**。小艾，看來你依然能夠給我驚喜。」

我翻翻白眼，卻發現他的眼神仍殘留著一絲緊張，決定自己已經受夠了。更何況，他此刻的模樣非常俊美，陽光讓他的金髮呈現出至少十種相異的色調，於是我一手抓住他的斗篷，拇指穿過鈕釦孔，將他拉向我。

我們終於分開時，我上氣不接下氣地問：「快說吧，我們要做什麼？」希望這項傳統不需要發表長篇演說，我不太贊同將情感化做言語。

「什麼都不用做，」他說，「已經完成了。你看。」

我跟隨他的視線看向湖畔。數百盞燈點綴著森林——不只數百，也許數千？陰暗處不斷亮起燈光，由於每盞提燈的造型不同，所以大小與亮度也有所差異。直到這一刻，我才知道森林裡原來有這麼多精靈。樹梢的銀色精靈石也開始發光。

「爲了一個凡人王后如此大費周章？」我紅著臉嘀咕，既感到心慌，也覺得承受不起。

「太誇張嗎？」溫德爾比了個手勢，精靈石的光芒隨即變暗，只剩下微微幽光。「頂多只能這樣了。小個子精靈想要遵循傳統——假使我要求天亮以前都不能點燈，他們會非常生氣。」

「看來也只能這樣了。」我說。少了精靈石的光線，感覺比較容易忍受，因爲我一直覺得那種銀球很詭異，不受拘束卻兀自懸浮在樹梢間，猶如形狀奇特的霧。我知道劍橋樹靈學博物館的館長絕對願意用自己的眼睛和牙齒交換一顆——這種精靈石從不曾被偷渡至凡界，形狀與尺寸都非常特殊。我們在湖面漂流一段時間，看著更多燈光亮起。

「那是什麼？」我問。

小船漂向湖的南岸。這時我們已經很靠近我和雅瑞艾德妮初次看見城堡的地方，只見岸邊景物倒映在玻璃般的湖面上。這裡的湖水很淺，我能看見湖底海藻色調的岩石。還有另一樣東西。

我將手伸入湖中抓住一株水草的上緣。那種水草狀似繩索，蔓延得很長，主幹上延伸出的葉片很像紅棕色鬈髮。我用力拉了一下，以爲可以將之拔起，但水草仍牢牢扎根湖底。一陣劇痛猛然竄過我的手。我檢查手掌——上面覆蓋著一層細微的綠色花粉，兩根黑刺扎進皮膚。

我將手攤給溫德爾看，他隨即拔劍砍斷一叢水草，同時氣呼呼地咒罵起來。顯然他也被刺到了。

「雙頭刺。」我說

「對。」他將水草扔回湖中。「如果下水游泳，很容易纏在頭髮上。」脈搏在我耳中重重敲擊。「這裡離岸邊不遠，游泳一下子就能到。假使不希望別人發現，不要划船比較安全。」

我們對看一眼。溫德爾調整船帆，讓船駛向水草最密的那一片區域。附近看不出有什麼異常。幾個精靈聚集在湖邊坐下，大概是想看我們要做什麼。

溫德爾讓船漂流了幾分鐘，從濃密的水草上方橫過，然後繞著周圍航行一會兒，再換個角度重新駛進水草叢。水草摩擦船身發出咻咻聲響，還有細微的刮搔聲。我開始擔心水草的刺會刮破獸皮。

船突然停住，發出輕微的撞擊聲。

「我原本想問是不是撞到岩石，」我說道，由於心跳過於劇烈，一時感到難以呼吸，「但看來不必問了。」

溫德爾察看水中，但除了水草與黑暗，什麼都沒有。「湖水很濁，我不太想下去，不過看來不得不冒險了。你覺得呢？」

最後那句話是對奧嘉說的。奧嘉冷淡地哼了一聲，跳上溫德爾的肩膀。

接著他跨出船外。

沒有落水聲，也沒有看到他的身影下沉。溫德爾就這麼消失了，就像他平常踏進又踏出樹木那樣。換言之，相當駭人。

幾秒後他重新出現，砰一聲落在船上，弄得船身左右搖晃，顯然是從他剛才遁入的虛空中猛然躍回。我還沒有從他突然消失的震撼中恢復，忍不住對他怒吼：「該死，溫德爾！」

「對不起。」他自己似乎也有點驚愕。他抓住我的手臂，拉我站起來。「小艾，你一定要親眼看看。眞沒想到——我依然不太能夠相信——」

那個混蛋精靈一把將我拉出船外。

我腳步踉蹌地落上結實地面，多虧溫德爾及時攙扶才沒有跌倒。而我都還沒來得及站穩，他已經開始說個不停了。

「安妮王后島！」他重複了好幾次。「一定就是這裡……關於這個地方的故事非常多，但我從沒想過——看來**真的**有不爲人知的城堡！而且這裡沒有精靈，我怎麼看都沒有——那麼，**我**怎麼會來到這裡？她究竟是怎麼找到的？快看那棵橡樹！」接下來是一連串激動的各式愛爾蘭語驚嘆。

我環顧四周。這裡確實是一座島嶼，面積非常小，若是在凡界，這種小島上通常會有一座燈塔，或者一間與世隔絕的屋宅。但這座島只有一片綿延海岸，以及一座沒有屋頂的小小城堡。城堡整體而言看起來很像諾曼第堡壘，不過造型就完全說不上相像了。牆面上開了許多大窗，長春藤幾乎覆蓋所有高聳石牆，其中有幾片樹林，可以確定至少有一棵注目橡——比其他的樹高出許多，一眼就能看見。

我回頭看向溫德爾，他依然為了那個傳說激動不已。我不禁感到有趣，精靈竟然會因為故事成真而如此開心，但笑意很快就消失了，恐懼重新降臨。

「好了，」我說，「安妮王后島究竟是怎麼回事？」

他充滿歉意地看我一眼。剛才他在亢奮中胡亂抓揉頭髮，此時髮型已變得亂七八糟。「安妮王后島據說是領域自行生成的，為了保護一位逃跑的凡人王后——小艾，在你之前，這片大地上只出現過一個純正的凡人統治者——她的丈夫非常壞，為了想要迎娶新妻子而企圖殺死她。據說她躲在這裡直到壽終正寢——但也沒有多少年，因為她逃離時年紀已經很大了。據說精靈找不到這個地方。我猜想，我繼母身為凡人與精靈的混血，大概找到了漏洞。」

「而你之所以能找到，是因為我和你待在一起。」我說，恐懼中多了一種自滿——對於解開精靈謎團，我永遠不會厭倦。我短暫思考了一下要如何以此為題寫論文——許多國家的精靈傳說都提到消失的小島。這個思考方向為我帶來些許安慰。

「嗯，發現這裡真是太好了，這樣等你厭倦我了，至少我還有個地方可以躲。」我說。「上次在我的辦公室，你不是說最討厭我到處亂放杯子？」

這個玩笑同樣為我帶來了安慰。或許只要我繼續開玩笑，就能輕輕帶過沉重的現實——我們終於來了到雅娜女王的藏身處。她會不會正站在窗前看我們？我小心避免抬頭察看。

溫德爾沒有回答，只是繼續撫摸奧嘉，黑貓依然掛在他的肩上，神情警惕。他伸出空閒的另一手與我十指交扣，帶我走上海岸。這座島實在太小，很快我們就察覺不對勁。

「哎呀！」溫德爾說。我們已經走了好幾分鐘，城堡卻絲毫沒有變近。我回頭望去，只見在一、兩碼的距離之外，有艘小船在岸邊輕柔搖盪。

「有意思。」我輕聲說。

「這座島不喜歡我身在這裡。」他瞪著城堡說。「我就像一根刺，島很想把我丟出去。該怎麼辦呢？雖然我揮揮手就能讓城堡四分五裂，但我感覺得出來這麼做也沒什麼用。」

「我們該怎麼做不是很明顯嗎？」我已經在觀察蕨類與草叢了。「想想故事的情節。」

「哪個故事？」

「當然是麥坎。我們得到的三個線索當中，還有一個沒派上用場。」

「對耶。」他說，我們開始在植物之間搜尋，撥開長春藤、察看蕨類下方，就像在尋找蘑菇。禁止我們接近城堡的魔法很奇特，距離水岸幾碼的地方分散長著幾棵樹，這點似乎就是關鍵。這些樹排成一條參差的屏障，我們無法越過。

「找到了。」溫德爾終於說道。

有隻蝸牛被落在地面上的枝幹掩住了一半，外殼在漸漸降臨的夜色中微微發光。看到我們出現，蝸牛似乎嚇了一大跳，立刻躲回殼中，然後又謹慎地探出頭。

「現在呢？」我說。「蝸牛殼上會不會有某種魔力能用來破解屏障，讓我們找到前往城堡的路？」

「有可能。」溫德爾尋思道。他伸手從口袋中拿出奶油精靈給我們的蝸牛殼，全都來自女王帶回去當晚餐的蝸牛。他跪在蝸牛旁邊——我不太熟悉蝸牛的身體構造，所以不知道牠究竟有沒有在看我們，但牠的觸角轉向我們所在的方向。

「我敢說，你對躲在城堡裡的那個人沒什麼好感，」溫德爾說，「你的很多同類都被她抓走了，對吧？後來都變成了她的晚餐。告訴我該怎麼做才能找到她吧，我是她的敵人，我會讓她受到應有的懲罰。」

蝸牛的觸角開始抽動，然後牠緩緩滑行離開，我和溫德爾——呃，我很想說我們立刻跟了上去，但應該不難想像，一、兩分鐘之後我們才確定牠確實正在往城堡移動。

更多蝸牛從暗處現身，加入第一隻的行列，數量愈來愈多、愈來愈多。到了最後，總共有數百隻蝸牛圍繞在我們四周。我們一起離開岸邊，走過第一棵樹下方，緩緩走上長滿蕨類與長春藤的城堡草坪。

「這些蝸牛在幫我們開路，」我喃喃說道，「肯定是這樣。**牠們**可以穿透魔法屏障，因此只要有牠們伴隨，就不會受到阻礙。不過，牠們怎麼有辦法如此迅速地組織起來？」

「噢，我猜這些蝸牛應該一直在等待可以報復我繼母的機會。」溫德爾說。「牠們一定等了很久，因爲牠們最大的長處就是有耐心。很可能自從她來到這個地方，蝸牛便一直在岸邊等待，希望她的敵人會找來這裡。剛才我們沒有費多少口舌就說服牠幫忙了，不是嗎？」

我沒有說話。我試圖告訴自己畏懼蝸牛很可笑，但實在無法眞的這麼想。雖說必要時我絕對能夠跑贏這些蝸牛——用走的都不會輸——甚至直接踩死牠們，然而，牠們身上卻散發出一種說不清的壓迫感，讓人清楚感覺到，假使其中一隻或多隻同伴死去，就會有更多蝸牛從草叢中的隱密藏身處現身代替，因此每走一步我都膽戰心驚，生怕踩到任何一根觸角。

我們花了大約半小時才走到城堡前方，在這群發著微光的小小保鑣護送下，我們只能以最小的步伐移動，一開始感覺很荒謬，接著漸漸變成厭煩，最後則是憂鬱。整段路程，溫德爾異常安靜，只偶爾低聲安撫奧嘉，我發現自己也受到他的情緒感染。我望向漸漸暗下的天空，以及遠方閃耀波光的湖泊。我們站在城堡的陰影中，空氣格外寒冷，遠處的湖岸彷彿藏在一片薄霧之後。我依然能看見一盞盞提燈現蹤，但現在多了一種憂鬱的氛圍，彷彿映照著永遠無法達成的相伴承諾。我想像著一位老婦獨自在這裡度過晚年，回顧她一度擁有過的美好時光。

「住在這裡感覺好寂寞，」我說道，同時小心翼翼地抬起腳，緩緩邁出下一步，「安妮是哪個年代的王后？」

「極其久遠以前，」溫德爾回答，「當時我父親這一支血脈甚至還沒有奪得王位——不知道多少代以前，我的一個祖先推翻自己的堂兄篡位，那位堂兄正是安妮那個差勁丈夫的後代，而安妮在世又是更久、更久以前的事了。我猜她的遺骨應該還在這裡，希望有誰已經安葬了她。」

我們抵達城堡高聳的雙扇橡木門前，門鏈造型華麗但已經生鏽，其中一扇門板也凹陷了。確實，如果就連創造出這座島的魔法都不敵歲月侵蝕，那麼在精靈的永恆之眼看來自然也已經歷許多個世代。

我們與蝸牛道別，向牠們深深鞠躬表示感謝。溫德爾跪下對我們遇到的第一隻蝸牛輕聲說話——我不懂他怎麼有辦法分辨——然後他快步走向門口，一手按住石牆。奧嘉跳到地上，抬起頭看著他。

「我的繼母魔力不強，」他對我說，「她最強大的能力一直都是魅惑與欺騙。我不知道她是否憑藉魅力說服這座島的魔法保護她。我先進去，確認沒事我再叫你。」

他似乎以為我會抗拒，但我一點也不想被迎面而來的邪惡魔法擊中。「你可以先進去，」我說，「但是你休想**獨自**進去。要是你膽敢走出我的視線範圍之外，我會非常火大地追進去修理你。」

「讓一隻噴火龍追進來修理我！我可不想這樣。別擔心，小艾，你不希望我獨自面對，我自己也不想。」

我終於滿意了，回頭繼續執行我從剛才就一直在做的事——檢查周遭每一株植物尋找蜜蜂，不過這裡的昆蟲似乎以瓢蟲和螞蟻為主。溫德爾推開門走進去。

至少他做到了其中一件事：沒有離開我的視線。然而他進去之後只走了六步便停住，沒有叫我進去。

「溫德爾？」我的語氣非常煩躁，但其實我沒有那麼生氣，我只是不願意面對體內翻騰的恐懼，因此盡可能將注意力放在其他地方。我進門走到他身邊。

他沒有動，我以為是周遭衰敗的華麗讓他感觸良多。城堡內部是一片開放空間，不過樹木的排列和群落多少暗示著空間的分隔。這裡沒有屋頂，就像我們自己城堡裡的宴會廳那樣——這樣說或許不太正確，因為頂部仍有層層交織的濃密枝葉與魔法能為內部遮風擋雨。我們所在之處是大廳，後方有一道很寬的樓梯，通往大廳上方的塔樓——可以透過層層枝葉隱約看見。我忍不住心想，雅娜女王是否就在塔樓裡？

大廳正中央矗立著一棵我所見過最高大的注目橡。樹幹的直徑非常寬，十個男人手拉手也不足以環抱，樹根則在地板肆意橫行。上方的枝葉被其他樹木遮住了，僅能看見低處的幾根枝幹。許多葉眼注視著我，眼神有憤怒、有恐懼、有嫉妒、有輕蔑，但那些眼睛全都蒙著白翳，眼瞼皺紋很深，有些好像近視了，即使瞇起眼也無法聚焦在我們身上。

溫德爾依然沒有動。他注視著大廳另一頭的某樣東西，我看不出究竟是什麼——中間有太多樹木遮擋，只能見到一小部分。我看到一抹帶著古銅色調的紅，以及一方有格紋的——布料？最後我在一棵樺樹後方看到一隻蒼白的腳。

我緩慢地走上前去。風吹過樹林間隙的聲音逐漸消失，我只聽見自己雷鳴般的心跳。溫德爾跟了上來，然後握住我的手，將我輕輕拉到他身後。

大廳另一頭放著一張雕刻精美的四柱大床，上面堆滿了毯子，我剛才看到的格紋也來自其中一件，一部分拖在地上。雅娜女王躺在成堆的毯子中央，一身女王華服，此時已變得破爛而骯髒。她已經死了。

事到如今，再也沒有任何爭論的餘地。她用匕首刺進自己的胸口，才剛動手不久——應該不過是幾秒鐘前的事，因爲她的身體還在抽動。她一定是聽到門外傳來我們交談的聲音。她的雙眼沒有朝著我們的方向看，而是無神地望著枝葉織成的屋頂。

「她知道我要來殺她。」溫德爾說。他的語氣出奇平淡，但臉頰已然漲紅，眼中也含著淚水。「這就是你的選擇。對你而言復仇竟是如此重要，即使是死去……」他輕笑一聲，伸手抹臉。

我按住他的手。至今我依然記得他的手指在那時的冰涼觸感。當時我還想著，他不會感到**傷心**吧，不可能是爲了她。

「我知道。」他說，對著我悵然微笑。「我一直以爲能夠好好道別。」

我觀察四周。至少死在這裡很浪漫。我實在無法爲女王擠出半分同情——她自我了斷眞是太好了，若是溫德爾必須親自手刃養育他的繼母，他一定會感到相當痛苦。

我輕碰女王的手臂，然後立刻收回手，因爲還有餘溫。我的手碰到床鋪，沾上了鮮血，急忙在衣服上擦拭。她的血滴落至地面，發出有節奏的答答聲響，宛如輕柔的腳步聲。奧嘉舔拭著血泊，於是我將牠抱起來。

女王的遺體發生了奇異的變化。她赤裸的那隻腳顏色變深，轉爲猶如樺木樹皮般的灰白色調，並且冒出樹節。苔蘚爬上她的頸子內側，髮絲之間似乎有某種動靜——一群蚜蟲和白蛾好像打算住進去。所有的精靈君主死後都會變成這樣嗎？我一度考慮拿出筆記本畫素描，但眼前的情景讓我止不住戰慄，於是又放棄了這個想法。或許丹妮兒．德葛雷說得沒錯——精靈界中有些事不該被凡人知道。

「現在詛咒解除了，對吧？」我說。「你感覺如何？我們還需要做什麼嗎？我在想，或許可以採集女王的血。」我看著她怪異的外觀——相當駭人。她的身體裡還有血液嗎？還是已經變成樹汁了？

溫德爾注視著我，又露出了那種精靈表情，然而這一次我錯愕地發現，竟然並非全然無法解讀。我在他眼中看見的情緒令我動彈不得。他剛才說了什麼？女王是爲了**復仇**而自盡？

女王的遺體停止抽動。世界突然改變，在一次心跳的時間內發生太多事。現在我要記錄下當時碎片般的印象，在沉澱了一段時間之後，我終於能夠拼湊出全貌：

一片灰色迷霧盤旋著落在城堡上，有如雲朵緩緩從天空落下。一縷霧氣碰到我的鞋尖，我不禁發出驚呼往後跳，因爲接觸的痛感就像碰到熱燙的烙鐵。

奧嘉開始哀嚎，我從沒聽過牠發出那種聲音——很類似凡界貓的哭聲，超乎我對牠發聲能力的認知。

溫德爾拿起繼母的鐵匕首，一刀刺進自己的胸膛，動作非常迅速，幾乎沒有半點聲響，我卻感到莫名熟悉，那樣的角度——之前他就是這樣刺殺鴉羽頭髮的女精靈。只有他的斗篷布料被刺穿時發出極輕微的聲響，然後他用力拔出匕首，大量鮮血噴出，鮮紅的顏色有如紅寶石。

當詛咒降臨在我們身上，有個東西纏住我的腹部將我往後拖——我瞥見許多注視的眼睛，手臂碰到柔軟潮濕的東西。我撞上注目橡的樹幹，城堡就此消失。

一月十九日，同一天

接下來發生的事完全是一團混亂，想要確切描述我的想法與感知是不可能的。我必須整理出頭緒，才能讓一切變得清晰。

至少我本身的遭遇很容易就能推敲出來，因爲當我抬起頭時，人已經離開小島，回到城堡花園附近。我往上看，發現自己靠在另一棵注目橡的樹幹上，這一棵比女王城堡裡的那棵巨型怪物小。由此可知，在詛咒降臨殺死我之前，注目橡將我塞進自己的樹幹裡，然後在相隔數英里處讓我現身。看來如今我也擁有以樹做爲門戶的能力了，雖然我不太想要。

我在原地躺了好一陣子，身上的衣服愈來愈濕，因爲不久前開始下雨了。我好希望影子在我身邊——說來很奇怪，在那一刻，相較於失去溫德爾，我更因爲影子不在而難過。我渴望大狗的溫暖，渴望牠柔軟的毛，渴望牠涼涼的鼻頭貼著我的手。我不確定自己當時是否眞的理解溫德爾發生了什麼事——我沒有感到哀傷，只感到一種空洞茫然的困惑。

我抬頭望著枝葉，察覺森林依然滿是提燈光點，銀色精靈石依然在發光，心中湧出荒謬的厭惡。他們的王已經逝去了，爲什麼他們不能有點禮貌熄掉燈光？看來我心底多少還是知道發生了什麼事，但那只是疏離的智性部分，與其餘部分的我隔著牢不可破的防護牆。

卡倫認爲我頂多只在那裡躺了十分鐘，他和妮芙就找到我了。他們原本在和議事大臣開會，是一個樹居棕精靈前來通報——他和同伴發現王后像爛泥一樣癱倒在森林地面上，自是相當驚慌。根據妮芙的說法，一開始我只顧著抱怨精靈燈光，她完全問不出發生了什麼事，但他們知道——他們知道。因爲城堡後方的腐毒消失了，而我獨自出現在這裡，衣服染血，不停說著難以理解的言語。然而卡倫說他是看到奧嘉的模樣，才確定他的恐懼成眞了。那段時間我一直將奧嘉緊抱在胸前，而牠完全沒有企圖逃跑，只是在我身上默默縮成一團。牠的形體變得更加虛幻，幾乎像是幽靈，全靠一雙金色眼眸錨定。

卡倫一路攙扶我走回城堡。離開注目橡的枝幹下方後，我才發現天空一片晴朗，而注目橡正在哭泣。

✦✦✦

我一定要設法解決，即使我非常疲憊。

我掌握了多少事實？溫德爾爲了治療王國而犧牲自己，如今王國已經恢復健康。我們之所以知道，是因爲泰朗爵爺的偵察兵來通報，不只山丘上的詛咒解除了，附近許多樹林也是如此。他派出更多手下去確認別處是否還有詛咒殘留，可想而知找不到半點蹤跡——麥坎二世在治癒了自己的領域之後死去，現在溫德爾也做了同樣的事。

還有什麼？溫德爾的繼母自盡，於是溫德爾只剩下犧牲一途。害整個王國分崩離析的詛咒來自於她，照理說只要她死去就能破解，一如麥坎的故事那樣。然而，溫德爾的繼母與麥坎不同，她有人類血統，我早該想到她會引發變數，因爲混血精靈比較容易跳脫精靈故事的模式。我早該想到才對。我一直以爲麥坎故事中王國解除詛咒的原因是舊王死去，但其實是舊王遭到**殺害**，由新王執行古老定義的犧牲獻祭。溫德爾的繼母自殺，導致他無法以她獻祭，因此只能犧牲自己。或許也能用我獻祭，不知道我是否符合資格。

不用懷疑，她肯定從一開始就計畫要這麼做，滿心憎恨與復仇的人就是如此惡毒。說不定她希望溫德爾不會找到她，最後因爲無法忍受領域受到如此荼毒而自我了斷，這樣一來她所造成的困擾就會告終。不過，萬一溫德爾沒有她所想的那麼沒用，成功追查到她的藏身處，那麼她當然也不會任由繼子占上風。既然她要死，就要拉著敵人一起死。我早該想到才對。

一月二十一日

接在上一篇後面的那幾頁我燒掉了，因爲幾乎全都是胡言亂語——我打算查詢的故事清單、行不通的諸多理論。到處都是刪改的痕跡，還有我陷入半睡半醒時留下的墨水漬。

醒來時，我發現自己正埋首日誌前，時間是凌晨，天色依然很黑。我感到雙腿發麻、頸子痠痛，因爲我坐在窗邊的椅子上睡著了。在溫德爾死去之後只過了一天多一點點。前一晚我整夜沒睡，至少我認爲沒有。那一天與那一夜的記憶很模糊，就像受困在隱族冰宮裡的那些日子。

有人在敲門。敲擊聲輕柔而遲疑，彷彿這個動作需要耗費很大的力氣。我站起來，依然半睡半醒，盡可能不往床鋪上影子與奧嘉的方向看，牠們正蜷縮著窩在一起。我搖搖晃晃地經過時，牠們兩個看了我一眼，我這才發覺牠們已經待在這裡一整天了，有時睡著、有時醒著，但隨時都在留意我的情況。奧嘉確認我不會癱倒之後又把頭埋回去閉上眼睛。

我猜來訪的應該是妮芙或卡倫——甚至是泰朗爵爺。沒想到門外沒有任何人，只有一片漆黑。

我呆立原地片刻，全身微微打起哆嗦——之前我讀了祖父那本令人心神不寧的日誌，一直讀到深夜，偶爾我會放下日誌，改而拿起厚重的學術書籍，但總是沒多久就重拾日誌，不由自主受到其中的悲劇吸引。或許是出於我自身的不幸而想要尋找同病相憐的人。我能夠在文字中聽見祖父的聲音。

我關上門。剛才的敲門聲很可能只是幻覺，因爲我的頭腦實在太不清醒；也可能是妮芙或卡倫又來了，他們兩個各自來過好幾次。之前我一直不肯開門，但仍會聽見他們在門外低聲交談，有時連議事大臣也來了，最後是泰朗爵爺的聲音命令他們全部離開。至少泰朗明白我目前的工作有多重要。

我不知在何時鬆開了手，讓祖父的日誌面朝下落在椅子旁，內頁凹摺。我將日誌撿起。奇怪的是，當我看著祖父的字跡，想到的卻不是他本人。我想到的是那個奶油精靈，以及聽說她來自索美塞特郡時心中浮現的奇特感受，她說那裡曾經有一道門通往溫德爾的王國。感覺就像明知答案近在眼前，卻遲遲想不起那個字詞。現在我找到答案了——或許我的頭腦在睡眠中解開了謎團。

埃克斯穆爾就在索美塞特郡。

難道說狼之森那道崩壞的門原本通往埃克斯穆爾？通往我祖父的喪生之處？有可能。但機率不高，我的理智回答。儘管如此——這樣的巧合未免太過奇妙。

想到這裡，我再次打了個哆嗦。在精靈的世界，絕對不能輕忽**巧合**。

我繼續閱讀祖父的日誌，壓在書頁上的手指微微顫抖。我的好奇重新被點燃，再次瀏覽他在埃克斯穆爾停留期間的紀錄，一個字都不放過，遇到看不懂的速記符號就停下來思考，破解之後再繼續，而不是像之前那樣直接跳過。原本在我眼中，這本日誌只是單純的家族傳承紀念品，只是一個悲劇故事，就像溫德爾愛讀的那些小說，與我的困境無關。

讀完之後，我坐著眺望窗外許久，呆看著山梨樹的深色果實拍打玻璃。

我站起來，再次打開門聆聽——溫德爾專用的這座寢殿似乎沒有別人在。就在這時，我聽見浴室傳來非常輕微的聲響，走過去卻發現空無一人。

空無一人——但非常乾淨。一支拖把靠在浴池旁邊的牆上，只有一半的地板有水氣，彷彿拖地的人忙到一半被打斷。

「你在嗎？」我說。「我需要跟你談談，拜託你現身。」

身後傳來窸窣聲響。我轉過身，只見眼前站著一個夜精靈。

我們茫然對望。至少**我**很茫然——他毫無表情。

「你是之前和我說過話的那位嗎？」我問道——我不是故意的，但我相信對方一定覺得我很失禮。平時我會盡可能委婉，但此刻我完全沒心思顧及。

夜精靈似乎並未因此感到不快。「是我。」

我凝視著他。這個精靈實在太像溫德爾在寒光島化身的模樣，使我心中湧起無法解釋的憤怒，我想對他大吼大叫，也想揮拳打他。那種感覺來得莫名、去得突然，卻使我呼吸困難，暈眩又反胃。

「對不起。」我說。

我不知道他如何理解我道歉的原因。「殿下需要我服務？」他說。

「對。」我說，盡可能收拾起心情。我也不知道爲什麼會想到這個夜精靈，明明還有其他人可以幫我。

不——我知道爲什麼，他讓我想起溫德爾。

「你熟悉城堡裡的每個房間，」我說，「你知道貴族會在哪裡逗留。」

他點頭，輕輕蹙眉，多節的手指在身前交握。

「我想找血袍女爵談談，」我說，「可以帶我去找她嗎？」

✦✦✦

總管當然知道女爵的房間在哪裡——位在城堡另一頭，必須先下樓再從另一道樓梯上去。不僅如此，他還知道房間的後門怎麼走。我們穿過一間塞滿絲質斗篷與禮服的儲藏室，每件衣物各有不同程度的腐朽——有些只是輕微發霉，有些則積了厚厚好幾層灰——接著經過一間寬敞且回音四起的浴室，似乎是公共浴池，出來之後能看到一道窄門，門內是女爵的臥房。

這間臥房十分陰暗，家具極少，只有一座衣櫥、一座梳妝臺和一張床，床上鋪著黑白兩色寢具。可想而知，地板上到處都是深色汙痕。

「她不讓我們清理。」夜精靈說，難得這次我能清楚解讀他的表情——純然的非難。

「嗯。」我回應道。我原本以爲女爵匪夷所思的血袍只是幻術，如今我懷疑恐怕是眞的鮮血。有時她會讓我聯想到絞架哥布林[26]，搞不好她的祖先當中有這種生物，說不定還不只一個。溫德爾的王國被稱爲怪物領域絕非浪得虛名，即使朝臣有病態嗜好，他繼母也不會在意，只要不危害到她的利益就好。

我小心翼翼繞過那些血跡，在梳妝臺前坐下。「謝謝你，」我對總管說，「你可以走了。」

「可以。」他重複，帶著一絲詢問的語氣。「我也可以留下來，絕對不會被她發現。」

「就照你的意思吧。」我說。他這麼好心，我似乎應該以更好的方式回應，但我實在無暇思考多餘的事，滿腦子只想著祖父日誌中揭露的事實——抓住一線生機的期望宛如卡在喉嚨裡的碎骨，隨時可能挪移噎死我。夜精靈靠牆站定，我再次看過去時已經幾乎看不見他了。如果集中注意力，還能在黑暗中看出一點灰色輪廓，但如果只是匆匆掃過視線，便會以爲牆面只有掛勾或釘子。

我靜靜等候。大約過了半個小時後，女爵回房了。

一看到我坐在黑暗中，她便猛然靜止不動，我一度擔心她會轉頭逃跑，但是她沒有這麼做。取而代之，她以流暢的動作脫下斗篷掛在鉤子上，任由浸透斗篷的血滴落地板。

「看來你發現了。」她用染血的雙手撢了撢身上的黑色連衣裙。

「沒錯。」

「你想問我什麼？」說話的同時，她走向放在正門邊的茶具推車，肯定是僕役事先爲她準備的——上面有個茶壺，壺嘴微微冒著熱氣，以及一個杯子。她在杯中斟滿茶，加入糖和鮮奶油，動作不慌不忙。

26 在一些故事當中，絞架哥布林會在處決前夕出現在關押死刑犯的牢房——他們會搶先殺死犯人取樂，手法往往非常殘忍血腥，不過，倘若犯人能證明自己是冤枉的，那麼絞架哥布林就會用魔法把犯人移至安全的地方。然而，在大部分的故事中，絞架哥布林並非正義使者，而是不分青紅皂白地濫殺——他們熱愛血腥殺戮，經常出現在荒郊野外的偏僻十字路口，根據某種共通特質選擇殺害的對象（例如紅髮農夫）。前一種類型主要出現在法國與其邊境地區，後一種類型則遍布於東歐與英倫諸島，以致於一些學者懷疑他們根本屬於不同物種，不過這兩種哥布林都被描述為手腳隨時染血。

「你想知道爲什麼我會遭到放逐嗎？」她繼續說道，「**那件事**說來話長——還是你想知道我爲何來到這個國家的宮廷？以前有一道門連通我的領域與這個領域——啊，我從你的表情看得出來，你已經知道這件事了。我過來之後毀掉了那道門，這樣仇家就不能追來。」

她將茶杯遞給我。此時杯耳已變得血淋淋，茶水也帶著煙燻氣味。我端著杯子沒有喝。奇怪的是，我的手完全沒有顫抖，這讓我領悟到自己並不怕她。我毫無感覺，至少對她確實是如此。我的心思全部聚焦在一件事上，周圍只剩一片無垠的冰寒死寂，雖然很難說是冷靜，但效果相同。

「我不是來聊往事的，」我說，「我祖父在日誌中提到，你能夠與鬼魂交談，也看過通往冥界的門。是眞的嗎？帶我過去。」

她坐在床緣，雙手交疊放在腿上。她的嘴唇極爲紅豔，看著我的眼神也像極了掠食者。儘管如此，她的注視依然無法讓我產生任何感覺。

「你不想談艾德嘉的事？」她說。「不想知道那時候我爲什麼離開他？」她的臉很小，眼睛顯得太大，脫掉斗篷之後我才看出她有多苗條——不自然的苗條，彷彿只要轉身就能從我眼前溜走。

「不想。」我說。「你只要告訴我，他寫的內容是不是眞的。他說你太常看到冥界，以致於學會如何在活著的狀態下去到那裡。這是眞的嗎？或者只是詩意的空言？」

「我嫌他太無趣。」她說。

聽到這句話，我不禁稍微握緊放在膝上的手。「有門可以過去？」

「你打算殺我嗎？」她說。「你已經下令了？如果我現在逃跑，是不是接下來的餘生都會遭到追殺？」

「對，」我說，「除非你幫我。」

她似乎在考慮。我啜飲著茶等候。

「你握有他的日誌，」她緩緩說，「對了——我記得他經常寫個不停。你是憑藉其中的內容推敲出我的身分？」

我點頭。「我讀第一遍的時候沒有發現，因爲我完全沒想到害死他的精靈可能就在我身邊——此外，宮廷精靈很少像泛精靈那樣在不同的領域穿梭。再加上之前我不知道埃克斯穆爾有門可以通往這個世界。聽說之後，我就開始懷疑……於是我仔細研究祖父對心愛女性的描述，完全符合你的特徵。他只提到過一次你的服裝，寫下你喜歡穿紅衣。」

她微笑著撥開落在臉上的頭髮，確實是金黃色的，但尾端被血染紅。「他對我極度癡迷，」她說，「比其他人陷得更深。我眞想念他！無論這些人最後令我感到多麼厭煩，他們不在了以後，總是會讓我想念。」

她接受了我的解釋，而我認爲沒有必要澄清，其實我**並非**百分之百確定她就是令我祖父神魂顚倒的精靈——我只是以兩者相似的外型與天性爲基礎做出假設。就在她進門並且領悟到我爲何過來的那一刻，我的假想獲得證實。

「假使你拒絕幫我，」我說，「泰朗爵爺會負責爲你的手下亡魂復仇。你殺死過許多精靈，但應該不至於自認能與他勢均力敵。」

她微微僵住片刻，這個反應便足以作爲回答。其實我只是虛張聲勢——來這裡之前我只見了總管，其他人都不知道。現在我能看出這種做法有多不智，但當時我太過一心一意，只要能讓我更接近目標，即使得要走過鋪滿熱炭的原野，我恐怕也不會眨一下眼睛。

「殺戮是我存在的意義，」她終於開口，「也是我唯一的愛。我也曾經試圖改變性情，但是現在我選擇擁抱。你無法想像我殺過多少凡人與精靈。你不過是個無足輕重的小東西，憑什麼以為能結束我的生命？」

「你很清楚憑什麼，」我說，「因為這是最合適的結局。」

她看著我的眼神很像拉茲卡登在打量即將成為餐點的獵物。房間裡的黑暗變得更深沉，平添一股猩紅與潮濕，我透過鞋子感受到滑膩的濕意。然而我只是靜靜等候。「你怎麼決定？」我說。

她似乎有點洩氣，眼前的幻象也同時消失。「你想找到通往冥界的門？」她說，語氣中多了一絲狡猾。「那好吧。我告訴你怎麼找，但你必須承諾讓我平安離開這個領域。」

我看得出來她預期我會拒絕或討價還價。「沒問題。」我說。

她揚起嘴角。「多麼無趣的小東西。」她說。「我終於懂了，你的意志如此枯燥，不值得費事毀壞。你完全不像你的祖父。」

「你也沒有自己以為的那麼嚇人，」我說，「快說吧。」

她說了。我仔細聆聽，遇到需要進一步說明的地方就提問。我沒有帶筆記本，不過沒關係——我將每個字都刻在腦海中。

說完之後，她以嘲弄的語氣說道：「還有任何我能效勞的事情嗎，殿下？」

我站起身，將茶杯放回托盤上。「快逃吧。」我說。

一月二十一日——稍晚

我的精神實在太恍惚，以致於幾乎記不得之前寫到哪裡，雖然才相隔短短幾個小時而已。我只能盡力找回現實感——寫作總是很有幫助，有時我會覺得只有寫作能讓我不至於崩潰。

溫德爾的遺體被運回城堡，女王的遺體也一起，安放在面向湖泊的廳室。這裡空間很大，沒什麼東西，只有幾個雕刻精美的高臺——圖案同樣是被婆婆納草纏住的頭——溫德爾與他的繼母被安置在上面。暴風雨將至，強風擾動樹冠，廳內滿是湖水波濤拍岸的聲響。牆上的鉤子掛著燈籠，閃爍著昏暗卻溫暖的火光。

可想而知，我是和影子一起過來的，牠一直緊跟著我，而我只要伸手就能摸到牠溫暖的毛。夜精靈總管帶領我們來到這裡，雖然我沒有請他留下，但他一直陪伴著我。

除了我們三個還有別人在。面對湖岸的那面牆邊有一張石造長凳，泰朗爵爺坐在那裡，伸長雙腿，雙手交疊放在大腿上，似乎正陷入沉思。在我踏進廳內時，他也沒有抬頭看向我。長凳另一頭坐著兩個棕精靈，他們戴著綴有羽毛的花俏紅帽，似乎在輕聲爭論著什麼。往挑高的天花板望去，拉茲卡登和另外三名侍衛一起蹲踞在彷彿專為他們量身打造的棲木上，將整個身體都縮進蓬鬆的羽毛裡。一個我沒什麼印象的大臣站在高臺前哭泣——她看見我進來，便對我頷首致意，然後走出廳外，坐在通往湖濱的寬敞矮階上繼續哭泣。那裡還有其他幾名大臣與泛精靈，他們有些獨坐，有些三兩成群，有些低聲交談。這個領域的所有事情都

集體進行、毫無章法，哀悼似乎也是如此。

之前我完全無法設想看見溫德爾的遺體會有什麼感受，因此當這股巨大的震撼來襲時，我毫無準備。一時間，我無法吸進空氣。我蹣跚走向長凳，坐在泰朗爵爺身邊。夜精靈總管待在門邊，面無表情，只從他的手能看出情緒——他抓著繫在腰上的布，整隻手都因為太用力而發白。

泰朗爵爺沒有試圖安慰我，他只是看我一眼，表情流露無奈。我很慶幸，比起他摟著我的肩膀或做出其他同樣可怕的舉動，這樣更令我感到安心。

「他們一起被帶回來了。」我在終於能夠呼吸時說道。

「嗯。」泰朗爵爺鬱悶地說。現在他的臉上多了新的傷疤——三道細而深的痕跡從左眼下方橫過顴骨。「只能說，畢竟她曾經是女王，對吧？我還在思考該如何處置她。我很想砍下她的頭插在木樁上示眾——不過呢，把她交給注目橡分屍，並且邀請全國民眾來參觀，這樣好像也不錯。注目橡絕對會樂在其中。」

我端詳他。「你在這裡很久了？」

「這個決定很重要，畢竟一個人只能被分屍一次。」

我點點自己的顴骨。「你怎麼沒有用魔法掩飾？」

他怒目看向我。「接骨木獸造成的傷痕無法以魔法掩飾。」

我藏起笑容——我承認，藏得不怎麼好。「黛拉在哪裡？」我問。「我以為……有人告訴我，她不肯離開溫德爾身邊。」我不記得是誰說的——溫德爾離世後最初幾小時的記憶特別模糊，有很多事我都記不清楚。

「噢，她不會跑太遠。」泰朗爵爺翻了個白眼。「她陷入歇斯底里，一直抱著他的遺體哭，顯然現在他變成『親愛的兄長』了。目前她去森林裡散步，想必是邊走邊大哭撕衣服。希望她不要回來。」

「可憐的孩子。」我說道，但其實我很難擠出太多同情，這樣似乎顯得很冷血，畢竟她的母親與兄長正並肩躺在這裡。儘管如此，黛拉的表現實在太誇張，澆熄了我原本可能對她產生的溫情。

泰朗爵爺對這件事的意見是：「小孩實在太麻煩了，不值得生。」

我終於允許自己直視安放遺體的高臺——廳內的空間很大，高臺距離我有幾碼之遠，這個距離很好也很不好。我看不清溫德爾的表情，因為他的頭稍微轉向一邊，不過能看見身體的變化。他的衣服沒有換過——說真的，他的遺體好像完全沒有經過任何處理——然而，雖然我能看見他胸前傷口的黑影，血跡卻已經不見了。他沒有像雅娜女王那樣被青苔覆蓋，但胸膛的傷口冒出濃密的藤蔓，頭側的另一道傷口也一樣，想必是女王的詛咒降臨時造成的——我沒有親眼目睹後來發生的事，只聽別人轉述城堡裂成兩半，使精靈看不見那座小島的魔法也碎裂了。藤蔓繞著他的雙眼與太陽穴纏了好幾圈，讓他看起來像是戴著綠葉與細小白花織成的奇異面具。他的皮膚有幾處變得粗糙，質地宛如橡樹樹皮，我應該要覺得這種轉變很恐怖才對，卻忍不住欣賞其中的美。

「很快就得送他去森林了，」泰朗爵爺說，「免得他像他父王一樣在這裡生根。」

「他父王變成樹了？」我問。我知道這時不該坐在這裡聊天，血袍女爵特別強調過，能夠行動的時間非常短。然而在那一刻，希望有如活生生的小動物，我生怕它會一溜煙逃走。

「不是。」泰朗爵爺說。「一棵蘋果樹苗從他口中長出，現在長得很大了——城堡後面有條東西向的小徑，沿著小徑走就會看到蘋果樹和先王。不過要很仔細才看得出來，因為他的遺體變成樹根和樹皮了。利亞什的生母死後的狀態比較沒那麼慘。她成為城堡花園一座山丘上的土堆，長滿青草與蘑菇，四周長出一排排櫻桃樹。先王在那裡放了一張長凳。」

這兩處我都不曾特別留意過。話說回來，之前我曾有幾次在樹木或森林地面隆起處看到奇特的形狀。有時我會隱約看到四肢，不然就是在樹皮上看到臉孔。難道那些也都是早已過世的精靈？是否正因如此，我才會偶爾在枝葉搖曳的窸窣聲中聽見低語？只有君主才會變成植物嗎？

這些疑問我都沒有說出口。人生中第一次，我厭倦了答案。

「謝謝你阻止大家來找我。」我說。

泰朗爵爺聳肩。「即使一段時間沒有王，領域也不會那麼快死去。眼下議事大臣吵著要你盡快改嫁。他們提出許多人選，一直爭論不休。」

「真的？」我心不在焉地說著，不由自主覺得好笑。怎麼動不動就有人想塞精靈丈夫給我？

「我打算做一件很瘋狂的事。」我說。

他的興致似乎被勾起。「是嗎？」他瞥了一眼默默站在一旁的總管。「地板感覺很乾淨，不需要清潔，但我對這種事的判斷力不太好。要我離開嗎？」

「不。」我說。雖然說起來很奇怪，但有他在場讓我安心。「對了，你到底來這裡做什麼？你對溫德爾沒什麼感情。」

他聳聳肩。「我覺得無聊。」

「你覺得無聊。」我冷冷重複。

他對我的反應毫無興趣。「大部分的時候我都覺得很無聊。政治、冒險、宴會、爭執，全都很無聊。復仇與忠誠也很無聊。我發現無論活多久，只有一件事永遠不無聊，那就是全心去愛。其餘的事都只是餘燼與塵埃。」

「溫德爾很愛他的家鄉，」我說，「所以才甘願犧牲性命。我猜他會同意你的看法。」

泰朗爵爺注視著我，神情若有所思。

我覺得自己終於有力氣站起來了，於是緩緩走向高臺旁邊總管站立的地方，他朝我低頭致意。我叮嚀自己不要看向溫德爾，但我做不到。我從藤蔓間看見他的臉，上頭沒有任何表情——沒有恐懼或憤怒，我無從判斷他犧牲自己的那一刻在想什麼。難道說他早已心中有數，即使他曾對我保證不會走到這一步？若非如此，他怎麼能那麼快下定決心？他的頭髮依然裝飾著銀葉。

我緊握口袋中的硬幣，以前我總是隨身攜帶，以免受到精靈魔法影響。硬幣因爲放在口袋裡而帶著微溫，觸感粗糙，這種熟悉感使我感到平靜。總管看著我。

溫德爾的影子落在高臺邊緣，我依照女爵的指示在其中尋找冥界之門。他的影子形狀很奇特，因爲樹葉與藤蔓而顯得像是長滿棘刺，其中有一部分比其他地方更黑——那就是我尋找的門嗎？或者單純只是地上的石板有缺損？我更用力地瞇起眼睛，責怪自己沒有徹底問清楚。她說過，只要知道要觀察哪裡，其實很容易就能找到門。我想像自己正在尋覓精靈之門——畢竟以某種角度而論，那**確實**是一種精靈之門。

「我好像看到了，」我說，主要是出於心急而非確信，「但是我要怎麼進去？」

總管一貫冷靜而鎮定的表情突然消失了。此時他一臉震驚。「不可以，凡人不能走進**那道門**。」

脈搏在我的耳中重重敲擊。非常荒謬的是，我察覺自己漲紅了臉，喉嚨也變得緊繃，就像快要開始鬧脾氣的幼童。「可是女爵說……」

「女爵希望你死。」

我們互相對視片刻。我開口：「我一定要去救他。」

夜精靈點點頭。「我去。」他的語氣像平時一樣平淡。

「可是……」我驚愕地盯著他，心中湧起十多個反對的理由，不知為何，最後說出口的卻是：「必須由**我**去救他。」

當然必須由我去，溫德爾是我的責任。不只如此，他更是**我的人**。是我帶大家走上這條路，最後導致他落得這樣的下場，只剩下冰冷遺體，還被長滿葉子的纏繞藤蔓遮住一半。我眼前這個灰色小個子精靈是誰？我對他一無所知，只知道他的工作是打掃清潔，而不是跑去其他世界冒險。

「你不能獨自前往。」我說。

他凝視著我，表情又變得難以解讀。他又抓住腰間那塊布，無意識地用手指輪流觸碰。

「他是自己人。」他說。

緊接著，我還來不及移動或開口，他已經上前打開一扇門——我好像在一瞬間瞥見了，就在溫德爾的影子左半邊，輕薄無形、幽暗深黑。他就此消失了。

一月二十二日

總管消失之後的那段時間，我在痛苦的期待中度過。

期待總管重新出現。期待溫德爾復活。期待**任何**變化。

「現在狀況如何？」我來回踱步，不停這麼自問。我好像從來沒有這麼挫敗過，此刻沒有故事引領我，也沒有任何學術知識可以依賴。天漸漸亮起，天氣變好，雲層散開，整夜不停的大雨變成陽光下的細雨。哀悼的民眾來來去去，他們朝著我的方向鞠躬，但沒有來跟我說話，似乎沒有誰察覺到目前正在進行中的事有多重要。

我告訴泰朗爵爺自己做了什麼，他斷然拒絕相信。

「根本沒有通往冥界的門，」他說，「女爵弄錯了——不對，她很可能只是編了個故事爭取逃跑時間。總管去到其他地方了，很可能是另一個領域，在那裡迷路回不來。說不定他覺得太丟臉，所以乾脆不回來了。」

「不是**冥界**，」我糾正道，「女爵告訴我，有一個地方，一半屬於這個世界、一半屬於**另一個世界**，精靈的魂魄在眞正離去之前會在那裡停留一段時間。但很短暫——她說如果我希望把溫德爾拉回來，就得趁早。她自己沒有做過那樣的事，但她相信有可能做到。」

泰朗爵爺憐憫地看我一眼。幸好沒過多久妮芙就來了，我可以請她做個仲裁。

「艾蜜莉！」她高呼，對我伸出雙手。「眞高興你離開寢殿了，不過你還是慢慢說吧。」

我強迫自己從頭講起，盡可能讓聲音保持平穩。要這麼做並不容易，不只因爲我太過激動，也因爲我覺得頭暈目眩——我不記得上次進食是什麼時候了。要是溫德爾在我身邊，他一定會大爲震驚，不停嘮叨直到我至少吃下一點麵包。

「我祖父認爲血袍女爵知道如何找到通往冥界的門。」我說出最後的部分。「我手上有他的日誌——雖然他只是業餘愛好者，但涉獵廣泛。他旁徵博引了許多資料，以主張——該怎麼說呢？基本上，他認爲精靈鬼魂確實存在。但我不熟悉他引用的那些學者姓名。」

妮芙取走我手中的日誌，短暫等候魔法將文字化做點字，然後用食指觸摸我標記的頁面。

「羅賓斯？」她沉吟道。「不知道他說的是不是阿姆斯特丹大學的亞其博．羅賓斯。在我的時代，他被視爲離經叛道的學者，他的理論主要都在探討精靈與靈界的交流。在那個時代還有一些名聲卓著的學者相信鬼魂存在，他們會爭論一些故事的主角究竟是鬼魂還是精靈，但羅賓斯更進一步，涉入讓許多人不舒服的領域。」

「我從來沒有聽過他的名字。」我覺得這個事實有點傷自尊，畢竟我自認對上個世紀所有樹靈學家的研究都很熟悉。

「他沒有發表多少論文就過世了——死因沒什麼可疑之處，他在蘇格蘭某地失足摔落，好像是格蘭平。他所寫的那些少量作品也隨著樹靈學的發展漸漸被撤銷。」她停頓一下。「海倫．W．W應該是指海倫．沃興頓—威斯特，她是在我前一代的人。她不也在劍橋嗎？」

我氣惱地低吼。「當然了！我怎麼會沒猜到？布蘭．艾孔與她共同寫作了幾篇論文，但我很少費心研讀那些主張靈魂存在的著作。」

「那些文章沒有什麼價值，頂多只有回溯樹靈學發展的功用，」妮芙同意道，「還不如去研究骨相學。儘管如此，我的研究指導教授還是鼓勵我閱讀沃興頓－威斯特的著作，那位教授人很好，但他是舊時代的產物。沃興頓－威斯特曾經提出一些關於暴格的理論，在那個時代他們還稱之爲博忌怪，她的主張很有啓發性，但整體而言，我認爲她的想法相當過時，而且太過驚世駭俗。她在巴黎的學術會議上發表了一篇論文——應該是在國際靈俗會，但那時候還不叫這個名字——她聲稱訪問過一名家居棕精靈，那名精靈曾經去過死後世界，並和不久前過世的母親交談。據說那位母親不僅吩咐女兒在葬禮上該準備什麼餐點，還給了她檸檬司康的食譜。」

「什麼！」我驚呼。「這份論文刊登在哪裡？」

「沒有刊登過，想來也不奇怪。我之所以知道，只是因爲我的指導教授當時也參加了那場會議。那篇論文遭到強烈的抨擊。」妮芙停頓下來思考。「說了這麼多，其實我的意思很簡單，女爵聲稱有一扇門可以通往所謂的靈魂中陰界，以及你祖父所引用那些主張鬼魂存在的理論——這些說法並非全然脫離樹靈學研究的脈絡。沃興頓－威斯特學派的學者絕不會感到意外。」

我無力一笑，沉沉坐回長凳上，用雙手撐著頭。「我一直以爲閱讀偉大精靈王的歷史，能夠讓我準備好應對我和溫德爾在這裡會遭遇的任何難題。沒想到我應該把時間拿去讀鬼故事才對。」

「似乎沒錯。」妮芙說。我感覺得出來她仍然抱持懷疑，甚至根本不相信，但無論如何，她的語氣中多少帶著一絲希望。我發現她的眼睛紅腫，黑眼圈深重，這才想起她從溫德爾小時候就認識他了。

「這位老孤僻對你的理論有什麼看法？」她說。她和泰朗爵爺說話時總會用上這種揶揄語氣，每次都讓我感到戰慄不安。

「我沒有任何看法，」他回答，「我對學者的爭論不感興趣。我也沒有壞心到給予別人虛假的希望。」

「這樣就夠明白了。」她說，表情稍微變得黯淡。「小個子去了多久了？」

絕望重重壓著我的心。「大概兩個小時。」

「你必須進食。」妮芙一手按住我的背。「你在發抖，跟我來吧。」

「我無法離開。」

她嘆了口氣。「好吧，我叫僕役送早餐過來。你一定要吃，不然我會親自塞進你的喉嚨裡。」

✦✦✦

僕役端來放在托盤裡的早餐，雖然身體虛弱，但食物的氣味依然令我反胃。儘管如此，我還是強迫自己吃了幾匙雞蛋和一片烤麵包——我受不了草莓和香料燕麥粥——因爲我知道妮芙是對的。

上午逐漸變成下午。我坐著注視高臺，偶爾寫寫日誌。更多精靈來來去去，泰朗爵爺離開又返回。我認爲他並非前來確認我的嘗試有沒有成功，只是想看我還能懷抱希望多久。不過他一次也沒有催促我。卡倫也過來陪伴我，雖然我知道他是出於一片好意，但有他在場反而讓我最爲難受。他看向我的眼神中帶著一種同病相憐的理解，而我並不想要得到。

長春藤繼續在溫德爾的遺體上蔓延。現在他的頭髮也被一圈圈纏住，緊密得只能從枝葉間看到幾束翹出的金髮。飛蛾群在花朵上方飛舞，一隻蝸牛緩緩在他胸口爬行，我也看到一隻小蟲在吐絲做繭，還有一隻黑蜘蛛匆匆溜過。我想把那些蟲子全部趕走，但我做不到。我無法觸碰他。

隨著白天步入傍晚，我開始打盹，影子也倚在我腳邊打呼。一排列隊行進的搖曳燈光將我驚醒，他們在廳內繞行一圈之後便消失了，我甚至來不及看清他們是哪種精靈。

我抬起頭，想要甩開在陌生地點醒來造成的恍惚不安。廳內沒有其他人，只有一個棕精靈站在梯子上爲燈籠點火，不過外面的石階依然聚集著幾個精靈——我聽見他們低聲交談。

我將手伸向下方想摸摸影子。然而，影子不知在何時換了位子，此時正趴在溫德爾的遺體旁邊。我感覺到雙眼陣陣刺痛。片刻後我才察覺，大狗雖然把頭枕在一隻前爪上，卻沒有睡著，而是牢牢注視著高臺的一個角落。

我的後頸寒毛豎立。同時，我也察覺另一件事。

影子一直沒有叫。

我走過去蹲在影子身旁，一手放在牠的頭上。黑魔犬向來以淒厲的嗥叫聲聞名，在面對死亡時便會發出嗥叫——也有些故事說聽到牠們嗥叫，就表示附近有人快死了。然而，我們進入這間廳室之後，影子沒有發出過任何聲音。

「怎麼了，親愛的？」我輕聲問道。影子注視的地方並非夜精靈消失之處，而是在左側，高臺的另一邊。此刻光線太暗看不見，但溫德爾的影子照理說會映在那裡。

「那扇門**確實**在他的影子裡，對吧？」我喃喃說著。我的確親眼看見總管踏進門內，然而，即使是在充滿不可思議的精靈界，這件事依然令人感到難以置信。

大狗沒有理會，牠的世界屬於氣味而不是理論。雖然過去影子從沒有展現出尋找精靈之門的天賦，但或許只是因為對牠而言，精靈之門不過是不斷變換的氣味織錦中常見的一部分。這時牠的鼻子抽動，然後站了起來。

「影子。」我告誡牠。

影子站著不動片刻，注視著空無一物的前方，我以為牠很快就會放棄躺下，就像每次牠在校園草坪上看到兔子時一樣，總是會突然想起追捕有多累。接著大狗做了個動作，像是用鼻頭掀起窗簾下緣。然後牠**踏進**陰影中，就此消失。

「影子！」我撲向前，卻只抓到狗尾巴上的幾根毛。牠願意的時候速度可以很快，只是非常難得。

我對此並不自豪——我的第一反應並非叫人來幫忙，也沒有自己追進去。我只是癱倒在高臺上哭泣。

我像小孩一樣放聲大哭，完全不在意自己發出什麼聲音。我聽見四周精靈輕聲交談，感覺到幾隻小手輕拍我的臉頰和雙手，也瞥見濕潤黑眼與葉片編織的帽子。但我沒有理會。

幾分鐘過後，我被緊緊抱住——動作並不溫柔，太過用力。我從氣味判斷出對方是精靈。很多人以為精靈會像玫瑰一樣散發香氣，尤其是宮廷精靈，但實際上他們的體味和人類差不多，至少表面上是如此。我懷疑那是偽裝魔法的一部分，因為藏在表象下的氣味完全不同——雨林、河畔蘆葦、苔蘚、水草，以及腐化成泥的樹葉——全是不同的植物氣息，不見得都很好聞，而且只有非常靠近時才會嗅到。

那個精靈抱得實在太緊，害我掙脫的過程有如摔角。沒想到我竟然因此冷靜下來，因爲惱怒蓋過了哀傷。抱住我的精靈是黛拉——我不用看就猜到了，因爲她把我的臉壓在一大束金髮上。

「眞可憐！」她吶喊。「早知道我應該留在這裡安慰你——我們可以彼此安慰。」

我沒有回應——她依然用力抓著我的手臂，看著我的眼神帶著激動的絕望，然而我並不覺得同情，只覺得累人。黛拉的身上穿著服喪斗篷，這個領域的精靈在哀悼死者時會穿著織進荊棘的斗篷，不斷刺痛自己的手臂與喉嚨。她的連衣裙又破又髒，而她的頭髮也一樣，處處纏著松果、沾上爛泥，似乎好幾次撲倒在森林地面上。整體而言，她的模樣很淒慘，眼睛腫得嚇人，彷彿連續哭了好幾天，然而她身上的痕跡顯得太過刻意，因此大幅降低了悲慘程度——例如她臉上的泥巴就看得出是用手指抹上去的。從我多次造訪領域各處森林的經驗來看，也實在無法理解她的衣服怎麼有辦法勾破成那樣，唯一的解釋就是她刻意找滿是棘刺的黑莓叢撲進去。

儘管如此，她畢竟到這裡來了，於是我毫無章法地說明發生了什麼事。在我訴說的同時，她的眼睛也愈睜愈大。

「門在哪裡？」她著急地詢問，迅速轉了一圈察看四周。她瞬間就相信了，但我並未因此增添信心——其實效果恰恰相反，我心中有股陰暗的預感，說不定很快事實就會證明泰朗爵爺的質疑有道理。當你唯一的支持者是個乖張任性的小鬼，誰都會懷疑自己的初衷。

我指著影子消失的黑暗處說：「在這附近。」

她拍拍高臺，然後用力搥打，彷彿企圖把石板敲裂。最終她氣喘吁吁地往後方坐下。「叫牠。」她命令道。

「什麼？」

「叫你的狗！」她大喊，眼神彷彿在說我是全天下最笨的人。「說不定牠能找到路回來！難道你剛才只是一直**呆坐著**？」

雖然我很想指出，過去幾天我都一直忙著思考該怎麼拯救溫德爾，不像某位精靈整天只顧著在森林裡到處假摔、大哭大鬧，但我終究沒有說出口。她的建議確實瘋狂，我卻想不出拒絕的理由——在精靈界，這一點完全無關緊要。

「影子！」我大喊。

「大聲點！」她催促道。

我提高音量拚命吼著，直到喉嚨變得沙啞。正當我快要竭盡力氣倒下時，忽然聽見遠處傳來顫動的嗥叫聲。

是影子。

「過來！」我大聲叫喊。「影子，快來！來啊！」

嗥叫聲再次傳來——好像更近了？我無法判斷。我聽不出嗥叫聲究竟是從哪裡傳來的。詭異的是，那道聲音感覺好像來自正下方，透過地板迴盪而來。

「牠喜歡吃什麼？」黛拉問道，她蹲在我身邊，兩隻膝蓋抱在胸前，柔軟度有如幼童。我們兩個正一起緊盯著平滑的石板，彷彿這樣還不足以讓我覺得自己就快發瘋似的，那丫頭非要提出這麼一個蠢問題。

「你不是應該很聰明嗎？」她氣沖沖地說道，我的表情似乎激怒了她，「難道只是和我兄長相比的結果？我敢保證，沒有誰認爲**他**聰明。狗是靠氣味找路的。」

狗當然是靠氣味找路——當然是這樣了。我一說出影子喜歡吃生肉——什麼肉都可以，味道愈重愈好——她便立刻架式十足地對僕役彈彈手指，他們慌張地跑出廳外，有幾個還撞在一起。我漸漸意識到後方聚集了一大群觀眾，泛精靈與宮廷精靈擠在一起觀看我們在忙什麼。我不確定他們是否知道前因後果，但這點無礙於他們激動地交頭接耳。賣堅果的棕精靈再次出現，對我漸趨嚴重的歇斯底里毫無幫助。

幾名僕役返回，將好幾盤肉塞進我們手中。我把肉盤堆在高臺旁邊，有如正在進行某種血腥獻祭——突然間，嗥叫聲變得更加響亮。我不停大喊直到聲音沙啞，然後猛然往後仰倒，一個巨大多毛的形體跳上我的胸口。

我發出哽咽的聲音，半是啜泣半是尖叫，把整張臉埋在牠的毛中。影子從陰影中拖出了一個灰色的大型物體，我定睛一看才發現原來是總管，影子咬著他的腳踝一路拖出來。大狗將總管隨意一扔，有如玩膩了骨頭，然後又撲到我身上，狂舔我的臉。接著發生了一件怪異的事，現在從記憶中回顧，我才有辦法理出順序、看清細節——夜精靈也拖著一個東西，那一刻看起來像是提燈，也可能根本沒有東西，只是牆上銀鏡的反射。然而，夜精靈離開溫德爾的影子之後，隨即搖搖晃晃地走向廳室的另一頭，那個不知是什麼的東西也跟著消失了。

「發生什麼事了？」我在影子終於冷靜下來之後詢問總管。影子看到旁邊有一大堆牠最愛的生肉，便開開心心跑去享用了。夜精靈發出呻吟——這也難怪，畢竟影子剛才的動作很粗魯，他的腿好像正在流血。

「陛下，」夜精靈喃喃說道，「他在哪裡……我搞丟了他……」

我知道自己應該要先關心他的傷勢，但還是忍不住追問：「什麼意思？你找到溫德爾了嗎？」

黛拉突然放聲尖叫。她猛地跳起來撲向高臺，而高臺上的溫德爾——

高臺上的溫德爾坐了起來。

他拔掉纏在臉上的長春藤——還有很多纏在頭髮裡，附帶一小群蝴蝶與飛蛾——表情非常火大。他推開黛拉，嚷嚷著：「啊，你好髒！」然後動手拉扯胸口上的植物，那些藤蔓也穿透斗篷繞上他的手指。

「見鬼了！」他自顧自地怒吼。「我的斗篷全毀了！可惡的荊棘把布料都扯破了，只剩一堆破布條是要我怎麼修補？」

他咒罵一聲之後放棄，轉頭看看四周，這才發現一大堆群眾目瞪口呆地望著他。他困惑地眨了眨眼，終於將視線落在我身上，整張臉在一瞬間亮起。「小艾！究竟發生了什麼事？」

我跳起來撲向他，滿口胡言亂語，圍觀的精靈高聲吼叫——我相信大部分是歡呼，但顯然也有幾個精靈對於溫德爾復活感到不快，他們重重跺著腳，嘶吼著走下臺階。森林突然湧現繁星般的提燈火光，還有震耳欲聾的不和諧旋律，因爲好幾個樂手紛紛開始演奏，一個比一個大聲，賣力爭奪慶祝溫德爾回歸的權利。

溫德爾沒有繼續發問，只是將我抱在懷中，任由我絮絮叨叨、痛哭流涕——或許是我說的話比想像中更有條理，但更可能是他的記憶恢復了。幾隻飛蛾被我們夾死，翅膀上的乾粉在我臉上留下痕跡。不知何時，影子也跳上高臺，弄得我們全身都是口水，隨後又像幼犬一樣高速衝了出去。不久後影子帶著奧嘉回來，嘴裡啣著黑貓的後頸，被吊掛的奧嘉不停斷聲哈氣，威脅要讓挾持牠的傢伙吃不完兜著走。牠成功劃傷影子的臉，可憐的大狗這才鬆口。

「奧嘉！」溫德爾大喊。「親愛的，不要欺負牠！」

聽見他的聲音，奧嘉嚇得跳了起來，動作十分滑稽。我以爲牠會像影子一樣跳到溫德爾身上，但可想而知貓當然得先展現憤怒與委屈，牠繞著高臺轉圈，用最大音量對著主人哀嚎。溫德爾對黑貓伸出手，牠卻哈氣出爪打他。

「你這野蠻的壞蛋！」我氣惱地罵道，但溫德爾只是大笑。我忍不住一直觸碰他，彷彿他在下一刻就會消失——他的臉龐、他的胸膛，現在所有傷口都不見了，只剩下一點綠色痕跡，就像染上草汁的布料。

拉茲卡登無聲降落在溫德爾身邊，害我嚇了一跳。他將一條嚇人的腿放在溫德爾的膝蓋上，溫德爾則微笑著摸了摸侍衛的喙。「老朋友，重新見到我很開心嗎？」

我細細端詳他，尋找是否有不同之處，但他似乎徹頭徹尾是他自己，像剛睡醒一樣精神飽滿。即使他的眼神多了一點神祕感，但也沒有比之前明顯，反正我早就習慣了。

「發生了什麼事？」我輕聲問。

他丟開另一截長春藤。「我幾乎沒有印象！我覺得自己好像是在森林裡，但是一切都很古怪。那裡像冬季夜晚一樣漆黑，而且非常寒冷——比那座該死的冰宮更冷。我四處遊蕩，可是都沒有看到熟悉的事物。我遇到很多精靈，但他們好像沒有看見我。然後——」他的視線落在夜精靈身上，一名僕役走過去扶他起身。「是你派他來的，對吧？他說是你指派的。」

「對，」我說，「可以這麼說。但其實是他自告奮勇。」

夜精靈搖搖晃地站起來。他對我和溫德爾鞠躬，撫平衣服的皺痕之後才開口：「殿下，請恕罪。我失敗了。我找到陛下，卻找不到回來的路。我以為我們得在那裡永遠遊蕩，幸好那隻野獸來了。」

「帶我們出來的是影子？」溫德爾難以置信地看著大狗，牠正興高采烈地大嚼軟骨，地上積了一大灘口水。「老天！我還以為是什麼恐怖異獸要來吃我的靈魂。牠撲向我們的時候，我還想著這下完蛋了。」

他伸手摸摸影子的頭。「乖狗狗！」

影子回舔他，然後繼續大啖晚餐。

「你能站起來嗎？」我問。溫德爾摟住我的肩，讓我攙扶他起身。一開始他有點腿軟，站得不太穩，但還是撥掉了身上的葉子和花，其中很多都帶著一點根鬚。他在依然垂著頭的總管面前跪下，喃喃說了幾句話，一手輕輕按在小個子精靈的臉頰上。

然後他站起來，在我的協助下脫掉破爛的斗篷。我的心中浮現一股強烈的渴望，想要對他百般照料，這是以往我從未有過的感覺。要是事情就此結束該有多好！溫德爾喜不自勝地凝視我，那些可惡的蝴蝶雖然大多都已飛向清涼的暮色，但仍有幾隻停在他的頭髮上。不久之後，我們召來泰朗爵爺與其他議事大臣——把宮廷裡的所有成員都叫來——讓他們親眼看到一切平安。他們的國王回來了。這起事件在我的書中絕對能成為最聳動的軼事，我的學者同僚有些會予以讚美，有些則會怒罵。有人會將溫德爾復活一事視為精靈界所有不合理所造成的合理結果，也有人會將我描繪成二十世紀的德葛雷，端看他們的性情與嫉妒程度。

「我很熟悉那個表情。」溫德爾說。「你打算以這件事為主題寫一篇轟動學界的論文，對吧？我看得出來你已經在擬大綱了。」

我突然感到很憤怒，而我從來沒有對他生過這麼大的氣。他竟然還敢開玩笑！「要是你以爲，」我說，「你可以再做一次這種事——沒有先問過我的意見，甚至沒有**想到**……」

「我知道。」他輕聲說。他的語氣瞬間澆熄我的怒火——我發現他的眼眸含淚。「要是能想到任何其他辦法，我絕不會讓你受那種苦。不過有一點你說錯了：那時候我**一直想著你**，小艾。你永遠是我的第一個念頭，也是最後一個。」

這時圍觀群眾間突然掀起一陣騷動，有些精靈自言自語，有些精靈倒抽一口氣，一路往外擴散，彷彿石頭扔進湖中產生的漣漪。

形形色色的精靈聚集在雅娜女王的遺體旁。剛才我完全沒有留意她，一開始我還以爲他們要把她搬去其他地方，正想開口要大家不要移動遺體。然而，沒有任何精靈把女王抬起來——她原本就那樣躺著嗎？以奇怪的姿勢縮成一團，頭髮蓋住臉？幾個泛精靈伸手戳她、嗅聞她的肌膚。一個棕精靈舉起她的手臂，好像想要檢查，弄得部分苔蘚落下。但那隻手臂突然自己動了起來，嚇得棕精靈驚呼一聲往後跳。

雅娜女王睜開眼睛。起初她只是慌亂地張望，後來才發出哽咽的吶喊，雙手一陣亂揮，猶如企圖遮掩裸體。但她全身都包覆著衣物，依然是她在祕密城堡裡穿的那套骯髒華服。她的神情扭曲，在那一刻，她看起來既不像精靈也不像人類，更像是帶著野性的受驚動物。

「她跟著你出來，」我喃喃說道，「她設法——不過這也是理所當然吧？你們幾乎是同時死去。沒錯，理所當然。」

溫德爾靜止不動，每一絲注意力都放在繼母身上——彷彿除了他們沒有別人在場。

「把她關進地牢。」我急切地說，自己也不明白為什麼如此焦急，只是打從內心深處知道不能殺死她。之前在隱族的宮廷時我也有過同樣的篤定，當時我正面臨兩難選擇：殺死邪惡國王，或是為我身陷其中的故事選擇不同結局。

溫德爾似乎正在考慮。恐懼襲上我的心頭，因為我看得出來，他被天性中黑暗的一面主宰了，隨時可能爆發，做出瘋狂殘暴之舉。圍觀群眾似乎也察覺到了，紛紛往後退。因此當溫德爾冷靜地說出：「小艾，你說得對。」我感到萬分震驚。

我提防地看著他。我很不喜歡和處在這種狀態的他說話，幾乎可以說我寧願他拔劍亂砍。「沒錯。」

「我不會殺她。」他說，語氣依然冷靜得令人毛骨悚然。「我會把她關起來，讓她永遠無法傷害你我和這片土地。她的牢房不會有門，並且位在無路之地。這是她應得的懲罰。」

他比了個像是撥開蜘蛛網的手勢，我在聖列索看過一次，並且希望永遠不會再看見。緊接著，世界彷彿被撕裂成兩半，中間出現一道不停旋動的漆黑。那只是一個狹窄的開口，一條裂縫，但感覺沒有起點也沒有終點，穿透屋頂與地板通往看不見的地方。聚集的精靈哭喊尖叫，急著逃跑而互相推擠踐踏。

溫德爾的繼母企圖逃跑。然而，就像溫德爾剛醒來時一樣，她也還站不穩。她一摔倒，溫德爾立刻抓住她。她張開嘴，可能想尖叫也可能想哀求——我沒有機會知道。她還來不及恢復平衡，溫德爾已經將她轉了個方向，以近乎溫柔的動作將她推進夜幕境。

二月五日

在溫德爾死去期間，狼之森的時間流速改變，不再與凡界同步。從農舍牆上的日曆判斷，對我而言短短兩天的時間裡，莉莉婭與瑪格麗特已經度過了兩週。真希望我能適切地解釋這種恐懼——這樣我就能放下心中的重擔，但我懷疑她們只會一臉疑惑地看著我，彷彿我是個無解的謎。我能怪她們嗎？現在溫德爾回到我身邊，我應該滿心只有歡喜才對——就像兩年前從隱族手中獲救的她們，當時在我和溫德爾的幫助下，兩人終於恢復神智、找回彼此。

我好像又寫得太急了。繼續描寫農舍的狀況之前，我應該先回到之前停筆處。

✦ ✦ ✦

可想而知，溫德爾復活之後想到的第一件事就是舉行派對。不過他失敗了，因爲派對早已開始——一群樂手已經在花園下方的湖畔就定位，那裡有個很大的涼亭。另一場派對的場地在宴會廳，我和溫德爾抵達時，那裡已經胡亂堆滿五花八門的食物，包含南方海岸的生蠔、烤鱒魚，還有一鍋不停冒泡泡的焦糖，可以用來沾蘋果。到處都能看到一條條麵包，還有受到全宮廷熱愛的詭異藍色夾心蛋糕——藍色夾心來自藍莓醬和一種氣味濃烈的起司，與猶如雲朵的甜麵糊層層交疊。這種蛋糕的外觀與氣味都有強烈的衝擊性，但我早已喜歡上它的滋味。

所有精靈都想和溫德爾說話，這也難怪，畢竟他在這種環境中最爲如魚得水。沒幾個宮廷精靈想聽我本人或夜精靈總管描述營救溫德爾的經過，而我也不介意默默站在溫德爾身邊，充當他的影子。但他總是聊著聊著就提到我，說幸虧有王后在，否則他絕對無法復活，王國也會分崩離析。他深信這樣能讓宮廷精靈對我改觀，將他們看我的眼神從輕蔑轉爲欽佩——我並不覺得這樣更好，也從不覺得其中有多少溫暖。以前我只是無足輕重的角色，現在則變成他們眼中的謎。

一切發生得太快，我不由自主被捲進一切歡慶儀式與溫德爾的喜悅之中，但我很難抱怨什麼。畢竟他心愛的家鄉恢復完整，以後繼母也不可能再惹事。感覺一切都完美解決了，然而我心中依然有種難以捉摸的不安，無以名狀。

「我需要和你談談。」我說話有些結結巴巴，因爲到了這時候，我已經累到無以復加。溫德爾話說到一半停住，一臉驚訝地看著我，他的表情幾乎立刻變成內疚。他揮手讓大臣離開。

「對不起，」他說著，一邊帶我走出宴會廳，「我早該想到你會嫌煩。」

「你不需要道歉。」「我很不願意強迫你離開派對。我知道你想慶祝繼母落敗，但是——」他太過認眞的表情令我不禁莞爾。我心中感到輕快無比，彷彿笑容**永遠**不會消失。

「怎麼了？」他凝視著我。感謝老天，蝴蝶和其他會爬動的生物已經離開了他的頭髮，但上頭依然殘留著幾片蜘蛛網，之前又有兩名僕役在他的金色鬈髮中添了幾朵鍍銀玫瑰，兩者形成強烈對比。「你眞的以爲我心情這麼好是因爲**那個**？噢，小艾。」

「那麼想必是因爲你死裡逃生，」我說，「我不希望讓你以爲我無動於衷，也不想讓你誤會我一直都相信你的死亡只是一時的。當然不是這樣。我從來不曾感覺——」我無法說完那句話，同時也驚覺儘管城堡裡很溫暖，但我又開始發抖。「不過，溫德爾，我總覺得不太對勁……」

「因爲我死裡逃生！」溫德爾說，語氣中滿是氣惱，彷彿他至少每一季都會復活一次。「艾蜜莉，艾蜜莉，難道你眞的不知道我這麼高興的原因嗎？不久前我們**結婚**了——對我而言那不過是短短一、兩個小時之前的事。難道你忘記了？」

我呆望他許久。

「我好像眞的忘記了。」我終於說。

他放聲大笑。因爲笑了太久，最後他甚至得靠在牆上擦眼淚。

「實在發生太多事，我難免會分心嘛！」我激動地說。

他終於笑完了，但臉頰依然很紅，頭髮和銀色玫瑰纏在一起。「請容我提議以其他方式讓你分心？」

我輕聲一笑，腦中思緒亂成一團。我想和他爭吵，也想再次觸摸他，再次讓自己相信他是眞實的。我需要**思考**。但是一看到他魅惑的笑容，我就不由自主說出：「我不反對。」

我任由他帶我離開派對，然而走上樓梯時，我心中那個不停嘮叨的聲音變得更吵了，於是我拉住他。他轉身看我，以眼神詢問。

「你必須把你繼母放出來，」我說，「你給她的懲罰——很不對。」

「不對？」溫德爾一臉困惑。「小艾，她打算撕裂整個領域。在那座島上，她甚至差點殺死你！」

「我不是那個意思，」我說，「她受到那樣的懲罰只是罪有應得。問題是，故事不對。」這句話感覺太過空洞——我知道沒錯，但還不清楚**原因**，此刻我甚至無法對自己解釋，又怎麼能對他說明？儘管如此，他還是耐心等我說完。

「你不相信我？」我氣惱地質問。

聽到這句話，他的表情變得嚴肅。「我當然相信。假如你認為對我繼母太嚴厲會導致天罰，那麼我欣然接受。不過，小艾，我不能——也**不會**——坐視不管，任由她再次毒害大地。我更不會再容忍她危害**你**，至今她已經做過兩次了。只要能讓你遠離危險，無論會受到什麼報應我都不怕，當上天眞的降下懲罰時，我唯一的遺憾只會是沒有更多時間享受她的落敗。我眞希望能看到她現在的樣子，在那個受詛咒的鬼地方蹣跚流浪。」

他的表情很陰暗，先前的狂怒依然殘留，如暴風雨一般難以駕馭。在那一刻我明白了，我永遠無法說服他。

✦✦✦

我很早起床，距離日出還有很長一段時間。我注視著溫德爾的睡顏片刻——他像平常一樣整個人捲在毯子裡，只露出半張臉。我撥開落在他眼睛上的頭髮——前一晚他說到做到，以絕佳的方式讓我**分心**，所以應該不會太快醒來。我們的衣服散落一地，我的嘴唇有點瘀青，但是感覺很美好。

我輕吻一下他的太陽穴，然後下床走去浴室，浴池裡永遠裝滿熱騰騰的水。我迅速洗好澡，開始收拾行囊，在其中放進幾本書、我的日誌和新書的草稿，最後放了一件樸素的連衣裙——那些精靈縫製的浮誇玩意兒我一件都沒拿。

我對影子招招手，牠立刻從床腳的毯子上站起來。奧嘉睡在溫德爾的頭側，牠用被子做了一個窩，這時抬起頭輕聲對我哈氣。

「不知感恩的小壞蛋。」我嘀咕。黑貓只是瞪我一眼，憎惡是貓的天性，奧嘉更是如此。我原本以為我們的關係大有進展，但失而復得更讓溫德爾成為牠的世界中心，地位難以撼動，不允許其他人介入。當奧嘉發現我只是要自行離開，並沒有要拉著溫德爾一起去進行什麼要命的冒險，牠便把頭重新放下，不再費事思量我的行動。

然而，拉茲卡登沒有這麼容易應付。我從不知道他夜間會守在窗外的山梨樹上，但我瞥見一抹動靜，這才驚覺他就棲息在微微開啓的窗邊。我們互相對視許久，他古老深沉的目光使得我動彈不得。我不安地嚥下口水，擔心他會覺得我打算圖謀不軌，立刻叫醒溫德爾。但是他並沒有這麼做，只是默默注視著我，片刻之後，我決定繼續打包。整個過程中，他都像我一樣靜默無聲，甚至沒有讓羽毛發出窸窣聲響。

離開之前，我花了一點時間留下字條給溫德爾，上頭只寫我需要一點時間研究書籍——獨自研究。

然後我便離開城堡，也離開精靈界。

當我踏入科邦的霧中，不禁嘆了一口氣。不能說是如釋重負，因為我心中依然滿是煩惱，主要是出於熟悉。精靈不屬於這個世界，他們只能稍微接觸。在這裡，他們的作風與危難感覺沒那麼切身，比較容易以一層層學術理論覆蓋。

許多通往精靈界的門意外地容易破壞。只要你夠勇敢、不畏懼後果——很多時候只需要一點愚勇，好比踏破蘑菇圈、砍掉整片歪扭樹林，便能切斷我們與精靈世界之間的連結。但我不需要毀壞任何東西，我只要走到那排泛著超自然水光的踏腳石前面，將第一塊拿起來翻個面再放回去。底端滿是淤泥與小蟲——極其平凡，讓我感到非常滿意。

我扛起行囊，帶著影子走向農舍的門。

二月六日

不用說，我當然將所有的事都跟莉莉婭和瑪格麗特說了。

「他一定會來找你。」這是莉莉婭的第一個反應。「精靈界一定不只一扇門通往愛爾蘭，他可以使用別的門。」

「當然，」我說，「不過他不會這麼做。他太擔心我會生氣，頂多只會一直寫信糾纏。」我大笑一聲。「至少今天郵差不會送信過來——今天是週日，對吧？」

瑪格麗特與莉莉婭互使眼色。此時還是早上，我們坐在廚房裡，隔壁客廳的爐火劈啪作響，寒冷細雨打在窗戶上。我抵達農舍的時候她們還沒起床，這裡的時間比精靈界早，更爲接近午夜而非黎明。於是我在寫完日誌之後躺下，想小睡一、兩個小時——可惜沒睡著。大部分的時間我只是在單人床上翻來覆去。

「怎麼了？」

莉莉婭只是搖頭，然後從餐桌前站起來。她去到另一個房間，回來時拿著一束信件。

「這些信都還沒有拆過，」她說，「但我們眞的好想拆。收到時我們無法理解爲什麼他會認爲你在這裡，總覺得很擔心，但又想著信上說不定有魔法。」

我呆望著她塞進我手中的那束信件。溫德爾優美到荒謬的字跡回望著我。

「當然是這樣了。」我輕聲說。「之前他施法讓狼之森的時間流速與凡界相同，而隨著他死去，魔法就失效了。在他死亡的那段期間，這裡過了兩週，此時我從精靈界過來，同時也穿越了時間。然而，在我離開之後，狼之森的時間推進卻又變得與凡界一致——他該不會在我身上施了什麼魔法吧？一定有的。好吧，希望他能好好處理，我可不想在回去的時候看到他老了一百歲。還是說，到時候我會發現距離他寄出最後一封信才過了十秒？兩種情況都有可能，這些事沒有固定的規律。」

我感到心痛，從他的觀點看來，我大概已經離開他很久了。但也沒辦法。我抬起頭，發現瑪格麗特與莉莉婭盯著我。

「呃，」瑪格麗特說，「我還是不懂——你才**剛到**這裡，但這些信已經寄來好幾天了。」

莉莉婭按住妻子的手，於是瑪格麗特嘆息著放下疑問。她看著我，表情流露悵然。

「就像他送我們的那棵蘋果樹一樣，對吧？」她說。「不分四季都開花結果，即使積雪多得快碰到樹枝也一樣。雖然我喜歡那些蘋果，但前提是不能太仔細思考。一旦我開始思考，恐怕就**永遠**停不下來了，你懂我的意思吧？」

我放下那束信。反正我的心情太亂，根本無法專心讀。「對不起，」我說，「我帶著這麼多聳人聽聞的事情來到這裡，害你們無法安心度假。」

瑪格麗特大笑。「你總是忙著想要解開精靈謎團，這才是我們的艾蜜莉。我們早就預期會這樣了。」

「沒錯。」莉莉婭說。「好吧，或許這次的程度**有點**誇張。我還是無法理解爲什麼溫德爾沒有死，我們的故事都說死亡是精靈魔法唯一無法克服的事。」

「根據我的理解，那時候他其實還沒有真正死去，」我說，「至少不是凡人定義的死。精靈的靈魂不會立刻前往冥界，而是在中間地帶徘徊一段時間。因此總管才能夠找回他。」

莉莉婭淡然點頭——我猜這樣的解釋應該無助於讓她理解。「看來又是寫論文的好題目。」她說。

我輕聲笑了一下。「是啊。」

莉莉婭又幫我倒了一杯茶。「你這次會住多久？」

「直到破解這個難題。」我說。

她們再次互使眼色。「你還需要破解什麼？」瑪格麗特說。「那個雅娜女王已經死了，在這方面我同意溫德爾的看法——她活該受到這種懲罰，甚至應該更重一點。」

「不行。」我說。「一定有哪裡不對。在〈麥坎王的蜜蜂〉所有的版本當中，第二個王都因爲殺害第一個王而遭受懲罰。我愈來愈確信溫德爾也陷入同樣的模式——太多細節符合麥坎的故事。我們的計畫從一開始就錯了，儘管我想不出還能怎麼做，但絕對不可以殺死女王。故事是精靈界的架構，比魔法更強大，也比國王更強大。」

「你不是說過有一個版本的結局很美滿？」莉莉婭說。

我揉揉眼睛。「對，有**一個**版本的〈麥坎王的蜜蜂〉是這樣，一世死去，二世與人類妻子一起過著幸福快樂的生活。但即使如此——我不知道，還是感覺不對。我認爲可能是誤譯造成的。」

莉莉婭點頭如搗蒜。「也可能是哪一家的老祖父認爲這個故事的結局不好，所以自己編了一個。我家的**阿耆**就會這麼做。他很愛講高個子的古老故事，不過如果結局太悲慘，他就會擅自改掉。我媽媽都快氣瘋了，總是罵他不尊重古人。儘管如此，我們凡人確實可以改變這些古老故事，不是嗎？」

我不禁想到自己的祖父，被精靈戀人扔在石南荒原孤獨地等死。「有時候可以，」我說，「前提是不能讓自己捲進去。」

我甩開陰鬱的思緒。「無論如何，在這裡我比較能心無旁騖地思考。畢竟溫德爾——唉，他只會和我吵，在這件事情上我們的看法很不一致。」

「你確定無法說服他？」瑪格麗特說。

我根本不需要思考。「對。」

莉莉婭蹙眉點頭。「我不想說他的壞話，」她緩緩說道，「我知道你深信他和我們那裡的高個子精靈王不一樣。然而，有些時候——只有少數幾次就是了——我不太確定。」

我無法回應。我們默默喝著茶，影子拉長身體躺在壁爐邊，在睡夢中發出哼聲、露出牙齒，似乎是夢見了兔子。

「我們幫得上忙嗎？」瑪格麗特說。「我讀英文的速度很慢，尤其是學者寫的東西，不過說不定我們能發現你遺漏的細節。」

我看著她們展露鼓勵笑容的臉龐，感覺內心的結似乎鬆開了，雖然只有一點點。「謝謝你們，」我說，「我……你們願意幫忙，實在是太感謝了。」

✦ ✦ ✦

一月造訪三一學院時，我蒐集到十多種版本的〈麥坎王的蜜蜂〉，後來全部帶回了科邦。大部分都是我親手抄寫的，因此莉莉婭與瑪格麗特經常要我解讀字跡太過潦草的地方。

兩、三個小時之後，我站起來踱步到窗前，蹙眉看著我的筆記。莉莉婭也伸個懶腰站起來。瑪格麗特正在廚房，忙著烘烤中午要吃的麵包。

「我需要讓眼睛休息一下，」莉莉婭說，「想不想看看我的木雕完成了多少？」

我其實比較想繼續工作，但又覺得拒絕太失禮，最後還是跟隨她走進工坊。

「太厲害了！」我驚呼。阿坡的雕像就快完成了——只差腳而已。雕像的手指或許沒有像現實中那麼長、那麼尖，但是在沒有魔法輔助的狀況下，要完美重現並不容易。我抬起頭，發現莉莉婭端詳著我。

「看到你換回以前的打扮眞是太好了，」她微笑著說，「我不想妄加批評，因爲你穿著精靈華服眞的很漂亮。但我總覺得那種衣服看起來不太舒服。」

我笑了一聲。「這樣講還太客氣了。不過我得澄清，以一般的定義而言，那些衣服其實相當舒服。問題在於穿著它們的**我**感覺不舒服。」

她的頭歪向一邊。「那爲什麼要穿？你不是精靈國的王后嗎？應該想穿什麼都沒問題吧？」

我把玩著雕像有如長針的手指，想著該如何回答。沒錯，我是精靈國的王后——我也希望自己能展現出王后該有的樣子。回頭想來，我這一生幾乎沒有融入過任何環境，只除了在劍橋的時候——我能完美融入古老石塊與蒙塵的圖書館。之前身在精靈界時，我大概是希望能讓自己融入精靈之中。多麼愚昧的目標！如今我也搞不懂自己那時在想什麼。不過，我想大概沒有誰能大半生都熱愛著精靈，卻不希望成爲其中的一分子，也無法不去想像那裡是否不同於凡界，能帶來遍尋不著的家的感覺。

我不想說出這些讓莉莉婭心情沉重，於是只簡單說道：「精靈喜歡華麗與美。」

莉莉婭思索著點點頭。「應該是吧。不過在我們的故事中，他們更喜歡——英語要怎麼說？邊緣人？沒錯，他們也同樣熱愛邊緣人——隱士與遊民、浪客與詩人——以這些人為主角的故事很多，以華麗上流人士為主角的反而很少。只有寒光島這樣嗎？」

「邊緣人？」我重複，露出淺淺的笑容。「不，其他地方也一樣。」

莉莉婭聳了聳肩。「你說是就是——畢竟你最了解精靈。」她繼續帶我參觀其他木雕，不久後瑪格麗特在廚房大喊午餐好了，將我從思緒中解救出來。

下午的時間慢慢過去。我在專心研究一個故事片段時，忽然有人敲門，嚇了我一大跳。沒想到訪客竟然是妮芙。她身邊跟著一個笑嘻嘻的怪異矮小婦人，我看得出她是妮芙的斯普利根侍從，只是以幻術化成人形。

「他派你來監視我。」我說。

妮芙聳肩。「這是當然。」

我悶聲哀嚎。這時莉莉婭來到門口，瑪格麗特緊跟在後，看到妮芙來了，她們高興地歡呼，因為我跟她們說過很多關於妮芙的事。接下來大家互相自我介紹，說了些不可或缺的天氣評論，也邀請客人一同用餐，最後所有人一起走進廚房。

「其實你不必特地關上那道精靈之門，」妮芙說道，這時我們已經坐下來，喝著咖啡配瑪格麗特烤的香料麵包，「距離城堡不遠處還有另外一道，出口是海邊的一座小村子，名叫敦瑪爾。從那裡過來科邦只花了我兩個小時。」

「我想也是，」我說，「但我不想讓他輕易就能追來。這麼做是想強調我對於獨處的渴望。」

「噢，他很清楚！」她暢快地大笑。「我從沒看過他那麼慘的樣子。他一下子說要立刻出發追上你——還準備了一大堆傻氣的禮物想說服你回去——然後又唉聲嘆氣說要是擅自跑來，你一定會氣得噴火，把他燒成灰燼。他不停來回踱步，城堡地板應該都被他踩出幾條溝了，而且他把僕役全都嚇壞了，因爲他動不動就親自拿抹布東擦西擦，不然就是拒絕讓裁縫幫他修改衣物——他到半夜都還不睡，拿著針線忙個不停。」

我雙手抱頭。「我覺得這樣好糟糕，」我老實說道，「以他的角度來看，我已經離開很久了，我沒有想到這一點。他一定以爲我很生氣。」

妮芙對著我擺擺手。「精靈偶爾在愛情中受點挫折也不會怎樣，尤其是那些貴族。這樣反而對他們有好處，因爲他們太習慣在感情上一帆風順。總之！他要我假裝自願來協助你進行學術研究——說眞的，我確實很想幫忙，而我也不打算向他報告你的近況。」

「還是報告吧。」我說，然後解釋我和溫德爾爭執的原因。

「哦。」她鎮定地點頭。「利亞什給他繼母的懲罰確實很殘酷。就算眞有天譴，我也不會太驚訝。」

我緩緩鬆開屏住的呼吸。「我本來還擔心你會站在他那邊。」

「怎麼會？」

「我不知道。」我說。「我猜大概是因爲沒有確切的證據可以支持我的憂慮，那僅僅只是——直覺。」

「**直覺**很重要，我們樹靈學家常常只能仰賴直覺。」妮芙說。「畢竟我們所研究的是世人所知最少的一個學科。」

我搖搖頭。「全憑直覺太不科學，而溫德爾拒絕釋放繼母也並沒有做錯。」

妮芙放聲大笑。「艾蜜莉，陛下的行爲完全符合所有故事裡每個精靈王的模式。他會爲所欲爲，能夠從兇惡的復仇中得到滿足時更是如此，同時也會假裝精靈界沒有**後果**這個詞。所以精靈王的領域才會總是水深火熱，儘管他們擁有強大魔法，卻逃不出模式與輪迴的主宰。隨便一個不太糟的樹靈學家都能輕易看出來，但他自己卻看不到，因爲他的天性就是如此。所以啦，在這方面，我們得幫幫他。」

就這樣，我擁有了三個助手，其中一個還是極富盛名的愛爾蘭精靈傳說專家。

妮芙帶來了她自己的一疊藏書，於是我們一起展開致力於研究的一天。莉莉婭負責研究她稱之爲「幸福美滿麥坎故事」的版本，這一版收錄於維多利亞時代的一本西南愛爾蘭故事集，附帶學者評論[27]。一個小時後，她遞給我一本書說：「你覺得這個怎麼樣？」

我瞥一眼書頁。「這是片段故事——維多利亞早期的樹靈學家很喜歡蒐集精靈傳說片段，然後再像拼圖一樣拼在一起，這些片段大多來自於黑暗時代的殘破手稿。在大約一、二十年的時間裡，這一直都是當時很風行的消遣，但沒什麼科學價值。」

「眞的嗎？」莉莉婭說。「這裡有個註腳——史密斯教授認爲，雖然文中沒有寫出主角的名字，但這應該是麥坎故事眞正的結局。」

「什麼？」我將她手中的書搶過來瀏覽。她說得沒錯——平時我都會閱讀註腳，但之前太心急，跳過了這本書中史密斯所寫的那些。

「見鬼的註腳！」我嘀咕。

我思索著史密斯博士的說法，在與另一個版本的麥坎故事片段交叉比對之後，終於能夠放心確信她的理論正確。最後我們拼湊出完整的故事，但我對此有點後悔。下面附上「幸福美滿」麥坎故事——之前我都如此稱呼史密斯版的〈麥坎王的蜜蜂〉——第二部，也是最終的結局。情節從麥坎二世殺死一世之後接續。

麥坎二世與凡人妻子共享王座許多年，比起前夫，凡人妻子更喜歡後來這一個。有很長一段時間，一切平安順利。然而，幾年過去之後，麥坎二世愈來愈深信他其實並未成功殺死一世。他會在風吹過蘆葦的沙沙聲響中聽見一世的聲音，而只要有蜜蜂飛過，他便會說：「那是一世派來監視我的間諜。」

麥坎的妻子非常擔心，因此想要向丈夫證明麥坎一世確實死去了。一世的遺體只剩幾顆牙齒，於是她拿去給丈夫看，甚至串起來戴在脖子上，這樣麥坎只要看到她就會想起一世已死。一開始他確實因此平靜下來，到了後來卻說：「不對啊，一世沒有牙齒也能活吧？這根本不足以證明。」於是她又抓來幾隻蜜蜂，逼迫牠們說話，這樣牠們就能向她的丈夫表示自己不是間諜，只是夏末殘存的蜜蜂。但麥坎二世卻稱讚牠們撒謊的技術很高明，並命令僕役殺光小山上的所有蜜蜂。問題是，要殺光一地的昆蟲是不可能的事，這個命令反而使蜜蜂憎恨麥坎二世，一有機會就螫傷他。如此一來，他更加堅信一世還活著，特地派手下來折磨他。

27 伊妮德・史密斯博士，《愛爾蘭農民精靈傳說與神奇故事》，一八一二年。

最終，麥坎二世對一世的恐懼變得如此之深，以至開始懷疑所有訪客都與一世勾結，即使身分再卑微也一樣。一開始他只是將訪客趕走，但他的妻子擔心這麼做會違反古老的法律，於是又下令將所有旅人迎進城堡。麥坎二世瞞著她在夜晚殺光所有賓客，然後命令僕役告訴妻子是這些客人決定提早離開。

後來他的妻子得知真相，卻已經太遲了——儘管麥坎王以魔法延遲她衰老的速度，但她依然漸漸老去，再也沒有心力導正丈夫的脾氣。一天早上，麥坎二世醒來時發現身邊的妻子已全身冰冷。悲痛使得二世更加疑神疑鬼，他認定妻子並非壽終正寢，而是遭到麥坎一世或他的爪牙下毒害死。

麥坎二世殺的訪客愈多，愈是樂在其中。他喜歡先扮演殷勤的主人，給予客人各種奢華款待，第二天早上再以新想出的方法加以殺害。現在他不只歡迎賓客上門，甚至會主動找人過來，用盡各種精靈招數誘騙凡人與流浪精靈前往他的城堡，每次他都告訴自己這些客人全都是麥坎一世的間諜，因此死有餘辜。他也處決了許多僕役與親戚，最後身邊只剩下最愚笨、最墮落的精靈。麥坎王的敵意逐漸腐蝕了森林，幾年之後樹木便全部枯萎，河流也乾涸，小個子精靈則或死或逃。

麥坎二世的國土變得冰冷、殘酷、荒蕪，一如精靈界的許多地方。若是凡人意外闖入麥坎王的小山，最好立刻循原路回去，千萬不能受到燈光與城堡誘惑，不然就永遠回不去了。

✦ ✦ ✦

我拼湊出全部情節、理順所有邏輯之後，第一個拿給莉莉婭看。她讀完之後沉默許久，然後說：「溫德爾也會變成這樣？」

「溫德爾的故事應該不會和麥坎二世完全一模一樣。」我說。「不過，我確實相信他對繼母復仇的行為將導致他本人——以及整個領域——走上毀滅的道路。他可能因此變得瘋狂，或者愈來愈心懷仇恨，找出各種理由將**其他**敵人扔進夜幕境。溫德爾的故事也有可能會出現截然不同的發展，讓他得以逃脫麥坎二世的命運。」

「但你並不相信會那樣。」瑪格麗特看著我說。

我沒有回應，莉莉婭則鄭重點頭。「我們該怎麼做？」她說。

「我們必須設法改變故事，」我說，「我找到一個版本的麥坎故事讓我獲得啓發——在這一版中，麥坎二世被蜜蜂叮咬之後，凡人王后請求波嘎幫忙治療。雖然波嘎拒絕了，但我不禁覺得說不定我也該去找波嘎諮詢一下。天曉得他會有什麼獨到的見解？畢竟他認識溫德爾家族的好幾代成員。」

妮芙往後靠向椅背，雙手抱胸，輕聲吁氣。我知道這是所有學者表示反對的慣用動作，於是我等她開口。

「你太過重視麥坎的故事了。」她率直地說。

「太過重視！」我大聲說。「這個故事的情節幾乎百分之百命中，不是嗎？三名僕役、另一座城堡……」

「我不否認，確實很有幫助。」妮芙說。「然而，正如班奈特所主張，光憑精細研究單一故事就想了解精靈領域或其中的居民，不啻以管窺天。難道現代的樹靈學家都不讀他所寫的比較歷史學著作嗎？我們必須尋找**模式**。」

我細細思索著這番話。「好吧，」我也往椅背上靠，「你看出了什麼模式？」

「很多、很多——畢竟我花了很多時間沉浸在世界這個角落的精靈傳說中，」她說，「甚至可以說現在我也**變成**傳說的一部分了——哈！不過有一項元素特別明顯，你聽了恐怕不會高興。」

「說吧。」

「許多與愛爾蘭精靈有關的故事都是以尋常凡人的英勇為中心，」她說，「光是流傳自林恩郡的故事我就能想到至少五個，全都是類似的情節，講述凡人獨自前往險惡的領域拯救被囚禁的精靈貴族。這還只是我現在臨時想到的而已。囚禁、救援、進入黑暗的旅程——到處都能看到這些元素，就連最古老的故事也不例外。」

「但溫德爾不需要拯救，」莉莉婭說，「你已經救活他了。或者該說是那個總管救活的。」

「她說的並非溫德爾。」我輕聲說道，呆望著妮芙。從她剛才說的話來看，我只能想到一種解讀方式。

妮芙用手指輕敲咖啡杯，沉默不斷蔓延。最後她開口道：「我說過你恐怕不會高興。」

「換言之，我必須拯救溫德爾的繼母。」我說。「還真是一點也不難呢。只要去一趟夜幕境就好了，我這就立刻出發。」

「你**真的**能去？」瑪格麗特一臉驚恐。

「用你的斗篷。」莉莉婭說。

我搖搖頭。「溫德爾把縫在斗篷上的那角夜幕境拆掉了，他擔心繼母會從那裡逃出來。」

我們再次陷入沉默，想像著瘋狂的精靈女王從我的斗篷下襬慢慢爬出來。

「有門通向那裡嗎？」瑪格麗特說。「就像其他精靈之門那樣？」

妮芙已經在搖頭了。「沒有門能通往夜幕境，也沒有任何相通的路，只有精靈君主可以開啓夜幕境邊緣作爲入口。感謝老天——畢竟那個地方宛如地獄，可謂噩夢荒原。」她停頓一下，表情浮現渴望。「不過以學者的觀點來說，非常引人入勝。」

「只有君主可以開啓。」我輕聲說。一個可怕的領悟猛然浮現，宛如寒霜籠罩著我。

「嗯……我記得溫德爾說過。」

莉莉婭瞪大眼睛。「我知道你在想什麼。」她說。「**你自己**就是精靈君主！你是不是能靠自己找到方法進去？」

「我在想的不是這個，」我緩緩說道，「我確實是精靈君主沒錯，但我是個凡人。看雅娜女王就知道了——儘管她有女王頭銜，依然無法逃出夜幕境，這一定是因爲她有凡人的血統。我仍舊需要精靈君主的幫助，但不能是凡人，也不能是混血精靈。」

妮芙搖頭。「利亞什絕不會釋放他的繼母，在這一點上他不可能動搖。」

我看著她們，思考接下來的話究竟該怎麼說，我的理智才不會遭受質疑。遺憾的是，我自己也頗有疑慮。但我還能怎麼辦？還有別條路可走嗎？更何況，這個想法確實有其凝鍊之處——回到原點。

然而，除此之外根本徹底瘋狂。

「我認識的精靈王不只溫德爾一個。」我說。

二月八日——深夜

唉，我累了。一般而言，田野調查讓我有很充分的理由前往各種荒郊野外，但是從奧地利回來之後，我一直沒有理由活動筋骨。這次我只打算寫一小段，然後就要睡覺了。

一等到天色夠亮，能夠看清前路，我立刻帶著影子從農舍出發。我只帶了最爲必要的東西：我的日誌、鋼筆、鉛筆、溫德爾的信、一點水和食物、雪鞋。最後那一樣是跟莉莉婭與瑪格麗特借的，背包也是。她們想陪我至少走一段，但我拒絕了。

「有人陪也不會比較快，說不定反而會更慢。」我說。「我也說過了，這趟路程很可能只是白費功夫，說不定最後我還是得回來。」

最終她們讓步了，瑪格麗特准許我和她擁抱道別。一開始我以爲莉莉婭不願意原諒我，因爲她抹著眼淚去了另一個房間。但瑪格麗特也跟了過去，不久之後她們一起回來。

莉莉婭緊緊擁抱我，開口時依然帶著哭腔。「我很希望你能重新考慮。」

「對不起。」這是我唯一能給的答覆。我看不出有什麼辦法能夠解決我們之間意見不合的問題，於是我搶在眼淚落下以前急忙轉身。

「要寫很多筆記喔。」妮芙只說了這麼一句充當道別。然後我和影子就出發了。

我原本不想帶忠誠的大狗一起去。或者該說，我**很希望**能帶影子一起去，但這次的冒險既危險又辛苦，我擔心會造成牠太大的負擔。然而，經過奧地利那次的遭遇之後，我認爲影子應該不想被留下來。說真的，牠似乎已經察覺到我打算做什麼。今天早晨牠躺在門口，看

著我的眼神充滿批判，八成是跟奧嘉學來的。我跪下摸摸大狗的臉，向牠保證不會丟下牠，而牠一理解我是認真的，立刻爬起來狂舔我的臉。

我原本期望能在天黑之前抵達山區，但冬季的白天太短，影子的體力又不好——我自己也好不到哪裡去——導致行程嚴重落後。這座山有個陰森的名字，翻譯成英語即是「白骨山」，它是林恩郡最高的山，也是唯一海拔夠高，會在冬季積雪的山峰。從莉莉婭與瑪格麗特的農舍出發，這條路看似再簡單不過，只須穿過一片沒有路的高山沼地，然而實際走起來卻很辛苦，因為時常要與石南和其他荊棘灌木搏鬥，此外也經常遇到濕軟的泥地，只在陽光勉強穿過濃密植被照射處形成泥濘，照不到光線的陰影處則濕滑結冰。

昨晚大約是在晚餐時間紮營的，當時我才走到白骨山的山腳下，但還是決定休息，因為天色已經暗到看不見路了。在我身後的群山猶如銳利的斷牙，刺入冬季繁星點點的夜空，而我呼出的氣息則在雲霧間升騰。

我脫下斗篷，用力抖了一下，就像我之前看溫德爾做過的那樣。一放手，斗篷便自動變成帳篷，裡面不但有好幾條毯子，還有多到好笑的枕頭。我安頓好之後點燃蠟燭，開始讀溫德爾的第一封信：

精靈界經敦瑪爾

收件人：艾蜜莉・懷德教授

科邦，舊路，溪畔農舍

寄件人：溫德爾・班柏比

最親愛的艾蜜莉：

你離開之後已過一日有餘。你看，我很克制吧，沒有立刻寫信給你，也沒有去追你。請告訴我，你已經原諒我了！沒錯，雖然你以研究作為藉口離去，但我知道其實是因為你氣我不肯釋放繼母。小艾，我承諾過，只要我能力所及，一定會實現你的所有心願，但或許當初我該明確立下限制：自尋死路的心願除外。我很了解我繼母——她絕不會放棄尋求權力，在她眼中，如今最大的敵人是你，而不是我。我知道你有多愛將精靈怪物視作寵物，但是唯獨她不可以，因為她狡猾的程度超乎想像，無論關在怎樣的牢籠裡，她都會設法逃脫。反正，現在她很可能也已經死了——夜幕境非常恐怖。

自從你離去之後，我一直在反覆琢磨我們上次待在一起時說過的每句話、交流的每個眼神，我忍不住想，說不定你要求我釋放繼母另有理由。你是希望能為新書訪問她，對吧？小艾，我的領域到處都有一大堆壞蛋可以讓你慢慢拷問。快回家吧，我幫你抓幾個來。巫頭鹿也有女王，你知道嗎？那種鹿可是非常恐怖的精靈，從來沒有學者親眼看過。

永遠屬於你的，溫德爾

「太過分了！」我對著信紙怒吼。**倘若**我是因爲一時氣憤而離開他，那麼這封信絕對能哄我回去，這點他也很清楚。之前我不只一次向他提起，我對巫頭鹿特別感興趣，非常想研究一下，這種生物相當神祕，就連其他精靈也所知甚少。他們竟然在溫德爾的領域中還有自己的宮廷？我從沒聽說過這種狀況。我搖搖頭，繼續讀下一封信。

科邦，舊路，溪畔農舍
收件人：艾蜜莉．懷德教授

精靈界經敦瑪爾
寄件人：溫德爾．班柏比

最親愛的艾蜜莉：

今天我和那個波嘎聊了一下，真的非常有意思。你也知道，他服侍過我的幾代祖先，親身經歷過他們的治理。他有心情聊聊往事的時候，可以從他的回憶中追溯很多史實，例如這座城堡建造的過程、小徑與陵墓的規畫、不同貴族之間的合縱連橫、權力鬥爭。我從沒遇過對這片領域了解得如此之深的存在，他知道好多故事，或許只有舅舅知道得更多，但要讓他開口太過困難。不知道我們還有多少時間能夠分享他的智慧，畢竟波嘎大部分的時間都在睡覺，即使是精靈君主也很難叫醒他們。天曉得呢？說不定明天他就決定要去小睡一下，很可能一睡就至少十年。

請快點回家吧，不然至少寫封信給我。

永遠愛你，溫德爾

「我知道你在打什麼主意，」我嘀咕，「這招未免太明顯了吧？」

科邦，舊路，溪畔農舍
收件人：艾蜜莉．懷德教授

精靈界經敦瑪爾
寄件人：溫德爾．班柏比

最親愛的艾蜜莉，

自從你離去之後已經過了三天！今天早上我決定自己受夠了，下定決心要出發去找你，就算只是為我自己辯解一下也好。然而，我突然想起以前在劍橋的時候，每當你在辦公室瘋狂打字時，要是我膽敢探頭進去打斷你的工作，你都會惡狠狠地瞪向我，這樣的回憶令我膽戰心驚得卻步。你明確告訴過我不要去科邦打擾你做研究，要是我還不聽話地跑去，你看到我的反應絕對會非常可怕，比一百個艾蜜莉一起瞪我更嚇人。

儘管如此，我依然相信我應該冒險前去。噢，回到故鄉確實很美好——我絕不會否認這點，我發現我的領域比印象中更賞心悅目、更適合享受幸福愜意的生活。說真的，我很同情住在其他地方的精靈，因為這裡的森林與丘陵實在是太美了，別的領域難以望其項背。所以啦，小艾，當我說少了你的陪伴讓我覺得全身上下都不對勁，有如少了一隻手或一條腿，即使身在我國無盡的絕妙美景當中，我也無法感到愉快，想必你能理解我的憂傷有多深。你應該多少也會想念我吧？小艾，現在我懂你的心意了，雖然你總是假裝自己的心裡只有石頭與鉛筆屑，但其實並非如此。

不然我明天去一趟科邦好了。如果你連信都不肯寫，我只好被迫過去打斷你的辛勤操勞，你應該不會噴火把我烤焦吧？還是你其實會嗎？

獻上所有的愛，溫德爾

其他信件大致都是同樣的調調，一下子抱怨、一下子哀求，想盡各種方法賄賂，以科學發現爲誘餌企圖拐我回去。我把信塞在枕頭底下，在心底咒罵他太愛演戲，也咒罵自己竟然因此動搖——我是爲了再一次拯救他那顆氣人的腦袋才離開，卻得爲此感到內疚！我用力搥了枕頭幾下，試著入睡，然後又把信拿出來重讀一遍。

我很擔心夜裡可能會遇到暴格來偷襲，因爲我發現幾處淡淡的行走痕跡，地面也有一些洞穴，很像之前在波嘎石塔附近看到的那種，此外我也看到一個被暴格丟棄的鍋子。不過我和影子沒有受到打擾，出乎意料地一夜好眠。

莉莉婭與瑪格麗特告訴我白骨山東側有一條健行步道，我沒有找太久就找到了，大大鬆了一口氣。雖然上山的地勢很陡峭，但有步道可走還是輕鬆多了。接近傍晚的時候，我們抵達了山頂積雪處。

這時我終於允許自己稍作休息。儘管山上寒風刺骨，我依然滿身大汗，上山時急行趕路，也讓我的雙腿嚴重痠痛。影子一整天都配合我的速度，堅毅地踏著蹣跚腳步跟在我身後，而此時牠正趴在我身邊，兩隻前腳放在我的腿上，大口喘著氣卻精神奕奕，彷彿打定主意想證明我帶牠同行沒有做錯。我拿出扁水壺喝水，又吃了一點麵包，頭部的抽痛總算慢慢緩和。我很想欣賞一下風景，因爲此刻我們所在之處三面環山，一側還能俯瞰遼闊的石南荒原，遠處的科邦村落變得只像是幾個白色小方塊。然而，這個地方感覺格外險惡，不僅山勢陡峭、地面濕滑，而且到處都是碎石，一想到回程會有多危險，我就不禁膽戰心驚。我感覺得出來很少有人健行至此，可能是因爲這裡的風太強，吹得我都快站不住，也可能是因爲有精靈獸在這裡出沒。無論原因爲何，我都不想逗留太久。

我用微微顫抖的手取出藏在衣領底下的項鍊吊墜。那是一小圈盤起來的骨頭，怎麼看都不像鑰匙，然而確實是鑰匙沒錯。

我不知道計畫是否能成功。阿坡的門只有在冬之地才能使用——不知道這裡算不算？這裡確實比溫德爾的領域附近更有冬天的感覺，環境也更嚴酷，目前我去過所有被稱爲**冬之地**的地方都有這樣的特徵。

我將鑰匙舉在面前，用拇指與食指捏著，緩緩走上積雪的山坡，心中時而滿懷希望，時而覺得自己愚蠢至極，特別是好幾次我腳下一滑，差點一路滾下山。我憂傷地想著，萬一我在這裡墜落身亡，下方的村落會有人看見我渺小的身影嗎？還是說，我會成爲另一個樹靈學家神祕失蹤的案例？我還有那麼多事還沒完成，若是這時候喪命於此，時機眞是差到不能更差了！不過話說回來，想必所有英年早逝的人都有很多事還沒做完，但事情不分大小都會隨之灰飛煙滅，無論那只是日常雜務，或者是挽救一個精靈王國的任務。

我滿腦子這種憂鬱念頭，突然腳下一滑——這次不是因爲薄冰，感覺更像是山的坡度改變了。我踉蹌了一下，差點往前栽倒，幸好及時站穩，再抬起頭時，我已經不在愛爾蘭了。

眼前就是我熟悉的溫泉，泉水冒著氣泡，水面飄起硫磺味的蒸氣。再過去則是位在森林邊緣的樹林，樹木因爲地處高緯而發育不良，遠方可以看見冬季冰封的深色海洋。

我終於放棄抵抗，任由暈眩感襲來，在雪地上沉沉跪下。一路緊跟在後的影子也哼了一口氣，在我身邊坐下。或許是爲了對抗身後的地心引力而彎腰走了好幾個小時的緣故，此刻我依然覺得隨時可能由高處滾落。

我大笑起來。那一刻我滿心歡喜，彷彿任務已經達成了，但其實只是剛開始而已。我望向樹林尋找阿坡。他的白楊樹就像以前一樣優美，樹皮白如新雪，彷彿有人辛勤擦拭掉所有不完美之處，儘管在隆冬中依然綠葉茂密。一個樹洞飄出一縷炊煙，嚴寒的林間空地滿是烤麵包的香氣。顯然有村民過來幫忙剷雪，在阿坡的樹和溫泉之間清出一條小徑——我猜應該是芬恩。

有個東西吸引我的目光往上看。我驚覺正上方竟然有一張臉往下看著我，那個小生物端坐在一根光禿禿的枝幹上靜止不動。小傢伙大約兩英尺高，擁有宛如枯骨的灰色臉龐，嘴巴顯得過大，尖銳牙齒閃閃發光，對著我的方向齜牙咧嘴。儘管它臉龐枯瘦，身軀卻相當肥胖，身上穿的衣服像是好幾隻貓頭鷹的屍體縫在一起，而且是腐肉沒有清乾淨的那裡。精靈的手指從樹枝垂下，有如黑色的細長利劍，尾端尖銳得足以致命，長度足足是身體的兩倍。

我呆望著它。

那個怪物也呆望著我。

它張嘴發出恐怖的尖銳嘶鳴，聽起來很像生鏽水壺燒開滾水的笛音，我也開始尖叫——這很不像我會做的事。一般而言，與精靈相處時我都能控制住情緒反應，但那個精靈的樣子實在太嚇人，而且完全出乎我的意料，我原本以爲這裡只會有我的朋友在。

我蹣跚後退，差點跌進溫泉裡，兩手重重撞上圍繞在泉水旁的潮濕溫熱石塊。那個怪物在樹枝上搖盪，似乎在蓄力準備往前跳——我猛然吸入一大口氣，喊出破力咒——不是找鈕釦的那個，而是能暫時隱形的那個。我不知道這樣做能不能保命，但至少能讓那個怪物感到疑惑，說不定就能趁機想出辦法。影子跑來擋在我前面，發出低沉的咆哮威嚇——牠的近視很嚴重，不知道是否能看見樹上的怪物，儘管如此，牠已察覺到我的緊張，於是不顧一切準備迎戰威脅。

在一觸即發的對峙場面中，阿坡突然出現。他從樹居走出來，雙手抱著一大籃結冰蛋糕，盛裝的數量多到快要掉出籃子邊緣。他對我燦爛微笑表示歡迎，看起來非常開心，一點也不感到意外。

「我從窗戶看到你。」他說道，完全沒留意我們頭頂上那個尖銳嘶鳴的怪物。「太好了，我才剛完成今天的烘焙工作，東西都還是熱的呢。」

我伸出顫抖的手指著上方，緊張得連話都說不清楚。「那個。那個。」

他抬頭看去。「噢，對了！」他開心地呼喊。「母親來看我。」

「我的老天。」這是我唯一說得出口的話。

「嘶——沙——」樹上的怪物回應阿坡。

等到心跳終於稍微放緩，我才再次開口。「那位，是你的母親？」

阿坡將那籃蛋糕交給我，拉拉我的斗篷下襬，小臉洋溢歡喜。「眞開心！我的家人全都待在一起，只差一個。金髮王子呢？他該不會又生病了吧？」

一如這個小棕精靈以往的作風，阿坡毫不猶豫就接受了我突然現身的事實——我們已經好幾個月沒見面了，他的反應卻彷彿才過了幾天而已。蛋糕散發著蘋果香氣與香料的刺激氣味，我拿起一個，但沒有吃。剛才受到驚嚇之後，我的胃還沒有平靜下來。

「溫德爾很平安，」我的聲音還有點顫抖，「但他忙著治理國家。他要我告訴你，他很遺憾沒辦法過來。」

阿坡看起來既放心又震驚。「眞的？噢，他眞的不需要特地來——不過，當然啦，他如果來了，我會感到非常光榮。」後面那句是他急忙補上的。「母親也是！我告訴她一位精靈王族成爲我們的**家伴**，她完全不敢相信呢。」

阿坡的母親對於王族家伴的眞實想法我始終無法得知，因爲樹上傳來的唯一答覆是一陣暴躁咆哮。我抬起頭，發現她消失了。

「她很樂於看守我的家，」阿坡一臉幸福地說，「因爲她也認爲我的樹是整座森林中最美的。我出生長大的那棵柳樹也很漂亮，但是這棵更優雅，她擔心會有敵人出於嫉妒過來破壞。我覺得不太可能，你覺得呢？因爲，就算我**眞的**有敵人——我希望沒有，因爲別人想要跟我吵架的時候，我總是立刻跑去躲起來——他們只會對我的樹一見鍾情，連刮傷都不忍心。」

我很想確認他的母親究竟去哪裡了，但我努力克制。「你的母親……手指好長。」

「噢，對。」阿坡說。他低頭看向自己細長的手指，雖然同樣很長，但遠遠比不上他的母親。「母親年紀很大了。希望有一天我的手也能像她一樣美，但母親說我不該盼望可能永遠不會成眞的事，要滿足於現狀。她可以只用一隻拇指就刺穿海豹，眞的很方便，對吧？」

我實在想不出該怎麼回答，於是轉而說道：「我來幫溫德爾辦事，這件事非常緊急。如果你願意協助的話，我會非常感激，他也一樣。」

阿坡的表情突然變得十分驚恐。「好……好的。噢，他是不是擔心我的樹？我在夏季每天都有澆水，落葉也全部收集起來——藏在非常安全的地方！」

「溫德爾對你照顧樹的能力非常有信心。」我向他保證。「我來是爲了——」我掙扎片刻才終於說出口，「我來是爲了找國王。」

阿坡的眼睛瞪得又大又圓。「噢，可是……」他後退一步，突然融入雪地中消失，然後出現在更靠近樹居的地方。「你還是別去吧，」他壓低聲音，焦急地說，「他比金髮王子還可怕，可怕太多了。那個……」他再次滿臉驚恐。「我不是那個意思！王子非常高貴、非常仁慈，他是如此關懷我的樹——」

「噓，沒關係，」我安撫他，「不用擔心溫德爾會生氣。至於冰雪之王，我會獨自去求見，你不必陪我去。我只想打聽他現在在哪裡。」

阿坡渾身顫抖。「我不知道。」他鬱悶地說。「貴族駕著馬車到處跑，晚上我會聽到他們在森林深處和山頂唱歌。不過國王和宮廷的貴族很少來海邊，他們比較喜歡冰川和雪地。」

我感到一陣失望襲來，但盡力掩飾住。我不該期待阿坡會知道隱族之王的下落。說不定拉芬斯維克的村民能幫忙——反正我早就該去探望歐黛了。

「凡人會在國王的樹前面放供品，」阿坡在沉默許久之後開口，「他們留下供品，然後會被拿走。」

「那棵樹。」我說。

二月九日

儘管四周環境惡劣，但我在抵達新的紮營地之後獲得一夜安眠。此刻，當朝陽灑在我的日誌上，映下樺樹的影子，我不禁覺得可以繼續記錄這趟旅程，即使每次風吹過樹枝的窸窣聲響都會嚇得我猛然轉身，心臟差點從喉嚨裡跳出來。

他會過來吧？

先前一路爬山讓我累壞了，很希望能立刻從阿坡的樹林出發，但阿坡堅持要我看看樹居新添的裝飾。經常來訪的賓客包括各種候鳥，於是他蒐集了候鳥掉落的羽毛，選出其中最漂亮的用細麻繩掛在樹枝上，有時候還會加上村民獻給他的小石頭或首飾，風吹過時會發出悅耳的叮咚聲響。除了那籃蛋糕之外，他還送我一條麵包，裡面滿滿鑲嵌著我最喜歡的寒光島羊奶乳酪。我帶上這些糧食、穿好雪鞋，繼續上路走進逐漸變暗的森林。

其實我很擔心自己會想不起前往那棵白樹的路途，畢竟我上次在寒光島停留時只去過兩次。幸好學術研究救了我，不久前我才以這個題目發表過一篇論文，還在裡面附上一張手繪地圖，因此記憶猶新。我先找到流經白樹所在地的河流，然後往下游走了幾個小時，終於看到那個急彎處。

印象中卡薩森林沒有這麼陰森——或許是因爲第一次來的時候溫德爾和我在一起，他一路上抱怨個不停，破壞了這種宛如異域的氣氛；第二次我則全心忍受劇痛與恐懼，無暇注意其他的事。那條河在冰層下方潺潺流動，紫羅蘭色調的暮光在雪地上映出如夢似幻的光影。

冬季的森林都帶著一種憂傷的氣息，這裡也不例外，而且到處都有細小聲響，感覺充滿活物——有些是精靈，有些則不是——然而，當夜色降臨，森林立刻多了一種格外令人發毛的氛圍，只見綠色極光在樹梢後方躍動，彷彿我一路跟隨的那條河多了個幽魂般的孿生手足。這裡是非人之地，而我是不請自來的擅闖者，若非我學識充足，並且擁有魔法斗篷，否則根本不需要精靈獸出手，這片森林本身就能要我的命。

就在此時，我看到了那棵白樹。

就跟上次見到時一模一樣，它的樹幹潔白如骨，中間裂開一道長縫，邊緣稍微向外翻開，有如斗篷的領片。樹上連一片葉子也不剩，扭曲的樹枝一覽無遺，朝著天空及四周恣意蔓生，相較於僅能容納一人的中空細瘦樹幹，它的樹冠巨大得不成比例，遠遠超乎正常範圍。如同之前，我依然覺得周圍的樹木似乎全都往後退開，想要遠離這棵白樹，因此在它的樹冠外圍可以清楚看到一圈點綴著翡翠極光的星空。

影子嗅著空氣，保持警覺，但是和上次我們一起來的時候不同，牠沒有哀嚎，也沒有其他害怕的表現。我看不出附近有精靈活動的痕跡，頂多只有阿坡所說的供品。我也沒有發現人類的足跡，說不定自從開始下雪之後，拉芬斯維克和鄰近村落的人就沒有來上供了。

我沒有踏進那棵樹之內，總覺得這麼做只會造成反效果，但我鼓起勇氣，虛弱地說了幾次「嗨，有誰在嗎？」，希望能引出旁觀的精靈。然而，沒有任何回應，森林一片死寂。

我脫下斗篷抖了抖，再次變出帳篷，然後在褶襉間摸索，看看溫德爾是否想到要準備其他露營必需品。可想而知，我沒有失望。我找到幾根椿釘，可以在風大時加固帳篷，另外還找到更多不同形狀與大小的枕頭（真是夠了），以及一口小鍋，最後在我確定已經翻找過的地方挖出一塊火種。

我撿了一些掉落的樹枝生火，刻意與冰雪之王的白樹保持距離，以免有不敬之嫌。影子的晚餐是肉乾配融雪，我的晚餐則是把阿坡的麵包切片之後放在火上烤，配上從莉莉婭與瑪格麗特的農舍帶來的最後一顆蘋果。我等了又等，凜冬君主始終沒有現身，於是就此睡下。

二月九日——稍晚

好的！我和影子等了一整天都沒有動靜，天色又漸漸黑了。我打算明天早上出發，因爲繼續在這片荒涼森林逗留毫無意義。說不定隱族之王和他的僕役都不會再來這裡，村民的供品其實是被暴格或棕精靈拿走了。

我承認，我之所以想離開並非完全出於務實的考量。獨自待在這個地方令人提心吊膽，隨著時間過去，空氣中那種滯悶的感覺使我愈來愈常聯想到怨恨。我不斷想起隱族之王受困於樹牢中數百年——白樹會不會依然保留著他的憤怒與絕望？樹幹上的裂縫愈看愈像張大尖叫的嘴，凝固在永恆之中。

不僅如此，我也愈來愈確信樹幹裡不時傳出交談聲。我聽不出他們在說什麼，因爲音量太小而且回音太重，彷彿說話者距離遙遠，但我相信是他們說的是精靈語。我試著對白樹說話——既然那棵樹那麼怪異，何不跟它說說話？——我解釋道自己是冰雪之王的前任未婚妻（老天），特地來此求他幫忙。不用懷疑，我用盡花言巧語稱讚國王，表明自己若非深知他心地仁慈、心胸寬大，也不敢擅自涉足他的領域。我非常清楚，即使阿諛奉承也無法讓我逃過一死。畢竟他相信我已經死了，任何精靈王遭到愚弄之後反應都不會太平靜。

好了，不要再想下去了！今天我已經想得夠多了，也很擔心溫德爾會生我的氣，這是我以前從來不會在意的問題。他的信我至少讀過十多次——沒辦法，在這種鬼地方沒有其他事可做。

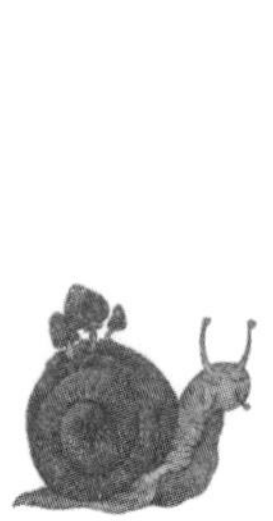

或許我應該把上一段劃掉。他絕對會不停拿這件事取笑我。

我該去睡了。希望那棵可惡的樹能讓我安靜睡覺——現在我又聽到黑暗裂縫中傳來呢喃聲，天知道到底在說什麼。

二月十一日

第二天早上我醒來時，明確感受到發生了恐怖的事。那種感覺很奇特，類似從噩夢中醒來，卻沒有清醒帶來的解脫感。影子早已坐起身，靜默地緊盯著帳篷門片，整個身體拉成一條緊繃的線。

我解開帳篷門片上的鈕釦——由於雙手顫抖得太劇烈，試了好幾次才成功。隱族之王就站在門外。

他一如我印象中的那樣俊美且令人生畏。他的頭髮光澤耀眼，有如深色珠寶，臉龐線條銳利，每一處輪廓都以最精確的角度呈現出美感。他的頭上戴著一頂包覆白色寒霜的冰錐王冠，頸子掛著一條條黑玉、蛋白石與藍寶石項鍊，一身黑色絲質短袍搭配淺色麂鹿皮靴，最外層則罩著一件毛皮斗篷——看起來像是北極狐的毛皮。他手中輕鬆地拿著一把出鞘的劍，劍身映出鋒利光芒。許多珍珠別在他的髮間。

「你是來殺我的嗎？」我問。我的聲音非常沙啞，彷彿隨著吐息凝結成的白霧飄散，沒想到他竟然能聽見。

他飽滿的嘴唇癟了一下，神情滿是遺憾。「確實如此，親愛的。我很抱歉得走到這一步。」他的聲音也沒變，一樣如此悅耳，渾厚中略帶粗糙，有如大風揚起的冰晶。他總是讓我覺得對生命的關懷稀薄到幾乎不存在，彷彿隨時可能舉起一手造成雪崩摧毀整座村莊，或是引發連續數日的暴雪掩埋整片鄉間，而這麼做沒有任何理由，就像大自然一樣，只是最純粹的任性。

「可以至少告訴我原因嗎？」我說。

他一臉困惑——或者該說，他調整五官擺出困惑的表情。我幾乎沒有看過他眞情流露的樣子，只有一次例外——背叛他的王后被抓到面前時，他展現出野蠻的欣喜。

「親愛的，我之前聽說你死了，」他說，「你逃出我的宮廷時就**應該**死了——凡人女子怎麼可能在我的寒冬中倖存？可見你一定勾結了女王和我的其他仇敵。」他端詳著我。「不過，首先我想知道你是如何逃出去的，我實在很好奇。」

我緊緊抓住口袋裡的硬幣——我沒有傻到以爲能靠這招抵擋他的攻擊，單純只是因爲這個習慣能讓我鎮定。「說不定我不想告訴你。」我說。

他以最輕微的動作聳肩。「你最終還是會開口。」

我強迫自己不能畏縮。和他相處時，我從來無法感到自在——怎麼可能自在？——但此時更是不可能，因爲我的恐懼與記憶並沒有被魔法消除，與之前受困在冰宮時完全不同。他注視著我，在他的眼神中我只看到寒冬，冬季的力量與淡漠。

幸好在愛爾蘭鄉間長途跋涉再登上高峰沒有讓我的頭腦變得遲鈍，在嚴冬森林裡枯坐等待幾個小時也沒有讓我的智慧結冰。我早就料到他會認定我是叛徒並且想要殺我——不用說，我當然希望能避免這樣的下場。

我開始嚎啕大哭。

至少我很努力擠出眼淚。我發出很響亮的啜泣聲，皺起整張臉希望能讓表情夠有說服力，但我本來就很少哭，想哭就哭更是辦不到，即使現在命懸一線也很難。幸好因爲天氣寒冷，我一直流鼻水，最起碼這部分非常眞實。

我抬起頭，不由得感到竊喜，因爲他看著我的眼神流露出非常接近眞實困惑的神情，嘴唇也微微扭曲——大概是覺得鼻涕很髒。

「陛下，請原諒我。」我哭喊道。「那時候我根本不想離開你，是他——」我用力吸了一下鼻涕，然後大聲說出：「是他逼我嫁給他！他綁架我，把我帶去那個可怕的王國，既潮濕又黑暗，到處都是植物腐敗的臭味，完全比不上你那高雅的宮廷。我好不容易才逃出來，你一定要爲我報仇——一定要！拜託，我求求你了。這段時間，我一直——一直都渴望著你。」

一般而言我的演技很差勁，幸好我實在很怕他，光憑這份情緒便足以讓我表現出很有眞實感的歇斯底里。此外，正如我先前的數次經驗所證實的，宮廷精靈太不把凡人放在眼裡，所以要欺騙他們並不困難，特別是能滿足他們的虛榮心時。

「你說的這個惡棍是誰？」隱族之王的語氣近乎溫和。

「他來到你的領域時還是王子，」我說，「他來自夏之地，遭到放逐而四處流浪。現在他殺害了繼母奪位。」

他的臉上掠過一抹殘暴。「是他！沒錯，王后的同夥在遭到處決之前供出了這傢伙。她企圖對我下毒的那天晚上，就是在他的幫助下溜進宮廷。我搜遍全國，但怎麼樣也找不到他的蹤跡，也查不出他爲何出手干預我國事務。」

「都是我不好，」我以悽慘的語調說，「他一直想要娶我。他發現我愛上你之後還大發雷霆。」

他端詳我的臉。「眞的嗎？」

我早就料到他不會相信，但他眼神中那種禮貌的質疑依然令我大為光火。「一開始他愛上的人其實是我妹妹，」我隨口編起故事，「她容貌姣好，悅耳的歌聲足以感動極光。在她因病過世之後，那傢伙差點發瘋，還發誓除了她的血親，他絕不會娶別人。」

「原來如此，」隱族之王說，「她沒有別的姊妹了？」

我不禁咬牙切齒。「沒有，」我說，「我很想殺死他，但光憑我一個人辦不到。我不過是區區凡人女子，哪有能力推翻一位精靈王？唯一能夠與那個惡棍匹敵的只有他的繼母，可是她被他囚禁在夜幕境，只有精靈君主才有能力開啓入口。」

隱族之王點頭。「你希望我召出夜幕境，讓你救出丈夫的敵人。」

沒想到他竟然如此輕易理解這個部分，我不由得猜想，說不定寒光島也有模式與愛爾蘭傳說相似的故事——凡人為了淒美戀情而展開不可能的追尋。我相信一定有的——畢竟學者直到最近才開始研究這個國家的故事。

我凝視著他，希望眼神流露出足夠的癡情愛慕。「等她殺死那個惡棍，我就會成為世上最快樂的寡婦，我會回到你身邊，這樣我們就終於可以結婚了。」

他嘆了一大口氣，用鞋尖輕點冰封的岩石地面。我看得出來他正在思考當時發生的事以及我所說的故事，將情節織入過往的事件當中，有如補上織錦中缺漏的線，配合他的重度自戀任意調整模式。他低頭看向手中的劍，似乎在考慮接受我的請求。

然後他將劍收回鞘中。

「親愛的，」他說，「我必須誠心道歉，因為我已經另娶他人了。她是一名貴族，美貌宛如冬季黎明，我不太想殺死她。」他微微皺眉，看起來對於要這麼做只是略感沮喪。「儘管如此，我們有婚約在先。我重視忠誠勝於一切，沒有比這個更高貴的美德。」

他眼中的陰霾令我不安，於是我急忙說道：「我知道夜幕境非常危險，不過你或許曾經聽說過有凡人去到那裡之後活著回來？」

他的表情變得稍微明朗。「噢，從沒有過，」他說，「凡人踏上那片受詛咒的沙地，極可能會在幾分鐘內死去。」

我點頭表示接受命運。「我就怕會這樣。儘管如此，我還是必須嘗試。」

他看著我，嘴角揚起淺淺笑容。「多麼高貴的人格！」他說。「可惜了——你原本能夠成爲可敬的妻子。」

他的語氣好像我已經死了，但我完全沒有生氣。「那麼——你會答應我的請求？你願意召來夜幕境？」

他點點頭。「一介凡人願意進行如此危險的追尋，絕對是出於忠誠與自我犧牲，我當然不能拒絕。」他似乎猛然想起什麼。「這一定能寫成很美的頌歌！就連我宮廷中最鐵石心腸的朝臣聽了也會潸然淚下。」

「陛下，我會想盡辦法回到你身邊。」我說。我的聲音顫抖，他鐵定認爲是出於難以自已的深情。

他沒有回答，只是走到我身邊，距離非常近，我能從他微分的唇間看到白牙的尖端，以及那雙深不可測眼眸下方的陰影。他髮間的珍珠有些依然留有大海創生的痕跡，形狀並不太圓，沾黏著海草碎片。我全身僵硬，好不容易才控制住沒有後退。影子從喉嚨發出威嚇，音頻非常低，我只能勉強聽見，但震動在冰雪間傳遞。

隱族之王挑起我的下巴，輕輕吻了一下我的嘴唇，寒意有如大浪衝進我的喉嚨，彷彿吞了一大口冰河融而成的水。我能嗅到他的氣味——不，「嗅」這個詞不對。隱族之王沒有氣味，就像剛落下的新雪一樣；或者該說他彷彿帶著小小的冷空氣漩渦，有如冬季風暴的殘存，只要他太靠近，便會使得我皮膚刺痛、呼吸困難。

「祝你好運，親愛的。」他輕聲說道。

我無法看著他的雙眼，因爲在近距離之下實在太讓人難以承受，但他似乎也並不期待。他後退一步，舉起一隻手。他比劃的動作很簡潔，這點或許並不奇怪，溫德爾每次施展魔法時都會比劃出很花俏的手勢，我早就懷疑其實根本沒必要，只是他太愛演戲。

一道黑柱驟然出現在我們眼前，其實也不太像柱子，更像是在樹林中打開一道門，將所有事物往兩旁推開。門內滿是波動的陰影，我知道那是挾帶沙子的狂風，颳在身上極痛——因爲我曾經短暫造訪過那個世界。我嗅到腐朽的骨頭，以及灰燼與焦炭的氣味。

到了最後一刻，我幾乎已經失去走進深淵的勇氣，但我知道自己要是膽敢反悔，隱族之王就會立刻殺死我。以這點來說，我或許得要感謝他。

「來吧，親愛的。」我對影子說。大狗看著夜幕境，一如往常表現出淡淡的好奇，這似乎是牠看待所有精靈之門的態度，至少是對於所有另一頭散發著豐富氣味的門。這也有助於讓我堅定決心。我只耽擱了一下，便拉起圍巾包住口鼻，然後從口袋拿出一條繡著華麗銀線繡花的手帕給影子聞。這是雅娜女王的手帕，是妮芙去幫我找來的。

我踏入夜幕境，影子緊隨在側。

我從未經歷過沙塵暴，但我猜想感受應該很類似。差別只在於夜幕境中飛揚的並非沙石，而是灰燼，乾燥冰冷的狂風永無休止地揚起。劇烈風勢讓我差點摔倒，我只能努力調整重心，彎腰抵擋。

左右張望也找不到什麼，因爲這個世界太昏暗，頂多只能看到周圍隱約有小山坡隆起，更遠處似乎有高山。爲了避免眼睛被灰燼刺痛，我只能保持視線朝下。

我知道自己不能在這裡逗留太久。首先，我感到呼吸困難，而且暴露在外的肌膚與手指已經有刺痛感，很快就會變成凍傷。我盡可能讓心思專注在最平凡無奇的細節上——鞋子踩在灰燼沙地上的聲響，透過圍巾發出的重重呼吸聲。什麼都好，只要能讓我不去思索這片就連泰朗爵爺也爲之膽寒的精靈荒地。這招大致上算是有用。確實，這個地方相當恐怖，但所有早就預期會遭遇的恐怖最後都一樣：現實永遠比不上想像，所以眞的親身經歷時反而鬆了一口氣。

影子轉身看向我。此時牠早已脫去僞裝，體型變得比平常大兩倍，口鼻變得很長，毛髮間可以看見突出的肋骨。牠的雙眼猶如熱炭閃著紅光——有點嚇人，但是在目前的處境下很有幫助。牠仰頭發出淒厲的死亡嗥叫。

我漸漸意識到四周有很多聲響，我一開始沒有察覺，是在影子的嗥叫聲平息之後，置身在相對安靜的環境中才終於發現——匆忙奔竄的腳步聲；奇異的鳴叫與呻吟，有如某種史前鳥類的叫聲。我沒有看到活物——但這是眞的嗎？因爲黑暗湧動聚集時彷彿能看到形體，只是隨即又飄散消失。我告訴自己那只是欺騙眼睛的錯覺，但並未因此感到安心。

我手腳並用爬上影子的背，緊緊抓住牠的長毛。「快去找她。」我好不容易才發出聲音。影子奔跑起來，速度非常快，我只能看見高低不平、模糊不清的路面一閃而過。牠跨出的每一步都變成跳躍，越過難以置信的距離。影子不時會停下來嗅聞地面，然後我們便再次出發，在宛如印象派畫作的闇影大地上高速奔馳。天空中好像有星星，但我無法確認，因爲一往上看眼睛就會感到刺痛。影子的爪子碰到地面時常常會發出踏碎東西的聲響——我看不見是什麼，也不在乎。

沒過多久，影子就找到她了。

在我們面前豎立著一根奇特的岩柱，上頭滿是突起和鋸齒狀稜角。最頂端有道黑影，乍看之下像是一堆破布，但我知道一定不是。影子滿意地哼出一口氣，雖然比平常多了一點帶著死亡氣息的震動，但我依然聽懂了。

「女王陛下。」我喊道，只見那堆破布動了動。雅娜女王抬起頭，注視著下方的我們，露出難以置信的表情——至少我是這樣認爲。我看不清她的五官，不只是因爲昏暗，更是因爲骯髒，她的肌膚被灰燼染黑，頭髮也變得凌亂糾結、長短不一，模樣活像慘遭幼童拿剪刀亂剪過頭髮的玩偶。她的身上也散發出體臭，在這個世界單調的乾燥氣味之中顯得更加突出。

她揮了揮手，試圖張嘴以沙啞至極的聲音說話。起初我以爲她是擔心我們沒有看見她，因此想吸引我們的注意，然後才聽見左方傳來怪異的鳥鳴聲。影子撲向一個東西，我始終沒有看見是什麼，緊接著便傳來骨頭碎裂的清脆聲響，以及咻咻怪聲，彷彿空氣從狹窄的通道洩出。黑暗在我們四周扭動，影子再次發出嗥叫，叫聲淒厲而漫長，使我的腦中浮現一大堆等候死者下葬的墓穴。

在嗥叫最後的回音平息之後，周遭的黑暗也靜止下來。鳥鳴聲再次響起，緊接著是一連串呻吟喘息和單調的喀喀聲。

「那些——」前任女王的喉嚨乾啞到發不出聲音。下一瞬間，我領悟到眞相——在這片荒原潛伏的野獸包圍了女王，她肯定是爲了躲藏才爬到岩柱頂端。

影子再次嗥叫，但那些怪物似乎不怕牠了。黑暗中傳出各種呻吟與刮地的聲響，彷彿有東西在沙地上拖著腳步移動。

「跳下來！」我大吼。

我的話才剛說出口，女王已經開始行動了。她用雙手與膝蓋撐起身體往前移動，使得最頂端的岩石碎片失去平衡。她墜落時撞到一處突起，整根岩柱開始崩塌。這時我才驚覺那並非岩柱，而是數量龐大的一堆白骨。我很難想像女王當初是如何爬上去的，但這個問題只能留待以後了。她半摔半滾地落地，癱倒在我們腳下。與此同時，黑暗中衝出一個乾瘦到嚇人的怪物，下顎足足有我的手臂那麼長，猛然撲過去咬住她的頭髮，扯掉了一大束。

我放聲尖叫，影子也嚇得後退。我勉強抓住女王的手腕，將她的半個身體拽上影子的背，此時大狗已經開始拔足狂奔。骨塔在我們身後倒塌，灑滿沙地的脊椎與牙齒滾動著，彷彿想要追上我們。

我們循著原路狼狽地狂奔折返，影子一路不停嗥叫，聲音在整片荒原中迴盪。我只能勉強撐著不摔下去，雅娜女王則是完全撐不住——我艱難地勾住她的兩邊腋下，她的雙腿懸空，一腳不時敲打地面。這個姿勢其實很難維持，幸好她變得像蘆葦一般削瘦，和當初同桌喝毒酒的時候完全不同，所以我的體力還能支撐，再加上我有非常充足的動機拚命抓緊她——萬一她就這麼摔下去，我還得回頭去找。

影子跑得比來時更快，但我看不清牠正跑向哪裡——可能是因爲從這一側看不見門，也可能是因爲灰燼與煤煙刺痛我的眼睛。然而，任何東西都騙不過影子的鼻子，一瞬間，腐朽惡臭轉爲森林氣息，我朝前跌落在雪地中，大口喘息，從沒想過挾帶寒霜的冬季冷風滋味竟是如此美好。

二月十二日

很難判斷我究竟在夜幕境停留了多久——我認爲應該不超過一個小時。然而，當我回到凡界時，時間已經接近黃昏了，但我並不感到驚訝。我看得出來還是同一天，因爲我的營火還殘存著一些小小餘燼藏在燒完的樹枝下面。通往夜幕境的門消失了，樹林裡沒有別人——隱族之王沒有費心留下來等我，眞是太好了。他八成以爲我已經死了，但也可能是因爲他一點也不關心我的下場，所以直接離開了。畢竟我承諾過解決溫德爾之後就會回到他身邊，他沒有理由懷疑。他完全相信我編出來的那個故事，認定我對他深情不渝。

好吧！看來以後我再也不能來寒光島了，因爲他不可能原諒我第二次。

我累得不成人形，差點連生火的力氣都擠不出來，雅娜則一動也不動地躺在雪地上。我將營火生在靠近她的地方，融化一杯雪放在她身邊，並從帳篷拿出毯子蓋在她身上，希望她能醒來。之後我帶著影子走進帳篷，才剛在睡墊躺下就睡著了。

我是不是應該更加提防溫德爾的繼母，以防她趁我熟睡時行兇？應該不必。不只是因爲她的身體非常虛弱，也是因爲我死了對她沒有好處，若是溫德爾得知我的死訊，她的下場只會更加悽慘。他已經證明了自己比她更加強大，因爲他能夠控制夜幕境，而她不行。她應該不會想這麼快又回去。

我出發之前向莉莉婭與瑪格麗特說明過我的想法，但她們兩個都覺得很不放心，無法認同企圖復仇的精靈女王就在身邊，我竟然還如此淡漠地拿自己的生命安全算計。但對我而言這樣就夠了，而且我實在無法抵擋強烈的睡意。

黎明之前，我餓得醒了過來，肚子叫得非常大聲。我狼吞虎嚥地將阿坡給的蛋糕吃掉一半，喝光剩下的水，然後寫下前一篇日誌——對，我知道將寫日誌列為首要事項很奇怪，但我的學者心靈生怕會忘記自己在那裡看到的任何一件事，要是不寫下來就無法安心入睡。最後我好像拿著筆睡著了。噢，溫德爾如果知道這件事，一定會大肆嘲笑我！不過，我已經想出很多寫論文的好主意，關於闇精靈界——我決定要如此稱呼夜幕境——有太多東西可寫，說眞的，我可以以此爲題寫出一整本書！所有精靈都如此畏懼這個領域，自然會令人深感神奇，然而，在我眞正去過之後，卻發現其實沒有什麼特別之處。事實上，歐唐諾兄弟書中的故事曾提及一個永夜的精靈領域，其中居住著可怖的精靈獸；有幾則俄羅斯傳說同樣也提到過——我一下子想不起來篇名——威爾斯邊界地區也有一個類似的故事。

老天，我又在胡言亂語了。論文可以等——至少現在還不急。

我再次醒來時已經快中午了，影子依然在我身邊熟睡，輕聲打呼。當天寒光島的天氣很好，陽光露臉，在雪地上映出有如細碎寶石般的光芒，寒風也停歇了，不再擾動樹枝。我發現女王已經醒了，不過依然全身無力地躺在毯子下。夜裡她至少爲營火添過一次新柴，但火堆如今只剩一絲微光。

「我們必須走到門那裡去。」我說，然後向她解釋阿坡的事，以及他給我的鑰匙如何運作。她沒有回答，只是硬撐著身體坐起來，看起來格外嬌小憂傷，而且比我上一次見到她時年輕，當時她正處於權力顚峰，模樣像是中年，這時卻看似只比我大一、兩歲。她可能是受到太大的驚嚇而失神，也可能在謀劃什麼愚昧的陰謀企圖逃跑，我無法分辨。

我回到帳篷裡叫影子起床，牠卻沒有立刻醒來，這使我感到非常害怕。我搖了牠好幾次，輕聲喊牠的名字，用牠喜歡的方式揉牠的耳朵，呼喊的語氣愈來愈焦急，因爲我雖然清楚牠大限將至——噢，沒錯，我一直都知道，我經常在夜裡憂心忡忡地醒來，確認睡在床角的牠依然在打呼——但我無法接受在這個時刻來臨。幸好影子發出一聲鼻哼之後睜開了眼睛。一見到我，牠立刻奮力站起身，彷彿想證明自己還是非常健康，然後拚命舔我的臉。

我抱住影子，因爲突然鬆了一口氣而湧出淚水，視線變得模糊。我多麼希望可以不用再走了！我揉揉大狗的頸子，輕聲道歉並且稱讚牠。我是多麼愛牠，此刻寫到這裡依然使我熱淚盈眶。

我將帳篷變回斗篷，並踏滅營火。雅娜允許我扶她站起來。接著我取出阿坡的鑰匙，下一瞬間我們便回到他的樹林。

我到處都找不到阿坡，他的母親也不在，感謝老天，但是樹林裡洋溢著燉蘋果的香氣。

「你想洗澡嗎？」我指著溫泉問女王。

這次她同樣沒有回答，只是小心地觀察我。我的內心其實很不安——即使女王全身惡臭、滿臉煤灰，也無法減少半分我對她的畏懼——但我還是假裝鎮定。我協助她脫下衣服，又攙扶她踏進溫泉。我自己也脫了衣服下水，不過感覺實在太尷尬，只匆匆洗完便離開溫泉，用毯子擦乾身體。我的背包裡有一件乾淨的連衣裙，而帳篷裡雖然沒有替換衣物，但我翻找一陣之後挖出一件很時髦的浴袍——黑色蠶絲搭配厚實法蘭絨，雅娜應該能穿。

這段時間裡，女王用池底的沙充作磨砂劑，將自己徹底從頭到腳刷洗一遍，然後靜靜坐在泉水中整整十分鐘，直到她滿身大汗。

「呃，我們該出發了，」我終於說道，「我的朋友還在等我回去，她們一定很擔心。」

「我還以爲自己永遠不會再感覺到溫暖了。」雅娜喃喃說道，這時我才驚覺她正在哭。她沒有哭出聲也沒有哽咽，只是任由淚水不斷滾落臉頰。片刻之後，她用雙手摀住臉。

我一直以來都不知道面對哭泣的人該怎麼辦，此時的情況更是令我手足無措。幸好女王很快就冷靜下來爬出溫泉。我幫她穿上浴袍時，她向我輕聲道謝。

「爲什麼我的繼子派你來而不是親自來？」她問。「這是他給你的考驗嗎？」

我只花了一、兩秒就想通她的意思。「噢，你以爲他想要我證明自己有資格成爲他的妻子，所以派我去夜幕境救你。這種情節確實很常見。不過，老實說，他對此並不知情。」

我解釋了前因後果——我擔心若是溫德爾殺死她，將會步上麥坎二世的後塵。我的語氣太像在做學術發表，引用了許多自己讀過的故事與論文，彷彿正在面對表露質疑的同儕審查者，努力捍衛我的理論——我只要一緊張就會本能地端出這一套。我無法確知她是否眞的理解，不過得知溫德爾還不肯原諒她，她最主要的反應竟然是感到受傷，實在荒唐。「他想把我丟在那個地方自生自滅？」

我考慮了一下，想到好幾句很不客氣的回答，但全都放棄了。最後我只是簡單地說：「他認爲你永遠不會放棄復仇。」

女王輕輕搖頭。「我受夠復仇了，」她說，「我也受夠王位了。我已經重獲新生。」

我思索著這番話，滿腹質疑。原本我還希望她會感激我——故事中獲得凡人拯救的精靈通常都會如此——但我也認定她不會輕易放棄仇恨，勢必得要談條件協商。「我們回家吧。」我對她說。

她沒有爭辯，順從地配合。我再次拿出鑰匙，可惜我不知道該怎麼從這裡開門。從冬之地的**其他地點**前往阿坡的樹居很容易，但我要怎麼讓鑰匙帶領我回到林恩郡那片小小的冬之地？我繞著阿坡的樹居走一圈，發現自己又回到隱族之王那片樹林的陰森寂靜之中，眼前是營火餘燼的殘煙，以及帳篷留下的凹痕。

再次回到阿坡的樹居前時，我敲了敲樹幹。我好像看到窗簾動了一下——有時我能看見阿坡樹居的窗戶，有時則不能。接著阿坡突然出現在我們面前，朝著雅娜的方向不停鞠躬，含糊地以各種方式致歉。

「需要我告訴你們怎麼回去嗎？」他不等我催促便搶先開口，聲音又尖又細，「沒問題、沒問題——我和母親會很想念你們的！不過，當然啦，王族有太多大事要處理，不能浪費時間——你們要做的事那麼多……」

然後他開始繞著樹居奔跑。我、雅娜和影子也跟著他跑，前一刻我們還在寒光島，下一刻就回到愛爾蘭的孤峰，能看見遠處的科邦。

✦ ✦ ✦

我們成功趕在天黑之前下山，但也差點就趕不及。雅娜的動作很慢，經常需要我扶她跨過障礙或走下陡坡。這點其實不是壞事，因爲我依然非常擔心影子的狀況，牠感覺累壞了，幾乎只是無神地跟著我——牠會突然坐下，氣喘吁吁，眼神空洞地注視前方，然後似乎又恢復正常，繼續蹣跚跟在我身後。

我原本期待雅娜會爲了維護自尊而保持沉默，但我實在很不走運。她不停詢問我進入夜幕境拯救她的一些細節——包括我和隱族之王的過去，但她似乎對他毫無興趣——然後開始審問我和溫德爾的關係，弄得我相當氣惱。

女王並未放過任何小事。她追問我們是在何處邂逅、友誼發展的經過，剛認識時我們是否眞的在學術上對立，還是其實從一開始就互有好感？他有沒有見過我的家人朋友？他們對他又有怎樣的看法？溫德爾當初如何求婚？得知我們結婚時如此隨便，她似乎大爲不滿，我不得不提醒她，正是因爲她毒害王國、企圖要溫德爾的命，才導致我們陷入如此危急的狀況，只能草草完婚。但她似乎充耳不聞。

「即使如此，他也該籌辦一場盛大的慶典。」她說。「先王和我結婚時，狂歡持續了好幾夜，最後都記不清究竟是什麼時候開始的了。」

「我不太喜歡狂歡。」我煩躁地說。當時我們正在走一段很崎嶇的下坡路，我希望能專心在腳下，不想分神說話，更不想談這件事。我忍不住補上一句：「陛下，我實在不明白你爲何突然關心起繼子的幸福。」

一開始我以爲她不會回應，沒想到卻聽見她說：「他長成了與我印象中截然不同的人。」

之前我就察覺到一件事，一直放在心中思考，如今有了這句話便讓我能夠肯定——女王談及繼子的態度徹底改變了。溫德爾說過小時候繼母對他的態度很冷淡，有時完全不理會，有時又像對待寵物一樣以高高在上的態度溺愛。現在他破壞了女王的陰謀、讓她面對苦難與死亡，似乎使得他的人格獲得全新的面向，値得她的敬重。雖然就一般而言很罕見，但她似乎以此爲基礎建立起類似母愛的感情，我只能說，在精靈故事中，母愛往往是非常複雜的主題。

到了天色太暗、無法繼續趕路的時候，我們便在一小圈立石中央紮營。我不再擔心暴格會趁夜偷襲，因爲他們會知道雅娜的身分，就像阿坡一樣。

「我之前說的話是眞心的，」雅娜說道，我們縮著身體坐在溫暖的營火邊，各自裹著一條毯子，「我已經對王位不感興趣了。我也不懂自己之前怎麼會那麼執著——權力究竟有什麼用？清淨甘美的風以及腳下的綠地，這些才是眞正不可或缺，其他都是多餘。」

她停下來，眺望眼前遼闊的大地。我發現她的右耳下方有一塊髒汙沒有洗掉，她的掌心也長出水泡和疙瘩，她經常不經意地抓撓。「我應該會找一間小農舍獨自居住，任何精靈前來探望，我都會分享這個道理。」

我細細思索著這番話。當然，我不免懷疑她的誓言其實有更實際的目的，並非眞心悔悟——她就像我一樣清楚，她的陰謀早已一敗塗地。她沒有其他藏身處可以躲起來謀劃造反，因爲她曾經企圖毀滅整個國家，連帶毒害許多精靈，因此國境之內已經沒有精靈會支持她了。更實際的關鍵在於，她無法控制夜幕境，只要她膽敢復仇，就算只是說說而已，溫德爾隨時都可以把她扔回去。不過我斷定，無論她是否眞心改過自新都無關緊要，即使她的動機只是爲了自保，對我們都同樣有好處，因此我不吝予以讚美，希望最終她會相信自己眞的品格高潔，更熱中於追求這樣的假象。

「我從來沒有聽過任何精靈君主出於自願放棄王位，」我撒謊[28]，「畢竟精靈總是貪戀權力，少有這樣偉大的情操，願意將臣民的福祉置於自身之上。」

她瞥了我一眼，使我不由得想起她仍有一半人類血統，不像一般精靈那麼容易擺佈。「懂得明哲保身的精靈也同樣少見。」我又補了一句。

她露出微笑。「我們第一次見面那天談過的話，你已經不記得了嗎？」她說。「我既非精靈，亦非凡人。我只是我自己。」

她在營火邊躺下，用毯子裹住全身，並且盡可能往上拉，以蓋住糾結的亂髮。我差點對她翻白眼——這種愛演戲的毛病顯然是家族特徵。不過老實說，我有一點同情她。並非因爲她在夜幕境所遭受的苦難——她是罪有應得——而是因爲我無法想像以混血身分在精靈界生活會有多辛苦，父母兩邊的身分她都拒絕認同，我能從中感受到她受過多少輕蔑與創傷。在這種永遠自我否認的狀態下存活，想必令人疲憊。雖然不可能因此原諒她的所作所爲，但與她爲伴似乎變得稍微能夠忍受了。

「歡迎你進帳篷來和我們擠。」我對她說道，變強的風勢正貪婪地奪走營火給予的些微暖意。畢竟，即使是獨一無二的存在，依然敵不過寒冷。

她沒有回答，只是發著抖將毯子裹緊。我嘆息一聲準備入睡，心中無比感謝影子，幸好

28 雖然很少見，但確實有一些故事描述精靈王將王位出讓給選定的繼承者。例如俄羅斯傳說〈雪地流浪者〉，情節描述一名精靈女王十分嚮往在凡間生活，因為在她的想像中，凡人的生活儉樸單純、無憂無慮；女王於是將王位讓給了女兒，繼任的女兒統治了很長一段時間，最後因為太過思念母親而前往凡間尋找，後來發現女王慘遭凡人殺害，故事血腥收場。另一個例子來自阿爾達米亞最北的地區，該地雪崩格外頻繁，許多當地人相信高山上有個特別的山洞，裡面住著一位怪異的老者——那是一位來自精靈宮廷的女王，她將慘遭戰火蹂躪的國家扔給互相傾軋的子女作為懲罰，如今忙於挖空山地建造私人城堡，而當地人相信這正是導致大地不穩的原因。

有牠蜷起身體靠著我——大狗簡直就像長了腳的暖爐。

然而，一段時間過後，帳篷外的窸窣聲將我驚醒。前任女王對著枕頭堆低聲咒罵了一會兒——我睡前將枕頭全堆在一旁以免礙手礙腳——然後她好不容易才將睡墊調整到滿意的狀態，最後似乎終於睡著了。我很後悔自己剛才這麼好心，在如此靠近的距離下，我不由得懷疑她可能會改變主意，摒棄她剛發現的高尚情操，趁我熟睡時勒死我。但我有影子陪在身邊，只要有牠在，我便充滿勇氣。於是我重新入睡。

二月十二日——稍晚

今天早上我比雅娜更早醒來。天氣非常好，晴空萬里，冬季的寒意稍稍減緩，暗示著春天即將到來，可以說很適合露營，但我跨越三個世界再回來，迫不及待想結束這場勞累的跋涉，因此寫完前一篇日誌之後沒多久，我便去叫醒雅娜。我想應該不需要描述當我回到農舍時，屋中宛如暴風雨般的激動情緒，更別說我還帶回了女王，一個殺死溫德爾全家、摧殘他的王國，最後還差點害他喪命的人。儘管如此，我已經解釋過這個狀況的必要性，莉莉婭與瑪格麗特也對我展現出極大的信任，願意讓溫德爾的繼母走進她們的小屋做客——雖然態度非常勉強，充滿嫌惡。

莉莉婭十分直截了當。「要不要把她綁起來？」她看著女王孤寂的身影問道，這時女王依然只穿著浴袍。從她的表情看得出來，她對於女王沒有任何複雜的情緒，雅娜完全符合她心目中宮廷精靈的形象。「我們可以請村裡的商店送鐵絲過來。」

「不需要。」我說道，同時引領女王走向廚房的椅子就坐。

「我一向遵守古老的作客禮儀，」雅娜說，「和某些人不一樣。」她意有所指地看了我一眼，由於實在太荒謬，我甚至無法感到生氣——但這並不是說她沒有惹火我。我走到一旁照料影子，協助牠在火爐邊熟悉的毯子上安頓下來。

「要喝茶嗎？」瑪格麗特問，她的態度比較溫和。我留意到瑪格麗特非常樂於迎接新客人上門，因爲這樣就有機會可以驗證她的烘焙技術——甚至不在意對方有謀殺他人的兇殘傾向。我覺得她在這方面很像阿坡。

雅娜聳了聳肩。她環顧農舍，似乎覺得這裡的環境很有意思，也可能只是覺得自己的處境很可笑。「有何不可？」

「噢，很好！」瑪格麗特說。「這次我做了當地特色甜點——蘋果蛋糕，用了一位店員給我的食譜。比起我們的外國點心，女王應該會更喜歡這個。」

「親愛的，我已經不是女王了。」雅娜說，似乎因爲有機會展示謙遜而感到得意，就像小孩子秀出新玩具一樣。問題在於，她做得有點太過火了，甚至起身去幫忙瑪格麗特準備茶點。瑪格麗特似乎很想制止她，但女王依然有著內在的王者氣勢，我猜很可能永遠不會消失。結果可想而知，像她這樣喝過很多茶卻從來沒泡過茶的人都會犯同樣的錯誤——女王在茶壺裡放了太多茶葉，使得茶水的顏色和滋味都像焦油。經歷過這段漫長艱辛的旅程，我原本眞的非常期待能夠喝杯熱茶，遠勝過其他一切，因此我對這壺茶湧現完全不成比例的憤恨，彷彿這是女王做過最爲惡質的壞事。

我讓她們三個慢慢閒聊，走出門外將踏腳石翻回來。我知道我們應該立刻回去，不該讓溫德爾繼續焦急心慌，但我心中卻有一股想要逃避的衝動，因爲我無法準確判斷他對我所做的這些事會有什麼反應，而且很難想像會是正向的。

回到農舍時，我發現雅娜對牆上掛的一幅畫施了幻術。那幅畫原本是一幅女性肖像，一身古代服飾，對著畫家淺淺微笑，現在卻變成複雜的野花與貝殼背景，一對全裸情侶在畫面中央交合。

「一點點變化就能帶來改善。」雅娜環顧農舍，得意地自誇。「凡人眞是太不在意環境美感了，環境對人的生活品質影響極大，他們只要願意睜開眼睛就會發現這點。」
從莉莉婭的表情看得出來，她一點也不欣賞這樣的變化——我相信那幅畫對她有情感上的意義。但我用眼神默默懇求，於是她鬆開憋住的一口氣，什麼都沒說。
「我們該走了。」我說。
「好。」雅娜將椅子往後推。「我也不想再拖延了，遲早都得面對兒子。」
我發現她正在微微顫抖，對她的惱怒感不禁大大降低。我沒想過她竟然會感到害怕。
我們向莉莉婭與瑪格麗特告辭。難得一次，她們迫不及待想送走客人，不過她們兩人依然在門口給了我一個緊緊的擁抱。
我們穿過花園，走過一顆顆踏腳石。我以為穿過門之後會置身在溫德爾領域的森林——上次我從凡界回去時正是出現在那裡——沒想到竟然回到城堡中那扇門之前所在的位置。準確地說，就是回到我和溫德爾共用的城堡側翼。
我眨了眨眼睛，呆望著如今已經十分熟悉的走道。影子哼了一聲繼續往前走，卻發現我沒跟上，於是回頭疑惑地看著我。
「他把門放回來了。」我愣愣地說。
雅娜看看四周。「眞是太奇怪了，他怎麼會把通往凡界的門放在這裡？把門開在私人寢殿附近非常危險，萬一有殺手發現呢？」
老天。「我們先去找溫德爾。」我咬著牙說。
「等一下。」雅娜一手按住身上的浴袍施展幻術。現在她穿著一身午夜黑的華服，像那件浴袍一樣是蠶絲質料、剪裁寬鬆，但上面點綴著珍珠，以及以銀線刺繡的鳴鳥與藤蔓圖案。

她沒有對糾結的頭髮施法，但此刻髮中纏繞著鍍銀藤蔓，呼應華服上的圖案。她依然沒有穿鞋。或許她認爲這樣的造型能傳達出謙卑，因爲她現在的打扮遠遠比不上從前那般奢華，然而她並未犧牲品味與高雅。

走道盡頭出現兩名僕役，大概是聽到我們說話的聲音而過來察看。他們猛然靜立在原地，彷彿中了魔法。

「陛下在哪裡？」我問。

他們目瞪口呆地看著我。「君主林。」其中一個在片刻後回答，他的聲音顫抖。另一個乾脆轉身逃跑。

「噢，老天。」雅娜說，但她的表情並沒有不快。

「請問……要我派人去請陛下過來嗎？」剩下的那個僕役問。

「不用，」雅娜以她一貫平靜而高傲的語氣回答，「我們過去找他。我會在曾經屬於我的王位之前放棄權力，這才是最合適的做法。」

說眞的，她根本沒資格說什麼放棄權力，因爲她已經遭到徹底推翻，而我身爲這個領域的現任王后，**我的意見**才是最重要的——我克制住沒有說出口，自認此舉充分體現了我的寬宏大量。不過僕役的反應令我頗感欣慰，因爲他往我的方向看過來徵求同意。我對他點點頭。

當然，我的首要任務依然是照料影子。我命令僕役先去準備影子最愛的餐點，然後帶牠進到我們的臥房，協助大狗爬上平常可以自己跳上去的床。牠幾乎立刻就睡著了，但我在牠身邊多待了一會兒，用精靈藥膏輕柔按摩牠的關節——這是城堡中一個棕精靈製作的新配方，效果非常卓著。我爲影子按摩膝蓋時，牠舒適地動了動身體。

我和雅娜繼續往城堡大門走去。許多精靈一看到她便慌忙奔逃，包括裁縫室裡可憐的裁縫，他們將正在縫製的衣物和針線一拋，發出各種尖叫、互相推擠，爭先恐後搶著離開。不過許多精靈在克服恐懼之後又回來，保持一段安全距離跟在我們身後，彼此交頭接耳。我們一路走來，跟隨在後的精靈愈來愈多，有僕役也有朝臣，有宮廷精靈也有泛精靈。老實說，當我們走到樓梯底時，彷彿城堡裡的所有精靈都跟來了。樓梯上擠滿各種精靈，有如一條長河，有些爲了爭搶最佳位置，甚至用手肘推開旁邊的精靈。

「老天。」我喃喃說道。我覺得自己像是舞臺劇的女主角，實在受夠了。不過或許這樣也好——看熱鬧的精靈愈多，接下來發生的事愈可能留下精準的記憶與轉述。

我們走上森林小徑時，跟隨的觀眾數量已然太過龐大，許多精靈爲了能看清我們而爬到樹上。兩個身穿華麗宮廷服飾的女精靈在樹上互相推擠，不停傻笑，裙子拉到大腿上。一個男精靈腳下一滑，跌落在我們前方的小徑上，他驚恐地尖叫，手腳並用爬到一旁，彷彿生怕我們會當場讓他化爲灰燼。我從沒看過這麼多精靈聚集於一處，不由得感到心驚膽戰，只能勉強撐住鎮定表象。他們彷彿全都糾纏在一起，有如森林中的森林，一同形成一個由樹葉、苔蘚、高級絲綢、美麗與醜惡凝結而成的巨大團塊。在這片混亂中，雪鈴驀然出現，只見他正齜牙咧嘴恫嚇一個想要跟過來的同類。

「多麼精彩的冒險！」他歡呼著跳上我的肩膀理毛，彷彿他也去了危機四伏的異境進行困難重重的任務。好吧，至少還有人享受眾人的注目。

乍看之下，雅娜似乎全然不在意周圍觀眾，依然昂首闊步、姿態從容，視線不曾離開小徑。或許眞是如此，畢竟她獨自擔任君主十多年，在這之前當王后的時間更長，八成早就習慣臣民荒謬的作風。

這時我們抵達了君主林。

這裡也沒有逃過女王詛咒的毒害。黑霧早已消失，但樹木依然焦黑，彷彿發生過森林大火，而枝幹上的樹葉依然存在，只是變得暗沉破碎，讓整片樹林顯得比之前更黑暗。不過以樹根形成王位的那棵巨大橡樹沒有受到影響，依然完整，而且相當健康。

溫德爾坐在王座上，一手按著扶手，正蹙眉探身往前看，想必是因爲聽到大量精靈蜂擁而至的聲音。拉茲卡登停棲在王座的椅背上，詭異的六條腿伸直，深不可測的眼睛注視著我。奧嘉趴在溫德爾的腿上，貓背上擺著溫德爾的另一隻手，牠微微拱起身體，彷彿隨時都會撲出去攻擊逐漸逼近的威脅。一看到奧嘉，雪鈴便嚇得全身一僵，跳到地上躲在我的腳踝後面，但整段過程一直露出牙齒威嚇。我一向不太喜歡讓這隻兇殘野獸靠近我的四肢，因此他這麼做對我來說相當干擾，差點忍不住將他一腳踢開。溫德爾身後站著妮芙與數名衛兵，前方則跪著一個大臣，看得出來他剛才正在請求恩典，而此刻他神情驚恐地呆望著我們的方向。其他大臣則一起擠在樹林另一頭，我瞥見幾抹綠影竄進森林之後消失——我猜應該是幾個棕精靈想要逃離這場騷亂。

溫德爾身上穿著那件有怪物的斗篷，能聽見怪物在寂靜中發出一陣低吼，他的頭上則戴著鍍銀杜鵑花冠。在他身後是碧綠的森林與中毒枯萎的樹墩，站在這樣的背景之前，他依然像往常一樣迷人，但臉色很蒼白——我一眼就能看出他沒睡好。

在場所有精靈的視線都集中在我身上，我這才驚覺自己忘記換上王后華服。我依然穿著老舊的直筒連衣裙搭配冬季雨靴，看起來就像剛在鄉間做完田野調查。然而，先前的驚險旅程使我變得比平常還要狼狽，我根本不敢想像自己的頭髮有多亂。我的一條鞋帶不知在何時不見了，兩側口袋一邊插著日誌，另一邊插著筆記本，指尖全沾上了墨水。我全身上下每一寸都是學者的模樣，而且是個不太體面的學者，沒有一絲一毫王后的氣派。

儘管如此，我的觀眾似乎不以爲意。看著我的精靈就像看著雅娜的一樣多，他們展現出前所未有的熱情。或許是因爲我和他們之間的差異太大，也可能是別的原因。畢竟精靈敬重權力勝過一切，或許我放棄蹩腳的努力，不再試圖討好他們，反而能展現出屬於我的權力，彷彿自己凌駕於所有精靈之上，即使我心中其實沒有那種感受。

無論如何，我並不習慣像這樣吸引精靈的注意，整體而言好像也不太喜歡。

不過，我還是挺直了背脊，假裝這些念頭不存在。我早已準備好講稿，並且在心中演練許多次。「請原諒我，」我對溫德爾說，「我違背了你的意願。以這次的情況而言，照理說我沒有資格擅自插手，畢竟她是你的繼母，她殺害的是你的家人——更別說她還詛咒了你的王國。然而，我無法忍受失去你，無論是現在還是未來。我知道你很想將她送回夜幕境，但是請先聽我說——」

溫德爾來到我面前，一把抱住我，使我無法言語。

「我好擔心你不回來，」他對著我的頭髮低喃，「你還要再離開嗎？拜託說不會。」

我摸摸他的臉，發現手指沾上濕意。我後退一些看著他。

「不會了，」我說，「對不起。」

他只是再次將我擁入懷中，擁抱的力道之大，讓我不禁猜想他大概不相信。有樂手奏起豎琴，曲調是浪漫的情歌，但立刻被十幾個精靈的噓聲制止。我想向溫德爾提議晚一點我們再私下聊，但這齣即興舞臺劇的其他主角自然是完全不在意被那麼多雙眼睛注視。站在我身邊的雅娜等得非常不耐煩，不停動來動去。「陛下，前來道歉的不只你妻子一人。」她單膝下跪，頭垂得很低。「我將自己交由你審判。我已經洗心革面了，不再貪求王位——現在的我只嚮往純樸的生活方式，只有照在皮膚上的陽光與這片森林中的鳥鳴才能帶給我無上的喜悅。」

溫德爾後退一些，用袖子抹抹眼睛，煩躁地瞇眼看向她，彷彿她也是自以爲了不起的樂手，在沒人需要的場合擅自跑出來演奏。

「我的老天，你究竟是怎麼救她出來的？」他質問道，看著我的眼神如此困惑，幾乎到了好笑的程度。

「你難道不想先知道原因？」我反問，無法收斂笑容。以目前的狀況而言，笑得這麼開心似乎不太合宜。然而溫德爾凝視著我，表情混和著欣喜、驚奇、釋懷，完全沒有狂怒即將發作的跡象，他的心情是如此輕盈，令人難以想像其中竟然隱藏著那樣的狂暴。我幾乎想要大笑出聲。

「噢，我知道原因。」他說。「某本學術鉅著說你必須救她，對吧？即使你親眼看到我的繼母做出多麼可怕的事，即使以所有想像得到的方式懲罰她也只是罪有應得，你還是相信書本勝過自己的眼睛。」

「你竟敢指責**我的**行爲不合邏輯？」我說。「我還以爲回來之後你會對我大發雷霆呢。」

他似乎根本沒有聽見。他將視線轉向雅娜，這時我**確實**看到他的眼中瞬間燃起怒火——但只有一瞬間。「你爲她賭上生命冒險，對吧？」

「這個嘛，」我緊張地開口，「大概有一點吧。」

「一點？」他重複。「一點，小艾！」

「我對自己的能力很有信心！」我抗議道，然後告訴他事情的始末：我的研究、上山的旅程、見到阿坡、隱族之王的協助。提到**他**在我編造的故事中扮演什麼角色的時候，溫德爾一臉受盡折磨的模樣，一時間看起來好像快要昏倒。我也說明了影子帶我穿過夜幕境的經過，他一言不發地靜立許久，一直盯著我看。然後他突然又將我擁進懷中。

「你一定要允許繼母活下去。」我說。我正打算長篇大論解釋原因，因爲我準備的講稿還沒說完，但他搶先一步開口。

「嗯，當然。」他從口袋拿出手帕擤鼻子。

「當然？」我感到十分困惑，也有點挫敗。

他擤完鼻子，揮了揮手，然後將手帕收好。「我的老天，艾蜜莉！假使我要殺她，你一定又會冒險救她，你以爲我會再讓你做那種事？你想怎樣都可以，全都聽你的。」

「我——」我打住，心中感到莫名失望，畢竟我準備了那麼多內容，結果竟然沒機會發表。「我只有這個要求。」

他端詳著我。「你不在的時候，我一直很煩惱，擔心你在這裡是不是不快樂。」

「什麼？」我說。

「老實說，你這次離開我那麼久，我眞的想不出其他理由。拜託給我一個痛快吧，是不是這樣？」

「是不是哪樣？」我開始覺得這段對話有如狂風，吹得我找不到方向。我們應該要商量他繼母的事才對！雅娜就站在距離我不到一碼的地方，我感覺得出來，她也認定只要自己一現身，溫德爾一定會專注於對付她。她顯然對於現在的情況不太高興。

「你在這裡是不是不快樂？」他繼續追問。「我已經改善了很多不足的地方，例如增加裝幀匠的員額——我也領悟到一直以來竟然忘記了最重要的地方：圖書館。我認爲偷這個詞不適用於我們的狀況，因爲我們會用借的，我們可以借出劍橋大學樹靈學博物館的所有書來抄寫——」

「我沒有不快樂！」我搶著說道，同時忍不住笑了出來——他的表情實在太認真。

他似乎如釋重負。接著他瞥了繼母一眼，眼神中的輕蔑多過憎恨。我沒想到竟然可以如此輕易地說服他，畢竟之前我再怎麼努力都做不到；然而現在他卻徹底對我讓步，好像完全忘記之前如此堅持要殺死繼母的原因。頭頂上傳來枝葉晃動的聲響，我抬頭一看，懊惱地發現樹上擠滿精靈，大部分是棕精靈，他們的黑眼閃閃發亮，但也有幾個比較能放下身段的宮廷精靈，主要是青少年。

「你不該如此輕易地原諒我，」我說，「至少該先聽我解釋。」

我急忙重拾演說，舉證支持我的看法——以我對於故事模式的淵博知識爲基礎，加上在農舍研究麥坎王故事得到的新發現——說明決定懲罰繼母最後會導致他自己受害。我發現溫德爾用好氣又好笑的表情看著我，於是我停了下來。

「小艾，」他說，「如果你的目標是說服我允許這個瘋狂殺人魔在國內隨便亂跑，那麼你不必繼續死纏爛打了——我同意。但不要期待我能看出其中的智慧。」

「陛下，」妮芙突然出聲，看起來似乎有很多意見，終於再也壓抑不住了，「你的繼母造成了莫大的損害。眞的可以相信她不會企圖再次篡位嗎？我同意不能再次將她扔進夜幕境，但至少該把她關進地牢。」

「乾脆殺掉她，這樣簡單多了。」泰朗爵爺在我身後說。我之前一直沒發現他也在場——他融入在那片星雲般的眾多精靈之中——我轉身發現他看著我們，似乎覺得我們很可笑。

「或許比較簡單，」我說，「但絕非必要。我們已經逮到她了，你應該能夠以魔法限制她的行動。束縛她的魔力也可以，不過現在她已經不是女王了，想必魔力已經大幅降低。」

雅娜聳聳肩。「我又哪裡用得上魔力？只要能嗅到雨後樹木散發的宜人清香，聽到小溪流過青苔與岩石的悅耳旋律，感受到夏季白日的溫暖、秋季黃昏的清冷，我就心滿意足了。」

「我的老天。」溫德爾說。

「我不會**隨便亂跑**去任何地方，」雅娜接著說，「我打算在人煙罕至處找間靜謐的農舍住下——陛下，地點可以由你來選，如果你想要，也儘管派人來監視我。夜幕境讓我領悟到眞正的智慧，如今我已明白，以前的我只有小聰明。我也希望將這個道理傳遞給其他精靈。」

聽完這番話，溫德爾唯一的反應是轉身看向我，一臉震驚和不敢置信。

「我相信她可能是眞心的，」我說，「只是方式比較特別。」

「那好吧！」他說。「既然你希望將我國有史以來最可恨的惡人當作寵物——呃，或許更可能是科學研究的目標，那麼我絕不會阻止你。我早該想到，比起我所給予的實質禮物，你會更熱愛這樣的機會。」

「妹妹，你的話說得很動聽，」泰朗爵爺說，「甚至出乎意料——我自認比任何存在都更了解你。但我絕不相信你眞的洗心革面了，因爲你無法從中得到任何利益，但是假裝悔悟卻有很多好處。假以時日，你絕對有辦法說服其他精靈，讓其中一些原諒你。你也很清楚，只要夠仔細研究，所有魔法都有掙脫的方法——也不無可能找到合適的黨羽。」他看著我和溫德爾。「要是讓她活著，永遠都會是一大隱患。」

「或許就該這樣。」我說。我懷疑麥坎二世最後之所以發瘋，很可能就是因爲沒有敵人——其他精靈王可能也是因此陷入瘋狂。也不無擁有太過強大的力量、無以匹敵的權勢，本身就是一種詛咒，會爲他們招來無趣和放縱，也讓他們以想像力製造敵人來折磨自己，而比起擁有血肉之軀的眞實敵人，幻想更加不受限制。看來這又是一個寫論文的好題材。

泰朗爵爺的視線落在我身上，接著轉向溫德爾，最後聳了聳肩。「你聽從妻子的任性念頭，我無法責怪你。」

「任性念頭！」我高聲抗議，但泰朗已經轉身離開了，顯然無意繼續爭執。我知道我根本沒有說服他，或者該說並不是以我想要的理由說服。

溫德爾焦慮地看了我一眼，彷彿擔心我們之間依然有心結存在。「你確定你待在這裡很快樂？你都不知道這個問題害我失眠了多少天。」

他實在太煩惱，讓我忍不住想逗弄他。「只有一件事能讓我更快樂。」

他的焦慮程度急遽上升。「哦？希望這件事與我繼母無關，拜託。」

「你到現在還沒有帶我去參觀整個王國。」我說。儘管看熱鬧的群眾很煩人，但回到家讓我大大鬆了一口氣，滿心期待熟悉的舒適。這樣的心情宛如陽光，使我感到溫暖。「我記得你承諾過會給我全國各地的地圖和所有門戶的鑰匙？」

「噢，小艾。」他露出燦爛笑容。「我確實承諾過。」

二月十九日

今晚我們在莉莉婭與瑪格麗特家用餐——其實我們幾天前就該來了，我知道她們一定急著想知道事情的進展。溫德爾說我不能繼續把農舍視爲莉莉婭與瑪格麗特的家，因爲她們快要回國了，儘管在我的堅持下，她們答應夏季會再來訪，但這座農舍很快就是我一個人的天地了。我不知道自己未來會花多少時間待在凡界，但我無法否認，有個地方可以逃離精靈界的荒唐眞的很讓人安心，這是溫德爾給過我最棒的禮物之一。

說到禮物，剛才在前往精靈之門的路上，溫德爾說今晚他準備了一個驚喜。

「眞的有必要嗎？」我忍不住嘆息。「你很清楚我有多**不喜歡**驚喜。」

一個小小的棕精靈端著咖啡跑來，溫德爾停下來和他交談——最近溫德爾身邊幾乎隨時都有泛精靈跟隨，追著他獻上自製的美食和禮物。我認爲這樣的討好只會讓他的自戀更嚴重，儘管如此，這依然是一件非常特別的事——一般而言，小個子精靈更傾向於迴避宮廷精靈，尤其是在這個領域。至少溫德爾對他們很和善，即使他的和善中多少還是有一點高高在上的姿態，但比起他從前的態度已經改善很多了。

「你偶爾也要讓我有點樂趣嘛。」他跟隨我走出精靈之門來到科邦，邊走邊說，「我期待這次的驚喜很久了。」

「既然你這麼堅持，那好吧。」我們到了農舍門前，停下腳步等影子趕上。完成那趟艱辛旅程回來之後，牠的狀況稍微改善了一點，但我依然很擔心。等到影子終於搖搖晃晃走到門前，我跪下來揉揉牠的頸子。

「來吧，親愛的。」我輕聲說道，胸口漲滿熟悉的痛楚。「你可以像平常一樣躺在爐火邊的毯子上，每道菜都先讓你選。」

牠舔著我的手，尾巴用力拍了一下草地。

我轉過身，發現溫德爾凝視著花園，心不在焉地將眉頭皺成我太過熟悉的模樣。「你該不會想在這裡也弄棵蘋果樹吧？」我說。「莉莉婭與瑪格麗特似乎很慶幸能逃離你在寒光島送給她們的超自然怪樹。」

「可是這個地方實在太枯燥了，」他抱怨，「就算以農舍的標準也太糟糕。至少讓我添棵梨樹。」

「不行。」我說。

「那草莓園？」

接下來我們為此爭論了幾分鐘，最後我建議他召喚紫藤。他的笑容太過燦爛，我立刻明白自己做錯了，但一切已經太遲。他一手按著農舍，然後用手指敲擊一塊石頭，一枝藤蔓隨即從地底冒出，以令人不舒服的激動能量爬上外牆，一邊繞過門窗一邊分枝，看起來活像長了太多手指的手，以充滿占有慾的動作纏住農舍。花朵有如巨大的紫色燈籠垂落，從窗戶透出的壁爐火光勾勒出沾著露水的花瓣輪廓。

「好多了。」溫德爾說。

我望著眼前的景象，無言讚嘆。我和自己角力片刻，忍不住對他說：「再來一、兩株也可以。」

他一臉開心。「我也這麼想呢！」

我看著他召喚出更多藤蔓，悠哉地精心調整位置。我真正欣賞的並非紫藤花本身，而是他使用的魔法。我好像永遠不會對此厭倦。

莉莉婭聽見敲門聲立刻打開門，以擁抱迎接我們，接著換瑪格麗特，隨後她們接過我們的斗篷掛在衣帽架上。農舍裡滿是烤山雞的香氣，還有瑪格麗特烤麵包的香味——我可以公正地說，她的烘焙技術變得愈來愈好，幾乎可以和阿坡一較高下。

可想而知，我們一進門，所有人就開始同時說話，莉莉婭與瑪格麗特有問不完的問題，溫德爾則大肆稱讚她們為農舍所做的修繕以及廚房飄出的香氣。影子再次見到老朋友太過興奮，打翻了瑪格麗特準備的餐前小點烤起司。在一團混亂中，我好不容易才找到縫隙簡單說明最近的事件。

「那麼女王目前——受到監視？」瑪格麗特問。我們在餐桌前坐下，只有莉莉婭還在廚房攪湯。「但是可以到處自由亂跑？」

我猜得出她感到焦慮的原因。「她無法離開精靈界，」我說，「溫德爾將她束縛在領域中，所以不用擔心她又會出現在你們家的花園。」

「她到目前都沒有離開過新家，也沒有企圖離開的意思。」溫德爾說——我看得出他對此依然感到十分驚訝。前任女王竟然甘於落腳儉樸的住所——湖岸邊的一棟小房子，夾在兩座鋪滿翠綠青草的丘陵間——她不但沒有抱怨，還經常笑容滿面，甚至不時發表小型演說讚揚。她擁有一座花園，幾乎一整天都在蒔花弄草，此外還有一座井、一頭牛，但是沒有僕役——不過另有幾名衛兵，還有數不清的泛精靈在監視她，其中包括雪鈴。他很高興自己能派上用場，每天都來找我報告雅娜的動態，並表示非常期待她企圖逃跑的那天到來，到時他打算咬掉她腳踝上的肉。

溫德爾認爲再過幾個月，頂多幾年，她就會再次開始策劃陰謀，但我依然相信女王眞的已經悔改了。畢竟他沒有看過她在夜幕境的慘狀。雅娜身爲混血精靈，說不定能夠逃離精靈祖先無力掙脫的模式。對於這一點，溫德爾只簡單回答：凡人也有同樣的毛病，不斷重複愚行與自我毀滅的惡行，不比精靈好到哪裡去。

看來只有時間才能證明誰是對的。

「雅瑞艾德妮和菲理士還沒到？」我問。「該不會是遇到誤點吧？從劍橋來這裡要換好幾次交通工具，而且渡輪常常不準時。」

「其實他們提早到了，」莉莉婭說，「一個多鐘頭以前到的，他們只是去村裡……」

說人人到，就在這時門打開了，菲理士．羅斯走進來，手裡拿著一瓶蘋果酒。雅瑞艾德妮跟在後面，和村裡的一個年輕人走在一起——可以想見，她已經交到朋友了。他們輪流擁抱我，然後雅瑞艾德妮也臨時起意抱了溫德爾一下。菲理士對他簡短說了句「嗨」，完全沒有看他，然後匆匆進到屋內，這已經是幾個月來他對溫德爾最客氣的表現了。

「你們的旅程順利嗎？」我關心道。

「噢，很順利！」雅瑞艾德妮高聲嚷嚷，然後列出一大串她打算在停留期間研究的學術問題，因爲她即將來到精靈界做客一週。菲理士也默默接受了邀請，但態度很複雜，雖然興奮卻又非常不甘願。我感覺得出來他很不願意受到溫德爾款待，然而造訪精靈界在科學上的意義無比重大，他實在無法抗拒，因此他的氣惱其實有一部分是針對自己，氣自己竟然無法堅持原則。

「大家好！」農舍的門再次打開了，卡倫探頭進來。「我們可以進去嗎？」

莉莉婭急忙趕到門口，滿臉笑容地迎接他和妮芙，同時向他道謝——莉莉婭與瑪格麗特要求他們不要帶精靈食物和酒過來，但卡倫提議為大家演奏，於是帶了豎琴來。妮芙則帶來幾幅溫德爾領域的素描圖，如此一來，莉莉婭與瑪格麗特不用親自過去也能多少了解他的國家。現在她有十多個凡人助理常駐城堡，這些圖就是他們畫的。

這頓晚餐非常熱鬧。餐桌上的話題不停變換，一般而言我不太喜歡這樣，但是和很熟的朋友在一起時並不介意。菲理士與妮芙有敘不完的舊，雖然我跟他說過妮芙還活著，在狼之森過得不錯，但是他們一直沒有聯絡上，此時兩個老友一見面立刻聊個不停，菲理士偶爾會激動地用袖子抹眼睛。雅瑞艾德妮像平常一樣有問不完的問題，但她也和莉莉婭與瑪格麗特一見如故，畢竟她們兩個只比她大幾歲。才認識短短五分鐘，雅瑞艾德妮已經獲邀造訪她們在寒光島的家，她可以自由前去，不必擔心會被隱族之王發現——我不由得感到有些惆悵。就連平時不多話的卡倫也放鬆地打開話匣子，說了一些他年輕時住在海岸村落基爾蒙尼的往事，以及剛去精靈界和泰朗爵爺一起生活那幾年的經歷。

我們決定不邀請泰朗過來，對此我並不後悔，主要是考慮到莉莉婭與瑪格麗特和精靈相處會覺得不舒服，尤其是像他那樣的精靈——更何況他自己也已經表明無意參加。畢竟瑪格麗特的前額還有隱族精靈留下的傷疤，眼神也仍然不時陷入空茫，必須仰賴莉莉婭用溫柔話語或觸摸讓她回神。我看得出來她們覺得卡倫和妮芙很神奇，這兩個凡人不只闖進精靈界居住，而且還完整保有自己。

「我依然難以想像，像我們島上那種的小個子能夠擔任精靈宮廷的議事大臣。」莉莉婭說。「小個子精靈眞的有那種資質嗎？」

我之前跟她們說過新任議事大臣的事，如今宮廷精靈與泛精靈各占一半——由拯救溫德爾的小個子總管率領——外加幾個凡人。在溫德爾的領域中，以往從不會邀請泛精靈擔任政治架構中的高層位置——據他所知，其他領域也一樣。我認爲這樣做的效果好壞參半，但是依然非常有象徵意義。

「不輸任何精靈。」我說。議事大臣依然有一半毫無建樹——尤其是凡人詩人與刺薊女爵——然而，從溫德爾與其他居民給予的評論判斷，這一批的水準已經超越平均值了。精靈大臣似乎像精靈君主本身一樣，沒有任何實質作用，頂多只是扮演勸誡的角色，將太過任性妄爲的國王和王后引導回正軌。然而，就我所看到的狀況而言，大臣本身也同樣任性妄爲。

享用完晚餐之後，我們在壁爐邊的單人沙發坐下，手上捧著熱巧克力和茶。溫德爾突然傾身向前，搓著雙手一副迫不及待的模樣。「看來就是現在了！我沒辦法繼續等下去。我已經期待太久了。」

「噢，老天。」我說。「是你剛才說的驚喜，對吧？」

「驚喜？」瑪格麗特重複，表情既欣喜又緊張，莉莉婭則是緊張大於欣喜。雅瑞艾德妮雙手摀著嘴，激動到幾乎開始顫抖，我領悟到溫德爾已經告訴她這份「禮物」是什麼了，所以她也一直在期待——但我實在想不出來他是什麼時候說的。

「別擔心，」溫德爾對莉莉婭說，「我只是準備了一份結婚禮物要獻給我的艾蜜莉。我花了很長一段時間籌備，可惜因爲無法預期的狀況而延遲了很久。」

「所謂的狀況是指你死掉這件事？」我說。

「還有其他事情，把鹿趕出去花了我不少時間。」

「鹿？」我蹙眉。「該不會是占據杜鵑草原的巫頭鹿吧？」

「就是他們。我得請泰朗爵爺幫忙清除——他和巫頭鹿的關係不錯，說真的，能和這種愛自我吹捧的殘暴生物來往真的很不容易，他非常樂意幫忙。」

這番話讓我更不期待他的禮物。「是喔。」

溫德爾站起來，態度彷彿準備發表演說。沒想到他接著走到影子身邊跪下，大狗用力甩了一下尾巴表示歡迎。

他揉揉影子的耳朵後方。「要知道，小艾，那片草原歷史悠久，名列我國最古老的地點，那裡住著許多奇異又神聖的精靈。其中包括一個宮廷精靈與泛精靈的混血兒，整個國境除了我之外，可能就只有那位女士了，她是暴格與宮廷精靈的後代。你應該想像得到有多可怕吧！不過呢，我從很久以前就知道她是許多古老破力咒的守護者——你自己也知道兩個，這樣已經夠稀奇了，大部分的精靈連一個都不知道。」

「的確。」我語帶質疑。「問題是，據我所知大部分的破力咒都沒什麼實際用處，就像召喚鈕釦的那個。」

「哦？」溫德爾說，「真的沒有用嗎？破力咒絕大部分都是那樣——乍看之下只是傻氣的把戲，但是能在意想不到的時候發揮功用。不久之前，我帶影子去給幾位專門照料動物的棕精靈專家看過……」

「什麼！」我脫口說道。「什麼時候？」

「去年夏天，」他說，「我們出發去奧地利之前一、兩個月，那時候你去愛丁堡參加學術會議——」

「精靈市集研討會。」我大喊道，莫名感到憤慨。「我拜託你幫忙照顧影子，結果你帶牠去——看醫生？」

「算是吧。」溫德爾接著說，我的爆發似乎只讓他更得意。

「我們村子也有那種性質的精靈，」瑪格麗特半是對著莉莉婭說，「對吧？希妲和山姆說有幾個住在他們的馬廄裡。他們從事農牧那麼多年，從來沒有羊生病，大羊小羊都很健康。」

「幾乎每個地區都有這種精靈。」菲理士說。他往後靠上椅背，雙手交疊放在肚子上。

「那是一種家居棕精靈——雖然農民不見得總是歡迎他們，因為有些會賦予家畜奇特的能力[29]。」

「這些棕精靈住在赫特福德郡的一座私人馬場，」溫德爾說，「他們也會照顧主人的獵犬，那裡的狗以壽命奇長聞名。」

脈搏在我的耳中重重敲擊。「我沒聽過這個故事。」

「這是非常小範圍的地方傳說，」溫德爾說，「其實比較像註腳。過去一、兩年來，我一直在尋找這種棕精靈，去到每個村莊都會詢問當地居民——通常會跑幾趟當地酒館。」

「等一下，在我答應嫁給你**之前**，你就已經在規劃結婚禮物了？那個時候你根本還沒**開口**求婚。」

妮芙嗤笑一聲，莉莉婭與瑪格麗特也似乎在拚命忍笑。只有雅瑞艾德妮站在我這邊，她拍拍我的手，繼續一臉期待地微笑。我感覺好像回到精靈界，每個私密時刻都變成公眾娛樂，有一大堆人圍觀。

溫德爾舉起雙手。「我保證，我的動機很純良。為各種結果預做準備不是很好嗎？更何況，這個禮物主要是為了照護影子的健康。」

「老天！」我太過激動，難以妥善表達。

「他說『為各種結果預作準備』，」妮芙大笑起來，「這孩子從來沒有在感情上吃過虧。你真該看看他年輕的時候，不知道有多少愛慕者繞著他打轉。精靈本來就自信滿滿，你應該可以想像，年輕時情場得意讓他的自信心膨脹到什麼程度。」

溫德爾看著妮芙，露出很受傷的表情。「妮芙，老實說，那時候我認為親愛的艾蜜莉基本上一點也不在乎我，我可能是全世界她最懶得理會的人。光是她願意考慮我的求婚，我已經大為震驚了。」

「真的？」妮芙翻了個白眼。「艾蜜莉，他第一次求婚的時候，你應該要拒絕才對。」

「現在我能看出這麼做才明智。」我說，但我實在太心急，沒心情繼續揶揄溫德爾，只覺得脈搏鼓動得更加劇烈。「那些棕精靈怎麼說？我不知道這種精靈可以治療狗靈。」

他牽起我的手。「小艾，影子生病了。這種疾病是因為年齡而發生的，他們可以在發作之前預防，但無法治療。」

我沉沉往後靠回椅背上——我一直沒察覺自己將身體往前傾，因為專注而緊繃。

29 最有名的例子應該是比利時的山羊下蛋故事，但還有其他很多例子。

「不過呢，」溫德爾繼續說，「我並未因此喪失希望，這個消息依然很有幫助。我之前就聽說過那位暴格混血的女精靈，她自稱破力咒蒐藏家，蒐集了許多早已遭到遺忘的破力咒，數量非常龐大。其中包括一種可以淨化血液的咒語——我懷疑最初的作用應該是清除體內的酒精，淨化血液只是連帶的好處。這可能是最有用的一個破力咒！於是我問自己，是不是可以用它來治療影子呢？破力咒有多種功用，而且可以合理推想運用在精靈獸身上效果會更強。我告訴自己，一旦奪回王國之後，絕對要盡快去杜鵑草原找那個女精靈。」

「治療宿醉的咒語！」妮芙驚呼。「你想用**那個**治療狗？」

「我已經做了。」溫德爾說。「過來這裡，小艾。」

我走過去跪在溫德爾身邊，將雙手放在他所指的地方。我感覺到影子的心跳——熟悉無比，因爲老狗夜裡喜歡貼著我的背睡覺。一開始我沒有察覺變化，但緊接著——

「變強了。」我驚呼。「等等……真的嗎？」我再次聆聽。「沒錯——我敢肯定真的變強了！」

「我會教你。」溫德爾說。他輕柔緩慢地說出那句破力咒，我能感覺到空氣中的魔力，有如飄忽的微風，倏忽即逝。當溫德爾唸誦時，破力咒的存在感非常強烈，這是我絕不可能賦予的力量。影子叫了一聲，舔了舔他的手，我已經很久沒有看過牠精神這麼好了。我跟著唸了一次，將那個咒語加入我的小小收藏。

「若要減少疾病的影響，我們必須經常使用這個咒語。」溫德爾說。

「牠……」我頓了頓。「這幾天牠的身體狀況感覺好多了。」我很想說**變健康了**，但我說不出口，因爲感覺太虛假。影子依然有一隻眼睛看不見，步伐依然蹣跚而緩慢。一進農舍牠便立刻去找壁爐和莉莉婭爲牠鋪好的毯子，像平常一樣迫不及待想躺下。牠的改變並不顯著——效果幾乎幽微得難以察覺。溫德爾並沒有彈彈手指就將影子變成不老不死、健康強壯的精靈獸。

「牠依然是一隻老狗，」溫德爾輕聲說，「沒有魔法能讓注定會老去的生物恢復青春——幻術只能改變外表。不過我想應該可以多給牠幾年的健康，這樣牠就可以多多陪伴你，也可以再去最喜歡的小徑散步、趴在爐火邊睡覺——」

「這樣就夠了。」我將臉埋在影子的蓬毛中，再也無法控制自己。老實說，這樣當然**不夠**——有限的壽命永遠不夠。但這份禮物的意義已經難以估量。

等到我終於按捺住情緒，抬起頭卻發現雅瑞艾德妮與莉莉婭都在抹眼淚，而瑪格麗特正在揉捏著莉莉婭的肩膀。妮芙點頭表示讚許，難得一次沒有揶揄溫德爾，就連卡倫也一直眨眼睛，他像溫德爾一樣偏愛貓，而且有點怕影子。只有菲理士無動於衷，儘管如此，他也沒有潑冷水破壞這一刻的感動，只是以壓抑敵意的眼神觀察溫德爾。

「這件事值得慶祝。」卡倫說，從盒子裡取出豎琴。「你們說呢？」

我們都不反對，於是他開始演奏，起初音量很小，幾乎不比外面的風聲大，彷彿風與豎琴合奏著相同的旋律，但豎琴的樂音很快就變得熱烈，奏起熟悉的歌曲。影子把頭靠在我的腿上，我不禁緊緊抱住牠，外人看了可能會以爲牠就像溫德爾一樣，我曾經失去，又失而復得。

三月一日

整個劍橋都在沉睡之中，蓬亂的雲朵有如覆蓋的毛毯，星星從雲毯的褶襉處探出，這裡一顆、那裡一顆。我們落在石板小徑上的足音莫名響亮，回音則更明顯，彷彿我們久別歸來使得鍾愛的校園微微受驚。拉茲卡登與另外兩名侍衛僞裝成貓頭鷹在樹梢飛掠，一路跟隨我們的腳步。

這趟旅程並不漫長，因爲溫德爾命令樹形羊仙修好了從狼之森通往英國的一道門，這是他送我的另一個浮誇結婚禮物。去年溫德爾的繼母暫時修好了這道門，以便派殺手來刺殺他，但後來門再次崩塌——精靈之門必須經常使用，否則就會變得很脆弱。可惜那道門離劍橋郡有一段距離，出口在新森林國家公園的一片寧靜樹叢中，因此我們得搭好幾個小時的火車才能抵達校園，中間還得換車。不過這樣已經比從愛爾蘭過來近很多了，也不必搭渡輪。溫德爾也鼓勵其他精靈經常往返，以免門再次崩塌。忽然增加那麼多精靈出沒事件，漢普郡鄉間那一帶的居民想必不會太高興，不過至少可以讓南方的樹靈學家抓耳撓腮思索一陣子。

我們抵達樹靈學系大樓，我本來以爲裡頭會很安靜，沒想到竟然有那麼多人在。一小群學生擠在交誼室角落，旁邊放著一堆堆書籍、論文、咖啡杯，可以看出他們正在發奮苦讀，很可能是因爲期中考快到了。走廊盡頭的兩間教師辦公室仍亮著燈，華特斯教授的辦公室也一樣——一點也不奇怪。我突然聽見瓷器破碎的聲音，轉身發現一個學生呆望著我們，活像見到鬼魂。她身旁的同伴忙著擦拭灑在地上的咖啡，爲她失手摔破杯子收拾殘局，沒空抬頭察看。除去這樁意外，並沒有其他人留意，我們順利地進入我的辦公室。

「已經很晚了。」溫德爾打個呵欠說，這點我當然知道——我們預先算好了時間。

「我很快就好。」我說。

溫德爾再次誇張地打呵欠，在辦公室到處走來走去，先是站在窗前遠眺，然後稍微調整一本書的位置，收手時書架上的灰塵全都不見了。最後他懶洋洋地倒在窗邊的單人沙發上等候，影子趴在他的腳邊。

時間確實很晚了——根據老爺鐘的指針顯示，此時已經接近午夜。我們刻意選在這個時候過來，以免遇上太多學者被攔下來問東問西耽誤時間，系上那些人簡直是宗教法庭審問官。我長住狼之森的事已經爲眾人所知，而溫德爾的眞實身分更是最熱門的八卦話題，已經到了謠言與眞相混淆難分的程度——菲理士．羅斯雖然非常清楚實情，但他拒絕回答相關問題，反而爲傳聞火上澆油。這一切都讓我的學術地位暴漲。幾乎每天都有新的學術會議邀請函或合作研究提案書寄到科邦的農舍，未來很長一段時間，那裡將是我在凡界的主要通訊地址。

旁人也許會以爲，在我親身經歷過這一切之後，早就不會因爲獲得學術會議邀請而感到臉上有光。但我還是會。

「你應該把辦公室讓出來。」我說。我從書架上挑了兩本書，像見到老朋友那樣抱在胸前片刻，然後將它們加入我要帶走的那疊書中。「除了菲理士的那間，你的辦公室是全系最大的，你又不打算回來，這樣對其他人很不公平。」

溫德爾聳聳肩，拿起我的精靈百科隨手翻閱——我在辦公室裡放了幾本。「有個藏身處也不錯，說不定以後能派上用場。」

「以防又被你繼母趕出來？目前可能性很低。」

「誰知道呢？別忘了還有黛拉，她年紀還很小，天知道她長大之後會成爲善良的盟友還是邪惡的反派。」

我低聲表示同意。現在黛拉的表現完全像個崇拜兄長的妹妹，不過，如果說精靈有什麼不變的特性，那絕對是他們的善變。

「小艾，我不想過得太安逸。」他一邊說，一邊捧著書慵懶地癱在椅子上。

「泛精靈敬愛你，」我指出，「而且並非出於恐懼。至今爲止，你已經多次尋求他們的協助，這展現出對他們的尊敬，從不曾有宮廷精靈如此敬重他們。因此，比起之前的統治者，你的處境算是相當安穩。」

他的臉龐綻放出陽光般的燦爛笑容。「對吧？眞不知道我該感謝誰呢。」

我刻意繼續看著書架。「你的祖母？」

他大笑起來。隔壁辦公室的華特斯教授刻意大聲清了清嗓子，彷彿擔心我們忘記她的存在似的，即使她還是像以前一樣動不動就用力砸書。一個以閱讀和書寫這種安靜工作爲業的人怎麼有辦法不停弄出那麼大的聲響，是我永遠解不開的謎。我懷疑她希望我們會想起她，過去她的辦公室探望，這樣她就不必放下面子主動來找我們說話，畢竟我們的年齡只有她的一半，而在她看來成就更是不及一半。但華特斯教授是古典樹靈學家，這種專門研究希臘精靈的學者大多心高氣傲，彷彿單憑希臘是樹靈學的發源地，他們就自然高人一等，可以睥睨其他子科目的樹靈學家。

「我仔細思考過了。」我說。「說眞的，我想先去藍鉤山。」

「什麼！」溫德爾大喊。「小艾，不要再去爬山了。老天！難道你還沒受夠該死的山嗎？」

「妮芙告訴我，南峰下有個山洞，其中住著極為奇異的生物，」我說，「一個發了靜默誓的報喪女妖！如果不是出於誓言，那麼就可能是受到詛咒——她的尖叫聲會變成石頭飄入空中。這麼奇特的現象絕對值得一看，類似的案例我只聽過一個——是匈牙利那邊的傳說，可信度不太高……」

他聽著我簡述內容，嘆息一聲，把頭靠上椅背。「我的領域明明有那麼多森林和丘陵，她卻偏偏要拖著我去**山上**。」他對著天花板喟嘆。

「不准命令藍鉤山躺下，也不准做出其他類似的荒謬命令。」我對他說，但他只是蹙眉，我看得出來他遲早會想做這種事。

「走吧。」我說。「我想在離開之前把這些書歸還。真希望樹靈學圖書館晚上會關門，這樣只要從投信口塞進去就好。有個夜班館員特別恨我。」

「肯定是毫無根據的怨恨，」溫德爾說，「絕對不是因為你習慣把書留到過期很久之後才歸還。」

「我不會說這是**習慣**。」我抗議。

他揚起眉毛看我。

「既然去了，不如順便再借一、兩本，」我帶著怨念說，「反正下次不知道什麼時候才會再來。」

這是真的——接下來幾個月我和溫德爾將會在他的領域旅行，或者該說**我們的**領域，我得習慣才行。我會一路寫下大量筆記，肯定會用掉好幾本那些裝幀匠不斷製造出來的日誌，還會蒐集到無數研究課題，也許要花上十輩子的時間才能全部解決。在那之後呢？天知道。我會把傳說故事集寫完——我打算在和溫德爾旅遊的過程中沿途蒐羅故事，目前也已經累積了一小部分。我將會在精靈界長時間逗留，直到十月才會重返凡界——我的地圖集再過一個月就要出版了，之後我打算就其中幾個重大發現發表演說，畢竟柏林精靈學院年度學會的邀請不容我拒絕。

我放下手中翻閱的書抬起頭，發現溫德爾正凝視著我，他的笑容讓我臉頰發熱。「不要因爲我而趕時間。」他說。

「你沒有要拿的東西嗎？」

他思索片刻。「沒有——呃，等一下。我的藍圍巾是不是……」他起身走出門外，留下我獨自在辦公室聽著影子的打呼聲。

我環顧整間辦公室。這裡還是像以前一樣，我不在的這段時間，所有東西都沒有動過，只是少了幾本書——我允許雅瑞艾德妮借走我的私人藏書，不用說，華特斯教授絕對也擅自拿走了一、兩本。我深吸一口氣，嗅聞著熟悉的氣息：皮革、羊皮紙、墨水、灰塵。窗玻璃襯著外頭的漆黑草原，映照出我的身影——我在斗篷底下穿著棕色的舊連衣裙，我已將所有王后華服都送給黛拉，等她長大之後就能穿；不過我漸漸習慣在頭髮上配戴一片鍍銀樹葉搭配一小叢藍風鈴花，此刻在燈光下閃閃發亮。

這間辦公室永遠都會在這裡，我告訴自己，無論我離開一個月還是無數個月，隨時都能再回來。這個念頭令我安心，也讓內心紛亂的期待平靜下來。我非常期待能和溫德爾一起旅